「十三五」国家重点图书出版规划项目

国家社会科学基金重大项目

刘建军 ◎ 总主编

百年来欧美文学"中国化"进程研究

（第四卷）（1949—1979）

刘建军　高红梅 ◎ 主编

A SERIES OF INVESTIGATIONS ON
THE PROCESS OF "SINICIZATION"
OF EUROPEAN AND AMERICAN
LITERATURE IN THE PAST HUNDRED YEARS

图书在版编目(CIP)数据

百年来欧美文学"中国化"进程研究.第四卷,1949—1979 / 刘建军总主编;刘建军,高红梅主编.—北京:北京大学出版社,2020.10
ISBN 978-7-301-31829-4

Ⅰ.①百… Ⅱ.①刘…②高… Ⅲ.①欧洲文学—文学研究②文学研究—美洲 Ⅳ.①I106

中国版本图书馆 CIP 数据核字(2020)第 218136 号

书　　　名	百年来欧美文学"中国化"进程研究(第四卷)(1949—1979) BAINIANLAI OUMEI WENXUE "ZHONGGUOHUA" JINCHENG YANJIU (DI-SI JUAN) (1949—1979)
著作责任者	刘建军　总主编　刘建军　高红梅　主编
责任编辑	李　娜
标准书号	ISBN 978-7-301-31829-4
出版发行	北京大学出版社
地　　址	北京市海淀区成府路 205 号　100871
网　　址	http://www.pup.cn　新浪微博:@北京大学出版社
电子信箱	lina@pup.cn
电　　话	邮购部 010-62752015　发行部 010-62750672　编辑部 010-62759634
印刷者	北京虎彩文化传播有限公司
经销者	新华书店
	720 毫米 ×1020 毫米　16 开本　15.75 印张　330 千字 2020 年 10 月第 1 版　2020 年 10 月第 1 次印刷
定　　价	78.00 元

未经许可,不得以任何方式复制或抄袭本书之部分或全部内容。
版权所有,侵权必究
举报电话:010-62752024　电子信箱:fd@pup.pku.edu.cn
图书如有印装质量问题,请与出版部联系,电话:010-62756370

总　序

一

"百年来欧美文学'中国化'进程研究"(共六卷)是2011年国家社会科学基金重大项目的最终成果。这个项目确立的初衷,在于总结自1840年以来,尤其是"五四"新文化运动和中国共产党成立之后百多年间欧美文学进入中国进程中所起的作用,其移植后发展变化的基本规律以及中国化进程中的经验教训,从而为今后我们更为自觉地翻译引进、深入研究欧美文学和建设中国的欧美文学乃至外国文学话语提供理论的自觉。

外来文化中国化,是中国现当代社会文化发展中一个极为重要的现象。我们知道,中国社会主义先进文化的建设,离不开对外国文化和文学的借鉴。因此,我们首先要申明,欧美文学中国化研究的立脚点应该是中国文学而非外国文学。欧美文学进入中国的文化语境后,就成为中国文学的一部分,这是本课题研究的立脚点。"中国化"的核心内涵是外来文学在中国新文化语境下的变异、再造与重建。因此,欧美文学进入中国的过程就不仅仅只是一个外来文化对中国的影响过程,也不是一个单纯的借鉴和接受过程,而是欧美文学在新的历史语境下成为中华民族新民主主义和社会主义新文化重要因子并与我们的新文化建设相互融合的过程。

欧美文学的中国化进程是伴随着近现代中国社会历史进程以及文化转型发生并发展的。中国的现代价值观也是西方文化在中国渗透和传播的过程中逐步建立起来的。因此,作为西方文化重要载体之一的欧美文学从引进之日起就和中国人对现代化社会的渴望与现代价值观的需求相契合。当然,我们也要看到,不仅只是欧美文学给中国文学注入了新的思想文化资源,改造了中国文学的精神和艺术风貌,同时,中国强大的传统文化资源也改变了外来文化乃至欧美文学在中国的风貌,使其具有了中国特征。因此,在中国近现代的社会和文化土壤中,欧美文学与中国文学之间是一种双向影响的关系。例如,中国学者以其独特的中西世界划分的视角,将欧美视为一个整体,并进一步提出了"欧美文学"这一概念;还从整体性视角出发,对欧美一些经典文本进行了中国式的内容解读、艺术分析。而在实践中我们看到,这些新的解读,都与中国现代社会的独特发展进程和每个阶段的话语需求息息相关。这就改变了欧美文学作品在其产生地的存在顺序、特定地位、对象关系以及思想内涵、艺术特征的价值指向,从而成为适应中国人思想情感和审美追求的中国现代文化的一部分。换言之,欧美文学乃至外国文学进入中国后与中国的文化语境的关系其实是一种你中有我我中有你的关系。

所以说,本课题并不是中国文学与欧美文学的比较研究,也不是单纯地研究欧美文学在中国的传播史,我们研究的重点是在接受欧美文学乃至外国文学的过程中,中国如何创造了一个属于我们自己的新的欧美文学(或曰外国文学)的历史发展过程。

鸦片战争前后,帝国主义的坚船利炮迫使一部分志士仁人意识到,我们自己原有的思想资源解决不了当时中国面临的问题。于是,他们引进了"科学""民主""平等""自由""革命""阶级"等观念。这些观念的引入,使得我们较为封闭的文化开始向现代文化转变。此后,无论是在新民主主义革命时期、社会主义建设时期,还是改革开放以来的社会发展实践,我们都能不断借鉴西方先进的文化思想,包括西方文学中所传递出来的文化思想观念,来为我们的富国强民服务。可以说,西方文化和欧美文学中的现代意识在中国化的进程中,总体上是适应中华民族发展,是为实现伟大的中国梦的实践助力的。因此,我们也可以说,所谓欧美文学的中国化进程,也就是外来文学适应中国梦需要的进程,就是与中国现当代文化和文学同步发展的进程。

总之,研究欧美文学中国化的进程,就是从一个特殊的角度研究中国新文化、新文学的建立和发展的过程,就是为我国实现社会主义现代化强国的伟大使命提供有益经验并建立文化自信的过程。

二

这里先要申明,本课题虽然名称为"百年来欧美文学'中国化'进程研究",但这里所说的"欧美文学",其实是有特定所指的。我们这里使用的"欧美文学"概念是"西方文学"的同义语。我们知道,在国内学术界,外国文学的组成长期以来大致分为三个部分：一是欧美文学，主要指的是欧美大陆一些国家的文学，如欧洲的希腊、英国、法国、德国、意大利、西班牙、荷兰、挪威等国以及美洲的美国、加拿大、哥伦比亚、巴西等国家和民族自古至今所产生的文学。二是俄苏与东欧文学，包括俄罗斯—苏联文学以及东欧的波兰、捷克、匈牙利等国家的文学。三是亚非文学，也即我们今天经常说的"东方文学"。这种划分，在"五四"新文化运动之后已见雏形，在中华人民共和国成立初期的一段时期内得到广泛认可。当时很多高等学校开设外国文学课程都分为三部分，即俄苏文学、欧美文学和东方文学。当时一些教材的编写，也是这三个部分分别独立编撰。抛开"东方文学"不论，就是西方文学教材，都是分头编写"欧美文学"和"俄苏文学"。欧美文学部分不涉及俄苏文学，俄苏文学需要单独编写教材，单独讲授。这样，久而久之，就形成了我国学术界一个约定俗成的观念，即"欧美文学"不包括"俄苏文学"。更有甚者，在当时的情况下把"欧美文学"看成是"资本主义思想"为主导的文学，而把"俄苏文学"，尤其是"苏联文学"看成是"社会主义思想"所主导的文学。尽管这一区分没有明确出现在20世纪50年代的教科书中，但其影响是不可否认的。到了六七十年代，尤其是到了1978年改革开放之后，这一划分逐渐被国内学者们所抛弃。"西方文学"的概念，合并了原有的"欧美文学"与"俄苏文学"。（在杨周翰等先生主编的《欧洲文学史》中，就将俄苏文学并入了欧洲文学之中；朱维之等主编《外国文学简编》时，也将第一部标明为"欧美部分"，俄苏文学被放进了这一卷中。）此后，"西方文学"的概念渐渐流行开来，以至于我们今天一说到"西方文学"，就知道其是包括俄苏文学在内的欧美各国自古至今所产生的文学现象和作品的总称。

但是问题在于，现在我们所通用的"西方文学"概念，也存在着极大的弊端：首先，我们很难界定"西方"的范畴。在我们现有的教科书中，"西方"主要指地理意义上的欧洲和美洲。因此，欧美文学即为西方文学。这个地理上的定义虽然轮廓较为清晰，但若一细究，似乎又太牵强。应该指出，欧洲和美洲，地域广阔，国家民族众多。其中老牌的欧美国家和那些新兴的欧美国家无论是历史文化传统、社会发展道路、生活习惯乃至道德风俗等，都存在着巨大的差异。即使在全球化迅猛发展的今天，其社会的差异性、文化的异质性也是极为巨大的。把两者武断地并置，都看成是"西方"，无疑是说不清楚的。其实，从我们现有的外国文学史著作或教材来看，所谓欧美文学，占主导地位的仍然是那些欧美比较发达国家的文学。其次，我们很难说清楚"西方文学"的性质。既然地理学意义上的"西方"范畴划不清，那么，像某些现代西方学者主张的那样，按地缘政治划分是否可以呢？答案也是否定的。在当前西方很多政治家和政治学者的眼中，西方是富国或曰发达国家的代名词。第一次工业革命之后，欧美一些发达的资本主义国家，走在了物质文明发展的前列，在思想文化领域也提出了构成今天社会发展的一些基本的经济、政治、文化主张。而对那些发展缓慢的欧美国家和民族而言，这些主张根本不能代表他们的文化性质和需求。这样的现实其实导致了欧美一些发展较快的国家（如英、法、德、美等）开始以傲慢的态度来审视那些发展较慢的国家和民族及其文化。这样，"西方"其实只等于是发达国家和民族的称谓（这也是我们不愿意用"西方文学"来指代整个欧美文学的原因）。再者，从近百年来西方文学进入中国的进程来看，引进的主流还是欧美几个主要国家的文学。例如欧洲主要是古代希腊和罗马，以及英、法、德、俄、西班牙等，美洲在很长的时期内主要是美国的文学作品。而大量的其他西方国家的文学作品，在改革开放之前，我们或涉及很少，或根本没有涉及。即使在今天，这些发达欧美国家的文学仍然占据着主导性的地位。其实，我们所说的欧美文学"中国化"进程，主要还是这些发达国家（包括俄罗斯—苏联）文学进入中国文坛的过程。

有鉴于此，我们在进行本课题研究时，觉得还是用"欧美文学"的概念更符合百年来西方文学进入中国的实际。也可以说，我们这里所说的"欧美文学"是对中国影响较大的一些西方国家文学的特指。换言之，是指欧美那些对中国影响较大的一些国家的文学现象。从这个意义上也可以说，"欧美文学'中国化'进程"是和"西方文学'中国化'进程"的概念相一致的。

我们在此还要申明的是：由于本课题是"百年来欧美文学'中国化'进程研究"，重点在于我们是以欧美文学进入中国的视角，来解说中国现代新文化和新文学的建设进程以及欧美文学在中国新的思想观念建设中的作用。所以，它的重点不在于谈论欧美文学在中国的翻译介绍规律（因为这方面已经有很多高水平的著作发表），也不是要进行欧美文学在中国的纯文学领域所取得的成就的考察（这方面也有大量的大部头的专著问世），我们要做的是以欧美文学进入中国的视角，来揭示百年来欧美文学进入中国的进程以及它对构建中国新文化和新文学所起的作用乃至经验教训。由于我们近百年来的新文化建设是在汲取人类一切优秀文化遗产的基础上进行创建的结果，这也就决定了我们在谈欧美文学中国化进程的时候，必然注重其中所包含的很多规律性的东西，这也决定了这一进程具有文学交流融合意义上的普遍性。因此，我们的课题在这个意义上也可以说是对欧美文学中国化进程基本规律的研究。

三

在我们看来,本项目的研究成果主要创新之处或者说主要特点体现在以下几个方面:

第一个创新点在于对"中国化"问题的理解。一是对"中国化"概念本身的认识更加深入。我们认为,"中国化"这一概念中的"化"的本质是扬弃意义上的"融化";而"中国"则是指近百年来不断发展变化中的思想文化与精神意义上的"中国"。"中国化"作为一个特指的概念,其基本内涵包括:(1)任何外来文化被引进到中国来,都必须与现代中国的国情相结合。它既服务于独特的中国国情的需要,又不断创造了新的中国文化形态。例如,马克思主义进入中国,在服务于中国人民"站起来""富起来"和"强起来"的百多年来的社会发展实际的同时,也改变了中国社会文化的发展形态,创造出了崭新的中国现代文化国情。作为具体领域的欧美文学(乃至外国文学)的中国化也是如此。一方面它适应了中国文化的转型和中国现代文化的出现,另一方面也为创造现当代中国文化的新形态贡献了新的文化因子,促进了中国社会主义现代文化的形成与发展。(2)"中国化"又是在马克思主义先进文化指导下的发展进程。我们知道,中国的现代化进程与欧美社会的现代化进程是在完全不同的基础上发生的。可以说,欧美一些主要资本主义国家,现代化进程是在其社会内部孕育发展起来的,根本原因在于欧洲几次工业革命的推动。正是这些国家内部先进生产力的发展,导致了新思想、新观念的产生,从而确立了现代资本主义制度。而中国的情形则完全不同。可以说,中国社会的现代化进程,是在中华民族积贫积弱和救亡图存的特定条件下展开的。由于百年前我们的生产力落后,我国还很难在传统社会结构内部和封建社会意识形态的基础上产生出新的现代文化。因此,这样的客观现实决定了我们必须要借助外来的先进文化来改造国民,创造出适应中国现代化进程的新的思想文化体系。在这种情况下,引进、吸收、消化外来文化从而改造我们的旧文化,就是唯一的途径了。加之外来文化纷繁驳杂,这就需要我们进行历史的选择。中国人民在自己的实践中,选择了马克思主义作为自己的指导思想,并在这一思想逐渐中国化的进程中,成为引领中国现代社会发展进步的指导思想。实践证明,正是在马克思主义的指导下,我国的社会主义革命和建设事业得到了巨大的发展,并在今天走向了全面建设社会主义现代化强国的伟大阶段。从这个意义上说,用马克思主义做指导,也是"中国化"的核心之意和必有之义。(3)"中国化"必须要在自己强大的文化传统的基础上才能发展起来。外来文化进入中国,说到底是我们要在汲取外来优秀文化的基础上,改造、补充乃至创新我们的传统文化,而不是取代或者割裂我们的文化传统。从这个意义上说,凡是想用外来文化取代或者割裂中国文化的,都不是"中国化"的真正含义。我们要清醒地看到,中华民族的文化传统一脉相传,今天的文化仍然处在传统的链条中。近现代以来,外来文化的中国化之所以能够取得巨大的成功,不仅是因为我们有着强大的传统文化资源,更重要的是我们还保有具有深厚中华传统文化学养并精通外来文化的卓越学者。他们怀着"位卑未敢忘忧国"的使命意识,坚信"文章合为时而著,歌诗合为事而作"的审美理想,代代耕耘,薪火相传,把外国文化与中国文化有机融合,创造出适应中国社会发展的社会主义新文化。因此,我们所说的"中国化",又是在中国文化的思维方式、审美取向基础上,让欧美文学,乃至外国文学适应中国社会发展进步的产物。本课题在写作过程中,始终遵循对"中国化"概念的这种认识,并在此基础上总结百多年来欧美文学"中国化"进程。

二是我们尽可能对马克思主义中国化和具体文化领域的中国化之间的联系与区别,做出较为科学的解释。我们认为,如果说马克思主义中国化,指的是指导思想上的中国化,是总纲,总的规定,那么欧美文学乃至外国文学的中国化,则属于具体领域的范畴。就是说,我们既强调指导思想的中国化,也要强调具体领域的中国化。从这个意义上说,欧美文学"中国化"这一概念无疑是成立的。这正如我们经常说到"规律"这个概念。我们知道,"规律"包含着普遍规律和特殊规律。一个社会的发展要首先遵循普遍规律,普遍规律是根本性的规定,它规定一切具体事物发展的基本走向与方式。但不同事物的发展同时也有其特殊规律。我们既不能忽视普遍规律而只重视特殊规律,同样,也不能只重视特殊规律而忽视一般(普遍)规律。只有二者的辩证统一才能更好地认识和把握事物的发展进程。在"中国化"问题上我们必须要坚持普遍主义和特殊主义的辩证统一,这是因为,中国化不能不受普遍规律的制约,同时也必须要认识外国文学中国化的特殊规律。反过来说,如果我们只是坚持和强调马克思主义中国化的指导思想价值,而忽视文学艺术等具体领域中国化的实际,我们所说的"马克思主义中国化"也就成了一句空话。总之,"中国化"是一个体系,其中既包含着指导思想的中国化,又包含着具体学科领域的中国化,不同层面的中国化发挥着各自不同的重要作用。

基于对"中国化"问题的上述理解,我们发现,百年来我们在外来文化和文学的引进过程中,形成了独有的"中国化"理解。"中国化"已经成为我国现代以来引进外来文化的专有概念或特指名词。

第二个创新点在于,我们是在对中国百年来革命与建设发展的特定理解的基础上,来考察欧美文学"中国化"进程的特点的。我们认为,从1840年到1919年"五四"新文化运动兴起的七十多年是仁人志士提出"中国社会应该走什么路才能实现伟大的民族复兴"的时代之问形成的历史时期;从1921年中国共产党成立起,中国人民开始科学地回答和解决这个问题。在回答"如何走"的问题上,开始阶段(即"五四"运动前后)也是争论不休的,各种不同的党派和立场相左的文化派别都想把自己的意见强加在中国人民的头上。但"五四"新文化运动的深入发展,使人们看到了"三座大山"沉重压迫的现实,从而使中国共产党人所主张的革命斗争和民族解放之路成为当时的历史选择。马克思主义理论之所以能在中国大地上广泛传播,就是当时的人们看到,若人民不能解放、民族不能独立,什么"实业救国""教育救国"和"科学民主""民权民生"都不过是空洞的口号,都是走不通的道路。换言之,要实现中华民族的繁荣富强,首先要走"民主革命和民族解放之路",让中国人民"站起来"。这样,从1919年"五四"运动开始,尤其是从1921年中国共产党成立到1949年中华人民共和国建立这28年,进行新民主主义革命成了中国现代化进程的第一步。这个历史阶段,中国人民在中国共产党和以毛泽东同志为核心的党的第一代中央领导集体的带领下,经过28年艰苦卓绝的斗争,打败了地主阶级、军阀等反动势力,战胜了日本法西斯强盗,赶跑了以蒋介石为代表的国民党反动派,建立了人民当家做主的中华人民共和国,"中国人民从此站起来了"。可以说,这一步,我们走得非常精彩,也极为成功。

从中华人民共和国成立到1978年改革开放,这三十年是第一步走和第二步走的交替阶段,即我们过去常说的进行社会主义革命和建设阶段。如果说前一个时期(1919—1949)中国现代化的主要任务是进行新民主主义革命的话,那么1949年到1979年这三十年间,我们面临的主要任务有两个:一是继续完成推翻旧世界经济基础及其上层建筑的革命任务,维护无产阶级政权和人民当家做主的地位;二是进行社会主义改造和建设现代化国家的任务。这两大任务的叠加,就形成了这三十年的革命与建设并重的局面。为此,我们既可以将中华人民共和国成立后的第一个三十年看成是新民主主义革命任务的延续时期,也可以将其看成是改革开放后三十年的前导阶段。

中国建设现代化国家的第二步走,是要走"发展经济、提高人民生活水平"的"以经济建设为中心"的道路。即当我们"站起来"后,还要"富起来"。如前所述,这一步应该说从中华人民共和国成立后就已经开始了,但明确提出将其作为主要任务则是在1978年召开的中国共产党的十一届三中全会上。这次会议是中国社会伟大转折的标志,也是我们进入第二步走的标志。如前所言,在中华人民共和国成立后的头三十年,我国已经开始了社会主义改造和社会主义建设的伟大实践,初步完成了从一个以农业为主的、贫穷落后的旧中国向现代工业化社会主义新中国的转变,并建立起我国工业化社会的基础。但这三十年毕竟是个过渡阶段。一方面,为了维护新生政权的需要,为了清除旧思想、旧文化的需要,革命还是重要的任务之一。另一方面,建设也是重要的任务。按一般逻辑,随着政权的不断巩固和社会主义建设事业的深入发展,我们应该逐渐减少革命的比重而加大建设的比重。但由于当时一些实际情况,只有到了1978年,建设任务才开始凸显。以邓小平同志为核心的党的第二代中央领导集体,提出了"以经济建设为中心"的历史任务,从此中国人民开始自觉地走向了现代化征程的"富起来"阶段。邓小平同志对此有着深刻的洞察,他指出,今后一段时期我们党和国家的主要任务是"以经济建设为中心","发展是硬道理"。也正是在以邓小平同志为核心的党的第二代中央领导集体的带领下,中国社会开始了改革开放、建设四个现代化强国的伟大进程。经过三十多年的改革开放,中国的物质文明和社会发展取得了巨大的进步,由一个贫穷落后的发展中国家,进入了经济社会发展较快国家行列。到了2009年,中国的经济体量和综合国力得到了极大的提升,在世界上的影响力极大增强。可以说,这一步,我们也走得极为精彩。正是这三十多年的努力奋斗,使得中国人民在"站起来"的基础上,开始"富起来"了。

2009年以后,中国成为世界第二大经济体;2012年,党的十八大报告首次正式提出了"全面建成小康社会",标志着第三步走的开始。换言之,以中国共产党第十八次全国代表大会的胜利召开为起点,中国现代化建设"强起来"的伟大历史征程开启了。十九大报告进一步提出了建设富强、民主、文明、和谐、美丽的社会主义现代化强国的奋斗目标。也可以说,"五四"时期提出的科学、民主、强国、富民的理想,只有在今天才真正有了实现的可能。

正是在对中国现代历史发展重新认识的基础上,我们重新阐释了欧美文学中国化进程中的具体流程和经验教训,并对很多问题做出了新的解说。因此,本课题不单单局限在欧美文学乃至外国文学领域,其中还包含着对不同时期中国社会重大政治文化问题的反思,如为什么在"五四"运动前后会出现大规模的欧美文学翻译引进热潮、如何处理好文学反映生活与马克思主义指导的关系等。我们认为,这样做的好处在于,我们可以发现文学现象中所隐含着的很多现代中国社会思想文化发展的本质性的东西。而本课题正是从对中国现代社会发展再认识的角度,对百年来欧美文学中国化问题进行阐释和解说。

第三个创新点在于,本课题抛开了以往同类著作那种偏重于欧美文学的翻译、引进和研究的学术史写作方式,强调欧美文学引进与近现代中国的先进文化的产生、发展和演进的关系、价值和作用。也就是说,在本课题研究中,我们不仅关注学术史的梳理和研究,更关注从欧美文学进入中国并成为中国现代思想文化资源主要组成部分的角度,结合中国革命和建设的实际,来审视外来文化与中国社会发展之间的紧密联系。进一步说,我们撰写的这套著作,侧重从思想史的角度来总结近百年来欧美文学的中国化进程,从而探讨欧美文化与文学与中国现当代社会文化发展之间的互动关系。近年来,国内的外国文学界出版了一系列相关主题的著作。仅近十年,就相继出版了陈众议主编的《当代中国外国文学研究(1949—2009)》(中国社会科学出版社 2011 年出版),申丹、王邦维总主编的 6 卷本《新中国 60 年外国文学研究》(北京大学出版社 2015 年出版),陈建华主编的 12 卷本《中国外国文学研究的学术历程》(重庆出版集团、重庆出版社 2016 年出版)等非常有代表性的学术著作。这些著作,或以年代顺序为经,以不同国别文学作品的翻译和研究为纬,或从体裁类型乃至语言分类为角度,对中华人民共和国成立以来中国学术界对外国文学的翻译和研究做了细致的梳理。应该说,这些大部头著作基本上都属于"学术史"的范畴。我们在汲取这些优秀著作成功写作经验的基础上,力图进行价值取向和研究侧重上的创新。为此,我们制定了偏重于"思想史"和"交流史"的写作原则,即我们要在百年来社会历史发展历程中,以中国社会现代化进程为依据,根据不同历史发展阶段中国现代文化的形成和发展流变,考察总结欧美文学中国化的艰难进程、时代贡献、经验教训乃至今后发展趋势,从而为今后中国文学话语的建设做出我们的努力。为此,本书采用了新的结构方式,即回答问题的方式来写作。我们一共梳理了百年来欧美文学中国化进程中五十多个较为重大的问题,进行了细致的辨析和深度的理论解说。我们不仅想要告诉读者,这百年来发生了什么,出现了哪些重大的事件和文学现象,更重要的是揭示这些事件背后的成因,为什么会做出这样的选择,其中有哪些经验和教训。这就突破了很多同类著作就文学谈文学,就现象谈现象的不足。

既然定位于要从思想史的角度来谈这个问题,因此,我们是把欧美文学中国化作为一个完整、不断发展变化、各种要素合力作用的中国社会文化现象来把握,努力揭示近代以来一大批先进知识分子在其中所起的重大作用。我们认为,既然我们谈的是欧美文学中国化的问题,我们就不能仅仅把欧美文学中国化看作是欧美文学作品在中国的翻译、研究和传播,而应把它看成是与不同历史时期中国社会的阶段性发展、马克思主义在中国的传播及其作为指导思想的确立、文艺界思想文化领域的斗争、无产阶级革命和社会主义建设道路的探索、中国现代文学流派的形成,各个时期的文艺政策和文学社团(组织)以及报纸杂志的创办、教材编写、高校教学等多个领域和多个方面相关联的重要问题。也可以说,这是一个全方位、动态研究欧美文学中国化问题的尝试。之所以这样书写,是因为我们认为,欧美文学中国化是一个动态的过程,是在动态中生成的。这个"动",其实就是中国社会百年来的发展变化,尤其是中国共产党建立以来中国社会的发展变化。另外一方面,既然欧美文学中国化是"合力"作用的结果,那其中必然会有一个起核心或主导作用的力量。我们认为,这个核心的力量要素就是中国近代以来的进步知识分子,尤其是从事欧美文学引进的知识分子,他们以"天下兴亡,匹夫有责"的使命感,为百年来中国社会的观念更新和新文化建设,发挥了重要的作用。在"五四"运动之前,就有一大批忧国忧民的知识分子,通过翻译引进西方的先进思想文化和现代科学技术,在积贫积弱的近代中国社会,追求真理,追求富国强兵之道,通过文化与文学的引进,发出了"中国应该走什么样道路"的历史之问。在马克思主义传入中国,尤其是中国共产党成立之后,又有一大批先进的知识分子,依据不断发展中的国情,逐步将马克思主义与中国的实际相结合,创造性地把外来文化与中国实际相结合,造就了中华民族新的文化辉煌。

本项目成果,在一些具体问题上,也提出了我们自己的新看法和新见解。例如,如何理解"世界文学时代"与"世界文学"关系的问题;如何看待欧美文学进入中国后的"误读"问题;如何看待中华人民共和国成立后知识分子的改造问题;如何评价"文化大革命"前后特定时期出现的"黄(灰)皮书"现象;如何估价历次政治运动对欧美文学"中国化"正反两个方面的影响以及在今天如何构建欧美文学的"中国话语"等问题。在这些问题的阐述中,根据特定历史时期的社会政治文化形势要求,我们坚持具体问题具体分析的原则,坚持历史唯物主义和辩证法原则,做出了新的解说。例如,如何看待中华人民共和国成立后知识分子的改造问题,我们认为,面对建设一个社会主义新制度、新文化的艰巨任务,必须进行全社会的改造旧思想、旧观念和旧文化工作。所以,提出"改造"的问题,是没有错的,也是必需的。知识分子作为新社会的一个阶层,因其掌握知识和文化的特殊性,接受改造是责无旁贷的。所以我们在研究中肯定这些运动的历史价值和实践意义。但同时我们也实事求是地指出了中华人民共和国成立后历次"知识分子改造"运动出现的错误:一是当时社会的每一个人(每一个阶层的人)都需要改造,但在实践中却变成了"只有知识分子需要改造",并把斗争矛头对准了知识分子,发展到后来甚至把知识分子推到了人民群众的对立面;二是把特定时期的"政治改造""立场改造"发展到了绝对化的程度,成为对知识分子改造的唯一任务,从而忽略了对知识分子观念更新、方法创新等学术领域的改造。我们认为,只有这样看问题才更为科学和妥当。再如,"文化大革命"中极"左"思潮的泛滥,给社会主义文化建设事业造成了很大的破坏。但从某种意义上说,恰恰是这场运动给知识分子群体提供了更加深入认识社会复杂性以及深思文学真正价值所在的机缘(尽管其代价是巨大的,损害是严重的)。而"文化大革命"结束后井喷式爆发的欧美文学被引入文坛的现象以及对外国文学理解的加深,又不能不说是和"文化大革命"期间这些知识分子对社会发展和人类命运的深刻反思紧密联系在一起的。

凡此种种,都说明,我们在本课题的研究过程中,力图按照马克思主义的立场、观点和方法进行创新,在外来文化和欧美文学进入中国的背景下,结合欧美文学在"中国化"进程中的经验教训,尝试对一些重大问题和看法进行与时俱进的重新阐释。

四

"百年来欧美文学'中国化'进程研究"的全部成果共包括六卷。其各卷所包括的大体内容如下。

第一卷为"理论卷"。这一卷主要是对欧美文学"中国化"进程中所涉及的理论性与全局性的重要问题,进行集中的理论意义上的解说。比如"我们为什么要研究欧美文学'中国化'的问题?""'中国化'的概念有哪些内涵和特指?""马克思主义'中国化'(指导思想)与欧美文学'中国化'(具体领域)的联系与区别?""欧美文学能够被'中国化'的要素是什么?""百年来欧美文学'中国化'的主要经验与遗憾有哪些?"这一卷可以说是全书的总纲部分。

从第二卷开始,我们基本上按照历史演进的大致进程,对不同历史阶段的欧美文学"中国化"遇到的重大问题,进行解说。

第二卷的时间范围大约从1840年起到1919年前后,这是欧美文化与文学进入中国的初期阶段。这一卷的核心词是"中国应该走什么道路"。换言之,在这一卷中,主要围绕着"中国走什么样的现代化道路"这个历史之问的形成,揭示欧美文学进入中国过程中最初的曲折经历和发展历程,并总结了当时欧美文学翻译和介绍的成败得失。

第三卷所涉及的时间段是从1919年到1949年这一历史时期,这一卷的核心词是"站起来",即围绕着中国人民"站起来"的历史选择,揭示欧美文学在当时所起的作用。本卷着重指出这段时期是中国人民在中国共产党的领导下,为自由解放而艰苦奋斗的时期,也是欧美文学"中国化"进程走向自觉的阶段。其中涉及马克思主义指导思想地位的形成以及毛泽东同志《在延安文艺座谈会上的讲话》的里程碑价值。总的来说,这是欧美文学中国化从自发的追求到自觉探索的形成时期。

第四卷主要反映1949年至1979年前后欧美文学"中国化"的基本情况。这一卷的核心词是"革命"和"建设",即这是我国"革命"和"建设"两大历史任务的叠加阶段。这段时期既是外国文学进入中国最好的时期之一,也是受"左"的思潮干涉影响,欧美文学"中国化"遭遇严重挫折的时期。其中涉及如何看待"文化大革命"前十七年外国文学翻译引进、研究和推广的成就以及"文化大革命"十年中国的外国文学界"沉寂"的状况。这个时期也可以看成欧美文学中国化全面探索并遭受重大挫折的时期。

第五卷是1979年到2015年这一阶段。此卷的核心词是"富起来"和"强起来"。这个时期,"以经济建设为中心""建设社会主义现代化强国"成为我国建设发展的主要任务。此时也是外国文学中国化大发展的时期。也就是说,随着四个现代化建设进程的到来,我国进入社会主义发展的新时期。这个时期也是各种新问题、新情况不断出现的历史发展阶段。这段时期,欧美文学中国化进入健康发展和全面深化的阶段。这一卷主要是对这一时期欧美文学中国化的经验教训进行初步总结。

第六卷是编年索引。这一卷主要把与欧美文学中国化相关的主要事件和成果以年表的形式列出,目的是为百年来欧美文学中国化的进程提供一个大致的历史发展线索,以弥补本套书史学线索的不足,同时也为这个课题今后的研究提供一个资料索引。

总的来说，这六卷本书稿既是一个完整的整体，各卷又相对独立。我们期望，通过这种结构方式，对百年来欧美文学"中国化"的大致进程有个清晰的把握，同时对每个阶段所遇到的重大理论问题做出史论结合的深度解说。

五

"百年来欧美文学'中国化'进程研究"是 2011 年作为国家社会科学基金重大项目立项的。在国家社会科学基金办公室的领导下，在吉林省社科规划办的指导下，尤其是在东北师范大学社会科学处的全力帮助下，我们课题组进行了紧张而周密的研究工作。在项目立项后，课题组于 2012 年 3 月 18 日在北京进行了开题。中国社会科学院荣誉学部委员吴元迈研究员，中国社会科学院外国文学研究所所长陈众议研究员、文学研究所所长陆建德研究员、外国文学研究所韩耀成研究员，北京大学刘意青教授、王一川教授、申丹教授、张冰教授，华东师范大学陈建华教授，北京师范大学刘洪涛教授，南开大学王立新教授等出席了开题报告会。来自南开大学、北京师范大学、大连大学及我校的项目组成员参加了开题报告会。会上，项目主持人刘建军教授就该项目的研究背景、学理构成、编写设想、编写原则、具体分工和工作日程等情况做了全面介绍。专家组肯定了项目组已有的研究基础和总体设计，并对以问题为导向、紧扣标志性事件、抓住主要话语、寻求重大问题给予回答和阐释的研究思路，给予了充分认可。专家们还围绕欧美文学进入中国历程中的若干重大问题进行了充分研讨。2012 年 4 月、2013 年 6 月以及 2014 年 4 月，课题组相继举行了 3 次项目研讨会。会上，课题组成员针对当时研究中遇到的关键问题进行了讨论。大家认为，第一，要抓住"中国现代文学的发展形态在外国文学的影响下，如何创造了一个属于我们自己的新文学"这一立脚点不放松，要明确研究对象是中国化的外国文学而不是原初意义上的外国文学。第二，要紧紧抓住课题的核心思想和基本脉络不放松。课题写作的基本脉络就是要依据近百年来中国人民"站起来""富起来"和"强起来"的伟大复兴历史进程来撰写，要强调中国化的马克思主义的指导作用，要突出欧美文学中国化与中国的新文化、新文学建设之间的联系。第三，要把总结欧美文学中国化的经验教训和建立欧美文学乃至外国文学的"中国话语"紧密结合起来。也就是说，我们总结以往的经验教训，目的是适应今天乃至今后一段时期内中国文化发展和社会进步的需要，要为建设欧美文学的"中国话语"服务。第四,课题组还明确要紧紧抓住以问题为导向的写作体例不放松;要围绕时代的主题、紧扣标志性事件、抓住主要话语,对不同历史条件下的重大问题给予科学的和实事求是的回答;对一些重大的文化事件和外国文学进入中国出现的问题,要放在具体的语境中实事求是地加以科学地辨析。

正是在这些基本写作原则的指导下,2015年和2016年,课题组进入了艰难而又富有成效的写作阶段。其中对"中国化"概念内涵的确立、对马克思主义中国化与欧美文学(即具体领域)中国化关系的辨析,对翻译、研究、评论等问题在欧美文学中国化进程中的价值以及对建设欧美文学的"中国话语"等重大问题,进行了随时的研讨。同样,对一些重要的时间节点、一些重大事件的历史作用以及对一些特定时期(如"文化大革命"期间)欧美文学中国化出现的问题等,都进行了认真而严肃的讨论。可以说,这个课题研究写作的过程,也是我们课题组成员不断学习和提高自己认识水平的过程,更是不断深化对百年来中华民族伟大复兴发展规律的认识过程。

可以说,书稿的写作过程非常艰难,但也充满了研究的乐趣。现在所呈现在大家面前的这六部书稿,几乎都经过了几度成稿又几度被推翻重写的反复过程,其中有些卷写了五六稿之多。尽管如此,有些部分我们还是不太满意,需要在今后更加深化自己的认识。

六

本课题研究过程的参与人员众多。其中除了各卷的主要执笔人员如刘建军(东北师范大学)、袁先来(东北师范大学)、王钢(吉林师范大学)、高红梅(长春师范大学)、周桂君(东北师范大学)、王萍(吉林大学)、刘研(东北师范大学)、刘悦(东北师范大学)、刘一羽(东北师范大学)、邵一平(东北师范大学)、刘春芳(山东工商学院)、郭晓霞(浙江师范大学)、张连桥(江苏师范大学)等人之外,参与研究指导和讨论的人就更多了。首先要感谢中国社会科学院荣誉学部委员吴元迈研究员、中国社会科学院外国文学研究所所长陈众议研究员和前所长黄宝生研究员以及韩耀成研究员,北京大学刘意青教授、申丹教授、张冰教授,浙江大学吴笛教授,华东师范大学陈建华教授,吉林大学刘中树教授,浙江工商大学蒋承勇教授,中国人民大学耿幼壮教授、曾艳兵教授,南开大学王立新教授,华中师范大学聂珍钊教授、苏晖教授,大连大学杨丽娟教授等,在不同的场合所提出的宝贵意见。同时东北师范大学历史文化学院的荣誉教授朱寰先生、文学院的王确教授、高玉秋教授、刘研教授、王春雨教授、张树武教授、徐强副教授、韩晓芹副教授、裴丹莹副教授、王绍辉副教授以及我的博士研究生米睿、魏琳娜等,为本课题的研究提供了自己的智慧。东北师范大学社会科学处的王占仁处长、白冰副处长、关丰富副处长以及宋强同志等,对我们课题的研究工作给予了大力支持和各种帮助。吉林省社科规划办的毕秀梅主任等也时刻关注着项目的进展,并给予了很多工作上的具体指导。可以说,这部书稿是集体智慧聚合的产物。而众多学者的支持和期望,是我们不断前进的动力。在这里,我代表课题组的全体成员,对他们的帮助表示衷心的感谢。

在全部书稿完成后,我们还邀请了东北师范大学文学院和国内其他几所高校的几位从事现代文学研究和教学的专家通读书稿。对他们提出的宝贵意见,我们永远心怀感激之情。

2016年10月,在该项目结项以后,我们又对全部六卷书稿进行了新一轮完善,并结合新的形势要求对其中的一些提法和观点进行了斟酌与修改。

写好一部以思想性见长的学术研究著作,尤其是像这样一部跨度百余年中国近代、现代和当代社会发展演进的历史进程,涉及中国传统文化和外来文化,尤其是不同的欧美国家文学之间在引进过程中的特殊性以及与中国文学之间相互影响和改造的复杂关系的著作,研究者不仅需要具有本学科深厚的学养、专业知识的储备,还要具有开阔的社会历史发展眼光、正确的指导思想以及科学的方法论。从这个意义上来说,很多方面我们都有着很大的不足。因此,在书稿出版之际,忐忑不安可能是每个课题组成员最真实心态的反映。我们期望着专家和读者的批评!

刘建军
2017年7月

目 录

导 论 …………………………………………………………………………… 1

第一个问题：新中国成立初期外国文学引进是如何适应社会主义革命和建设双重任务需要的 …………………………………………………………… 1
  一、新文化建设政策影响下的外国文学引进规划 ……………………… 1
  二、围绕新生政权文化建设的欧美文学"中国化"的成绩 …………… 5
  三、新中国成立最初几年外国文学引进中国的主要经验 …………… 12

第二个问题：新中国成立初期三十年俄苏文学译介的变迁和影响 ……… 15
  一、社会主义改造和国民经济恢复时期(1949—1956) ………………… 16
  二、"反右、批修"与阶级斗争扩大化时期(1957—1962) ……………… 20
  三、"反向需求"与回温时期(1963—1979) ……………………………… 23
  四、俄苏文学引进对新中国文坛的影响 ………………………………… 28

第三个问题：苏联文学理论与文学思想如何影响新中国成立后中国的外国文学观念 …………………………………………………………………… 34
  一、对文学问题的看法基本遵循苏联的文学思想 ……………………… 34
  二、苏联文学理论影响中国外国文学整体观念的三个途径 …………… 38
  三、在俄苏文学理论影响下中国文学思想中几个特定观念的形成 …… 43

第四个问题："反修批修"运动如何影响了对苏联当代文学的介绍、引进和评介 ……………………………………………………………………… 49
  一、对苏联当代文学三种题材的批判和译介 …………………………… 50
  二、苏联当代文学在当时中国出版的三种模式 ………………………… 54
  三、对苏联当代文学两种观念的批判 …………………………………… 60

第五个问题：如何看待1956—1958年北京师范大学苏进研班对中国外国文学学科建设的贡献 …… 63
  一、苏联文学进修班、研究班的基本情况概说 …… 63
  二、苏进研班学员在中国外国文学学科建设中的历史业绩 …… 69
  三、苏进研班学员对"苏联模式"的重新审视与历史反思 …… 74

第六个问题：如何理解新中国成立初期十七年欧美文学的引进、认知与其"中国化"的特殊进展 …… 79
  一、新中国成立初期十七年欧美文学在中国总体发展历程 …… 79
  二、新中国成立初期十七年欧美文学译介和研究的基本成就 …… 89
  三、新中国成立初期十七年欧美文学引进和研究的基本特点与价值 …… 96

第七个问题：新中国成立初期三十年欧美"现代主义文学"在中国的介绍、接受情况 …… 107
  一、新中国成立初期三十年欧美"现代主义文学"的译介概况 …… 107
  二、新中国成立初期三十年欧美"现代主义文学"的研究成就与不足 …… 111

第八个问题：20世纪五六十年代的媒体与出版机构在欧美文学"中国化"进程中的作用 …… 125
  一、20世纪五六十年代外国文学出版情况的总体特征 …… 125
  二、《世界文学》(《译文》)的贡献 …… 128
  三、20世纪五六十年代人民文学出版社出版世界文学经典的状况 …… 137

第九个问题：新中国成立初期三十年外国文学教材编写历程的主要贡献与经验教训 …… 143
  一、新中国成立初期三十年外国文学史编撰情况概述 …… 143
  二、新中国成立初期三十年外国文学史编撰思想的曲折探索 …… 147
  三、《欧洲文学史》的学术整合表述与历史功绩 …… 156

第十个问题：如何看待20世纪60年代初到70年代中叶内部发行的"黄(灰)皮书"的作用 …… 163
  一、"黄(灰)皮书"的产生发展过程和译介情况 …… 163

二、"黄(灰)皮书"的特定功能与价值 …………………………………… 169
三、"黄(灰)皮书"的传播、接受与影响 ……………………………… 172

第十一个问题：1976—1979年外国文学事业出现的新气象及其意义 …… 188
一、文艺路线的调整和外国文学界风向的转变 ……………………… 188
二、"文化大革命"结束之后三年间的外国文学事业发展状况 ……… 193
三、20世纪70年代末外国文学新观念建立的艰难过程 ……………… 199

结　语 ……………………………………………………………………… 207
参考文献 …………………………………………………………………… 212
外国人名索引 ……………………………………………………………… 219
中国人名索引 ……………………………………………………………… 221
后　记 ……………………………………………………………………… 223

导 论

从1949年中华人民共和国成立到1978年改革开放,是我国社会主义革命和建设事业发展非常重要的三十年。要理解这一历史发展阶段欧美文学(乃至外国文学)"中国化"的进程及其特点,我们首先要对自19世纪下半叶开始到今天百多年的历史文化发展进程,有一个整体性和全方位的把握。

我们认为,从社会文化发展的意义上来说,百多年来中国近现代社会文化发展的进程大致可以分为"提出问题"和"回答与解决问题"两个大的阶段。前一个阶段的时间范围大致是1840年至1919年。在这七十余年的时间里,面对满目疮痍的中国,无数仁人志士用他们的智慧与实践,一直在艰辛地追问着这样一些问题:为什么古代强大的中国会在近代衰败如此?近代以后中国社会走什么样的道路才能重新走向繁荣富强?这些问题可以说是近代中国社会出现和逐渐形成的历史之问。正是在梁启超、康有为、严复、孙中山等一批志士仁人和革命先行者的努力下,这样的历史之问渐渐清晰起来,因此也就进入了对这样的历史之问的回答阶段。1919年"五四"运动爆发,尤其是1921年中国共产党成立,经过"五四"新文化运动时期的再一次"百家争鸣",中国人民在自己独特的历史境遇中,做出了睿智的回答,那就是:只有以马克思主义为指导,在中国共产党领导下,团结全国各族人民,共同奋斗,才能实现伟大的民族复兴。而这种回答又是通过中国共产党领导中国人民经过不断的艰辛探索和艰苦卓绝的实践所取得的。从1919年到今天百多年的时间里,中国共产党和全中国人民,又根据不同时期所面临的具体任务的不同,清晰地分了三步走:第一步的主要任务是让中国人民站起来。经过艰苦卓绝的斗争,在中国共产党的领导下,这个任务在1949年新中国成立时初步完成。毛泽东同志在新中国成立时就向全世界庄严宣布:"中国人民从此站起来了!"第二步的主要任务是让中国富起来,这个任务从1949年开始已延续至今,并随着社会主义制度的确立和不断发展而逐渐完善。时至今日,中国人民的生活水平已经接近达到小康社会,"富起来"这个任务也已经初步完成。第三步的主要任务是要让中国"强起来",要全面建设伟大的社会主义现代化强国。中国共产党第十八次全国代表大会上提出的"全面建设小康社会","实现中华民族的伟大复兴",就是我们走向"强起来"的新阶段的号角。

本卷作为国家社会科学基金重大项目"百年来欧美文学'中国化'进程研究"的子课题之一,讨论的是新中国成立第一个三十年(1949—1979)欧美文学(乃至外国文学)"中国化"的进程。

按照我们上述"三步走"的划分,新中国成立最初这三十年是第一步走和第二步走的交替阶段,即我们过去常说的社会主义革命和建设阶段。为此,我们将新中国成立后的前三十年看成是新民主主义革命任务的延续时期,同时又是1978年改革开放的前导时期。这三十年,我们所面临的主要任务有两个:对刚刚站起来的中国人民来说,此时的目标:一要站得稳,因此要继续革命;二要尽快地富起来,因此要发展生产力。前者是说,我们要继续推翻旧世界的经济基础,尤其是完成上层建筑的革命任务,维护无产阶级政权和人民当家做主的地位;后者是说要进行社会主义改造和现代化国家建设,使人民尽快在物质生活和文化生活上富裕起来。可以说,此时"革命"与"建设"两大任务的叠加,决定了这三十年中国社会的发展具有相当的特殊性。我们认为,在这个认识的基础上,我们可以重新思考和解释这三十年所发生的众多事件,也可以对这一历史阶段欧美文学(乃至外国文学)进入中国的曲折历程做出较为科学的解释。

回顾欧美文学(或曰外国文学)进入中国,并与新中国文化建设相融合的三十年的历程,我们还要注意这段历史时期内世界形势发展的特殊性。从1949年到1979年这三十年的时间,不但中国经历翻天覆地的历史变革,而且这也是世界大动荡、大分化、大改组的特殊时期:第二次世界大战后,以苏联为首的社会主义阵营与以美国为首的资本主义阵营在战胜德、意、日法西斯以后开始分道扬镳,二者的矛盾渐趋不可调和,继而成为当时世界政治领域的主要矛盾。在这种形势下,刚刚诞生的新中国出于历史原因与现实考量,选择坚定地站在了苏联一边。这样,中华人民共和国成立初年我们的文化政策向代表着社会主义方向的苏联靠拢。但是随着世界大动荡、大分化和大改组,尤其是中国与苏联的分道扬镳,我们不得不随着形势的变化不断调整自己的文化政策。在这种情况下,就需要中国人民必须探索出一条有自己特色的独立的文化发展之路。

因此，可以说，中华人民共和国成立之初的这三十年，既是中国人民在"站起来"后要转向"富起来"的历史发展时期，也是在社会主义和资本主义两大阵营的激烈冲突中，在中国共产党的领导下，开始探索独立自主的社会发展道路，尤其是独立自主的文化发展道路的三十年。这种探索，既是在特定的国际、国内时代氛围和语境下进行的，也是在没有前人经验的基础上进行的。所以，这一时期出现的很多波折，就成为必须要交的学费。

欧美文学（乃至外国文学）在这种新的语境下进入中国，同样不是一帆风顺的。我们的文学引进，既要适应中国社会继续革命的要求，又要承担物质和文化建设的任务。也就是说，一方面，此时欧美文学乃至外国文学"中国化"的进程，既受制于这一历史根本要求的规定，又要在国际两大阵营尖锐对立、两种文化尖锐冲突的情况下，不断寻找适合自己新文化建设需要的外来文化资源。这也就是为什么中华人民共和国成立后到20世纪60年代中期我们的外国文学翻译和引进方向不断调整的深层原因。

这两个特征，本质上是我们对自己要走的文化道路的探索，与我们要建设既不同于欧美，也不同于苏联的"中国的世界文学话语"密切相关。尽管中华人民共和国成立后的一段时间内我们出现了向苏联一边倒的情况，文学引进也以苏联文学为主。但是，纵观20世纪五六十年代对外国文学态度的变化，仍然可以看出，我们的自主意识还是非常强的。这一特点主要表现在，我们一直以中国人所理解的马克思主义阶级斗争的观点和对无产阶级革命事业的态度评价外国文学，以对人民的态度和对社会主义的态度作为文学作品翻译和引进的主要标准。当然，我们承认其中有受苏联文艺思想深刻影响的成分，也和我们当时思想认识中的极"左"思想和僵化意识有关，但不可否认，这是用中国话语评价世界文学的初步尝试，也是用中国话语阐释世界文学的努力。例如，虽然开始时我们翻译了大量的俄苏文学，但是东欧一些社会主义国家如波兰、南斯拉夫、保加利亚、罗马尼亚、阿尔巴尼亚等国的重要现当代作家作品也都有所译介，甚至包括一些成就不高、影响不大的作品。尽管对俄苏文学作品和东欧等一些社会主义国家的作品，当时的各种评论一直是以自己的理解进行介绍和接受的（就是有极"左"的话语也是我们理解的话语）。随着将苏联文学奉为圭臬的文学观的改变，在反修防修的时代思潮下，我们甚至尝试翻译一些欧美文学经典作品，用以揭露资本主义制度，尤其还翻译了一些欧美现代主义文学作品作为反面教材和批判对象。尽管在翻译和评论的过程中，我们的话语有极强的

"左倾"色彩,但不可否认,其中国话语特色也是很鲜明的。尤其值得指出的是,我们在20世纪50年代中期之后,还翻译和介绍了很多亚非拉国家的文学作品。翻译亚非拉文学一方面源自1955年万隆会议以后,我们要寻找与亚非拉国家政治意识形态上的一致性,与之加强团结,建立友好关系;另一方面鉴于苏联走向大国沙文主义,翻译亚非拉文学成为一种强化自我意识形态话语的文化建设方式。1956年《译文》杂志曾推出"埃及,我们支持你!专辑",1957年推出"拉丁美洲文学特辑"以及"亚洲文学专号"。1958年的《译文》杂志在第9、10两期推出"亚非国家文学专号",第11期又设有"现代拉丁美洲诗特辑"。1959年《译文》杂志更名为《世界文学》,同年第2期以亚非拉文学为主,第4期则又设有"黑非洲诗选"专栏,这一系列举措无疑将亚非拉文学译介推向高潮,同时也拓展了中国的外国文学话语。

诚然,当时出现的一些批判欧美文学、苏联文学的文章都充满极"左"意味,但我们仍然认为,对于一些重要的批评家来说,他们的言论,虽然受当时政治气氛的影响,但仍在尝试中国人自己的话语,建立中国人的理解模式——这恐怕是他们头脑中最重要的潜意识。例如,卞之琳等人提出,对于外国古典文学作品,要"从今日的高度看这些作品,本着'政治标准第一'的精神,首先分析其中的思想倾向"[①]。冯至也指出:"为了配合反修正主义的斗争,我们要站在共产主义的高度上,对于欧洲十九世纪资产阶级的现实主义文学进行科学的分析和批判,给以重新的估价。"[②]我们认为,恰恰是这些极"左"的言论,透露出这些大师们构建中国自己的外国文学话语的强烈意愿。

基于这样的认识,本卷主要围绕以下问题展开:为什么此时在对西方文学引进过程中出现了革命和建设的双重主题?为什么在国民经济恢复和社会主义改造完成后欧美文学的译介走入低谷,而苏联文学获得了当时中国翻译界的青睐并被大量引进?中华人民共和国成立初期三十年中发生的几次大的文化运动对中国人的文学观产生了怎样的影响?对确立中国现代文学理解模式的作用又有什么样的经验和教训?欧美文学被当成资产阶级文学"供批判用"这一现象对欧美文学在特定时期的传播产生了怎样的反作用力?其价值何在?"文化大革命"时期中国的翻译家和外国文学工作者们在沉默中的思考和翻译

---

① 卞之琳、叶水夫、袁可嘉、陈燊:《十年来的外国文学翻译和研究工作》,《文学评论》1959(5),第72页。
② 冯至:《关于批判和继承欧洲批判的现实主义文学问题——一九六〇年八月一日在中国作家协会第三次理事会扩大会议上的发言》,《文学评论》1960(4),第53页。

工作如何影响当时人们的思维和认识？此时外国文学"中国化"的理论与实践的基本特征是什么？其与马克思主义"中国化"的关系是什么？……可以说，我们正是通过对这些问题的重新把握，努力揭示当时欧美文学乃至外国文学进入中国的主要功用和经验教训。

第一个问题：

新中国成立初期外国文学引进是如何适应社会主义革命和建设双重任务需要的

1949年新中国成立以后，从贫穷、战乱中走过近百年之久的苦难的中华民族，开始着手建设自己的新生活。此时的新生政权面临着革命与建设的双重任务：一方面，第二次世界大战后所形成的冷战格局要求我们进一步对内加强思想和舆论宣传，引导广大人民群众走上社会主义的正确道路，对外则需要继续坚持斗争，防范可能出现的危险；另一方面，我们急需在经历百年沧桑的古老土地上进行经济建设，夯实新中国的物质与经济基础。但是，由于外部风险的持续存在且具有不可预估、不可控制的风险，新中国在思想上一直处于"以阶级斗争为纲"的紧张状态之中，一系列政治运动此起彼伏，加之自1958年后中苏关系逐渐破裂，新中国在美苏两个超级大国之间的位置更显尴尬与窘迫，阶级斗争也因而被强化，直到"文化大革命"达到了无以复加的程度。故而，在此期间，国家对待古今中外的文学作品就有了革命与逆动、先进与落后、进取与颓靡、高雅与低俗之不同评判。相互对垒的政治斗争形势，根本上影响了外国文学在中国的翻译、传播与接受走向。总体而言，这一时期，文化主管部门对翻译外国文学的政策包括两个方面：一是将其纳入有计划、有组织的国家文化建设轨道中来；二是使其适应社会主义条件下革命与建设任务的需要。在此种政策的影响下，欧美文学翻译、出版、发行与读者接受的各个环节，都被打上了深深的无产阶级意识形态的烙印，译介外国文学作品的期刊和出版社标举集体主义的理性精神和共产主义理想，为欧美文学"中国化"涂上一层明丽而又单一的赤红色。与此同时，现代西方观念与哲学体系对文学的影响则消失殆尽，马克思主义以毋庸置疑的权威性，成为建构欧美文学"中国化"新图景的脊梁。

一、新文化建设政策影响下的外国文学引进规划

中国共产党所领导的政权历来对文艺工作重视有加，早在1942年，还在同

日本侵略者进行浴血奋战之际,战火笼罩下的延安就召开了影响至今的"延安文艺座谈会",确立了革命文艺的方向。新中国成立后,延安文艺座谈会讲话的精神得到了延续和某种程度上的强化,翻译文学同样概莫能外。

就在新中国刚刚成立不久的1950年7月,国家出版总署翻译局主办的《翻译通报》创刊,"定下奋斗的目标:协同国家出版机关组织翻译力量,1967年以前,将世界古典作家和当代优秀作家的代表作品全部译成汉文出版。有特殊重要性的作家,应翻译出版他的全集。同时,还应大量出版研究这些作品的由国内外研究家撰写的专门著作"①。时任国家出版总署翻译局局长的沈志远在《发刊词》中明确指出,革命解放战争结束以后,大规模的和平建设即将展开,"因而人民对于文化教育的要求,比过去任何时候都迫切了。我们正面临着一个伟大的文化新高潮。在这一文化新高潮中,翻译工作无疑地是一个非常重要的构成部分"②。这段表述是官方向翻译从业者们传递出的一个重要信号:翻译文学将被纳入国家宏观的文化规划之中。紧接着,大约半年以后的1951年1月,国家出版总署翻译局就邀请有关方面人员召开了座谈会。当年年底则召开了第一届全国翻译工作会议,时任国家出版总署署长胡愈之亲自主持了会议,会议的中心议题就是制订译书计划,提高翻译质量。在这次会议上,两个带有纲领性、指导性的文件——《关于公私合营出版翻译书籍的规定草案》和《关于机关团体编译机构翻译工作的规定草案》——出台。翻译局局长沈志远在会上明确提出,全国翻译工作从以往的"无组织、无计划的盲目状态,走向有组织、有计划的状态"③。从这次会议开始,翻译文学被纳入有组织、有计划的全国文化规划,首次以官方形式明确了下来。三年后的1954年8月,全国文学翻译工作会议再次在北京召开,来自全国各地的二百多名从业人员参加了会议。不同于以往的是,这次会议的级别前所未有,会议由中宣部主持,时任文化部部长茅盾以《为发展文学翻译事业和提高翻译质量而奋斗》为题做了主题报告。茅盾的报告分为四个部分,分别是:"介绍世界各国的文学是一个光荣而艰巨的任务""文学翻译工作必须有组织有计划地进行""必须把文学翻译工作提高到艺术创造的水平""加强文学翻译工作中的批评与自我批评和集体互助精神,培养新的

---

① 周发祥、程玉梅、李艳霞、孙红、张卫晴:《二十世纪中国翻译文学史·十七年及"文革"卷》,天津:百花文艺出版社,2009年,第26页。
② 沈志远:《发刊词》,《翻译通报》1950(1),第1页。
③ 中国出版科学研究所、中央档案馆编:《中华人民共和国出版史料(一九五一年)》(3),北京:中国书籍出版社,1996年,第398页。

翻译力量"①。这个报告涉及了翻译工作所涉及的方方面面,但也特别强调了其组织性和计划性。在报告的第二部分,茅盾指出新中国成立以前,由于无组织、无计划的翻译造成"严重的重复浪费"②问题,明确提出新做法的重要性与必要性,他说:"我们的国家已进入社会主义建设和社会主义改造时期,一切经济、文化事业已逐渐纳入组织化计划化的轨道,文学翻译工作的这种混乱状态,决不能允许其继续存在。文学翻译必须在党和政府的领导下由主管机关和各有关方面,统一拟订计划,组织力量,有方法、有步骤的来进行。特别在今天,我们的翻译力量还非常薄弱,而我们的任务却十分艰巨,因而必须使每一个文学翻译工作者的每一滴力量,都能充分发挥其应有的效果。而这,只有有计划有组织地来进行工作,才有可能。"③这次会上,与会代表还讨论了"世界文学名著介绍选题计划"。两年之后召开的中国文学艺术工作者第三次代表大会上,翻译工作再次成为讨论的焦点之一,会议制定的从1956年到1967年十二年的工作纲要,将包括翻译文学在内的"关于国际文学交流的工作"作为第五部分纳入其中。上述与翻译工作有关的会议只是择其要者,据王友贵的统计,1949年至1966年这十七年间召开的与此相关的各种比较重要的工作会议、座谈会和研讨会就有二十余次,内容涉及翻译组织的健全、翻译质量的管理等翻译工作的各个方面,并且国家文化主管部门也一直在试图通过作家协会将全国的翻译工作者纳入统一的管理体制之中。

很显然,要将全国的翻译工作纳入国家计划体制中来,对翻译人员的管理只是一个方面,另外一个方面——即对出版机构的管理——则更显迫切。原因显而易见,"计划经济对外国文学翻译的巨大影响,体现在后者从生产到发行到消费的各个环节的高度计划性上"④。针对这个问题,国家开始有计划地对外国文学出版机构进行调整,并在一定程度上对翻译文学的出版权进行限制。在1949年到1979年的三十年间,外国翻译作品大多由人民文学出版社、新文艺出版社、作家出版社、平明出版社等几家出版社出版,其他地方的出版社(例如江苏文艺出版社、湖南文艺出版社等)仅仅是零星地出版一些译作。

公允地说,将翻译工作纳入有计划、有组织的全国文化体制中来,带来的积极变化是明显的。新中国成立前,"每一翻译工作者,都把译书当作自己的私事

---

① 茅盾,《茅盾全集》第二十四卷,北京:人民文学出版社,1996年,第299—318页。
② 同上书,第306页。
③ 同上书,第307页。
④ 王友贵,《20世纪下半叶中国翻译文学史:1949—1977》,北京:人民出版社,2015年,第17页。

来进行;每一出版者,也都把翻译书刊当作普通商品来买卖。译作者是为了生活,出版者是为了利润,私人的利益推动着一切。该翻译什么样的书,该怎样进行翻译工作,该采取怎样的方针来译书出书,哪类书该多译多出等等,这一切都是翻译者或出版者个人的私事,谁也不能去过问,市场的情况决定着一切。"①也正因为如此,不但乱译、滥译、抢译得不到有效的管理,而且翻译质量也得不到保证。新中国成立后新的组织形式一举改变了上述乱象,王友贵不禁评价道:"加强了翻译出版的计划性、系统性,此乃晚清民国历代启蒙思想家、社会改革家、文化人不断呼吁、数度争取未果者,在本期终于成为逐步实现的现实。"②

不但如此,与中华民国时期相比,由于有了计划性与组织性,译文规模和质量也得到了巨大的提升。仅在1949年到1966年的十七年间,我国文学翻译的范围就涉及了三大洲85个国家1909位作家的5677种作品,作品总印数不低于1亿册,每种书平均印刷发行约2万册,这一数据在新中国成立前仅仅为1000—2000册,即使偶有表现突出的作品,其印数也只能维持在4000—5000册左右。③并且,民国时期限于人力、物力未能实现的翻译工作得以开展,一批经典作家的选集或全集相继翻译出版,其中就包括《莎士比亚戏剧集》(朱生豪译,共十二卷)、《莫里哀喜剧选》(赵少侯译,共三卷)、《易卜生戏剧集》(潘家洵译,共四卷)、《契诃夫小说选集》(汝龙译,共二十七种)等经典译著。此外,值得一提的成绩还有:一、从1956年开始,中国作家协会开始组织学者对世界各国文学概况进行总结,范围涉及苏联、东欧及亚非拉、欧美等各大洲国家。"文艺理论译丛"也在此时面世,使得外国文学理论的译介工作得到加强;二、1958年中国社会科学院外国文学研究所组建由众多名家参与的编委会,陆续出版了"外国文学古典名著丛书";三、1961年,国家制定了翻译出版"三套丛书"("马克思主义文艺理论丛书""外国古典文艺理论丛书""外国古典文学名著丛书")的编选计划,并组织相关专家遴选作品,当年即确定了171种待出图书书目。④面对如此成绩,当时翻译泰斗卞之琳先生这样评价道:"开国以来,我们的外国文学翻译和研究工作,在党的领导之下,在新社会的优越条件之下,发扬了'五四'以来外国文学介绍工作的优良传统,开辟了解放以前外国文学介绍工作不曾达到

---

① 周发祥、程玉梅、李艳霞、孙红、张卫晴:《二十世纪中国翻译文学史·十七年及"文革"卷》,天津:百花文艺出版社,2009年,第15页。
② 王友贵:《20世纪下半叶中国翻译文学史:1949—1977》,北京:人民出版社,2015年,第23页。
③ 方长安:《建国后17年译介外国文学的现代性特征》,《学术研究》2003(1),第109页。
④ 在这171种图书中,具体包括"马克思主义文艺理论丛书"12种、"外国古典文艺理论丛书"39种、"外国古典文学名著丛书"120种。

的新领域。短短的十年内,外国文学翻译工作得到了蓬勃的发展,外国文学研究工作有了健康的开端。"①

二、围绕新生政权文化建设的欧美文学"中国化"的成绩

将外国文学译介纳入国家有组织、有计划的文化建设中来,抑制翻译活动的无序性只是其目的的一个方面,颇为重要的另外一面则是,促使外国文学,尤其是欧美文学的翻译活动尽快走到满足社会主义革命和建设需要的轨道上来。

当时的文化主管部门开展这一工作是通过"一个原则"和"一个手段"来实现的。"一个原则"就是包括翻译文学在内的文学艺术创作要坚持社会主义方向,要反映波澜壮阔的社会主义革命建设,具体而言就是要遵循1942年毛泽东《在延安文艺座谈会上的讲话》的精神,强调文学艺术要为工农兵服务,要为社会主义革命建设服务。这条原则使其在新中国成立后通过政策乃至行政方式具体化并具有了可操作性。翻译界内部也在做着同样的努力,如新中国成立后成立的第一个翻译工作者组织——上海翻译工作者协会,就把"参加新民主主义文化建设"作为自己的宗旨之一。"一个手段"就是国家文化主管部门通过对翻译作品选题、翻译过程、出版的审批来保证上述原则的贯彻与落实。某种意义上说,"一个原则"和"一个手段"是一体两面的,"原则"是"手段"的基础和方向,"手段"是"原则"的实现途径,二者互为表里。

从现实情况来看,我们可以将这一时期的翻译文学划分为三个部分:俄苏文学、亚非拉文学和欧美文学。这样的划分有利于我们从国家意识形态角度把握当时的文化主管部门是如何依据上述"原则"和"手段"来管理外国文学翻译活动的。

(一)俄苏文学的译介情况

20世纪50年代上半叶,苏联与中国的关系非常亲密,由于二者当时的政治信仰和各领域政策的方向几近一致,中国共产党及其领导的新生政权急于向苏联和苏共学习治国理政的经验。而作为学习经验、增进友谊的重要手段,大力、积极地引进、推介苏联文学就在情理之中了。

---

① 卞之琳、叶水夫、袁可嘉、陈燊:《十年来的外国文学翻译和研究工作》,《文学评论》1959(5),第41页。

这一时期,我国翻译界对俄苏文学的引进力度是空前的。可以说,整个20世纪50年代苏联文学的译介和研究形成了"浩荡的洪流"。尼·奥斯特洛夫斯基、伊利亚·爱伦堡、高尔基、肖洛霍夫、阿·托尔斯泰等人的作品,几乎全都得到了译介。"无产阶级作家和社会主义现实主义文学的奠基人"、被列宁称为"革命的海燕"的高尔基不仅是翻译的重点对象,也是当时《文学评论》中相关研究论文数量最多的作家。与此同时,苏联文学的引进也同样受到了普通读者的热烈欢迎,读者们把奥斯特洛夫斯基的《钢铁是怎样炼成的》、法捷耶夫的《青年近卫军》、波列沃依的《真正的人》中的主人公当作自己学习的最好榜样,而巴甫连科的《幸福》、尼古拉耶娃的《收获》、阿扎耶夫的《远离莫斯科的地方》等作品也颇受追捧。当时的盛况,正如周扬在第二次全苏作家代表大会上的发言所指出的:"苏联的文学艺术作品在中国人民中找到了愈来愈多的千千万万的忠实的热心的读者;青年们对苏联作品的爱好简直是狂热的。"①而苏联文学对于中国革命和建设的巨大价值以及通过译介所取得的成绩也受到了两国文学工作者的高度赞扬。1959年茅盾出席第三次全苏作家代表大会时热情称赞"光荣的苏联文学",认为"在这段时间里,它给苏联人民建设共产主义社会的创造性劳动和英勇斗争以深刻的反映……它在反对殖民主义、反对冷战、保卫世界和平、加强各国人民之间的友谊等等方面,作出了巨大的贡献。可以毫不夸大地说,具有伟大的思想感情和丰富经验的苏联文学,正在向世界艺术创作的新的高峰前进"(《大会祝词》)。苏联作家在会上也指出:"我们苏联文学和伟大中国的现代文学不单单是善邻,而且是近亲"(柯切托夫发言《主要方向》)。②

另外,值得一提的是,俄罗斯古典文学也成为这一时期我国译介工作的重点,究其原因,有学者指出:"对俄国古典精品的译介,一方面只是希望从中发掘反封建的人民性内容,以创造性地转化为新型人民文学的精神资源;另一方面,也可理解为是一种政治、文化姿态,即表明相互间的文化友好往来,目的只在于促进政治上的联系。"③换句话说,这也是与新中国外国文学翻译工作的整体思路和价值取向相一致的。

---

① 周扬:《在第二次全苏作家代表大会上的祝词》,《周扬文集》(第二卷),北京:人民文学出版社,1985年,第331页。
② 周发祥、程玉梅、李艳霞、孙红、张卫晴:《二十世纪中国翻译文学史·十七年及"文革"卷》,天津:百花文艺出版社,2009年,第6页。
③ 方长安:《建国后17年译介外国文学的现代性特征》,《学术研究》2003(1),第109页。

（二）亚非拉文学的译介情况

坦率地说，在世界范围内，亚非拉文学成果并不丰厚，而新中国翻译界之所以将亚非拉文学作为译介的重要对象之一，很大程度上是基于历史与情感方面的考量。因为绝大多数亚非拉国家都与中国有着相似的历史境遇，都曾经或者正在面临着反封建、反殖民、反压迫的历史任务，而发展与这些国家的友好关系，一直以来都是新中国外交工作的重点之一。对亚非拉文学的译介，"一方面是为了增进团结，以促进反殖民主义和维护民族独立的斗争，另一方面则是为印证中国社会主义事业以及社会主义文学不孤立，具有世界潮流性"[①]。另外，1958年，被称之为"文学的万隆会议"的亚非作家会议的召开，也为这项工作的推进提供了一个契机。而颇有意味的是，在这次会议上，与会者们将文学的社会功能定义为：反帝反殖民、争取民族独立、保卫世界和平。[②]

但是，从具体成果上来看，新中国对亚非拉文学的译介工作并没有像译介俄苏文学那样开放，而是针对不同国家、不同作家、不同作品在意识形态方面的差异，选择了不同的译介策略。具体而言又分为以下几个层次：

一、对于同为社会主义国家的朝鲜文学和蒙古文学的译介，多选择以革命战争、社会主义建设、增产丰收为主题的，这是因为这两个国家的历史进程和新政权的建立时间与新中国相仿，且面临着几近相同的发展任务，故而引进上述主题的文学对外有利于显示政治和外交关系上的亲缘性，对内有利于鼓舞人民群众的劳动热情。例如，当时蒙古国长诗《苏赫·巴托尔之歌》被译介的原因在于蒙古国人民在俄国十月革命的感召下取得了无产阶级革命的胜利，"从一片漆黑的封建主义，绕过了资本主义"[③]，建立了自己的政权。

二、对非洲文学的译介，选择的主题往往都是反映非洲人民摆脱殖民统治，争取自由、和平，饱含民族情感的作品，如《亡灵书》《天方诗经》《尼罗河的土地》《一个非洲庄园的故事》《现代非洲诗选》等。为了更好地说明问题，我们不妨试举一例，以管窥其中的价值取向。在1962年第12期的《世界文学》杂志上，一组以《加纳诗选》为题的诗歌被发表出来，这组诗歌由著名作家冰心翻译，包括了以色列·卡甫·侯的《无题》、波斯曼·拉伊亚的《科门达山》、约瑟夫·加代

---

① 方长安：《建国后17年译介外国文学的现代性特征》，《学术研究》2003(1)，第110页。
② 周发祥、程玉梅、李艳霞、孙红、张卫晴：《二十世纪中国翻译文学史·十七年及"文革"卷》，天津：百花文艺出版社，2009年，第155页。
③ 熊辉：《"十七年"翻译文学的解殖民化》，《文学评论》2015(4)，第101页。

的《晗曼坦》和玛提·马奎的《我们村里的生活》4首加纳诗歌作品。其中,以色列·卡甫·侯的《无题》中就有这样的诗句:"如果我被迫去恨/那曾经哺育过我的祖国,/去讨普通异邦人的喜欢——/那么就让船开走吧,/我步行走去。"从中我们读出了一个诗人对已沦为殖民地的祖国的悲愤和热爱。

三、新中国成立前的中国人对于拉丁美洲的文学是极为陌生的,对其的译介几乎就是一个空白。对拉美文学的译介始于新中国成立,尤其是与秘鲁、巴西、乌拉圭、古巴等国加强了交往以后。这期间,《秘鲁传说》《卡斯特罗·阿尔维斯诗选》《森林里的故事》《马蒂诗选》等作品相继被翻译过来。其中,智利诗人聂鲁达和巴西小说家亚马多格外受翻译界的关注,原因在于他们的共产党员身份以及作品所展现出的与新中国意识形态价值取向相一致的思想倾向。尤其是聂鲁达的作品,始终将无产阶级的反抗和政治追求作为观照对象,"描写了拉丁美洲的锦绣山川,也叙述了拉丁美洲人们反抗殖民主义奴役的历史"。对其作品的翻译介绍顺应了中国人的阶级情感,"因为都是受压迫受剥削的民族,我国对亚非拉各国民族所遭受的苦难深表同情,对他们的独立斗争给予支持,对于他们建设国家的热情给予赞扬"①。正因为如此,这一时期,以《伐木者,醒来吧》为代表的一系列聂鲁达的作品在中国家喻户晓。

四、对于日本和印度这样的实施资本主义制度的亚洲国家的文学作品,新中国翻译界采取的策略是,有保留的进行译介。其中所隐含的价值取向是与欧美文学的选择相一致的,为了论述的方便,我们将这一问题放到下一小节中一并说明。

从上面的分析我们可以看出,新中国翻译界对于亚非拉文学的译介虽然比较多元开放,但是与俄苏文学相比,还是显得有所保留,对不同国家、不同作家、不同作品采取了层级分明的译介策略。但其中隐含的一条红线就是作家作品在思想倾向上必须符合我国当时的文化政策和意识形态要求。

(三)欧美文学的译介情况

新中国成立以前,欧美文学是翻译界关注的重点,从轰动一时的《巴黎茶花女遗事》开始,大量作品如易卜生的戏剧,歌德的小说,拜伦、雪莱的诗歌等,通过译介汇入了中国文学现代化流程中,对于推动中国现代思想的启蒙起到了重要的作用。其中原因是不言自明的,一来欧美国家是世界上文化较为发达的地

---

① 熊辉:《"十七年"翻译文学的解殖民化》,《文学评论》2015(4),第101页。

区,从某种意义上讲,倘若完全不考虑意识形态方面的因素,欧美文学成为亚非拉文坛关注的重点本身就是符合翻译文学发展规律的事情;二来自1840年第一次鸦片战争开始,中国思想界就一直以欧美国家为学习借鉴的对象,在"师夷长技以制夷""洋为中用"这些在中国近代史上产生深远影响的主张中,"夷"和"洋"也基本指代的是欧美国家。从一定意义上讲,学习欧美国家的发展经验,在"戊戌变法",尤其是"五四"运动以后几乎成为中国人内心中的普遍共识。

然而,新中国成立以后,出于意识形态方面的考虑,欧美文学的译介受到明显的限制,从而被有意识地边缘化了。据统计,从1949年至1966年间,我国"先后出版了245种英国文学译作和215种美国文学译作"①,英美文学翻译的总数达460种,几乎只占译介高潮时期的十分之一。并且在具体作家作品的选择上也是依据意识形态标准予以考量的。有学者总结道:"1949年新中国成立后,紧跟着苏联话语的中国在翻译欧美批判现实主义文学作品上所奉行的政策自然也是与苏联如出一辙。暴露敌人的'黑暗'成了文学创作及文学翻译的一个迫切任务。1949年《翻译月刊》的'创刊词'《翻译工作的新方向》对如何对待'帝国主义'文艺作了方向上的规定,指出对帝国主义的思想文化的介绍要先经过翻译工作者的清滤,通过翻译工作者的精密深入地了解帝国主义思想文化,它的腐败性、反动性等等,针对帝国主义思想的弱点,进行有效的攻击与战斗。同时在批判他者的同时教育本土读者热爱自己的社会。"②

具体而言,新中国成立初期三十年对欧美文学的译介在政策上大致呈现出以下几个向度:

一是苏联学界或马克思、恩格斯、列宁等在构建无产阶级革命思想体系时常常援引、认同的"进步"作家作品得以翻译和介绍,如美国的马克·吐温、杰克·伦敦、德莱塞,英国的萧伯纳、高尔斯华绥、狄更斯、萨克雷,法国的罗曼·罗兰等人的作品。论其更深层次的原因,学者卢玉玲在她的论文《他者缺席的批判——"十七年"英美批判现实主义文学翻译研究(1949~1966)》中,通过引用朱虹的相关论述,颇为精彩地点明了其中的要害,我们不妨摘抄如下:"朱虹在《论萨克雷的创作》一文中对狄更斯、萨克雷等英国作家创作主题的归纳,非常具体地点明了为何这些'浪子'作家会成为'十七年'新中国外国文学翻译的热点的原因。她说:'关于资本主义大都会的繁荣及其阴暗角落;关于劳动人民受

---

① 熊辉:《"十七年"翻译文学的解殖民化》,《文学评论》2015(4),第104页。
② 卢玉玲:《他者缺席的批判——"十七年"英美批判现实主义文学翻译研究(1949~1966)》,《中国翻译》2011(4),第20页。

凌辱的生活及其反抗;关于剥削阶级的腐朽堕落以及他们之间的互相倾轧以及在这种大鱼吃小鱼的普遍竞争中许多小人物的命运等等,都在狄更斯、萨克雷、勃郎(朗)特、特罗洛普、盖斯凯尔夫人等人的作品中得到生动的反映。'"①另外,与此原因类似,在这个时期,同样是英国浪漫派诗人,拜伦和雪莱因为积极的革命倾向得到译介,而华兹华斯与济慈则备受冷落。

二是对欧美文学翻译对象的选择更加注重考虑作家的身份和作品表现出的思想倾向。一般来讲,所选译的作家几乎都具有左翼身份,或至少是对无产阶级乃至中国革命抱有同情的态度;所选译的作品具有左翼属性或批判现实主义特征。如杰克·林赛的《被出卖了的春天》、霍华德·法斯特的《斯巴达克思》、史沫特莱的《中国的战歌》,以及瓦尔鲁的《巴黎公社诗选》等,这些作品的主题基本都是围绕反映欧美社会的工人、黑人等下层民众争取自由、民主的斗争,揭露资本主义社会的罪恶现象展开的。而且颇有意味的是,在世界文学,甚至欧美文学中并不算突出的两位美国作家厄普顿·辛克莱、霍华德·法斯特都因上述原因"意外"成为新中国欧美文学译介的重点。另外,在上文中我们曾经提及,将日本和印度文学的译介情况放在这一节中再详细介绍,原因就在于,从某种角度来看,当时新中国文化主管部门出于对意识形态差异的考量,对这两个亚洲国家文学译介的策略是与对欧美文学的态度相一致的。具体而言,日本文学的译介对象基本都是无产阶级作家的作品,如三卷本的《小林多喜二选集》、四卷本的《德永直选集》、四卷本的《宫本百合子选集》等;而印度文学则重点推介泰戈尔的作品,原因在于他曾多次声援过中国人民②,而且他的作品也包含了反殖民、反封建的思想因素,有评论者称赞他的作品"用人民自己生动朴素的语言,精炼成最清新最流丽的诗歌,来唱出印度广大人民的悲哀与快乐,失意与希望,怀疑与信仰"③。

三是新中国翻译界特别关注欧美黑人作家的作品,因为这些作品大多意在揭露美国社会的人权问题和黑暗现象并极具反抗精神。其中比较有代表性的有1951年董秋斯翻译的加德维尔·斯坦贝克的《美国黑人生活纪实》、1952年邹绛翻译的休士等人创作的《黑人诗选》等。

---

① 卢玉玲:《他者缺席的批判——"十七年"英美批判现实主义文学翻译研究(1949~1966)》,《中国翻译》2011(4),第21页。

② 如泰戈尔曾经在1881年发表《死亡的贸易》谴责东印度公司倾销鸦片的恶行;1916年在日本公开谴责日本军国主义对中国山东的侵略;在1937年发表公开信谴责日本帝国主义侵华的行径等。

③ 熊辉:《"十七年"翻译文学的解殖民化》,《文学评论》2015(4),第101页。

另外,在这里,我们还需要简单提及一下新中国成立后欧美现代主义作品的译介情况。

新中国成立后的一段时间里,被视为"毒草"的欧美现代主义文学、哲学作品受到我国文化界的高度警惕和有意抵制,但是这种情况在20世纪50年代后期发生了悄然改变。1957年《译文》第7期就以"专辑"形式对欧美现代主义文学代表波特莱尔作了近乎全方位的译介,推出了苏联评论家列维克、法国作家阿拉贡等人的评论文章,意在为这种推介寻找合法性理由。比如列维克的论文《彼(波)特莱尔和他的"恶之花"》就对波特莱尔诗歌进行了反资本主义式的现代性解读。论文提到,只要从《恶之花》中"随便拿几首诗看看,就可以发现波特莱尔对当时资产阶级社会所产生的一切东西是多么厌恶"①。紧接着,"迷惘的一代"的作家作品也悄然成为中国翻译界的新宠。20世纪50年代中后期至60年代初,《译文》《世界文学》以及《文学评论》相继转载译文或刊发评介文章,多丽丝·莱辛、科林·威尔生、约翰·奥斯本、约翰·威恩、坎纳斯·泰南、比尔·霍普金斯、林赛·安德生、斯图亚特·霍尔洛德、金斯莱·艾米斯、约翰·布兰恩、乔治·司各脱,以及福克纳、海明威等作家的作品均成为中国人可以公开阅读的对象。1962年初,中共中央批转了文化部党组和全国文联党组共同提出的《关于当前文学艺术工作若干问题的意见(草案)》,即"文艺八条",其中一段这样的表述为此后俗称为"黄皮书"("灰皮书""白皮书")的发行提供了政策上的合法性:"西方资产阶级的反动文学艺术和现代修正主义的文艺思潮"也"应该有条件地向专业文学艺术工作者介绍"。②"黄皮书"("灰皮书""白皮书")的真正名称是"内参读物",它们是面向特定人群,以非公开发售的方式出版的一批西方政治类、文艺类和历史类的著作,因为其封面颜色的不同,所以被老百姓俗称为"黄皮书""灰皮书""白皮书"。其中,文艺类的"黄皮书"相继推出了一批包括苏联、欧美国家、日本在内的当代文学作品,包括杰克·凯鲁亚克(旧译克茹亚克)的《在路上》(黄雨石等译,1962)、塞林格的《麦田里的守望者》(施咸荣译,1963)、萨缪尔·贝克特的两幕剧《等待戈多》(施咸荣译,1965)、约翰·奥斯本的《愤怒的回顾》(黄雨石译,1962)等一批带有先锋性和后现代主义意味的作家作品。当时有学者认为,发生上述变化的原因是这些作品"将外在政治批评话语、史实介绍和文本解读融为一体。从不少文章的标题即能看出作者的政治

---

① 方长安:《"十七年"文坛对欧美现代派文学的介绍与言说》,《文学评论》2008(2),第68页。
② 《中共中央批转文化部党组和全国文联党组〈关于当前文学艺术工作若干问题的意见(草案)〉》,见中共中央文献研究室编:《建国以来重要文献选编》(第十五册),北京:中央文献出版社,1997年,第373页。

立场,他们从冷战形势出发在题目上给欧美现代派贴上了'御用文阀'、'稻草人的黄昏'、'垂死'、'腐朽'等标签,将现代主义文学看成是西方腐朽意识形态的表现,批评话语彰显了作者的政治立场与反西方身份"①。但是我们认为,事情的来龙去脉不尽如此,它其实还与当时国际局势的变化有着密切的关系。由于在下几章中我们还要对上述问题进行详细的讨论,故在这里暂不展开。

三、新中国成立最初几年外国文学引进中国的主要经验

那么,如何公允地看待这一时期我国外国文学的译介活动呢?应该注意到,在当时特殊的历史环境下,刚刚完成新民主主义革命的新中国,必然要在思想文化领域巩固和发展革命成果。从现实情况来看,对于文学创作、翻译和评论而言,压倒一切的中心任务是为新中国革命和建设服务。但是,我们也应注意到,由于过分强调阶级斗争的重要性,我们的外国文学译介与研究,将阶级政治属性当成判断作品优劣的唯一手段和标准。即便如此,仍不可否认,新中国成立后这段时间的外国文学译介取得的成就是巨大的,而且这些成就是20世纪上半期之前的任何其他时期都无法比拟的。

一是在有组织、有计划的工作规划下,外国文学译介取得了很大的成就,推动了社会主义思想文化形态的建设。在长期的翻译和批评实践中,一大批著名的翻译家、理论家和专家学者,本着"为革命服务,为创作服务"的宗旨,在重点介绍苏联和各社会主义国家的文学、亚非拉文学的同时,还有条件、有限度地涉猎了不同时期欧美发达国家的作家作品,尤其对欧洲古典主义阶段文学的译介取得了不小的成绩。这一系列工作,使当时的中国读者从中了解到外国的历史文化和风土民情以及这些国家人民为争取光明和自由所进行的英勇斗争,唤起广大人民群众投身新中国社会主义革命与建设的热情,在广大读者中产生了积极的影响。虽然当时还存在诸如一切从阶级斗争出发、用粗暴方式对待部分外国作家作品、从主观意志和政治需要出发厘定外国作品的价值、用政治标准衡

---

① 方长安:《"十七年"文坛对欧美现代派文学的介绍与言说》,《文学评论》2008(2),第72页。1962年,上海文艺出版社还发行了周煦良等译的《托·史·艾略特论文选》,中国科学院文学研究所西方文学组还编选了一部两卷本的《现代美英资产阶级文艺理论文选》,中国科学院哲学社会科学部印了一本"内部参考资料"——《美国文学近况》,介绍了福克纳、海明威、斯坦贝克等人的作品。文章梳理史实时所用材料几乎均来自外文原版期刊、著作,参考文献既反映了作者的知识结构和阅读面,又是文章质量和可信度的保障。

量文学现象的意义的情况。但是也要看到,绝大多数具有良好学养的前辈学者都做到了运用马克思主义的观点,为中国的外国文学研究做奠基性的工作,甚至一部分评论即使在今天看来仍较为公允和全面,富有真知灼见,并在相关教材中得以沿用至今。

二是建立了非西方中心主义的世界文学史观和以社会学批评为特色的本土化学术话语。一方面,虽然在这一时期中国翻译界往往将外国文学作品的翻译、介绍和评论视为思想教育的手段,从而导致分析和评价作品时主题先行,过多注重作品的时代背景、意识形态上的革命与否,以及作品的思想教化功能,但我们仍然要看到,就整体而言这一时期外国文学的引进有着特殊的历史意义和贡献,我们翻译的亚非拉世界反殖民、反帝国主义、反压迫的革命文学以及苏联关于革命斗争与社会建设的当代文学,对构造以非欧美文学为中心的本土文学史视野,有着积极的学科建设价值。而这一点恰恰是当代外国文学研究建设结构缺失的重要组成部分。另一方面,老一辈学者译介的欧美文学,虽然屡有对资产阶级倾向的作家作品粗暴对待、乱贴标签的现象,但是在总体上,中国学者又发展出了深刻洞察文学与社会发展规律的中国化话语。例如,"揭示了19世纪日益得势的资产阶级与贵族之间的矛盾以及资产阶级内部的矛盾;暴露了资本主义社会民主自由的虚伪、描述了资本主义社会人与人之间的冷酷关系和资产阶级的伪善面目;指出了在充满罪恶的社会中,作者无力解决社会矛盾时,不得不诉诸改良主义的无奈;分析了作者对人生与社会持悲观态度、颓废情绪的原因"[①]等。这大大推动了中国世界文学史观与多元批评视野的形成,这些都是老一辈学者所做出的杰出贡献。

三是欧美文学"中国化"的服务主体更为明确而具体,突出文学的大众化。新中国成立后欧美文学"中国化"进程是在1942年毛泽东《在延安文艺座谈会上的讲话》(以下简称"《讲话》")精神的指导下进行的。《讲话》明确了文艺是为革命服务的,"我们今天开会,就是要使文艺很好地成为整个革命机器的一个组成部分,作为团结人民、教育人民、打击敌人、消灭敌人的有力的武器,帮助人民同心同德地和敌人作斗争"[②]。因此,欧美文学"中国化"也是中国革命与社会主义建设的一部分。这是以毛泽东为核心的中国共产党人从政治的角度,为中国制定的文学政策。毛泽东在《讲话》中,还解决了"文艺是为什么人服务的"这

---

① 陈建华主编:《中国外国文学研究的学术历程·第2卷·外国文学研究的多维视野》,重庆:重庆出版社,2016年,第26页。
② 毛泽东:《在延安文艺座谈会上的讲话》,《毛泽东选集》(第三卷),北京:人民出版社,1991年,第848页。

一重要问题。他指出,文艺是为人民大众服务的。"那末,什么是人民大众呢?最广大的人民,占全人口百分之九十以上的人民,是工人、农民、兵士和城市小资产阶级。所以我们的文艺,第一是为工人的,这是领导革命的阶级。第二是为农民的,他们是革命中最广大最坚决的同盟军。第三是为武装起来了的工人农民即八路军、新四军和其他人民武装队伍的,这是革命战争的主力。第四是为城市小资产阶级劳动群众和知识分子的,他们也是革命的同盟者,他们是能够长期地和我们合作的。这四种人,就是中华民族的最大部分,就是最广大的人民大众。我们的文艺,应该为着上面说的四种人。我们要为这四种人服务,就必须站在无产阶级的立场上,而不能站在小资产阶级的立场上。"[①]可以说,这种服务主体意识的建立,对于外来文化和文学建设来说,直到今天,依然是十分重要的问题。

总之,这一时期我国外国文学译介工作总体上是成绩大于缺点的。而如果辩证地来看,即使这时期有缺点,那么这些"缺点"恰恰又构成了为了上述"成绩"的取得而不得不付出的"代价"。

[①] 中共中央文献研究室编:《毛泽东文艺论集》,北京:中央文献出版社,2002年,第58页。

第二个问题：

新中国成立初期三十年俄苏文学译介的变迁和影响

第二次世界大战的结果之一，就是让苏联在军事等方面的实力迅速攀升，苏联的霸权意识也达到前所未有的强度。当时，唯一能与苏联抗衡的是美国，它纠集欧洲各国与苏联争夺国际政治军事的领导权与话语权。在这种冷战思维的作用下，在世界范围内形成了以苏联为首的，包括中国、东欧各国、朝鲜、越南、古巴等第三世界国家的社会主义阵营和以美国为中心的，集结了英国、法国、西班牙等欧洲各国的资本主义阵营。在两种对立的意识形态下，当时的中国无论在政治经济建设中，还是在科学、文学、体育等各个领域都以苏联马首是瞻。苏联的世界文学观念，直接影响了中国，导致中国在20世纪50年代呈现出意识形态色彩浓烈且单一的特点，错失了与西方国家交流的机会，这使得欧美文学进入中国的进程搁浅，读者只能窥得欧美无产阶级文学的单一图景。

如前所言，新中国成立后，在党的领导下，外国文学的译介和研究工作步入了系统化、体制化的阶段，彻底摆脱了之前零散的状态，翻译活动呈现出计划性、高效性和规范性的特点。1949年10月，随着第一届全国出版工作会议的召开，之后第一届全国翻译工作会议、全国文学翻译工作会议等全国性会议相继召开，中国的翻译工作逐步被纳入体制化的轨道。人民文学出版社、新文艺出版社、《译文》杂志（1953年创刊，1959年更名为《世界文学》）、《人民文学》杂志、《中国文学》杂志成为俄苏文学翻译的重要阵地，为俄苏文学翻译工作贡献甚巨。

从总体趋势来看，三十年来的俄苏文学翻译状况，依据译作数量的多寡以及质量的优劣，从宏观上大致可以分为三个主要时期：第一个时期是1949—1956年社会主义改造和国民经济恢复时期，第二个时期是1957—1962年"反右、批修"与阶级斗争扩大化时期，第三个时期是1963—1979年的"反向需求"与回温时期。需要注意的是，这样的划分只是一个大致的概括，俄苏文学译介在每个时期的发展都颇为曲折，存在一些复杂特殊的现象，不能概而言之，简单对待。中华人民共和国成立后翻译工作体制化并有了很强的计划性，这使得每一个阶段的翻译工作的重心都需要根据发展建设的需要而做出调整。这一点，鲁迅 20 世纪 30 年代接受美国学者巴特勒访问时就预言过:"中国现时社会里的奋斗,正是俄国小说家所遇着的奋斗。"①可见俄苏文学之所以成为我们的良师益友正是因为我们遇到了和俄国相似的问题,关注俄苏文学是我们国家经济社会发展的客观需要,而这种"需要"在不同时期会有不同的变化,例如"政权建设的需要""经济发展的需要""社会改造的需要""阶级斗争的需要"等,它们决定了哪些题材会更受青睐。周扬曾说,"有民族良心的作家都不能对于政治采取超然的态度"②。一个民族的"翻译史"其实是自己发展建设的"需求史",能够解决我们不同阶段的问题并为我们未来发展带来启示的俄苏文学都是我们亟须引进的,而我们民族的需要并非一成不变,会根据国际形势和自身的发展情况不断调整,因此,不同发展阶段的译介情况虽然复杂,但还是可以大致概括出三十年间俄苏文学翻译发展的一些阶段性特点。

一、社会主义改造和国民经济恢复时期(1949—1956)

1954 年年末,第二次全苏作家代表大会召开,时任文化部部长茅盾发去贺电。在贺电中,茅盾说:"苏联文学成为人类最先进、最富有生命力的文学,成为向全世界广大人民进行共产主义思想教育的有力工具,成为保卫世界和平,争取人民民主的重大力量,特别是对于中国人民来说,苏联文学所产生的深厚的影响是无可比拟的! 它不仅是中国作家们最珍贵的学习榜样,而且也是中国人民的良师益友,是鼓舞中国人民在建设社会主义社会过程中的伟大力量。"③如果从当时的角度看,茅盾确实在一定意义上道出了当时中苏文学交流的实际。而当时的中国翻译界亦紧跟苏联"老大哥"的脚步,试图最大限度地将苏联文学译介过来,形成了继"五四"以来俄苏文学译介的又一个高峰。"据出版事业管理局不完全的统计,从一九四九年十月到一九五八年十二月止,我国翻译出版的苏联(包括旧俄)文学作品共 3,526 种,占这个时期翻译出版的外国文学艺术作品总种数 65.8% 强(总印数 82,005,000 册),占整个外国文学译本总印数 74.4% 强。"④九年间,在中国人能够阅读到的全部外国文学翻译作品中,就有四

---

① 智量等:《俄国文学与中国》,上海:华东师范大学出版社,1991 年,第 18 页。
② 同上。
③ 方长安:《建国后 17 年译介外国文学的现代性特征》,《学术研究》2003(1),第 109—110 页。
④ 卞之琳、叶水夫、袁可嘉、陈燊:《十年来的外国文学翻译和研究工作》,《文学评论》1959(5),第 47 页。

分之三是俄苏文学,其比例之高恐怕在世界翻译史中也难有望其项背者。

其实,对俄苏文学的极度推崇,也并非全都是新中国文艺政策之功。事实上,早在"五四"时期,俄苏文学就曾经是中国翻译界的首选,这与两国国情的相似性有一定的关系。在中华人民共和国成立后,有相当数量的俄罗斯古典文学译本是民国译本的再版,而1949年以后的新译作则主要是以苏联文学为主。

这一时期,俄罗斯古典文学的译介虽然数量不是很多,但几乎囊括了所有具有代表性的作家作品,如契诃夫、普希金、果戈理、屠格涅夫、陀思妥耶夫斯基、莱蒙托夫、列夫·托尔斯泰等。作品的思想内容是选择具体翻译哪一部作品的重要考量。具体而言呈现出以下向度:一是表现沙皇统治下俄国人民悲惨生活的作品,如果戈理的《外套》①、陀思妥耶夫斯基的《穷人》②;二是揭露旧俄国上层腐朽的官僚体制的作品,如安德列耶夫的《总督大人》③、果戈理的《钦差大臣》④等;三是社会问题小说,如屠格涅夫的《多余人日记》⑤、车尔尼雪夫斯基的《怎么办?——新人的故事》(上下册)⑥等。

而对苏联时期的文学,我国翻译界则完全持开放态度,"据不完全资料统计,这一时期我国翻译苏联文学的译者超过三千人,翻译出版的文学作品仅中长篇小说就在七百种以上"⑦,题材的选择呈现为以下几个向度:第一是反映十月革命以前社会的腐朽没落、阶级压迫以及下层人民的苦难的作品;第二是反映十月革命后苏联阶级斗争情况的作品;第三是赞美卫国战争中努力奋战和捐躯牺牲的红军战士的作品;第四是歌颂苏联当代的工业和农业化发展建设成就的作品。而引进这些题材的作品,与我国在文化上的需要密切相关,下面我们尝试从这一角度做简单分析。

一是与革命战争相关的作品。我国和苏联在第二次世界大战中同属反法西斯阵营,这样题材作品的引进,不仅能够引起读者的共鸣,还能激发国人的爱国热情、增强民族凝聚力,符合国家的需要。如磊然翻译的西蒙诺夫的《日日夜

---

① 本书为刘辽逸译本,1952年由人民文学出版社出版。
② 本时期,陀思妥耶夫斯基的《穷人》有两个译本,分别是韦丛芜译本和文颖译本,韦丛芜译本1945年由文光书店出版;文颖译本则分别由文化生活出版社(1948)、作家出版社(1956)与人民文学出版社(1956)出版。
③ 本书为汝龙译本,1950年由平明出版社出版。
④ 本时期,果戈理的《钦差大臣》是由芳信翻译的,分别由海燕书店(1950)与作家出版社(1954)出版。
⑤ 本书为海岑译本,1954年由平明出版社出版。
⑥ 本书为蒋路译本,分别由时代出版社(1951)和人民文学出版社(1953)出版。
⑦ 周发祥、程玉梅、李艳霞、孙红、张卫晴:《二十世纪中国翻译文学史·十七年及"文革"卷》,天津:百花文艺出版社,2009年,第46页。

夜》(时代出版社,1950)以苏联卫国战争为背景,"一个瘦弱的女人倚坐在木屋的土墙边,用疲惫的、有气无力的声调讲述着斯大林格勒被焚毁的情景。"①小说塑造了女卫生员安娘和一个充满爱国主义精神的战士沙布洛夫大尉的形象。安娘是一个颇有几分胆量的姑娘,但面对战争中满目疮痍的城市,仍然难掩自己处于崩溃边缘的情绪:"您知道什么是可怕吗?不,您一定不知道……要是突然间被打死掉,什么都不会有了,我常在梦想的一切,什么也不会有了,那才可怕哩。"②而沙布洛夫大尉日日夜夜镇守已成废墟的三座楼房,丝毫不肯松懈,"……虽则按炮声听来,四面八方都在作战——但是有一点,他(沙布洛夫)是深知,并坚信不疑地感觉到的:亦即这三座窗毁室破的楼房,他——沙布洛夫,他手下或死或生的战士,地下室内带着三个小孩的女人,这总和起来就是俄罗斯,他,沙布洛夫,则负责来保卫着她。"③此外,这类作品中比较有代表性的还有科斯莫杰米扬斯卡娅的《卓娅和舒拉的故事》④,小说同样以卫国战争为背景,讲述了普通劳动人民家庭出身的姐弟两人的满腔爱国热情。

二是与土地革命相关的作品,如周立波翻译的肖洛霍夫的《被开垦的处女地》(作家出版社,1954),这类作品呼应了我国的土地改革政策,从他者视角宣传并确认了土地改革的必要性。

三是与社会主义建设有关的作品。其中比较有代表性的是巴巴耶夫斯基的《金星骑士》,这个作品在我国有多个译本,其中最早的是由秦南林在1950年翻译的,当时由上海时代书局出版,此后雷励于1950年以《金星武士》为名再译此书,并由大连新华书店出版,而后来影响最大、流传最广的版本则是姚艮在1953年以《金星英雄》(人民文学出版社)为名出版的译本。这部作品主要讲述了哥萨克农村在第二次世界大战中受到重创后重建发展的故事,书中塑造的两个主要英雄人物分别是在卫国战争中获得金星奖章的谢尔格依和拉古林。谢尔格依是一个布尔什维克党人,战争结束后回到家乡参加建设,在党的领导下团结人民群众建成水电站,最终重拾幸福美满的生活,这样的情节安排和人物设置符合新中国成立初期百废待兴的实际情况:一切建设都处于起步阶段,社会主义五年计划和三大改造正在开展,人们对于共产主义的未来充满希望,小

---

① 西蒙诺夫:《日日夜夜》,磊然译,上海:时代出版社,1950年,第1页。
② 同上书,第28页。
③ 同上书,第67页。
④ 科斯莫杰米扬斯卡娅的《卓娅和舒拉的故事》最初由尤侠在1952年翻译,由中国青年出版社出版,此后么洵、彭鸿迈、俞荻也相继翻译了这部作品。

说所塑造的人物和所讲述的故事似乎正是这一时期的中国人的写照。"小说不但写出了古班草原上一个农村由废墟而变成一片繁荣的生动事实,也写出了古班社会里落在时代后面的腐朽力量的垂死挣扎以至灭亡,而新生的站在时代前列的力量,则从萌芽的嫩叶茁壮成长为国家的栋梁。它不但真实地写出了战后伟大的苏联从经济恢复而勇往直前地迈向共产主义建设的胜利,并且写出了苏联人民对祖国、对和平的热爱和对伟大的明天的坚定不移的信念。"①而小说中的主要人物之一谢尔格依也符合社会主义建设和改造时期的典型模范形象。"谢尔格依正是在贯彻群众路线上给我们提供了很好的榜样。他时刻关心着哥萨克老乡们应该过点好日子,同时他相信他们的创造和智慧,并坚决依靠他们。他到处联系着牧人、伐木工人、秘书、赶车的、乡下老太婆。"②由此可见,这样一部给国人带来光明希望的作品的反复译介绝不是偶然现象。

随着苏联"解冻"思潮的出现,文坛迎来了短暂的春天。这也是这三十年译介史上相对活跃的一年。1954年5月,爱伦堡的小说《解冻》在《旗》杂志上发表,立刻引起了巨大的反响,一股暖流涌入苏联文坛,这一时期的报刊文章都呈现出这样的活力,《克服戏剧创作的落后现象》《帮助作家正确地描写矛盾和斗争》《不应该忽视生活中的矛盾斗争》《谈谈抒情诗》等大量探讨文学理论方面的著作发表,标志着文学风向的转变,以往空洞教条、无冲突、光明梦式的假大空文学作品都受到了批判和质疑。人们认为,苏联人在探索一条新的文学发展路径——这是一条更适合文学自身发展规律的文学路径。与此相对应,奥维奇金的《区里的日常生活》《在前方》、尼古拉耶娃的《拖拉机站长和总农艺师》、田德里亚科夫的《不称心的女婿》、特罗耶波利斯基的《一个农艺师的札记》等文学作品涌现出来。面对苏联文坛的转向,中国文学界并没有采取前一个阶段全盘接受的策略,而是审时度势,时刻关注着苏联的变化,并密切关注斯大林去世后苏联文坛的动向。尽管如此,"解冻文学"作品还是被第一时间译介到了中国。1954年12月,周扬带领中国文学代表团参加了第二次全苏作家代表大会,田德里亚科夫等苏联作家也来到中国访问,两国的文学界仍旧保持着密切的往来关系。1956年4月,毛泽东同志正式提出了"百花齐放,百家争鸣"的文艺方针,"双百"方针的提出令这一时期的作家如沐春风,他们呼吸到了前所未有的自由气息,这与苏联的"解冻"思潮是有所联系的,也是我国根据实际发展需要密切关注国际形势后,在文艺政策调整方面做出的积极努力。

---

① 萧乾:《读〈金星英雄〉》,《人民文学》1953(10),第104页。
② 同上书,第106页。

相比于前一阶段,苏联"解冻文学"的代表性作品对中国本土文学创作产生了巨大影响。有论者指出"王蒙的《组织部新来的年轻人》、耿简(即柳溪)的《爬在旗杆上的人》、邓友梅的《在悬崖上》、陆文夫的《小巷深处》、李易的《办公厅主任》、李国文的《改选》、宗璞的《红豆》和杨覆方的《布谷鸟又叫了》等。这些作品在题材的选择和主题的开掘上明显地受到了苏联'解冻文学'的影响。"[1]特别是王蒙的《组织部新来的年轻人》明显受到了苏联小说《拖拉机站长和总农艺师》的深刻影响,两部作品在情节布局、人物设置以及题材架构方面都是高度相似的,《拖拉机站长和总农艺师》讲述了一个拖拉机站——茹拉文诺来了一位刚刚毕业的女大学生娜斯嘉,她初生牛犊不怕虎,敢于坚持自己的原则,在推广方形点播法上决不让步,在农庄种植物和农具上严格把关,从而与上级领导产生了尖锐的矛盾。虽然受到多次警告和处分,但是她仍然不畏强权坚持自己的想法。而王蒙的《组织部新来的年轻人》则与其具有明显的师承关系,小说塑造了一位和娜斯嘉相似的青年人林震,他也是一位初出茅庐来到组织部任职的年轻人,对一切工作满怀希望,刚走上工作岗位的他便发现一切并非他所想象的那么简单,区委干部们的冷漠、随意、不负责任,使林震在这个环境中显得格格不入,他也如娜斯嘉一样先后和上级领导刘世吾、韩作新因麻袋厂事件发生冲突,无法容忍区领导的行事作风和处世哲学。而颇有意味的是,林震在小说中第一次出场时口袋里便装着《拖拉机站长和总农艺师》这本书。这类受苏联"解冻文学"影响、猛烈抨击官僚主义的具有写实风格的小说,1957年反右斗争后便偃旗息鼓了,但却给中国文坛带来了一股清风,让很多作家敢于直面我国发展建设中的问题,敢于在批判中怀疑、在揭露中反思。人们逐渐认识到,中国的发展建设不会一蹴而就,矛盾是复杂且很难消除的,发展中遇到的问题,并不是如林震般简单斗争就可以解决。

二、"反右、批修"与阶级斗争扩大化时期(1957—1962)

苏共二十大的召开使中苏两党开始出现分歧,但因这种分歧尚处于半隐秘状态,故而我国对苏联文学的态度暂时没有发生质的变化,中国文艺界依旧将苏联视为榜样。1956年10月的"匈牙利事件"给中苏两国都敲响了警钟,双方

---

[1] 陈建华,《二十世纪中俄文学关系》,北京:高等教育出版社,2002年,第176页。

都加强了意识形态方面的控制;苏联方面在文艺政策上开始左转,《消息报》"刊出了指责杜金采夫的小说《不是单靠面包》的文章。从第二年年初开始,苏联的《共产党人》杂志、《真理报》和《文学报》纷纷撰文批评文艺界的'不健康倾向'。"[1]而从1957年开始,苏联更加强化了这种意识形态,"阶级斗争""批修""反右"成为文学最重要的任务,"社会主义现实主义"观念被一再强调,这一年杜金采夫的作品《不是单靠面包》受到赫鲁晓夫的批判。我国出于同样的考量,也采取了相同的态度,"反右"之风渐起,"双百"方针如同昙花一现,以"黄皮书"形式出版的《不是单靠面包》被批为"毒草"。但是,与此同时,中国文坛仍有一批作家试图通过他们的作品改变这种风向,其中比较重要的有:张明权的诗歌《更相信人吧! ——读"卫道"的"文艺杂谈"有感》、柳溪的《摇身一变,教条主义哪儿去了?》、王叔明的《论人情与人性》、钱谷融的《论"文学是人学"》、巴人的《论人情》等。及至1958年,"大跃进"运动开始,"革命的现实主义和革命的浪漫主义相结合"的文艺路线被正式提出。

  上述政策方向的变动,给我国翻译工作,尤其是俄苏文学的翻译工作带来的影响是明显的,这主要表现在译介策略的改变上。一批俄苏文学作品开始以"黄皮书"形式发行,表明译介态度上的价值取舍。前文我们介绍过,"黄皮书"其实是"内部刊行"出版物的俗称,其受众是党内高级领导干部和专业文学艺术工作者这个特定群体,其发行方式是非公开的。而更富意味的是,在我国发行的第一本"黄皮书"《不是单靠面包》的出版说明中写道:"本书正文系根据苏联'新世界'杂志1956年8、9、10三期连载原文译出。为使读者更好地了解苏联文艺界对此书的反映,我们将有关材料附录在正文后面。"[2]而在该书的附录中则包括了《苏联文艺界讨论杜金采夫"不是单靠面包"——作协莫斯科分会散文组召开座谈会情况》《作协莫斯科分会理事会召开的座谈会情况》《作协莫斯科分会等召开的党员作家代表会议情况》《"党与苏联文学艺术发展的一些问题"一文摘要》《现实人物与文学公式》(普拉托诺夫)、《论长篇小说"不是单靠面包"》(克留奇科娃)、《人靠什么生活?》(叶列明)、《集体中的人》(萨摩塔)等八篇苏联评论性文摘和文章,其中褒贬皆有,但是我们认为叶列明的《人靠什么生活?》的最后一段文字,从某种意义上揭示了这本书之所以会以"内部刊行"方式发行的某种考量:"我认为,杜金采夫的小说'不是单靠面包'尽管取得某些成就,但在揭示前一时期我们生活中起决定性作用的规律方面,还缺乏真正的、布尔什维克

---

[1] 陈建华:《二十世纪中俄文学关系》,北京:高等教育出版社,2002年,第179页。
[2] 杜金采夫,《不是单靠面包》,白祖芸等译,北京:作家出版社,1957年,版权页。

的真实性。"①因此说,"黄皮书"是特殊时期、特定形势下的产物,它的产生和发展反映的是国家对这一时期俄苏文学译介的矛盾心态。而另一个饶有趣味的现象是,"人情、人性"意识在这一时期反而被进一步强化,重要的翻译家对他们所钟情的外国作家作品不改初心,如金人和草婴对肖洛霍夫作品的翻译(其中值得一提的是《一个人的遭遇》从1957年到1959年三年间被多次再版)、汝龙对契诃夫作品的翻译、满涛对果戈理作品的翻译以及查良铮对普希金作品的翻译等。

从20世纪60年代初开始,中苏关系急转直下,先是1960年苏联撤走了所有援华专家,继而两国关系进入了冰封期。1962年召开的中共八届十中全会进而提出"以阶级斗争为纲"的路线方针,"反右、批修"全面展开,俄苏文学译介工作受到严重冲击,对俄苏作家作品的翻译不再如饥似渴,作品选择谨小慎微。具体表现在以下几个方面:

一是俄罗斯古典文学作品译介数量与之前相比呈明显下降趋势。陀思妥耶夫斯基、涅克拉索夫、契诃夫、赫尔岑、普希金等作家译作出版数量极为有限。与此相对应的是,针对托尔斯泰的争论却突然增多,谭微发表的《托尔斯泰没得用》和张光年的《谁说托尔斯泰没得用》彼此之间展开了激烈的交锋,托尔斯泰甚至被一些评论者认为"不会反映我们这个时代",他只不过是一个"占了时代停滞便宜","饱食终日","无所事事"的贵族老爷。②

二是苏联文学译介受到明显管控,总体数量呈下降趋势,并且针对不同题材作品的译介策略开始出现分化。一方面,一些价值很高的翻译作品不再公开出版,转而以"黄皮书"形式"内部刊行",如涅克拉索夫的《谁在俄罗斯能过好日子》《货郎》、特瓦尔朵夫斯基的《山外青山天外天》、肖洛霍夫的《被开垦的处女地》、西蒙诺夫的《生者与死者》等。另一方面,一些文学价值不高,但却顺应当时"反右、批修"政策的作品受到格外重视,其中比较有代表性的是柯切托夫的《叶尔绍夫兄弟》和《州委书记》。《叶尔绍夫兄弟》讲述了以卡扎柯娃、普拉东、季米特里和安德烈为代表的工人阶级同代表资产阶级和修正主义的坏分子阿尔连采夫、克鲁季里奇、托马舒克进行斗争的故事,表现阶级斗争的重要性和紧迫性;《州委书记》则塑造了两位截然不同的州委书记形象,斯塔尔戈罗德州的杰尼索夫兢兢业业、实事求是,坚持以民为本;维索科戈尔州的阿尔塔莫诺则刚

---

① 杜金采夫,《不是单靠面包》,白祖芸等译,北京:作家出版社,1957年,第564页。
② 谢天振、许钧主编:《新中国60年外国文学研究(第五卷)外国文学译介研究》,北京:北京大学出版社,2015年,第28页。

愎自用、粗暴武断、弄虚作假。《州委书记》同《叶尔绍夫兄弟》一样,对官僚作风、修正主义给予了强烈的批判,歌颂了以杰尼索夫为代表的无产阶级领导干部形象。如若要进一步说明,为什么以这两部小说为代表的苏联文学作品会受到格外的青睐,或许《叶尔绍夫兄弟》的"译后记"中,翻译者龚桐和荣如德的一段话很能说明问题:"从小说中,我们可以看到苏联普通的工人群众在工作中、日常生活中跟阻碍苏维埃社会向共产主义迈进的逆流所作的斗争。站在这个斗争尖端的是叶尔绍夫一家,他们跟苏联知识分子中的代表人物一道捍卫着马克思列宁主义原则和思想,在生产中和艺术工作中坚决地揭露了形形色色坏分子的罪恶勾当。"①换句话说,这两部作品与"解冻"思潮逆流站在了彼此对立的立场上,并且将"阶级斗争"置于极其重要的位置,顺应了我国"反右、批修"的总体形势,因此得到了当时翻译界的重视。

三是对儿童文学译介比例上升,几乎占到了苏联文学译介总量的一半左右。

另外还应提及的是,1959年到1962年,周恩来、陈毅等人开始了"纠偏"工作,"文艺八条"是这次纠偏工作在文艺领域的主要体现,它提出的"西方资产阶级的反动文学艺术流派和现代修正主义文艺思潮应该有条件地向专业文学艺术工作者介绍"②,为"黄皮书"的刊行提供了条件,从而为苏联优秀作品的译介打开了一扇门,让更多的作品有机会进入国人的视野。实际上,这一时期两种文艺态度同时存在,一方面是反修批修,将俄苏文学束之高阁,或作为批判对象内部发行;另一方面则是周恩来和陈毅提倡的艺术民主。

三、"反向需求"与回温时期(1963—1979)

从1962年开始,由于国际国内形势的变化,我国文艺界的空气开始紧张起来。先是毛泽东展开了对文艺界的批评,称"最近几年,竟然跌到了修正主义的边缘",紧接着1965年姚文元发表了《评新编历史剧〈海瑞罢官〉》,1966年《解放军报》发表《高举毛泽东思想伟大旗帜,积极参与社会主义文化大革命》的社论。此时,苏俄文学的译介工作受到极大冲击,公开出版的俄苏文学作品几近绝

---

① 柯切托夫:《叶尔绍夫兄弟》,龚桐、荣如德译,北京:作家出版社,1962年,第590页。
② 《中共中央批转文化部党组和全国文联党组〈关于当前文学艺术工作若干问题的意见(草案)〉》,中共中央文献研究室编:《建国以来重要文献选编》(第十五册),北京:中央文献出版社,1997年,第373页。

迹,以苏联当代小说为主体的《苏修文艺批判集》得到出版,标明"供批判使用"。

这一时期俄苏文学只有少量作品获得翻译成中文的机会,然后以"黄皮书"的形式"内部刊行",包括阿赫马杜琳娜的《儿子》《深夜》《上帝》和《新娘》等20多首诗(1963),特瓦尔朵夫斯基的长诗《焦尔金游地府》(1964);史泰因的剧本《海洋》(1963)、伊克拉莫夫和田德里亚科夫的剧本《白旗》(1963)、阿尔布卓夫的剧本《伊尔库茨克故事》(1963)、索弗罗诺夫的剧本《厨娘》(1963)、阿辽申的剧本《病房》(1964)、罗佐夫的剧本《晚餐之前》(1964);索尔仁尼琴(旧译索尔仁尼津)的小说《伊凡·杰尼索维奇的一天》(1963)、《索尔仁尼津短篇小说集》(1964),阿克肖诺夫的小说《带星星的火车票》(1963)、《同窗》(1965),爱伦堡的回忆录《人、岁月、生活》(第一——四部,1962—1964)、爱伦堡的小说《解冻》(第一、二部,1963),柯热夫尼科夫的小说《这位是巴鲁耶夫》(1964),卡里宁的小说《战争的回声》(1964),冈察尔的小说《小铃铛》(1965),西蒙诺夫的小说《军人不是天生的》(1965),贝柯夫的小说《第三颗信号弹》(1965),《艾特玛托夫小说集》(1965),《苏联青年作家小说集》(上、下,1965),卡扎凯维奇的小说《蓝笔记本》(附《仇敌》)(1966)等。

"'黄皮书'的出现可视为中苏关系破裂的表征,其当下性、及时性正反映了当时国内试图通过'黄皮书'等内部书来了解'反修'对象以增强实力的心态。但在'黄皮书'的政治话语功能之下,其实更隐秘的是国家民族话语,反修是其最外在也是最直接的功能,而内在原因却是新中国对自身意识形态合法性的确认,对民族主体性的确认。"[①]所以说"黄皮书"是根据彼时国际形势以及我国特定时期的情势应运而生的,其当时的定位是"供批判用"。换句话说,国家文化主管部门的目的是使读者从反面获得教益,故而我们将其称为是一种"反向需求"。关于这一点,我们还可以从此类图书的"出版说明""译后记"或"附录"中得到印证,例如在阿克肖诺夫的小说《带星星的火车票》的"译后记"结尾处,译者说:"小说描写了一群苏联阿飞青年跨出十年制学校之后,为追求刺激,追求西方糜烂的生活方式,竟离家出走,结伙各处流浪。作者在书中宣扬了资产阶级颓废的人生观,美化了腐朽的资产阶级的生活方式。"[②]也就是说,译者认为书中宣扬的内容恰恰是应该引起我们警惕并明确反对的。再比如特瓦尔朵夫斯基的长诗《焦尔金游地府》"译后记"提到,"斯塔里科夫长诗的主人公缺乏明确的社会性质,出现在读者面前的是一个'孤独的人',又说诗的情节结构松懈,

---

① 李琴:《"黄皮书"出版的政治文化语境》,《中国现代文学研究丛刊》2010(1),第65页。
② 瓦·阿克肖诺夫:《带星星的火车票》,王平译,北京:作家出版社,1963年,第280页。

叙述冗长而紊乱；但是他在文章中却又节外生枝地攻击了我国"①，这里不但批评了作品思想和技巧上的"缺陷"，而且点明其含有"反华"意味，可谓火药味十足，也从一个侧面表明当时中苏两国的矛盾已经达到了极为尖锐的程度，这不能不说是特殊时代才会出现的特殊的翻译作品。尽管如此，我们仍要指出，"黄皮书"虽然出版目的是为了供批判用，但却在某种程度上让很多优秀的俄苏文学作品走进国人的视野，满足了当时中国读者了解苏联现状的迫切需要。

1972年，国家的文化政策在一些具体做法上开始有所松动，出现"解冻"的态势。一些无产阶级性质鲜明的苏联当代文艺作品得以公开出版，如高尔基的《一月九日》(1973)、《在人间》(1975)，绥拉菲莫维奇的《铁流》(1973)，法捷耶夫的《青年近卫军》(1972、1975)等。

这个时期还有一类较为特殊的苏联作品被译介到中国，这类作品在立意上反映的是苏联的大国沙文主义，包括其扩张野心和反华态度。1974年第2期《摘译(外国文艺)》上刊登了两篇"苏修中篇小说"——《勃兰登堡门旁》和《海浪上的花圈》，译文前有关于《勃兰登堡门旁》的评述，作者这样说道："在这部小说里，是非是颠倒着的。苏修在军事上'跨过别人的边界'，或者到处张牙舞爪炫耀其军事实力，其政治目的，无非是逼宫，要那些中小国家的领导集团就社会帝国主义之范，围着苏修的指挥棒转，为其称霸世界的狼子野心服务罢了"②，反映了当时对苏联大国沙文主义的基本态度，同时也为国内的"修正势力"敲了一记警钟。另外还有对"苏修"电影剧本《礼节性的访问(苏修的五个话剧、电影剧本)》的译介，其出版前言的表述也颇有意味："一八九五年，老沙皇的'太平洋舰队'来到了中国胶州湾，就表现为相当'亲热'的'访问'，他们先是要求暂时在那里'过冬'，不久，就成了胶州湾的'常客'。过了两年，德国皇帝派来的军舰，也开进胶州湾'游览访问'。就在那一年，德国舰队与沙皇海军合谋，占领了胶州湾。"③"电影剧本的作者也是深知勃列日涅夫的心思的，因而特意把这样的台词强加给一个苏联水兵：'做梦也想到地中海！'于是，观众在银(荧)幕上看到，苏联的火箭巡洋舰开进了地中海。但切莫误会，巡洋舰带来的除了礼炮和酒杯，就是鲜花和微笑，都是绝顶纯洁的'友谊'。至于那火箭，谁不知道其制作原

---

① 特瓦尔朵夫斯基：《焦尔金游地府》，丘琴、刘辽逸、苏杭、张铁弦译，北京：作家出版社，1964年，第112—113页。
② 《摘译》编译组编：《摘译(外国文艺)》1974(2)，第2页。
③ 《礼节性的访问(苏修的五个话剧、电影剧本)》，齐戈译，上海：上海人民出版社，1974年，第2页。

理是由节日放的礼花发展来的,既然它的祖先是礼花,当然也不失为一种'礼节'。"①这种对苏联侵略主张和反华行径的辛辣讽刺,反映了这一时期中苏关系的紧张情势。

如果说这一时期,对苏联当代文学作品的译介情况尚可接受的话,对俄罗斯古典文学译介情况就不容乐观了:不但数量极少,而且对一些经典作品的评价也颇低,例如 1965 年在《外语教学与研究》上发表的文章《〈前夜〉人物批判》,对屠格涅夫的作品《前夜》中的人物都给予了不同程度的批判:"斯塔霍夫的肮脏灵魂应该加以彻底揭露,加以鞭挞。对于剥削阶级的代表人物的肮脏灵魂加以批判,可以帮助学生认识资产阶级的丑恶面目。"②除了斯塔霍夫,对叶琳娜、英沙罗夫这样的正面人物,文章也极尽嘲讽:"叶琳娜根本不知道自己吃的白面包、穿的绸衣裙、住的好房子是哪里来的。在她看来,这一切都是天经地义的。她作梦也没有想到,为了供她这种奢侈的生活,多少农奴像牲畜一样从早劳动到晚,她更没有意识到,正是由于她这样家庭的剥削和压迫,广大的农民才陷于贫苦以至沦为乞丐。"③对于主人公英沙罗夫的革命者身份,文章的作者也产生了怀疑:"英沙罗夫的父亲是一个相当富裕的商人,不仅在家乡开买卖,还到索菲亚去经商,并经常来往俄国。英沙罗夫的父亲肯定是有剥削行为的。英沙罗夫从小过的是优裕的生活,没有尝过贫穷的滋味。他所过的生活与身受双重压迫的农民生活有很大的区别。如果不是土耳其官吏抢走并杀死他的母亲,以后又枪毙了他的父亲,他们一家会平静地生活下去的。"④这样的评价今天看来有失公允甚至略带偏见,作者机械地以"阶级出身""阶级划分"评判文学的是非曲直,得出了许多荒谬的结论。这篇文章的发表时间是 1965 年,此时"阶级斗争"以及"左"的思想主导文坛和翻译出版界,所以俄罗斯古典文学的译介在此时遇冷也就不足为奇了。

此种情况,直到 1979 年才发生了改变,此时俄苏译作大量出现在公开出版物上,俄罗斯古典文学和苏联文学作品的翻译出版结构开始出现均衡发展的趋势,从 1978 年开始,对俄罗斯古典文学的研究译介迎来了好的开端。

1976 年,十年"文化大革命"结束,我国各项建设事业逐步回到正轨,文艺界迎来了又一个"解冻期"。但是,这种"解冻"并非一蹴而就:一方面在惯性作

---

① 《礼节性的访问(苏修的五个话剧、电影剧本)》,齐戈译,上海:上海人民出版社,1974 年,第 8 页。
② 兰英年:《〈前夜〉人物批判》,《外语教学与研究》1965(2),第 43 页。
③ 同上书,第 46 页。
④ 同上书,第 47 页。

用下极"左"思潮还在一定范围里存在;另一方面,当时党的主要领导人在某些政策的调整上仍然存有疑虑。这样也就造成了当时两种矛盾的情势并存。一方面,对极"左"思想的危害及解放思想的重要性有所认识;另一方面,包括翻译界在内的文艺界仍然有所顾虑,工作中态度极为谨慎。俄苏文学译介工作自然也受到这样的影响,这可以通过两种出版方式("内部刊行"和"公开出版")在细节上的变化略窥一二。

"内部刊行"方面,这一时期译介数量有所下降,《摘译(外国文艺)》杂志在"文化大革命"后期停刊,其发表的主要作品有王金陵、冯南江翻译的爱伦堡的《人、岁月、生活》(第一部)(1979)、丰一吟等翻译的拉斯普京的作品《活下去,并且要记住》(1979)、施钟所译的鲍里斯·瓦西里耶夫的《这里的黎明静悄悄……》(1979)、闻学实所译的谢苗·巴巴耶夫斯基的《哥萨克镇》(第二部)(1978)等。上面提到的两种矛盾情势也体现在了这些作品的出版说明、前言或译后记中:一方面,如鲍里斯·瓦西里耶夫的《这里的黎明静悄悄……》的后记仍然保持了同"文化大革命"时期相一致的态度:"《这里的黎明静悄悄……》之所以被苏修奉为至宝,就是因为它正中了新沙皇的下怀,适应了社会帝国主义的政治需要。但是,一根稻草岂能救命,'借助文学的帮助'岂能收拾危机深重、千疮百孔的残局。广大觉醒了的苏联人民是欺骗不了的。苏修统治集团的丑恶表演只能是搬起石头砸自己的脚,军国主义将由于自身发展的辩证法而灭亡。"[1]而爱伦堡的《人、岁月、生活》的出版说明中则出现了较为明显的思想松动的痕迹:"爱伦堡在这本回忆录中提出了一系列资产阶级的、修正主义的政治观点和文艺观点,甚至污蔑和攻击我国。对于我国的文艺理论和外国文学研究工作者来说,此书是研究和批判爱伦堡与苏联现代修正主义文艺理论不可多得的反面教材。另外一方面,此书还提供了比较丰富的史料,对于我们研究苏联社会特别是苏联文艺界的情况具有一定的参考价值。"[2]可见,虽然"内部刊行"译作仍然谨慎地延续了前一时期的基本态度,但其中却出现了缝隙。

1978年后,"公开出版"的俄苏文学作品,这种思想松动表现得更为明显,俄罗斯古典作品译介数量大幅提升(但并没有达到第一个时期的水平),其中包括托尔斯泰的《复活》(1979),托尔斯泰等著的《暴风雪》(1979),别林斯基的《别林斯基选集》(第一卷)(1979)、《别林斯基选集》(第二卷)(1979),果戈理的《果

---

[1] 鲍里斯·瓦西里耶夫:《这里的黎明静悄悄……》,施钟译,范岩校,沈阳:辽宁人民出版社,1978年,第6—7页。
[2] 爱伦堡:《人、岁月、生活》(第一部),王金陵、冯南江译,北京:人民文学出版社,1979年,第2页。

戈理小说选》(1979),普希金的《渔夫和金鱼》(1979),莱蒙托夫的《当代英雄》(1978),屠格涅夫的《屠格涅夫选集·前夜》(1979)、《父与子》(1979)、《前夜 父与子》(1979)等新译作品,同时《克雷洛夫寓言》和托尔斯泰的四卷本《战争与和平》亦在此时再版,预示了文化政策转变的方向与可能。而对于当代苏联作品的翻译出版来说,也在一定程度上表现出了这种政策宽松的变化,这一时期,高尔基的《在人间》(1975),马雅可夫斯基的长诗《列宁》(1977)、《开会迷——马雅可夫斯基讽刺诗选集》(1979),涅克拉索夫的《谁在俄罗斯能过好日子》(1979),法捷耶夫的《毁灭》(1978),马卡连科的《教育诗》第三部(1978)都被翻译出版,盖达尔的《铁木儿和他的队伍》《鼓手的遭遇》、绥拉菲莫维奇的《铁流》、左琴科的《列宁故事》、革拉特珂夫的《水泥》再版。这些译作的翻译出版对于当时的中国来说是一个积极的信号,它们就像一股暖流,温暖着读者的心,同时为改革开放新时期中国翻译事业的繁荣发展做了充分的准备。

这一时期,俄苏文学的译介虽然受政策和形势影响,其结构和策略均发生不小的变化且出现反复,但成绩不容否定——各种文学类别(小说、诗歌、戏剧、电影剧本、文艺理论等)均有涉猎;读者对象涵盖从儿童到成人的各个年龄段,这也为新时期俄苏文学译介工作打下了良好的基础。

四、俄苏文学引进对新中国文坛的影响

俄苏文学的大量译介,使得 20 世纪 50—60 年代的中国读者产生了较为浓厚的俄苏文学情结。"苏联的革命文学作品迅速地、大量地出现在中国读者手中,成为人人争读的读物,成为滋养人们的一股热流,成为思想工作与群众工作广泛采取的一种手段。"①俄苏文学"中国化"的影响主要体现在"社会主义现实主义"创作方法的盛行和文学工具论的批评导向上。

(一)"社会主义现实主义"创作方法盛行

"社会主义现实主义"最初出现在 20 世纪的苏联,"高尔基的长篇小说《母亲》中就形成了社会主义现实主义文学的创作原则"②。1932 年 5 月 23 日,H.

---

① 孙绳武:《我们的道路和我们的成绩》,森华编:《回眸与前瞻——中国俄罗斯文学研究二十年(1979~1999)会议论文集》,北京:外语教学与研究出版社,2001 年,第 6 页。
② 李新梅:《俄、中社会主义现实主义文学流变之比较》,《复旦外国语言文学论丛》2008(1),第 65 页。

M.格龙斯基将他对这一理论的阐述发表在《文学报》，1934年第一次全苏作家代表大会上，高尔基、日丹诺夫和法捷耶夫等人从学理上进一步论证了它的价值与意义，《苏联作家协会章程》确立了"社会主义现实主义"作为一种新的创作方法的绝对地位。"社会主义的现实主义，作为苏联文学与苏联文学批评的基本方法，要求艺术家从现实的革命发展中真实地、历史具体地去描写现实；同时艺术描写的真实性和历史具体性必须与用社会主义精神从思想上改造和教育劳动人民的任务结合起来。"[①]从此，苏联文学掀起了社会主义现实主义文学创作的热潮。随着中华人民共和国成立后对苏联文学的大量译介，这种文学创作方法也深刻地影响了中国文学创作。

从1949年到1958年，中国文学界奉苏联的社会主义现实主义创作方法为圭臬，积极推动这种创作方法的理论阐释与创作实践。时任中共中央宣传部副部长周扬在苏联《红旗》杂志上发表的论文《社会主义现实主义——中国文学前进的道路》中提出，社会主义现实主义是引领中国人民的文学前进的旗帜。1958年，毛泽东开始提倡"革命的现实主义与革命的浪漫主义相结合"的创作原则，从理论上对苏联社会主义现实主义进行阐释，有学者将之概括为"政治标准第一，艺术标准第二"。著名作家王蒙就是在"社会主义现实主义"观念的引导下走上创作道路的，"是爱伦堡的《谈谈作家的工作》在50年代初期诱引我走上写作之途。是安东诺夫的《第一个职务》与纳吉宾的《冬天的橡树》照耀着我的短篇小说创作。是法捷耶夫的《青年近卫军》帮助我去挖掘新生活带来的新的精神世界之美……在写《青春万岁》的时候我一次又一次地阅读《青年近卫军》。"[②]中苏关系恶化以后，为了淡化苏联文学对中国文学的影响，中国文学界用"革命的现实主义与革命的浪漫主义相结合"的创作方法来替代"社会主义现实主义"的提法，不过这只是提法的变化，本质没有任何改变，"社会主义现实主义"的创作方法对中国的影响依旧，这种情况一直持续到"文化大革命"结束。

中国文学界也在文学创作中积极回应社会主义现实主义的创作原则，这在农村题材小说、革命历史题材小说及诗歌创作中表现得较为突出。周立波、柳青、赵树理、丁玲和刘绍棠等作家都将肖洛霍夫的《静静的顿河》视为文学创作的典范，分别创作了《山乡巨变》《暴风骤雨》《创业史》《三里湾》《太阳照在桑干河上》和《青枝绿叶》等作品。这些作品积极追求文学的时代性、现实性与革命性，力图做到文学为工农兵与社会主义建设服务，取得了社会效益与艺术成就

---

① 《苏联文学艺术问题》，曹葆华等译，北京：人民文学出版社，1953年，第25页。
② 王蒙：《苏联祭》，北京：作家出版社，2006年，第179页。

的双丰收。周立波的《暴风骤雨》和《山乡巨变》以澎湃的革命激情、波澜壮阔的情节和典型化的艺术技巧,回顾了中国农村在民主革命和社会主义革命两个历史阶段的风云变幻,总结了中国革命与社会主义实践的经验与教训,为社会主义现实主义的实践与社会主义文学实践做出了贡献。对此,周扬给予高度评价:"在各个历史阶段中,都可以看出他的创作步伐始终是和中国革命同一步调的。他的作品在一定程度上表现了中国革命发展道路的巨大规模以及所具有的宏伟气势。……作者和革命本身在情感和精神上好像就是合为一体的。"① 然而,我们也必须指出,这类创作也存在明显的缺陷,主要表现在这些作品对"社会主义现实主义"的理解还比较肤浅、片面,写作模式比较单一,对现实生活的描写过于理想化,同时也缺乏肖洛霍夫作品中人性探索的深度。

20世纪50年代之后,革命历史题材小说的创作形成了前所未有的热潮。"由于中华人民共和国是通过几十年的战争才建立起来的,'枪杆子里面出政权'成为1949年以后宣传现代革命史的重要内容,马背上的英雄也成了时代的骄子"②。这类作品被称为"新英雄传奇",作品中普遍"洋溢着理想主义、集体主义、英雄主义和乐观主义的崇高激情"③。革命历史题材小说主要代表作有:袁静、孔厥的《新儿女英雄传》,杜鹏程的《保卫延安》,曲波的《林海雪原》,吴强的《红日》,梁斌的《红旗谱》,刘知侠的《铁道游击队》,杨沫的《青春之歌》,刘流的《烈火金刚》,罗广斌、杨益言的《红岩》和冯志的《敌后武工队》等。在革命浪漫主义的审美原则主导下,以集体主义精神同化人物个性,将个体的价值融入革命战争与革命建设中,即以个体形象的完美与个人的英雄行为展现国家及其政权的正义性;这些作品充满了历史感与传奇性,充分体现了采用革命的现实主义与革命的浪漫主义相结合的创作方法创作出来的作品的特色。但是,在这些作品中,同时存在塑造英雄形象时因缺乏细腻的心理描写而削平了人物的立体感,在处理敌我关系时存在极为明显的二元对立思维模式等问题,这在某种程度上削弱了作品的深度,政治倾向过强。对此,我们也不能苛求,因为"新生的政权理所当然地要求文学为政治服务,要求作家们用中国共产党的历史观点来反映中国现代战争史,并通过艺术形象向读者宣传、普及有关新政权从形成到建立的历史知识。"④

---

① 贺常颖、罗孝廉:《周立波的革命文学情结》,《怀化学院学报》2008(6),第57页。
② 陈思和主编:《中国当代文学史教程》,上海:复旦大学出版社,1999年,第55页。
③ 王嘉良、颜敏主编:《中国现当代文学史》(上册),上海:上海教育出版社,2004年,第6页。
④ 同上。

中华人民共和国成立后的诗歌创作,同样沿着社会主义现实主义的道路前行。贺敬之的《放声歌唱》《回延安》《雷锋之歌》《中国的十月》和郭小川的《乡村大道》《投入火热的斗争》和《甘蔗林—青纱帐》等作品,体现了马雅可夫斯基的"阶梯诗"对中国诗人的强烈影响。这些诗歌情绪饱满、慷慨激昂,充满了革命精神,但政治宣传意味过强,一定程度上降低了诗歌的艺术性。

(二) 文学工具论批评导向确立

苏联社会主义现实主义创作方法在中国盛行的同时,苏联的文学理论与批评方法也受到中国文学界的高度重视。《论苏联文艺与哲学的方向》《提高苏维埃文学底思想性》《大胆公开的批评》和《论文学批评的任务》等苏联文学会议决议和报告被人民文学出版社汇编为《苏联文学艺术问题》于1953年出版(后又于1959年再版)。除此之外,译介的苏联文学理论著作还包括高尔基的《人与文学》、普列汉诺夫的《艺术论》、伊可维支的《唯物史观的文学论》、加里宁的《艺术工作者必须掌握马克思主义》和季莫菲耶夫(又译季摩菲耶夫)的《文学原理第一部:文学概论》等,"当时苏联的任何文艺理论的小册子都被看作是马克思主义的经典,得到广泛传播。"[①]中国的文学批评对苏联文学理论亦步亦趋,主要表现在文学工具论的文学批评导向的确立。在马克思主义文艺观中,文学是作为上层建筑的一部分而存在的。但由于苏联文艺界在其国家意识形态的规范下,对这种观念的理解较为肤浅和片面,导致他们的文学批评常常以政治话语替代美学话语。以肖洛霍夫的《静静的顿河》为例,这部巨著先后获得1941年的斯大林文学奖和1965年的诺贝尔文学奖,其艺术性受到了东西方的共同赞誉。但苏联当时的评论大都集中于对其政治斗争的解读:"尽管肖洛霍夫小说的内容与顿河哥萨克的生活紧密相关,充满浓郁的地方色彩,但是《静静的顿河》中描写的人的命运和社会历史冲突却带有广泛的生活性质。通过葛利高里和科舍沃伊等人物,读者能够看到重大历史转折时期的全部时代特征。小说的主要任务是展现人的道路和人民的道路,展现革命时代中复杂的个人命运。肖洛霍夫作品中人的主题是关于人的新的精神、意识形成的主题,关于它们确立过程的主题。在《静静的顿河》中作家艺术地再现了人民群众转向新意识的复杂道路。作家展现了第一次世界大战、社会主义革命和国内战争期间现实的陈

---

① 童庆炳、许明、顾祖钊主编:《新中国文学理论50年》,合肥:安徽大学出版社,2000年,第4页。

旧意识的毁灭和新的认识诞生的过程。"①

在这种文学批评模式的影响下,中国文学批评也形成了文学为政治服务的单一理念,周扬就指出:"文艺工作现在最大的问题就是缺乏上边的帮助,缺乏政治上的帮助,他们最需要政治方面的帮助,就是如何使他们注意政策问题,注意人民生活中哪些是正当的问题,哪些是不正当的问题,领导他们对生活中所发生的重大问题发生兴趣,帮助他们去表现。"②于是,中国文学批评界自上而下形成这样一种文风,即"文艺界领导人照搬苏联文艺界的口号,移植苏联文艺界的概念;其他人是发挥领导人的提法,演绎领导人的观念。"③对柳青《创业史》的批评,是当时工具论文学批评较为典型的一例:1960年《创业史》(第一部)出版后,北京大学著名学者严家炎在1961年撰文指出,这部作品之所以取得了突出成就,其原因主要在于小说作者对毛泽东思想的吸纳。"从许多地方可以看出,作者曾经对毛主席关于农业社会主义改造问题的著作和有关材料结合实际生活作了深入的学习和钻研。因而一般来说能够站在社会主义革命和共产主义思想的高度,用党的理论观点和政策观点,用不断革命的思想,来正确观察、分析和表现互助合作初期的农村。"④即使在从艺术角度分析《创业史》的文章里,政治意味也依然较为浓厚,如黄曼君认为:"《创业史》对于合作化初期我国农村中社会主义和资本主义两条道路斗争的反映,有其独到的深度。作者一方面有力地揭示了这场斗争的错综复杂和广泛深入(这里,有贫雇农、下中农与反动富农之间的敌我斗争,有社会主义与富裕中农之间的两种不同创业道路的斗争,也有中农、缺乏觉悟的贫雇农与社会主义道路之间的矛盾);另一方面又透过错综复杂的矛盾,洞察历史发展的动向,鲜明地突出了矛盾的主要方面,表现了社会主义这个新生事物在艰巨斗争中的成长壮大。《创业史》在长篇结构上的杰出成就正在于:作者依据这种对生活的辩证发展过程的理解,比较全面地融化、吸取了传统小说在结构方法上的长处,将两条道路斗争中的尖锐、复杂而微妙的矛盾冲突辩证地组织起来,既采取网式的结构,让众多的人物在矛盾冲突的漩涡中显示出各自不同的性格,又通过人物专章描写集中力量将人物

---

① 刘亚丁、荣洁、李志强、罗悌伦、邱晓林、宁虹、刘祥文:《肖洛霍夫学术史研究》,南京:译林出版社,2014年,第55页。
② 周扬:《在中国共产党第一次全国宣传工作会议上的报告》,《周扬文集》第二卷,北京:人民文学出版社,1985年,第71页。
③ 白烨:《现实主义问题在当代中国的争论 未完》,《当代文学研究资料与信息》1991(3),第9页。
④ 严家炎:《〈创业史〉第一部的突出成就》,《北京大学学报》(人文科学)1961(3),第42页。

一个一个地写好。"①然而，就是这样一部反映农村合作化运动的优秀作品，在其后的一段时间里，也曾因为政治上对合作化问题的争论而受到了冷落。

新中国成立后，出于政治斗争的需要，文学批评出现大规模批判运动的趋向。"政治标准第一，艺术标准第二"的文学批评原则，决定了文学话语要接受政治正确标准的检验。如果作家、作品、文学思潮或文学现象存在不符合党的政治路线和政策的情况，势必会引发一定规模的批判。"这种时候，会自上而下地在全国范围内，发动、组织大批文章，铺天盖地地对批判对象进行'讨伐'，造成巨大的声势。著名的对电影《武训传》的批判，对俞平伯'红学'和胡适的批判，对胡风'反革命集团'的声讨，文艺界的'反右派运动'，以及'文革'对周扬的'文艺黑线'的斗争，都是如此。"②这种运动式的文学批评，并非真正意义上的文学批评，而是文学意识形态化的必然结果，是维护"文学为政治服务"这一观念的方式与武器。

总之，从新中国成立初期三十年间，俄苏文学的翻译、介绍和研究，走过了一段极不平坦的路程。之所以如此既有特定时期国际、国内环境使然的因素，也与我们对文化建设新道路探索的经验不足有密切关系。尽管失误很多，有些教训也十分深刻，但必须指出，俄苏文学的大规模引进，尤其是对苏联文学的大量翻译、介绍和传播，对新中国成立之初新文化的建设，尤其是无产阶级和社会主义新文化的建设，起到了不可估量的作用。可以说，没有新中国成立初期三十年苏联文学（包括俄罗斯文学）这扇窗户，很难形成今天我们看待世界文化的基本方式。

---

① 黄曼君：《〈创业史〉的长篇结构和人物描写》，黄曼君著，黄海晴、陈菊先、黄念南编：《黄曼君文集》第四卷，武汉：华中师范大学出版社，2015年，第138页。

② 洪子诚：《中国当代文学史》，北京：北京大学出版社，1999年，第25页。

第三个问题：

苏联文学理论与文学思想如何影响新中国成立后中国的外国文学观念

新中国成立以后，中国新政权的性质是工人阶级领导、工农联盟为基础的，联合农民、小资产阶级、民族资产阶级以及爱国民主人士实行人民民主专政的民主政权。新的政治制度决定了新中国文化建设和改造的目标，首先就是要确立马克思、列宁主义和毛泽东思想的指导地位，并以此反对封建制度以及资本主义/帝国主义文化，实现从新民主主义社会向社会主义社会的转变，使无产阶级思想占领文化领域，以适应新政权和经济制度的建设。新政权建立以后，虽然马列主义、毛泽东思想成为指导思想，但是社会的思想意识形态仍较为复杂：落后、反动的思想并未绝迹，原先的既得利益者在思想文化领域敌视、抵制新政权，广大民众也存在对社会主义不够了解的状况，尤其是在文化建设领域存在党的意识形态合法性的诉求。在这种情形下，建设包括外国文学在内的新的文化体系，以指导和统一人们的思想，解决思想混乱的问题，服务社会主义意识形态建设，巩固和加强执政的合法性基础变得迫在眉睫。

由于当时中国文化发展的特定情况，对苏联大部头的纯粹的文学理论著作翻译介绍得较少，而对其文论思想和文学观的介绍局限在苏联领导人有关文艺政策的讲话、苏共中央有关文艺问题的决议以及苏联一些经典的文论作家如别林斯基、车尔尼雪夫斯基、杜勃罗留波夫、普列汉诺夫等的著述。在外国文学史领域，对我们产生巨大影响的是一些苏联学者编撰的文学史。因此，这一章我们侧重考察苏联文学理论、文学观是如何影响欧美文学"中国化"进程的。

一、对文学问题的看法基本遵循苏联的文学思想

新中国成立后，我国在经济和文化建设的各个方面都以苏联为师，希望通过对苏联经验的借鉴与学习加快社会主义建设的步伐，文艺建设同样如此。这

样,苏联的文学思想就深刻影响了新中国外国文学的整体观念,并集中表现在文学理论、外国文学教育及教材建设上,可以这样说,这一时期我国的文艺理论和外国文学整体观念是在对苏联相关著作与文献的翻译与学习中发展起来的。

如果说新中国成立以前,翻译苏联文学是为了传播共产主义思想和无产阶级的人生观、文学观,那么新中国成立后直到我国自行编写外国文学史之前,对苏联文学史、文学理论的大规模集中翻译,除了仿照苏联模式建立新学制的现实要求外,还体现了新政权借用新的理论语言来描述历史、阐释自身需要的努力。事实上,当时学界对苏联的文学与理论并不陌生,毕竟自"五四"运动起,文学界对俄苏文学始终怀有强烈的兴趣,很多俄苏文学作品和文艺理论著作都被翻译介绍过。中华人民共和国成立以后,一方面聘请苏联专家学者到中国讲学,培养青年教师,另一方面组织专家学者翻译苏联文学史方面的教材。以北京大学、清华大学为代表,成立了"外国语言文学系",既讲授外国语言课,也讲授外国文学课,后来以北京师范大学、中国人民大学为代表,在中文系开设外国文学课,讲授俄苏文学。1959年之前中苏两国在意识形态上处于相互协调、相互认同的阶段,苏联国家出版社出版的文艺理论和外国文学史教材,成为中国高校的文艺理论和外国文学史教材。在这些教材与著作中,除了比例较大的俄罗斯与苏联文学史之外,还有一些苏联学者所编著的法国文学史、英国文学史、欧洲文学史、18世纪与19世纪外国文学史等。

这些苏联学者编写的文艺理论、文学史著作中表现出来的文学史观、文学史叙述语言、文学创作方法以及叙事结构和方法,不仅影响了外国文学史的编写,甚至影响了中文专业古代文学史、现代文学史的编撰。例如1949年翻译的苏联学者弗里契的《欧洲文学发展史》,就对我国学界产生很大影响。弗里契是较早系统采用马克思主义理论分析欧洲文学史的文学史编撰者,他采用阶级划分法编写的文学史著作,就被一些学者认为是用马克思主义分析文学作品的经典文本。同样,《苏联文学艺术问题》(1953)、季莫菲耶夫的《文学原理第一部:文学概论》(1954)和《文学原理第三部:文学发展过程》(1954)、毕达可夫的《文艺学引论》(1958)等,把苏联的文学理论体系和研究、批评方法,完整地介绍到中国,对此后二三十年中国的文学理论、文学批评和文学教育,产生了很大影响。当然,"这些文论著述对于我们认识和了解马克思主义文艺理论的基本观点,如文艺与上层建筑和意识形态的关系,文艺的阶级性和党性、人民性和民族性、个性和典型等,是有意义和有启发的。"①外国文学史教学和研究从内容到方法都是按照苏联的模式进行。这些著作构成了文学史写作的整体外部语境。苏联的文学理论和文学史编写模式既有长处也有短处,其长处在于擅于从政治、伦理和思想角度去理解文学的内容,进行社会学和经济学的分析。

苏联的文学理论和文学史思想,进一步又影响到同一时期国内学者的理论形成与定型。例如,在文学与社会生活关系问题上,由于受苏联文论的影响,我国的文学工作者基本上形成了"文学是社会生活的反映"的观念。这本来是马克思主义文艺学的基本观点,反映了文学的本质所在。在"文学的功用问题上",崇尚进步与光明,鞭挞丑恶与黑暗,表现历史的发展趋势和人民群众的历史要求,也体现了马克思主义对文学功能的认识。在文学创作上,要求表现典型环境中的典型性格,体现了马克思主义文学创作思想的精髓;在文学评判标准的问题上,坚持文艺为最广大人民服务,为社会主义建设服务,文学要注重政治倾向性。应该说,中国学者的这些马克思主义文艺观的形成,与苏联的影响是密切相关的。

在创作方法上,苏联的"社会主义现实主义"创作方法对20世纪五六十年代中国文艺界的影响就更大了。我们知道,当时从苏联到中国,都在倡导与传扬"社会主义现实主义""革命性"等创作理念。"社会主义现实主义"是20世纪30年代以后苏联文坛的核心话语,这一创作方法是在1934年召开的第一次全苏作家代表大会上提出并通过《苏联作家协会章程》固定下来的。其具体表述为:"社会主义现实主义,作为苏联文学与文学批评的基本方法,要求艺术家从现实的革命发展中真实地、历史—具体地描写现实。同时,艺术描写的真实性和历史具体性必须与用社会主义精神从思想上改造和教育劳动人民的任务结合起来。社会主义现实主义保障艺术创作有绝对的可能性去表现创造的主动性:选择各种各样的形式、风格和体裁。"②"社会主义现实主义"传到中国后,立刻成为中国文坛的主流话语,而且在发展过程中不断走向繁盛,成为当代文学发展的唯一旨归,甚至将其视作马克思主义文论的新发展。1957年高等教育部在其《中国文学史教学大纲》中就明确规定,要以"社会主义现实主义"为依归,从事中国的文学史教学。还指出:"从五四起,虽然在创作方法上有着不同的流派,但现实主义就已经成为现代文学创作的主流,并向着社会主义现实主义的方向不断前进。无产阶级领导的人民革命的要求和创作上的真实地反映

---

① 吴元迈:《回顾与思考——新中国外国文学研究50年》,《外国文学研究》2000(1),第3页。
② 周启超:《一个核心话语的反思——苏联"社会主义现实主义"话语演变记》,《文艺理论研究》2014(5),第120页。

现实的要求相结合,就必然构成了现代文学中的社会主义的时代精神和社会主义现实主义的发展方向。……在毛主席'讲话'发表后,社会主义现实主义文学更取得了新的巨大的成就。……中国现代文学在社会主义现实主义道路上继续前进。"[1]

苏联的文学理论,虽然来源于马克思主义文论,但其对马克思主义文学观的理解却带有机械、僵化、绝对化和简单化的弊端。尤其是经过斯大林、日丹诺夫等人的改造后,这一弊端愈发明显。这些理论进入中国后,受特定社会环境和政治氛围的限制,我们在接受它们的时候,不假思索地就将其认定为马克思主义文艺理论的原意而不去辨别。在文学史观上,同样如此。马克思主义强调经济基础对上层建筑的强大作用,但同时也强调上层建筑对经济基础的反作用。正确的理解应该是,文学作为意识形态的重要组成部分,必然是来自生活、反映生活,但同时也对社会生活产生巨大的影响,有时这种影响甚至是决定性的。但在苏联文论的影响下,我们往往只强调前者而忽略后者,文学成为社会生活的简单反映。不仅如此,在对历史文化现象和历史文学文本的理解上,苏联文学理论中机械的阶级论、庸俗的社会学观点,也被我们当作马克思主义文艺观接受过来了。

从今天的视角来看,在苏联文论的影响下,当时有两点僵化的认识非常突出:一是从对社会环境的认识出发,用资产阶级、无产阶级、资本主义、帝国主义、封建主义这些单一的社会或阶级性质来定性文学"经典"的地位与性质。苏联科学院高尔基世界文学研究所编写的《英国文学史(1789—1832)》在介绍英国浪漫主义文学背景时指出:"十八世纪末和十九世纪初的英国作家,是不能忽略了当代主要的有决定性的问题的——这问题就是在资产阶级关系的胜利面前社会与个人的命运问题。对待资产阶级资本主义进展的态度,便成为决定英国文学上力量对比的主要因素","英国社会矛盾的水深火热的情况,自然促使英国社会各阶级对1789年法国革命发生热烈的反响。浪漫主义文学就在这暴风骤雨的气氛中诞生"。[2] 1964年何映在一篇文章里明确提出外国文学研究的两种立场:"一种是紧密联系当前的现实斗争,为阶级斗争服务;一种是脱离实际,为研究而研究,为学术而学术。"明确批评脱离现实斗争、与现实毫无关联的

---

[1] 中华人民共和国高等教育部审定:《中国文学史教学大纲》,北京:高等教育出版社,1957年,第237—238页。

[2] 王炜:《现代视野下的经典选择——1919—1999年间的汉语外国文学史研究》,四川大学博士论文,2007年,第80页。

学院式研究。作者指出:"外国文学研究如果不和现实斗争相联系,它也将是苍白无力的。"①由此可见,文学被当成了某种观念的单一的传声筒。二是僵化地理解处在社会革命与阶级斗争中的主人公的反抗精神与立场。仍以《英国文学史(1789—1832)》为例,中国编者对英国浪漫主义诗人的评价,遵从苏联学者的观点,否定了欧美学界对湖畔派诗人的价值高于拜伦、雪莱的观点。②原因在于编者认为,面对英国资产阶级的社会矛盾,湖畔派诗人只对法国大革命进行了有限的歌颂,对过去的宗法社会有些理想化认知之外,对社会矛盾总体上持不作为甚至反动的态度,这必然会影响他们创作的思想深度。而拜伦、雪莱却是敢于正视社会矛盾的诗人。对革命的态度成了编写者衡量作家价值的尺度。中国研究者采取了类似的做法,任明耀发表的《以革命态度对待外国文学遗产》一文在分析罗曼·罗兰的《约翰·克利斯朵夫》时指出,"我们应当看到它……在揭露资本主义社会的黑暗、腐朽方面起过一定的进步作用……如果我们用革命的无产阶级立场、观点和方法去看这部小说……约翰·克利斯朵夫……狂热的资产阶级个人主义,为追求个人幸福孤军作战的精神,是十分反动的。他虽来自社会下层,但他心目中却一百个瞧不起群众。他认为'庸庸碌碌的大众''全都等于无'"③,这显然是在批判克利斯朵夫藐视群众、反对阶级斗争的立场;而在分析司汤达的《红与黑》时又指出,于连属于轻视群众,顽强地追求"将军、主教、三十万法郎、漂亮的贵族妇女"的资产阶级个人主义,总的来说,"研究和阅读外国文学遗产,根本目的还是为今天的社会主义革命和建设事业服务"。④这些特定时代的意识形态、知识型构,影响进而决定了中国外国文学研究与文学观的形成。

二、苏联文学理论影响中国外国文学整体观念的三个途径

通读这一时期的外国文学史著作,不难发现其言说方式以及述史模式都受到了苏联文学观念的深刻影响。这样的影响是通过三条途径实现的:其一是对

---

① 何映:《外国文学研究工作需要联系现实斗争》,《文学评论》1964(4),第119页。
② 王炜:《现代视野下的经典选择——1919—1999年间的汉语外国文学史研究》,四川大学博士论文,2007年,第80页。
③ 任明耀:《以革命态度对待外国文学遗产》,《浙江学刊》1963(3),第22页。
④ 同上书,第23页。

苏联领导人有关文艺的讲话、文艺法规和政策的翻译学习；其二是通过使用苏联高等院校文学系的外国文学史教材、翻译来华讲学的苏联学者的讲稿以学习其文学理论；其三是对俄苏重要作家和理论家著作的研究。

首先讲第一个途径。20世纪五六十年代，我国翻译了很多苏共领导人关于文艺问题的讲话、苏共中央有关文学艺术的文件。如列宁的《党的组织和党的文学》《论无产阶级文化》、斯大林有关文艺问题的讲话与谈话、日丹诺夫的《论文学、艺术与哲学诸问题》、俄共（布）中央《关于无产阶级文化协会》的信、《关于党在文学方面的政策》的决议、《关于改组文学艺术团体的决议》等。例如，列宁在《论无产阶级文化》中就鲜明地指出："苏维埃工农共和国的整个教育事业，无论一般的政治教育或专门的艺术教育，都必须贯彻无产阶级阶级斗争的精神，为顺利实现无产阶级专政的目的，即为推翻资产阶级，消灭阶级，消灭一切人剥削人的现象而斗争的精神。"[①]这一思想和他较早前发表的《党的组织和党的文学》一文的思想一脉相承："党的文学的这个原则是什么呢？这不只是说，对于社会主义无产阶级，文学事业不能是个人或集团的赚钱工具，而且根本不能是与无产阶级总的事业无关的个人事业。打倒无党性的文学家！打倒超人的文学家！写作事业应当成为无产阶级总的事业的一部分，成为一部统一的、伟大的、由整个工人阶级的整个觉悟的先锋队所开动的社会民主主义机器的'齿轮和螺丝钉'。文学事业应当成为有组织的、有计划的、统一的社会民主党的工作的一个组成部分。"[②]斯大林也曾经把文学当作"生产灵魂"的工作，并提出"你们（作家、艺术家）是人类灵魂的工程师"。在当时的中国人眼中，列宁、斯大林是与马克思、恩格斯并列的伟大革命导师。因此，无条件地接受他们的思想和学说，是理所当然的。

除此之外，还翻译了大量苏联学者有关文艺问题的文献。其中较为主要的作品是"文艺理论学习小译丛"系列，共有六辑：第一辑合订本包括《斯大林关于语言学著作中的文学问题》《反对文学中的思想歪曲》《艺术工作者必须掌握马克思列宁主义》《反对文学批评中的庸俗化》《论社会主义现实主义的基本特征》《马克思列宁主义的美学 反对艺术中的自然主义》《高尔基与社会主义美学》《论苏联文学中的民族形式问题》《作家的责任》《论诗的"秘密"》等文章；第二辑合订本包括《苏联文学艺术工作的任务》《苏联戏剧创作理论的若干问题》《苏维

---

① 列宁：《论无产阶级文化（节选）》，中国共产主义青年团中央团校编：《马克思 恩格斯 列宁 斯大林论青年》，北京：中国青年出版社，1980年，第167页。
② 杨柄编：《列宁论文艺和美学》（上），桂林：漓江出版社，1988年，第296页。

埃文学发展的几个问题》《克服戏剧创作的落后现象》《加里宁论文集》《古典作家的遗产与苏维埃文学》《过渡到共产主义的几个问题与文学》《文学语言中的几个问题》《音乐中的社会主义现实主义的问题》《创作的甘苦》等文章;第三辑合订本包括《作家协会工作的若干问题》《论文学中的典型与美学思想》《列宁反对"无产阶级文化"的庸俗化艺术观的斗争》《论戏剧冲突》《斯大林社会主义现实主义原则是艺术科学的最高成就》《关于马雅可夫斯基创作研究的基本诸问题》《否定的形象和作家的不调和精神》《论文学与人民的血缘关系》《俄国讽刺文学古典作家与苏联文学》《论短篇小说的写作》等文章;第四辑合订本包括《论作家的工作》《为了戏剧》《论俄罗斯文学中的人民性》《典型与个性》《苏联文学中的典型性问题》《论现实主义艺术法则底客观性质》《艺术的特点及其在社会生活中的地位》《车尔尼雪夫斯基的美学和他的小说〈怎么办?〉》《谈短篇小说体裁的运用》等文章;第五辑合订本包括《列宁与文学的人民性问题》《斯大林与苏维埃文学》《论艺术的内容和形式》《论文学中的典型问题》《技巧和诗的构思》《论杜勃罗留波夫的文学批评的原则》《高尔基美学中的典型问题》《在生活中——更复杂更鲜明》《为精通创作技巧而奋斗》《再论短篇小说》等文章;第六辑合订本包括《生活中主要的就是戏剧创作中主要的》《生活与文学的多样性》《论文学的特征》《论批评》《给青年作家》《关于契诃夫的剧本》《契诃夫的现实主义》《研究高尔基创作的几个问题》《论一九五三年的剧本》《论报纸的特写》等文章。这些文章成为俄苏文学叙述模式在中国滥觞的开端,影响了中华人民共和国成立初期三十年中国的"欧美文学观"或"世界文学观"。徐迟在"文化大革命"后回忆起 20 世纪 50 年代初日丹诺夫的《论文学、艺术与哲学诸问题》在中国受欢迎的情形时,曾写道:"当时不少读者,怀着景仰之心,如饥似渴地阅读着一位安德烈·亚历山德罗维奇·日丹诺夫所作的几篇批判讲话,以及作为其附录的几篇决议,错以为这是苏联的、社会主义的,故我们必须遵循的文艺路线和方针政策,那时还不能将它和马克思主义文艺的理论之间的某些原则差别区分出来,误把它作为法式而认真地学习,初初几年里并诚惶诚恐地接受而奉行不渝;但稍后却也渐渐的不再提到它,终于也把它忘了。"[①]

值得一提的是高尔基的《苏联的文学》。这是苏联文学创作乃至整个文学史书写的纲领性文件,也是高尔基在第一次全苏作家代表大会上所做的一篇总结。"在这里高尔基站在无产阶级立场,依据历史唯物主义的观点,提出了文艺

---

① 徐迟:《日丹诺夫研究》,《外国文学研究》1981(1),第 23 页。

领域里的几乎所有主要的问题(如艺术的起源,劳动在文艺上的作用,资产阶级文艺的贫乏,社会主义文艺创作和批评的道路等等),而且给与了每个问题以十分正确而又切实的回答。闭幕辞(词)是高尔基在第一次全苏作家代表大会上所作的总结,在这里他阐述了个人主义对文学创作的危害性、党员作家与非党员作家的团结,文学集体创作的方法以及苏联各民族文学艺术的发展等问题。"①可以说,高尔基在当时中国文学工作者眼中的地位,是任何其他苏联作家和理论家都不可比肩的。高尔基似乎就是马克思主义文论的代言人。他的每一个观点和看法,在当时很多中国人看来都具有经典般的价值。

第二个途径主要是通过对苏联学者写作的各种文学史的翻译和学习,来建立自己的文学观。当时翻译的苏联人写作的文学史著作大致可以分为两类:一类是俄苏文学史,另一类是俄苏学者所写的外国文学史。俄苏文学史的译介包括高尔基的《苏联的文学》(1959)、《俄国文学史》(1956),弗·伊凡诺夫的《苏联文学思想斗争史:1917—1932》(1957)、江树峰的《苏联文学小史》(1958)、捷明岂耶夫的《俄罗斯苏维埃文学》(1955)、卡普斯金的《十九世纪俄罗斯文学史》(上、下)(1958),而译介到我国的俄苏作家所写的外国文学史相对来说要少一些,主要包括伊瓦肖娃的《十九世纪外国文学史》(1958)。

值得一提的是季莫菲耶夫的《苏联文学史》(上、下卷)(1956)和《俄罗斯苏维埃文学简史》(1959),前者是苏联中学十年级的教材,已经印刷了10次,每次印刷都有修改,中译本分为两卷,上卷首先阐述苏联文学的一般理论问题,其次详细论述伟大的高尔基的生平事迹和主要作品,同时对20世纪初的农民作家和批判现实主义作家,做了简要的评述,之后就是国内战争和国民经济恢复时期的文学,上卷的最后部分专谈天才诗人马雅可夫斯基的生平与创作;后者是苏联高教部批准的中等专业学校教科书,1954年在苏联首版,1955年年底增订第二版,中文译本根据第二版翻译而成。再就是布罗茨基主编的《俄国文学史》(上、中、下卷)(1957),它是苏联中等学校八、九年级的课本,印有十余次,每次重印时,作者均根据较新的观点与材料将个别地方加以修改,中译本分为三卷出版,上卷古代文学自11世纪起,至普希金止;中卷自莱蒙托夫起,至奥斯特洛夫斯基止;下卷自屠格涅夫起,至契诃夫止。此外,还有阿尔泰莫诺夫等人所著的《十八世纪外国文学史》(上、下)(1959),它是苏联师范大学文学系使用的外国文学史教材,中译本分为上、下两卷出版,上卷叙述18世纪英国文学、法国文

---

① 高尔基:《苏联的文学》,曹葆华译,上海:上海文艺出版社,1959年,"内容提要"。

学的概况,下卷叙述18世纪德国、意大利文学。

还有一个现象值得提及,这就是根据来华访问讲学的苏联学者的课堂讲义整理、翻译出来的文学史。《十八世纪俄罗斯文学史》就是一个典型的代表,它是1955—1956学年库拉科娃在北京俄语学院文学教师进修班讲授的讲稿。

第三个途径是对俄苏经典文论家、作家的理论著作、论文的翻译。其中包括别林斯基、车尔尼雪夫斯基、杜勃罗留波夫、普列汉诺夫以及普希金、果戈理、列夫·托尔斯泰、契诃夫等人的著作。别林斯基(1811—1848)是俄国革命民主主义者、哲学家、文学评论家。别林斯基的贡献是多方面的。他不仅通过他的著作宣传了革命民主主义的政治纲领,而且第一次系统地总结了俄国文学发展的历史,科学地阐述了艺术创作的规律,提出了一系列重要的文学和美学见解,成为俄国文学批评与文学理论的奠基人。他的文学评论与美学思想在俄国文学史上起过巨大的作用,推动了俄国现实主义文学的进一步发展,对车尔尼雪夫斯基、杜勃罗留波夫美学观念的形成有直接的影响。他的论文《一八四二年的俄国文学》(1843)、《一八四六年俄国文学一瞥》(1847)、《一八四七年俄国文学一瞥》(1848)在中国也产生了较大的影响。别林斯基以果戈理的创作为例,肯定了果戈理在俄国文学史上划时代的意义,分析了以果戈理为代表的"自然派"的形成过程,提出现实主义文学的美学原则,即艺术不应该是"装饰"生活和"再造"生活,而是"现实的创造性再现"。别林斯基认为,果戈理、赫尔岑、冈察洛夫、屠格涅夫、涅克拉索夫和陀思妥耶夫斯基的创作所遵循的就是这条原则。车尔尼雪夫斯基(1828—1889),俄国杰出的革命民主主义者。他的《艺术对现实的审美关系》一书继承和发展了别林斯基的文艺观点,批评了当时流行的黑格尔派的唯心主义美学,认为美不是主观自生的,美存在于现实之中。人们所处的社会地位和生活环境不同,他们对于生活的理解和关于美的观念也就不同。他强调文艺的认识功能和教育功能,坚决反对"为艺术而艺术";提出文艺的主要任务是"再现生活"、"对生活下判断";文艺的最高目的是成为"生活的教科书"。他认为艺术的特点"不是用抽象的概念而是用活生生的事实去表现思想",该书也存在某些偏颇之处,如对艺术中美的价值重视不够等。他的另一部论著《俄国文学果戈理时期概观》系统地探讨了俄国文学批评的变化与发展,驳斥了自由派文人对果戈理派的责难,认为果戈理是沿着"批判的倾向"进行创作的第一人;该著作对奥斯特洛夫斯基、屠格涅夫、列夫·托尔斯泰等作家的创作思想和艺术成就,都给予了肯定的评价和精辟的分析。车尔尼雪夫斯基所提出的"美即生活"的思想,对当时的中国影响很大。杜勃罗留波夫(1836—1861)是

19世纪俄国著名的革命民主主义者和文艺批评家,在文学观、美学观上,他发展了别林斯基、车尔尼雪夫斯基的战斗传统和唯物主义美学原则,认为艺术创作是宏观现实在艺术家意识中的反映,强调文学的人民性原则。普列汉诺夫(1856—1918)也是当时对中国文学艺术影响较大的理论家之一。他的《没有地址的信》很早就被翻译到了中国。在《没有地址的信》中,作者运用马克思主义的立场和方法,通过对原始音乐、舞蹈、绘画等艺术形式同生产劳动关系的分析,系统地论述了艺术的起源及其发展问题,认为艺术不是起源于"游戏",而是起源于生产劳动。这部作品,被认为是马克思主义美学史上第一部运用唯物史观的基本观点和方法研究艺术起源的成功之作,也是马克思主义美学的经典著作之一。

正是在苏联文学理论的影响下,20世纪五六十年代,我们初步建立起新的文学观和外国文学史观。

三、在俄苏文学理论影响下中国文学思想中几个特定观念的形成

由于苏联文学理论的特点在文学史中有较为集中的表现,因此,通读这一时期中国译介的俄苏文学史,首先会发现一些具有共性的问题,即到底是哪些观念深刻地影响了中国对外国文学的认识和相关研究。

第一是"历史性"。"历史性"是中国外国文学研究中必须遵循的原则。每一时期出现的重要作家及作品一定离不开他们所生存的历史文化背景。文学现象必须与具体的社会政治环境相关,在它们的社会历史的制约中得到阐明。根据俄苏的外国文学史编撰实践,中国学者认识到,依据社会发展历程来划分文学发展的不同阶段是合理且必要的,例如叶高林的《苏联文学小史》,就将苏联文学划分为四个重要时期:"内战时期""国民经济恢复与重建时期""斯大林五年计划时期""伟大卫国战争与和平建设时期"[①]。捷明岂耶夫的《俄罗斯苏维埃文学》亦采取了历史性的分期方法:"苏联伟大十月革命以来,社会主义现实主义文学的成长过程和发展概况,其中包括五个阶段:国内战争时期、国民经济恢复及社会主义工业化时期、战前五年计划时期、卫国战争时期、战后时

---

① 叶高林:《苏联文学小史》,雪原译,天津:知识书店,1949年,第1页。

期。"①还有季莫菲耶夫的《俄罗斯苏维埃文学简史》认为,俄罗斯文学基本上可划分成三个时期:19世纪以前的俄罗斯文学、19世纪至20世纪初期的俄罗斯文学、苏维埃时期的文学。自19世纪至20世纪初期的文学史,根据列宁对俄国解放运动几个阶段的划分,其发展又可分成三个阶段。十二月党人的革命运动标志着19世纪的开始。伟大俄罗斯诗人普希金的创作,就是在这个运动的直接影响下发展起来的。到19世纪下半叶,革命运动得到新的发展,于是开始了俄国解放运动的第二个时期。车尔尼雪夫斯基、涅克拉索夫、萨尔蒂科夫·谢德林等人的创作反映了这个时期的俄国解放运动。最后,到19世纪90年代开始了解放运动的第三个时期,这是具有决定意义的时期,是无产阶级革命的时期,以伟大十月社会主义革命而结束。伟大作家高尔基的创作正是与这个时期联系着,俄罗斯文学史与俄罗斯人民争取自由的斗争史是分不开的。至于苏联文学的发展更是紧紧地联系着社会生活,必须根据伟大十月社会主义革命后苏联国内的发展来进行研究。②

这三部文学史的分期方法大同小异,展现了这一时期俄苏文学史的历史性特征,细微的差别在于一般仅仅撰写苏维埃文学史的,多以苏维埃政权建立后发生的重大历史事件作为分期依据。如果是时间跨度较长的,一般采取列宁的三阶段分期方法,即贵族革命时期的文学成就、民主革命时期的文学成就、无产阶级革命时期的文学成就,第三个阶段的文学成就通常是一部文学史中的重中之重。

第二是"阶级斗争"。受苏联文学史观的影响,这一时期文学史写作的一个重要原则便是"说明文学的过程时必须根据马克思列宁关于阶级斗争、阶级对抗的社会中每个国家的文化中两种文化的学说,同时必须阐明反映在文学中的进步与反动力量的斗争。"③弗·伊凡诺夫的《苏联文学思想斗争史:1917—1932》就是一个典型的实例,这部文学史篇幅不长,主要涉及了苏维埃国家发展的第一个阶段,从十月革命到剥削阶级被消灭时期的文学。这个时期,包括文学在内的意识形态各领域都发生了尖锐的斗争。"党在文学方面的政策,引起了党和苏联人民的敌人的强烈反抗,整个时期,直到剥削阶级被消灭,都具有一种特点:文学界中与人民相敌对的集团和流派在积极地活动,党对它们进行无

---

① 捷明岂耶夫:《俄罗斯苏维埃文学》,苗小竹译,上海:上海文艺联合出版社,1955年,"内容提要"。
② 季莫菲耶夫:《俄罗斯苏维埃文学简史》,殷涵译,上海:上海文艺出版社,1959年,第11—12页。
③ 弗·伊凡诺夫:《苏联文学思想斗争史:1917—1932》,曹葆华、徐云生译,北京:作家出版社,1957年,第3页。

情的斗争,给真正社会主义的文学扫清了道路。"①该书的前三章分别对从十月革命到恢复时期、恢复时期、国家工业化和农业集体化时期文学界争取文学高度思想性的斗争进行介绍;对陀思妥耶夫斯基的批判体现了这部书的阶级斗争性,"在关于陀思妥耶夫斯基的问题上,两个世界冲突起来了:一个是以高尔基为代表的无产阶级世界,它反对同反动派妥协,反对反犹太主义,反对人类灵魂的不高尚。反对这个世界的是另一个世界,它甘心同反动派和反犹太主义互相拥抱,它情愿把自己的'高尚灵魂'出卖给任何第一个愿意当买主的人"②。面对这种情势,我们的作者要坚定地站在无产阶级世界的立场上,控诉形形色色带着反动面具的作家。这样机械地以阶级属性来划分作家的方法难免会产生偏颇,得出很多荒唐的结论。这部文学思想斗争史并没有给予许多优秀的作家以应有的地位,反而极力贬低他们,例如列米佐夫、蒲宁、查伊米夫、阿志巴绥夫、梅列日科夫斯基、吉皮乌斯、齐里柯夫、巴尔蒙特、谢维良宁等作家都被归为白俄阵营,被称为"资本主义的走狗"、农奴主的"食客"和"寄生虫"。布罗茨基在他的《俄国文学史》中还特别提出了在文学领域"阶级斗争"的重要性:"针对着资产阶级的文学,针对着资产阶级的盈利的做生意的出版业,针对着资产阶级在文学上的地位主义和个人主义,老爷式的无政府主义和对政策的追求,社会主义的无产阶级应该提出党的文学性原则,文学事业不但不能是个人或集团赚钱的工具,而且它永远不能是与无产阶级总的事业无关的个人事业,文学事业应当成为无产阶级总的事业的一部分。"③

在文学史中,除了反映无产阶级对资产阶级的斗争,还会展现资产阶级对封建统治阶级和贵族阶级势力的斗争,这些都表现在18、19世纪的俄罗斯文学书写中,这是俄苏文学史的一个共性问题,即阐明反映在文学中的进步与反动力量的斗争。例如在《十九世纪俄罗斯文学史》(上)中,卡普斯金展现了在特有时代先进的资产阶级对腐朽没落的封建势力的胜利:"十九世纪前几十年,在俄国可以看到,从十八世纪就已经开始了的旧的封建农奴制度瓦解的过程和封建农奴制度内部新的资本主义制度形成的过程,变得日益深刻和激烈"④,在这一时期出现了普希金、莱蒙托夫、果戈理、别林斯基和赫尔岑等人的作品,都反映

---

① 弗·伊凡诺夫:《苏联文学思想斗争史:1917—1932》,曹葆华、徐云生译,北京:作家出版社,1957年,"作者的话"第2页。
② 同上书,"绪论"第8页。
③ 布罗茨基主编:《俄国文学史》(中卷),蒋路、孙玮译,北京:作家出版社,1957年,第3页。
④ 卡普斯金:《十九世纪俄罗斯文学史》(上),北京大学俄语系文学教研室译,北京:高等教育出版社,1958年,第2页。

了资本主义对封建制度的取代之势,所以说先进势力对落后腐朽势力的斗争一直都是俄苏文学史书写的底色。在 20 世纪 50 年代的苏联,"为艺术而艺术"的文学作品乃至文学史书写是没有生存土壤的,对生活袖手旁观的态度,对社会、人民群众漠不关心的态度都是与这一时期的苏联意识形态不符的。

第三是"人民性"。正如高尔基在《俄国文学史》中写道:"我们的主题是俄国文学,要从其对人民的态度来看俄国知识分子。"①高尔基是从这个观点来看全部俄国文学史的。高尔基指出:"过去没有一个伟大作家会忽略人民的,摆在文学家、社会思想家和文化活动家面前,摆在所有阶级和社会集团面前,始终是对人民大众的态度这个问题。人民的社会地位、劳动和斗争,直接或间接地反映在文学上——在不同的历史条件之下以不同的方式反映在文学上——,这就决定了文学的发展。"②在这部文学史中,他前所未有地提出了人民群众在文学创作中的重要价值。这是因为当时喀尔图拉的"任何民族的文化都是社会上层阶级的功绩"这一论调,激起了高尔基的强烈不满,在他看来:"人民不仅是创造一切物质价值的力量,人民也是精神价值唯一的永不枯竭的源泉,无论就时间,就美还是就创作天才来说,人民总是第一个哲学家和诗人:他们创作了一切伟大的诗歌、大地上的一切悲剧和其中最宏伟的悲剧——世界文化史"③,这一"人民性"理念是他整部文学史创作的出发点,他同时将"俄国知识分子对人民的关系"作为文学史发展的脉络,这其中包括两层含义,其一是文学是如何反映劳动人民的生活、思想、感情和利益,其二是知识分子在思想和情感上是如何对待人民的,以这两条标准来分析俄国文学史上的重要作家,是一种全新的视角。在分析 18 世纪末 19 世纪初的俄国文学时,他指出 18 世纪后半期西欧新兴的资产阶级是依赖人民的支持来反对封建势力的,这反映在浪漫主义作家对民间文学和人民生活的关注;年轻的资产阶级在获得政权之后,要考察自己的文化遗产,于是民间故事、民歌、民谣的搜集,历史传说的研究成为这一时期的风尚。还有一个明显的实例便是高尔基在文学史中对普希金的评价问题。面对 19 世纪后期颓废派对普希金"群俗"的诽谤,他予以了有力的回击。他认为,普希金的伟大之处正是在于他接近人民,普希金热情地搜集民歌,"他是第一个注意到民间创造并且把它介绍到文学里来的俄国作家。这样的一个人是不会用'群

---

① 高尔基:《俄国文学史》,缪灵珠译,上海:新文艺出版社,1956 年,viii 页。
② 同上。
③ 同上书,第 510 页。

俗'这名词暗指人民的——他赞颂人民而且敏感地体会到人民的力量"①。

除了高尔基以"人民性作为历史线索"述史,布罗茨基、季莫菲耶夫等一系列文学史撰写者也在其作品中进一步彰显了这样的价值理念,他们开启了对文学价值和意义的思考。布罗茨基在《俄国文学史》(上卷)"引言"中写道:"俄罗斯文学向来以能够真实反映生活见称。先进的俄罗斯作家在他们的全部历史行程中,对于现实里面一切使俄罗斯人民激动的现象,都有过敏锐的反映。他们决不是避开社会的暴风雨、置身'纯艺术'世界的恬淡冷漠的生活观察家。爱祖国,爱人民,保卫人民的利益,向专制制度与农奴制度、无权与横暴作斗争,对公民职责的高度自觉,同国内解放运动的紧密联系,——这便是先进的俄罗斯文学的内容的特色,它们使它变成了人民珍爱的思想和愿望的表现者,变成了世界上最富人民性、最民主的文学。"②他认为,文学应该是用来爱人民和保卫人民的,倘若脱离了人民群众,文学史的价值就变得一文不值了。季莫菲耶夫在其《苏联文学史》(上卷)"前言"中也系统地论述了"苏联文学的人民性"问题,他认为社会主义现实主义的基础就是人民性原则,也就是为了人民的利益来描写生活,用形象来表现人们的企望、憧憬和生活经验,例如高尔基的《母亲》这部长篇小说显示出了人民性特征,使得千千万万的工人走上了革命的道路。

第四是"学说性"。这是指苏联文学史往往在文学发展史之前都会附加上专门的一章来进行理论概说,且多以"引言""绪论""历史背景"等方式呈现,在第一章文学史之前的理论说明实则是整部俄苏文学史的写作理念,让读者了解作者是在什么样的文学观念下来写作整部文学史的,这也是一种提纲挈领式的整体把握。20世纪50年代被译介过来的俄苏文学史几乎全部具有这种特点。

在季莫菲耶夫的《苏联文学史》(上卷)中,作者就在"引言"部分说明了自己的述史观念,其中包括十个问题的探讨——"社会主义现实是苏联文学的基础""党性是苏联文学发展的先决条件""苏联文学的多民族性""苏维埃国家的新型作家""苏联文学史上的几个主要时期""苏联文学的艺术方法是社会主义现实主义""社会主义的理想""正面人物是共产主义建设者""苏联文学的人民性""苏联文学的世界意义"③,这些问题都是在介绍作家、作品之前罗列出来并加以说明的,每一个问题的探讨都大量引用了马克思、列宁、斯大林和日丹诺夫关于这个问题的看法。与此相似的还有《十九世纪外国文学史》《俄罗斯苏维埃文

---

① 高尔基:《俄国文学史》,缪灵珠译,上海:新文艺出版社,1956年,第513页。
② 布罗茨基主编:《俄国文学史》(上卷),蒋路、孙玮译,北京:作家出版社,1957年,第2页。
③ 季莫菲耶夫:《苏联文学史》(上卷),水夫译,北京:作家出版社,1956年,第6—28页。

学》《苏联文学小史》《苏联文学思想斗争史：1917—1932》。在《十九世纪外国文学史》中作者在"绪论"中介绍了这一时期各个国家和民族文学发展的历史背景,该书开篇便引用了斯大林和日丹诺夫的论述来证明自己的观点："斯大林、基洛夫和日丹诺夫指出这一阶段是资本主义在先进国家里之胜利和确立之日期"[①]。接着又引用斯大林在苏联社会主义经济中的观点来分析资产阶级如何用更高级的生产方式来推翻封建阶级统治的。《俄罗斯苏维埃文学》在介绍文学史之前先阐述了"苏联文学的基本特征",《苏联文学小史》亦是先介绍了"为文学的党性而斗争"和"新世界的新文学",《苏联文学思想斗争史：1917—1932》也在"绪论"做了一系列的背景介绍和理论说明。

高尔基在《俄国文学史》的"绪论"中系统地阐释了自己的文学观念,颇具理论性特征。首先他对文学进行了辨析："文学是社会诸阶级和集团的意识形态——感情、意见、企图和希望——之形象化的表现"[②];然后他又对文学何以具有力量进行了说明："文学使思想充满血和肉,它比哲学或科学更能给予思想以巨大的明确性和巨大的说服力"[③];他还以狄更斯、巴尔扎克、托尔斯泰为例论证了小说的"客观性"问题："一个小说家经验越广,则其中主观和个人的余地便越少,一般意义上便庄严地显露在面前,艺术家的社会形象也就越鲜明地呈现出来。一个作家越坚决摒弃自己的个性,他就越容易抛掉细微渺小的东西,他也越能把周围世界里一切重要的和客观性的东西体会得更深、更广"[④]。最后他论述了文学的人民性原则："俄国作家注意到人民,他们感受到必须唤起人民的潜在力量并把这力量化成夺取政权的积极武器,他们千方百计阿谀人民,时而讨好农民,时而奉承工人。"[⑤]高尔基在文学史之前对文学定义、价值、特性、表现力等问题的看法甚至在今天看来都是非常有见地的。这样的理论概说的述史模式深刻地影响了中国的外国文学史写作。时至今日,这种书写模式仍见于各种新编的外国文学史或国别文学史的教材中。

---

① 伊瓦肖娃:《十九世纪外国文学史》第一卷,杨周翰等译,北京:人民文学出版社,1958年,第1页。
② 高尔基:《俄国文学史》,缪灵珠译,上海:新文艺出版社,1956年,第1页。
③ 同上。
④ 同上书,第5页。
⑤ 同上书,第7页。

第四个问题：

"反修批修"运动如何影响了对苏联当代文学的介绍、引进和评介

在新中国的历史上，作为一段特殊的历史，"反修批修"运动曾经前后进行过四次；而每一次的"反修批修"浪潮都深刻地影响着对苏联当代作品的接受态度。第一次"反修批修"浪潮出现在20世纪50年代后期（1957—1958），1956年"匈牙利事件"给中苏两国都敲响了警钟，因此在1957年到1958年间，两国不约而同地加强了对意识形态的控制，中国跟随苏联文艺界的"批修斗争"，展开了大规模的"反右"运动，其声势之大甚至超越了苏联；第二次"反修批修"浪潮是在20世纪60年代上半期（1960—1965）。1960年中国文学艺术工作者第三次代表大会在"持续跃进"和"反修批修"的背景下召开，新中国文艺主管部门指出修正主义人性论的实质，再一次强调"与修正主义做斗争"的重要性。1962年，中共八届十中全会召开，会上提出"以阶级斗争为纲"的路线方针，一时间文艺发展又开始被"左"的倾向主导；第三次"反修批修"浪潮指的是"文化大革命"时期（1966—1976），苏联当代作品开始以"内部刊行"的方式被引进，这也是"反修批修"浪潮持续最久、影响最深的一次；第四次是20世纪70年代后期（1977—1979），"苏联是社会帝国主义国家""苏修文艺应该受到批判"是这个时期的基本论断。虽然很多"外国文学作品选"实质上仍是苏修文艺集的翻版，里面充斥着对苏联当代作品的批判，但这个时期毕竟和"文化大革命"时期有所不同，"解冻"的痕迹愈来愈明显。

在这四次浪潮中，中国对于苏联当代作品批判和接受的向度是有细微差别的，这种差别主要表现在批判和接受方式的不同上。总体而言，可以归结为以下几种：其一是以"内部刊行"的方式发行的译作（"黄皮书"），这种方式虽然一直未曾间断，但在不同阶段有不同的特点。概括而言，这些译作发轫在"反修批修"的第一个时期，成熟于第二个时期，并在第三个时期达到高潮；其二是以结集方式编辑的苏联文艺作品集，主要出现于"反修批修"的第三个时期；其三是以"外国文学作品选"或"外国文学史"为名，实则为苏联文学作品合集或文学史

作品,主要出现在"反修批修"的第四个时期。

在批判修正主义的四次浪潮中,对苏联文艺界修正主义的批判是最为猛烈的,时间也最为持久。那么何为"修正主义文艺"呢?即以"人性论""人情论""唯心论""人道主义""和平主义"等为核心价值观的文艺作品。凡是带有这样倾向的作品都被视为批判的对象,"通过译作的序跋和评论可以清晰地看到社会主流意识形态和当权者的政治意图"①,"译作甚至降格为'批判'运动的旁证材料,序跋和评论将其重新组合,以使所塑造的原语文化形象符合政治批判要求。"②之所以采用这样的表述方式,国家文化主管部门实际上是希望全面否定、批判苏联当代文学从而达到更深层面的教育人民(或可称为"反向接受")的目的,但历史的吊诡之处就在于,原是为了"批判"以儆效尤,但却在客观上将一些有争议的作品介绍到国内。结果常常是不会完全被意图所控制的,这种与意识形态密切相关的翻译现象所产生的对苏联当代文学作品的复杂认知,一方面使被翻译出来的文本,成为拥有独立生命的客体,不再完全受制于编译者意识;另一方面,一些内部资料通过某种方式获得了本不属于它的读者群,这些读者的"创造性的误读"常常产生与译者初衷截然不同的感受和可能。

一、对苏联当代文学三种题材的批判和译介

第一种批判和译介的作品题材多集中于苏联反华作品和反映苏联"霸权主义"的作品。这类译作主要有苏联的小说《勃兰登堡门旁》《淘金狂》《阿穆尔河的里程》《反华电影剧本〈德尔苏·乌扎拉〉》《蓝色的闪电》《火箭轰鸣》《核潜艇闻警出动》《海浪上的花圈》等;剧本《德尔苏·乌扎拉》《不受审判的哥尔查科夫》《礼节性的访问(苏修的五个话剧、电影剧本)》,他们主要被刊载在《摘译(外国文艺)》及其增刊上。

这些作品很多确实是展露苏联侵略扩张实质的作品,并没有太多的文学价值,它们被译介过来也并不是为了了解苏联文艺发展到何种程度,而是为了配合珍宝岛自卫反击战之后的政治斗争需要,也就是供批判使用的。电影剧本《礼节性的访问(苏修的五个话剧、电影剧本)》讲述了苏联海军舰队军官格列鲍

---

① 周发祥、程玉梅、李艳霞、孙红、张卫晴:《二十世纪中国翻译文学史·十七年及"文革"卷》,天津:百花文艺出版社,2009年,第230页。

② 同上书,第231页。

夫所在的舰队去地中海国家进行访问并受到欢迎的故事,但这样的所谓"礼节性的访问"反映的却是苏联对于地中海的野心。作品将苏联的上尉塑造成庞贝古城的救世主,他的"访问"亦是一种名为拯救实为侵略的行径。译文之前有一段介绍精要地点明了这部小说的实质:"剧本通过描写苏修黑海舰队一艘火箭巡洋舰在地中海某国进行所谓的'礼节性访问',公开发出了要同美帝国争夺海上霸权的叫嚣,竭力为苏修社会帝国主义的侵略扩张政策制造舆论。剧中的'戏中戏',还通过隐喻的手法,别有用心地把新沙皇装扮成拯救人类的'救世主'。"①

《勃兰登堡门旁》亦是这一时期所译介的彰显苏联侵略扩张野心的又一部作品,评论者也对其大加挞伐,认为作品显示了苏联以"社会主义"之名,实际上体现的是"霸权主义"之实的虚伪嘴脸。"在这部小说里,是非是颠倒着的,实际上大国的霸权主义,小说偏要说这是'社会主义大家庭''国际主义';实际上的'侵略',小说偏说这是友谊。""小说中的一个驻德苏军上校普罗霍洛夫曾振振有词地吹嘘说:'他们学习打仗不是为了去跨越别人的边界,而是为使那些有时想要跨越别人边界的人,别迈出冒失的步子'。"②但是当普罗霍洛夫自己跨出这个步子时,他却将这种行为称作是"战斗的兄弟情谊"。不但如此,仅仅是军事的跨越仍不能满足侵略扩张者的野心,他们的最终目的是跨越经济的边界,以"友谊"为名,对其他国家实行侵略、剥削、掠夺,这便是社会帝国主义"口头上的社会主义、实际上的帝国主义"的对外政策。小说精心安排了诸如此类的情节,目的就是为了要把自己打扮成救世主:在飞机上要为"从莫斯科走到柏林的人干杯",因为他们是"功臣";在波兰兵营参观历史厅时,白发苍苍的波兰军官流利地用俄语解说:"一九四三年……七月十五日……全师宣誓……忠于对苏联的联盟",因为"是苏联给了我手里的……武器来同咱们共同的敌人作斗争……。"③小说还编造了德国人汉斯、库尔特父子等许多人物,通过他们的声音,为苏联侵略、霸占东欧歌功颂德,仿佛东欧各国人民是真心实意地把苏联的干涉当作"友谊"来看待的。但是需要我们注意的是,虽然这些评论文章对苏联侵略扩张行径揭露得入门三分、深刻准确,但是这样的作品并没有太高的文学价值,对它的译介和评论是在国际"反帝斗争"背景下展开的。

---

① 《礼节性访问(苏修的五个话剧、电影剧本)》,齐戈译,上海:上海人民出版社,1974年,第4页。
② 徐继先:《"我们赶走了希特勒,我们也一定赶走勃列日涅夫!"——评〈勃兰登堡门旁〉》,《摘译(外国文艺)》1974(2),第1—4页。
③ 《勃兰登堡门旁》,《摘译(外国文艺)》1974(2),第7页。

第二种批判和译介的作品是以塑造苏联"新生代资产阶级"——"当代英雄"为题材的作品。这类译作主要有苏联小说《普隆恰托夫经理的故事》《阿尔图宁的同位素》《明天的天气》,剧本《外来人》《炼钢工人》《一个能干的女人》。所谓"当代英雄"指的是苏联在20世纪70年代初进行科技革命所诞生的一批技术人员,这些作品以他们的经历为内容进行创作,这些作品的诞生是与苏联科技革命的开展息息相关的,"在这里参加工作的每个人都知道,对我们的国家来说'HTP'三个字母意味着什么——科学技术革命,我们向这些字母祈求,我们顶礼膜拜,而且叩头叩得头破血流。"①对于这些在科技革命中应运而生的作品,我国评论界评价很低,将这些"当代英雄"视作"新生代资产阶级"的典型。

　　《明天的天气》中勾勒了一幅"技术王国"场景图,人们各司其职,在科学的流水线上日复一日地工作着。但是即便是在这样一个似乎没有"阶级矛盾"和"阶级斗争"的环境里,仍然存在很多问题:"站在总输送带周围的有两部分人:以总厂长伏洛兴为首的工厂头头们和在输送带上操作的工人们。这两部分人在生产中所处的地位完全不同。前一部分人以伏洛兴为中心,上下呼应、互相配合,组成了一部完整的机器,一条通达到工厂各个部分的权力输送带,指挥一切,操纵一切。后一部分人却只能围着总输送带转,作机器的附属品。"②在译介者和评论者看来,所谓的"技术王国"不过是假象,其中有着严格的阶级分化,所谓"技术统治一切",就是官僚垄断资产阶级统治一切;所谓"技术王国",就是官僚垄断资产阶级对广大工人群众实行专政的王国。这就是"HTP"三个字母掩盖下的事实。因此,在所谓"技术王国"里面临的主要问题也根本不可能是什么"科技革命"的问题,而是生产关系的问题,是生产力和生产关系的矛盾。

　　中篇小说《普隆恰托夫经理的故事》塑造了一位名叫普隆恰托夫的"当代英雄"的形象。普隆恰托夫是一个有着专业能力的领导人,对于管理和生产有着自己独特的看法,同时他也是一个懂得享受生活的人。普隆恰托夫一出场,"穿着华丽的夏装,修着光光的脸,全身用赛泊尔香水洒得喷香","订婚戒在手指上闪耀着金光"。③而作为一个管理者,他兢兢业业、努力工作,"把劳动强度提高到必须的水平"。同时普隆恰托夫还提出了"善良应该和拳头为伴"的原则:如

---

① 徐继先:《"我们赶走了希特勒,我们也一定赶走勃列日涅夫!"——评〈勃兰登堡门旁〉》,《摘译(外国文艺)》1974(2),第1页。
② 同上书,第2页。
③ 常峰:《如此"当代英雄"——代出版前言》,维·李巴托夫:《普隆恰托夫经理的故事》,上海外国语学院俄语系译,上海:上海人民出版社,1973年,第1页。

工人不服从命令,不仅"要取消计件工资",他还会送你上法庭,这是"拳头"。工作卖力就会增加你的工资,这是"奖励"。在译者和评论者看来,普隆恰托夫恰恰是"新生代资产阶级"的典型,而塔加尔木材流送管理处就是这些"走资派"的大本营,"名义上是社会主义企业,实际的领导权早已被一小撮走资派所篡夺,是一种走资派所有制。在这个企业中,工人们是毫无地位的,更谈不上什么当家作主的权利,只有普隆恰托夫才是名副其实的企业的主人,是这个企业的所有者和独裁者。看吧,普隆恰托夫来到工地上,'他站在这一切的中心,突然高兴地想:"所有这一切都将开动起来!"他同机器、绞盘机、机车、六层楼高的原木楞堆相比,是那么渺小,不易被人察觉,但是确能够使这一切围着自己转'。此时此刻的普隆恰托夫多么象个贪婪的资本家,他看着工场上的一切,就象葛朗台看到自己的钱袋一样,不仅'突然高兴'起来,而且还两眼发光。他把一切都看作自己所有。工人算什么,'没有用的东西',只能围着自己转,只不过是围住饼干的'"苍蝇'罢了。他从'哲学的角度'想道:'工人们''应当懂得工作!工作!'这多么象一个工头的呵叱声啊!这又是一种多么赤裸裸的资产阶级哲学观点啊!"①

第三种批判和译介的苏联作品是"反映现实"和"道德探索"的作品。这类作品主要有苏联小说《白轮船》《木戈比》《泡沫》《人世间》《现代人》《你到底要什么?》《落角》《多雪的冬天》,剧本《四滴水》等。20世纪60年代中期以后,苏联文坛呈现出一片繁荣之势,许多作家不满足于创作"粉饰太平"的作品,也厌倦了塑造"假大空"的人物形象,他们开始深化和发展现实主义思潮,大胆针砭时弊、反映现实、探索道德,许多具有丰实性格内涵的人物形象出现了。但评论界认为译介这样的作品仅仅是为了给读者提供观看"苏修腐朽堕落社会的窗口",这样的理解显然是片面肤浅的。

《多雪的冬天》刊载于《小说月报》1971年的第5、6两期上,塑造了一个原游击队纵队队员,后来成为战后农业部门的领导干部的人物伊凡·沙米亚金。他为人刚正不阿、实事求是,却因在工作中反对"犁掉牧草种玉米"而失去上级的信任,被迫提前退休。就在伊凡·沙米亚金最为落魄的时候,他昔日的战友不仅没有关怀鼓励他,反而勾结很多小人对其进行排挤和迫害。这部作品不仅描写了苏联官场的黑暗,还写出了人在落魄痛苦时候的孤立无援状态。这本是一部现实主义的佳作,但评论界却认为这只是一部反映赫鲁晓夫、勃列日涅夫

---

① 常峰:《如此"当代英雄"——代出版前言》,维·李巴托夫:《普隆恰托夫经理的故事》,上海外国语学院俄语系译,上海:上海人民出版社,1973年,第2—3页。

时期修正主义领导集团内部斗争的作品。"小说在反映上述斗争过程中,还比较广泛地触及了当前苏修特权阶层中一伙人的丑恶面目。他们是一切阴谋、祸害的策划者,但现在都还正在受到信任、重用,有的更担负着高级领导职务。"①

《白轮船》亦是一部出色的现实主义小说,原刊载于《新世界》杂志 1970 年第 1 期,它讲述了一个古老的民族吉尔吉斯人的故事;吉尔吉斯是一个充满传说的民族。主人公从小伴随着爷爷讲述的"长角鹿妈妈"的故事长大,内心纯净善良,湖面上的"白轮船"是他精神上的"父亲",教会他善良和淳朴的"长角鹿妈妈"是他精神意义上的母亲。与主人公形成对比的是他的姨夫阿洛斯古尔,他不仅残忍地对待自己的家人,还盗取国家木材,杀害大自然中的濒危动物,他的种种行径破坏了本该和谐美好的自然环境。这是一部思考自然与人类、善与恶之间关系的上乘之作,但"反修批修"浪潮时期的评论界却认为这是一部宣扬资产阶级人性论和人道主义的作品;"《白轮船》里所描写的,是今天苏修社会的一面镜子。通过阿洛斯古尔,我们看到了勃列日涅夫一伙的丑恶嘴脸。通过护林所,我们看到了今天苏修的整个社会。毛主席曾经指出:'修正主义上台,也就是资产阶级上台。'在苏联,人们虽然找不到自称为资本家的人物,但一切工厂、企业却全由象阿洛斯古尔一类人物控制着,他们挂着'经理'、'厂长'、'党委书记'的牌子,实际上却完完全全象美国那些大大小小的垄断资本家一样,残酷地压榨着工人。"②这样的评价虽然符合"反修反帝"斗争的要求,但却有脱离文本之嫌。

二、苏联当代文学在当时中国出版的三种模式

由于当时对苏联当代文学基本持否定的态度,因此这类文学作品在中国并不能公开出版发行,只能采用其他出版方式出版。大体来说,有三种基本模式。

第一种是单行译本的"内部刊行"模式。其中诗歌作品包括叶夫杜申科的《娘子谷》(1963),阿赫马杜琳娜的《儿子》(1963)、《深夜》(1963)、《上帝》(1963)和《新娘》(1963),梅热拉伊梯斯的《人》(1964),特瓦尔朵夫斯基的长诗《焦尔金游地府》(1964);小说作品包括肖洛霍夫的《被开垦的处女地》(第二部,

---

① 伊凡·沙米亚金:《多雪的冬天》,上海新闻出版系统"五·七"干校翻译组译,上海:上海人民出版社,1972年,"内容提要"。
② 钦吉斯·艾特玛托夫:《白轮船》,雷延中译,上海:上海人民出版社,1973年,第 iv 页。

1961)、爱伦堡的《解冻》(第一、二部,1963)和《人、岁月、生活》(第一——四部,1962—1964)、阿克肖诺夫的《带星星的火车票》(1963)和《同窗》(1965)、索尔仁尼琴的《伊凡·杰尼索维奇的一天》(1963)和《索尔仁尼津短篇小说集》(1964)、柯热夫尼科夫的《这位是巴鲁耶夫》(1964)、卡里宁的《战争的回声》(1964)、冈察尔的《小铃铛》(1965)、西蒙诺夫的《生者与死者》(1962)和《军人不是天生的》(1965)、贝柯夫的《第三颗信号弹》(1965)、《苏联青年作家小说集》(上、下,1965)、艾特玛托夫的《艾特玛托夫小说集》(1965)、卡扎凯维奇的《蓝笔记本》(附《仇敌》)(1966);戏剧作品包括史泰因的《海洋》(1963)、伊克拉莫夫和田德里亚科夫的《白旗》(1963)、阿尔布卓夫的《伊尔库茨克故事》(1963)、索弗罗诺夫的《厨娘》(1963)、阿辽申的《病房》(1964)、罗佐夫的《晚餐之前》(1964)。

这些"黄皮书"所选择的译作大多为苏联当代艺术水准较高但却具有争议的文学作品。但是在特殊的时代里,这些作品并非是翻译者自主选译的,译介的目的也并非是让读者一窥苏联文学的风采,相反,是将其以"反面教材"的形式面世。这从其"出版说明""编后"和一些译作前的评论文章就能看出端倪。《焦尔金游地府》的"译后记"将其评价为"斯塔里科夫长诗的主人公缺乏明确的社会性质,出现在读者面前的是一个'孤独的人',又说诗的情节结构松懈,叙述冗长而紊乱;但是他在文章中却又节外生枝地攻击了我国。"[1]而在《这位是巴鲁耶夫》中也附有一个充满反讽味道的"译后记",大致是说,这是一本充满"时代精神",宣扬"二十大精神","刻画先进人物"的作品。[2]《蓝笔记本》(附《仇敌》)"译后记"亦是充满批判色彩:"卡扎凯维奇在《仇敌》和《蓝笔记本》中大肆宣扬了超阶级的博爱、人道主义和人性论思想,从这些观点出发,把伟大的无产阶级革命领袖列宁表现为'最富人情味'和'善良'的庸人。为了把列宁表现成一个'朴实到可以融化在人民群众中的人',为了表现'作为人的列宁',卡扎凯维奇首先着力描写了列宁的'感伤心情'、'人情味'和'人性',在《蓝笔记本》一开头就把列宁描写得活像逃难一般,心情沉重,而且一再想到死。其次,作者把列宁描写的眼光短浅,毫无远见。"[3]这些肢解和阉割原作的评论,今天看来多少有些匪夷所思,但在当时的历史语境下看却有其存在的合理性。

第二种出版方式是以报刊结集"供批判用"的模式出现。北京的《翻译通

---

[1] 特瓦尔朵夫斯基:《焦尔金游地府》,丘琴、刘辽逸、苏杭、张铁弦译,北京:作家出版社,1964年,第112—113页。

[2] 瓦·柯热夫尼科夫:《这位是巴鲁耶夫》,苍松译,北京:作家出版社,1964年,第408页。

[3] 卡扎凯维奇:《蓝笔记本》(附《仇敌》),南生等译,北京:作家出版社,1966年,第139页。

报》、上海的《翻译》在"文化大革命"中停刊,此前译介外国文学的主要刊物《世界文学》(原名《译文》)也于"文化大革命"前停刊,此时《摘译(外国文艺)》《学习与批判》《朝霞》等刊物成为这一时期俄苏当代文学译介的主要阵地,这些刊物同样是以"内部发行"方式供批判和研究使用,并非是为了艺术欣赏。

(1)《学习与批判》与《朝霞》。上海理论刊物《学习与批判》和文艺刊物《朝霞》设有一个栏目"苏修文艺批判",专门译介"苏修"的文艺作品,刊发了一大批苏联当代文学作品。其中包括小说《扎格达伊金和他的孩子们》《低声说话的人》《交换》《现代人》《特别分队》《普隆恰托夫经理的故事》《秘密活动》,话剧剧本《适得其所的人》《趁大车还没有翻倒的时候》《炼钢工人》《外来人》《普尔热瓦尔斯基之马》《勃兰登堡门旁》《海浪上的花圈》《白轮船》,电影剧本《湖畔》《礼节性的访问(苏修的五个话剧、电影剧本)》《驯服火焰》《夜晚纪事》《自由,这是个甜蜜的字眼》,小品文《骆驼的秘密》等。这些作品基本上都是当时新译过来的,有的是节译,有的是全文翻译。所选译作并不注重文学价值,而着意于其反面价值及教育意义。如《苏修文艺批判集》在"编后"中说明其出版宗旨:"对反动、腐朽的当代苏修文艺进行揭露和批判,也是无产阶级在意识形态领域内对修正主义进行批判的重要方面。剖析苏修文艺,将有助于我们认识苏修全面复辟资本主义的教训,对于我们学习无产阶级专政的理论,是很好的反面教材。"①

具体到作品,诸如《扎格达伊金和他的孩子们》《低声说话的人》《普隆恰托夫经理的故事》等小说,原本并非是批判苏联修正主义路线和方针的,它们不过是一些"书写现实""针砭时弊"的作品。以《扎格达伊金和他的孩子们》为例,实际上它是一部批判官僚体制黑暗的作品,小说描述了主人公利用自己手中的特权贪赃枉法、徇私舞弊的丑态:

那时日涅茨走了后,费多尔就扳动所有他的权力能及的杠杆,在一年之内造成了这所别墅。②

这原本是作者对苏联当时存在的社会问题和道德沦丧现状的探索和反思,但是在《苏修文艺批判集》中却被贴上了"七宗罪"的标签,认为正是这样的作品才让我们看到了"苏修社会"的堕落与腐朽。这部小说的评论文章《费多尔的过去、现在和将来》先是用阶级分析的方法对作品中的人物分类,"扎格达伊金家里出现了这种同一个家庭、'不同的种族'的奇特情景,正反映了苏修社会阶级

---

① 上海人民出版社编:《苏修文艺批判集》,上海:上海人民出版社,1975年,第336页。
② 同上书,第6页。

矛盾的尖锐和阶级压迫的惨重。此刻,费多尔的父兄正躲在冰窖后面愤愤不平地发牢骚,其实这也大可不必,须知你们今天首先不是走进了儿子或弟弟的房子,而是走进了一个新资产阶级分子的院宅;资本家把两个工人当作'后院的两条狗',必然如此,只能如此。"①评论者将主人公费多尔划到了新兴资产阶级的行列,而将他的父亲和兄长描绘为工人阶级的代表。他们虽然有共同的血缘,但并不属于同一个阶级。费多尔原本是工人阶级中的一员,但最终背叛原有阶级,一夜暴富。随后作者分析了他招待上级官员的场景:"费多尔这下可忙坏了,先是陪着他在觥筹交错中吃了一顿,接着又陪着他在伏尔加河里游了一次泳,尽管费多尔'冻得发抖'、'嘴唇发青',他还要'强装开心地笑着'。"②一句揭露官场黑暗的"扳动所有他的权力能及的杠杆",亦被评论者作了过度的诠释,认为这里面包含着很多损害人民利益的勾当。实事求是地说,这样的分析本来是有一定的合理性,但作者又加入很多意识形态话语使其偏离原文本:"如果在社会主义制度下,这种赤裸裸的犯罪行为,必然要受到法律制裁。……但费多尔可以额手称庆的是,他所处的社会是鼓励这种行为的。……换言之,修正主义的官僚们不断用劳动人民的血汗化作'物质刺激'培养和'刺激'工人贵族,工人贵族又不断地用劳动人民的血汗报答和取悦他们,以期获得更大的利益。"③最后,批评者严厉地批判了工人阶级的"不觉悟",父亲和兄长仍将费多尔当成自家人的情节受到了强烈的谴责,这种"人情、人性论"思想泛滥的内容是评论者所不能容忍的,为了避免由阶级矛盾而产生的修正主义思想,作家妄图用小说做出"调试",这在评论家看来无异于天方夜谭。"无产阶级对这伙寄生虫的办法只有一个,那就是如列宁所说,'必须有铁的手腕''清除他们,赶走他们'!"④

(2)《摘译(外国文艺)》以及增刊。"反修批修"的译作除刊载于《朝霞》和《学习与批判》上,其余大部分刊于上海的一份内刊——《摘译(外国文艺)》上。这份刊物于1973年创办,到1976年底停刊前共计出版了31期(包括增刊),其内容主要是翻译出版苏联、美国、日本等国的文艺作品,"通过文艺揭示苏、美、日等国的社会思想、政治和经济状况,为反帝防修和批判资产阶级提供资料。""是一本只供有关部门和专业单位参考的内部刊物","不是为了批判和研究,只

---

① 上海人民出版社编:《苏修文艺批判集》,上海:上海人民出版社,1975年,第3页。
② 同上书,第5页。
③ 同上书,第6页。
④ 同上书,第8页。

是单纯的阅读,甚至为了'欣赏',而在人们中间流传,那是不对的"。①《摘译(外国文艺)》不仅翻译国外"修正主义"作品,还介绍苏联、美国、日本三国的文艺动态,其中苏联当代文学所占比重最大。译作所涉猎的范围也是比较广泛的,其中包括小说《围猎》《一年四季》《哥萨克镇》《别列组吉村》《你呀,我们平静的修道院》《费多西娅·伊凡诺芙娜》《小勺子》《飞去来器》《该做个有志气的好男孩》《在奥列娜·米哈伊洛夫娜家里》《当小城欢笑的时候》《小鸡》《有毕业文凭的未婚妻》《夜班公共汽车》《柳辛卡》《老家》《边缘》《最后的期限》《核潜艇闻警出动》《鸢门》《实习生》《普通的一个人》《托洛契的白房子》《比时间更有力》,小品文《在浅蓝色的屏幕后面》《财主们的看台》《骆驼的秘密》《叮当响,跳几跳》《迁就》《穿错套鞋》《欢乐的泪水》《布普利克同志在维护本单位的利益》《绕赤道一百圈》,话剧剧本《明天的天气》《明亮的河边》,电影剧本《奖金》《最热的一个月》《目标的选择》,诗歌《如果你吃不上面包》。除此之外,还有《摘译(外国文艺)》增刊——《苏修短篇小说集》,其中收录了14篇短篇小说。《摘译(外国文艺)》以及增刊的译作篇目常常会与《朝霞》与《学习与批判》重复,这说明了这些译作作为"反面教材"的典型性。

《苏修短篇小说集》在译文之前便说明了翻译此书的目的:"政治上反动,艺术上腐朽,是摆在我们面前的这个短篇集子的特点,为什么还要翻译它呢?答复是:为了了解敌人"②,"通过这些作品,我们可以看到在早已全面复辟了资本主义的苏修社会,金钱就是上帝,商品关系支配了人与人关系"③。同样,无论这本书的"出版前言""译后记"还是评论文章都充斥着"鞭挞"和"蔑视"类的话语,而翻译和出版的目的并非是为了迎合市场和读者,而是满足国际"反修"斗争和国内阶级斗争的需要。

诸如《低声说话的人》《有毕业文凭的未婚妻》《夜班公共汽车》《柳辛卡》《小鸡》《活该如此》等作品都是作家们在面临苏联道德水平下降时所作,展现出了作者的忧患意识,作品揭露社会上一些"金钱主义""利己主义""唯利是图""损人利己"的丑恶现象,他们在此刻都想担负起"捍卫人性完整,保持人的内心世界"的责任,但这些作品却被打上了"苏修文艺"的标签,《低声说话的人》里面的

---

① 周发祥、程玉梅、李艳霞、孙红、张卫晴:《二十世纪中国翻译文学史·十七年及"文革"卷》,天津:百花文艺出版社,2009年,第228页。
② 梅希雪:《帮凶和帮忙——读〈苏修短篇小说集〉》,《苏修短篇小说集》(《摘译(外国文艺)》增刊),上海:上海人民出版社,1975年,第1页。
③ 同上书,第4页。

戈加·巴兰楚克、《小鸡》中的巴尔·彼得罗维、《活该如此》中的哈伊达尔别克都被率先划分了阶级。"他们,都是今天苏修社会中的新生资产阶级分子。……在生活中他们缺什么呢?金钱、美女、汽车、直升飞机。他们都能弄到。他们过的全都是'高水平的生活'。"①评论者还对他们获得高水平生活方式的途径给予了批判:"借债,你拿进的是别人的钱,而且是暂时的,你还出去的是自己的钱,而且是永远出去了,他们要想办法把别人的钱变成自己的钱,而且永远占有这些钱。""这就是他们:投机倒把分子、贪污受贿分子,就是这些人在今天的苏修社会上形成的一个阶级,他们唯利是图、贪婪残忍,别看他们表面上衣冠楚楚,风度翩翩,肚皮里尽可转着损人利己的念头。"②评论者认为,他们之所以能在苏修社会横行霸道、为所欲为,是因为他们背后有苏修统治阶级作为后台,虽然这些分析都有其合理的成分,但政治意识形态话语的大量插入又使其评论陷入空洞浮夸:"事实上,要改变苏修腐朽堕落的社会面貌,绝不能只是'谨防'这个阶级,而是要像列宁教导的那样:'用暴力打碎陈旧的政治的上层建筑',变官僚垄断资产阶级专政为无产阶级专政。只有这样才能从根本上改变现存的社会关系,并改变这种社会关系赖以存在的生产关系,和建立在它之上的上层建筑。"③

第三种是文选形式的"反修批修"文集模式。1976年,属于"文化大革命"时期特殊产物的《摘译(外国文艺)》虽然停止刊行,但是文学翻译工作的深层话语形态依然存在,所以这个阶段仍存有大量"反修批修"式的翻译文集。从1976年到1979年,我国出版的外国文学史和作品选实质上都是"苏修译文集"。

苏皖鲁九所院校合编的《外国文学》将其教材内容分为欧洲近代资产阶级文学、欧洲无产阶级文学、苏修文学批评三个部分,它的出版目的亦是为了让学生了解外国文学思想,更好地理解马克思主义文艺论著,树立辩证唯物主义和历史唯物主义的观点,提高学习和运用马克思主义文艺修养的自觉性,培养阅读、分析外国文学作品,特别是资产阶级、批判修正主义作品的能力。这部教材还将"苏联修正主义文学批判"作为专章讲解。复旦大学外语系外国文学教研组编写的《现代外国文学》亦是带有"反修批修"性质的译作集。

---

① 雷声宏:《大鱼、小鱼和虾米——苏修社会生活面面观之一》,《摘译(外国文艺)》1975(1),第1页。
② 同上书,第4页。
③ 同上书,第9页。

三、对苏联当代文学两种观念的批判

政治意识形态是我国前期以来接受外国文艺作品时最为重要的一种深层意识,不同时期不同的译介倾向也主要源于政治意识形态的变迁。20世纪50年代的意识形态是"战时意识形态在和平时期的延续",这一时期以巩固社会主义政权和进行社会主义建设双重任务为主,60年代则演变为以"阶级斗争""反修批修"为主,70年代是60年代的惯性延续;对外国作品的介绍、引进和评介是在这样的意识影响下进行的。四次断断续续的"反修批修"浪潮,与主流意识形态相悖的"人性论""人情论""唯心论""人道主义""和平主义"成为受批判的价值观念。

"人性""人道主义"成为"反修批修"浪潮中遭到批判的核心价值观念,在当时被当成"赫鲁晓夫派修正主义的破烂货色"遭到批判。

其中最典型的便是"文化大革命"时期学界对肖洛霍夫及其作品的批判,这在"反修批修"的第三次浪潮中表现得尤为明显,出现了《肖洛霍夫其人》《攻击无产阶级专政的大毒草——〈静静的顿河〉的批判》《在"复杂""迷人"的背后——评〈静静的顿河〉中葛利高里形象》《资产阶级暴发户典型——肖洛霍夫》等批评文章,这些文章均是在1975年发表的,时代特色浓厚。"肖洛霍夫喜欢谈'人类的命运',说'人道主义',喋喋不休、道貌岸然,完全是一副'大慈大悲'、'观音低眉'的形象"[①]。诸多这样的批评一时之间都集中在肖洛霍夫的身上。《静静的顿河》在今天看来,毫无疑问是经过时代检验的经典之作,它展现了哥萨克民族人民在特殊历史背景——1912年到1922年间两次革命(二月革命、十月革命)和两次战争(第一次世界大战、国内战争)中的命运沉浮和探索出路的痛苦,在他们的身上兼具野蛮血性和善良淳朴。主人公葛利高里一次次地犹豫徘徊和艰难选择皆是人性的真实展现,然而正是对这种宝贵的"人性"观念的描写让肖洛霍夫成为这一时期最重要的批判对象。评论者认为葛利高里身上的所谓"人性"不过是包裹在"反革命白匪""被打倒的资产阶级复仇者"本质下的外衣,"就是这样一个反动透顶的人物,肖洛霍夫硬说他是有'人性'的,在他身上有着'迷人的力量',这不是卑鄙的谎言吗?虚伪而反动的资产阶级人性

---

① 福建师大外语系大批判组:《肖洛霍夫其人》,《福建师大学报》(哲学社会科学版)1975(2),第89页。

论,就象是厉鬼蒙着的画皮,就象是割头不觉死的软刀子。"①

对"和平主义"观念进行批判也可以通过肖洛霍夫的例子来说明。《一个人的遭遇》是一部以苏联卫国战争为背景的小说,与法捷耶夫的《青年近卫军》不同的是,作者并没有歌颂战争的正义性以及战士们英勇无畏的精神,反而将关注点转向了一个战争中的小人物,即通过一个普通工人在战争中的遭遇和命运,揭示了战争残酷的本质,表现了浓厚的人道主义意味。在肖洛霍夫看来,战争不管是出于什么原因,不管是谁发动的,都是非正义的。因为战争带给人的只能是创伤和悲痛,尽管卫国战争胜利了,但索科洛夫失去了自己唯一的亲人。对此,小说中写道:"差不多天天夜里我都梦见死去的亲人。而梦见得最多的是:我站在带刺的铁丝网后面,他们却在外边,在另外一边……白天我总是很坚强,从来不叹一口气,不叫一声'哎哟',可是夜里醒来,整个枕头总是给泪水湿透了。"②战争带给人的只能是摧残和折磨,只能是无尽的痛苦。但"反修批修"时期的批评话语却认为这是一部否定反法西斯战争胜利果实的作品,"肖洛霍夫的这株毒草,大肆渲染:一场战争——不管它的性质如何——把作为父亲一代的索科洛夫弄得妻亡子死;把作为儿子一代的万尼亚弄得父母双亡。两代人,没有上一代和没有下一代的两代人,现在孤零零地手携着手像'两颗被空前强烈的战争风暴抛到异乡的砂子',相依为命,在茫茫的大地上走着","这是什么意思呢?这显然是在否定反法西斯战争的胜利成果,污蔑这场正义战争使人们'家破人亡',造成了孤儿、鳏夫,大肆鼓吹投降主义和活命哲学。(在)肖洛霍夫看来,当一个国家的神圣领土被侵略军的铁缔(蹄)践踏时,革命人民不应进行自卫反击,倒应该说:'咱们没有什么可争论和斗争的';如果说,过去曾经互相揪住头发,卡住脖子,打得体无完肤,过后连自己都伤心落泪的话,那么,现在应该做的事,是赶快'转过脸去'对帝国主义举手投降。"③评论者认为不区分战争性质而单纯倡导"和平主义"的观念是应该受到批判的,人民要时刻记住"新的世界大战的危险仍然存在",要时刻警惕帝国主义和社会帝国主义的侵袭。而肖洛霍夫的作品无异于麻痹人民意志的"毒草"。

文艺作品是表现人的,是为人服务的,人性、人情以及与之相联系的"人道主义"本就是文艺作品所表现的永恒主题之一。从某种角度说,不表现人性、人情的文艺作品是不存在的。倘若抛弃了这些要素,我们虽然不能在绝对的意义

---

① 文彦:《攻击无产阶级专政的大毒草——〈静静的顿河〉批判》,《天津师院学报》1975(4),第70页。
② 肖洛霍夫:《一个人的遭遇》,草婴译,北京:人民文学出版社,2001年,第74页。
③ 福建师大外语系大批判组:《肖洛霍夫其人》,《福建师大学报》(哲学社会科学版)1975(2),第92页。

上说文学就失去了存在的价值,但至少也会使其损失掉极为重要的东西。我们需要看到:一方面,这种否定人性、批判人情观念状况的产生是与我国特定历史阶段相联系的。新中国成立初期我国内忧外患,内部经济和物质基础极其贫乏,可谓一穷二白,社会主义建设尚处于起步阶段,而新生政权还不稳固,存在着随时被颠覆的风险;外部则有美苏争霸,国际敌对势力对新生政权虎视眈眈。尤其是与苏联关系破裂以后,新中国在国际上处境更显困难。在这样的特殊条件下,如果再毫无顾忌地大谈、特讲人性、人情,显然不利于新中国的建设与发展。另一方面,新中国文化界对人性、人情的批判并非是绝对意义上的驱除与排斥,而是强调我们应该讲什么样的人性,说怎样的人情。换句话说,我们应该站在什么立场上,在什么条件下说人性、谈人情。从这个意义上说,我们要讲的是站在新中国立场上的人性,是以人民利益为出发点的人情,而不是抽象的人性、人情。这样来看,当时我国文艺界对抽象的"人性论""人情论"的批判也存在一定的合理成分。不过,我们同样需要指出的是,在批判过程中,文艺界的一些评论家、理论家,甚至是文化部门的领导者不考虑"条件"、不考虑语境、不考虑"阶级性"的复杂性,武断地批判一切人性、一切人情,这既不符合实际情况,也与毛泽东的提法相去甚远。这是今天值得我们认真反思的。

第五个问题：

如何看待1956—1958年北京师范大学苏进研班对中国外国文学学科建设的贡献

1992年印出的小册子《窗砚华年——北师大苏联文学进研班学友回顾录》揭示出一段轰轰烈烈的往事。到了21世纪，这本小册子得以重新整理和扩充出版，①更全面地展示了20世纪50年代北京师范大学举办的苏联文学进修班、研究班的真实面貌，在外国文学"中国化"进程中留下了浓墨重彩的一笔。

一、苏联文学进修班、研究班的基本情况概说

苏联文学进修班、研究班（简称苏进研班），是20世纪50年代特殊时期的产物。当时新中国刚刚成立，除了政治、经济建设之外，文化教育方面也面临着改革。怎样来建设社会主义、发展我国的高等教育事业，在当时来说，自然而然地会想到学习苏联这一榜样。1952年6月至9月，新中国在全面学习苏联的方针指导下进行了第一次教育改革，开展全国院系大调整，综合性大学的外国文学课程被取消，只在师范院校中文系中予以保留。1952年教育部颁布中华人民共和国成立后首部《师范学院教学计划（草案）》，这个计划是由教育部委托北京师范大学在苏联专家直接指导之下、根据苏联高等教育部1951年批准的"苏联师范学院教学计划"起草的，其中中文系教学计划中包含了外国文学课程；1953年3月，教育部组织北京师范大学相关教师和苏联专家对先前的草案进行了修订。在中文系教学计划中，外国文学课程被列为本科生必修课，在教学

---

① 陈惇、刘洪涛主编：《窗砚华年——北京师范大学苏联文学进修班、研究班纪念文集》，北京：中国社会科学出版社，2012年。本文所有内容按照该书材料进行整理，未能——标注之处敬请谅解，谨此向前辈致以敬意。另，本文所引的材料，除另有注明外，都收录在该书中。

内容上突出俄苏文学。① 经过几年的经济重建和政权建设,到了1956年新中国已经开始展露出焕然一新的面貌。学术氛围也较为民主、活跃,加上全国高校为了向苏联学习,纷纷建立俄语院系,中文系也开设外国文学,尤其是苏联文学方面的课程,这样教师队伍的建设就成为当务之急。在条件有限的情况下,国家除了派出少量人员直赴苏联留学之外,还在有条件的北京高等院校举办教师进修班或研究班以作为解决燃眉之急的有效办法。在这种情况下,北京大学俄语系举办了卡普斯金研究班,北京俄语学院举办了库拉科娃研究班。每个班的学员人数在二十人左右,虽然这些措施缓解了俄语系教师队伍建设的问题,但却未能解决中文系的问题。② 本来国内高校中文系懂俄语的教师就不多,能够从事俄苏文学教学的更少,再加上"肃反"和"批判胡风反党集团"运动之后一些教师被迫停课,能从事教学的老师更是奇缺。大面积地培养俄苏文学教师成为当务之急。于是规模达90余人的"苏进研班"便应运而生,"开班之后,全国很多高校派来了自己的培养对象,对这个班抱有极大的期望"③。

苏联文学进修班、研究班最初是交给穆木天先生、彭慧先生和李江先生任职的东北师范大学主办的,但由于穆木天、彭慧调到了北京师范大学工作,所以后改为北京师范大学主办。之所以选择北京师范大学,是因为当时北京师范大学有着得天独厚的学科条件。首先,北京师范大学在中华人民共和国成立后较早地筹建了外国文学人才队伍。1952年夏,在外国文学教学方面经验丰富的翻译家、评论家穆木天、彭慧夫妇从东北师范大学调入北京师范大学中文系,创办了全国师范院校中第一个外国文学教研室,其中第一教研室负责西方文学教学,穆木天任主任;第二教研室负责俄苏文学教学,彭慧任主任,这两个教研室为北京师范大学的外国文学学科建设和发展做出了开创性的卓越贡献。其次,北京师范大学不仅是参与国家相关教育管理政策制定的主要单位,而且根据

---

① 1954年4月,教育部颁布《师范学院暂行教学计划》,修订后的教学计划规定中文系的任务是"培养中等学校中国语言文学教师",修业年限为四年。本科必修科目学程表规定,外国文学于第三学年和第四学年讲授,总计讲授200学时,课堂实习讨论及练习占14学时,共计214学时。在具体的内容分配上,第三学年上学期讲授古代至18世纪末外国文学,共40学时;第三学年下学期讲授19世纪欧洲文学(不包括俄罗斯文学),共40学时;第四学年上下两学期全部讲授苏联文学(包括19世纪俄罗斯文学),共120学时(教育部档案98-1954-Y-75,0002)。(《北京师范大学世界文学学科大事年表(1949—1976)》,陈惇、刘洪涛主编:《窗觇华年——北京师范大学苏联文学进修班、研究班纪念文集》,北京:中国社会科学出版社,2012年,第295页。)

② 马家俊:"前言",陈惇、刘洪涛主编:《窗觇华年——北京师范大学苏联文学进修班、研究班纪念文集》,北京:中国社会科学出版社,2012年,第2页。

③ 陈惇、刘洪涛:"编后记",陈惇、刘洪涛主编:《窗觇华年——北京师范大学苏联文学进修班、研究班纪念文集》,北京:中国社会科学出版社,2012年,第311页。

《1952年院系调整后各系教学计划的拟定及内容说明》,及时开设了相关课程。外国文学教研室承担了当时北京师范大学中文系本科生和研究生的外国文学教学任务和研究工作。在教学计划中,在第二学年开设"苏联文学"必修课,第三学年开设"现代外国文学名著选"必修课,同时设"世界文学史概要"为选修课。后来又改成三年级学生学习西欧文学,四年级学生学习俄苏文学,各学一年。① 再者,除了北京师范大学此前已经系统地开设了苏联文学和外国文学的相关课程,积累了丰富的教学经验的因素之外,北京师范大学在苏进研班之前开设过几届研究生班和培训班,有一定经验。因此,从1953年9月开始,在穆木天和彭慧的主持下,外国文学教研室开始招收以高校本科毕业生及高校教师为主的两年制研究班学员,研究班分为苏联文学组和外国文学组。此外,中文系还先后制订了多个研究生教学计划,使得培养计划有章可循。②

1956年年初,教育部在北京师范大学中文系举办了规模较大、人数较多,教学组织形式与体系较为完整的"苏联文学进修班"(简称"苏进班")。进修班邀请苏联专家娜杰日达·伊凡耶夫娜·格拉西莫娃和柯尔尊任教。来自全国各高等学校的进修学员达40多名,他们之中既有俄语院系教师,也有中文系教师;既有有丰富经验的教授、副教授,也有年轻助教、中学语文教师。其中多是讲授过苏联文学方面课程的讲师级以上的教师,而没有讲授过苏联文学的助教等需要经过考试才能入学。③ 1956年暑假过后,北京师范大学中文系又承接了

---

① 陈惇、刘洪涛:"编后记",陈惇、刘洪涛主编:《窗砚华年——北京师范大学苏联文学进修班、研究班纪念文集》,北京:中国社会科学出版社,2012年,第310页。

② 1953年8月,教研室制订了《中国语文研究班苏联文学组教学计划》并于同年9月经学校批准。1954年8月,制订《中国语文研究班外国文学组教学计划》并获批准。1954年10月,《北京师范大学进修班、研究班教学计划》由本校研究部印行。苏联文学组开设的科目有外国文学(与本科三、四年级合开)、苏联文学和19世纪俄罗斯文学(与本科四年级合开)等课程。目标是培养高等师范学校苏联文学教师,修业年限为两年(1953年10月至1955年8月);外国文学组开设的科目有"19世纪俄罗斯文学"和"外国文学"等课程,目标是培养高等师范学校外国文学教师,修业年限为两年(1954年9月至1956年8月)。1955年10月公布的《中文系外国文学专业研究生教学计划》规定,教学目标是培养高等师范院校教师,学习期限为三年(1954年9月至1957年8月),主修"外国文学""俄罗斯文学"两门专业课。(《北京师范大学世界文学学科大事年表(1949—1976)》,陈惇、刘洪涛主编:《窗砚华年——北京师范大学苏联文学进修班、研究班纪念文集》,北京:中国社会科学出版社,2012年,第297页。)

③ 这个班学员的资历与水平是参差不齐的,如东北师范大学苏联文学教研室主任李江副教授是参加过"延安文艺座谈会"的老革命、老作家,安徽大学中文系主任李炳祎教授是20世纪三四十年代赴美国留学归国的,山东大学讲师韩长经写过《学习鲁迅》等两本研究鲁迅的书,华东师范大学孟永祈讲师用英文翻译出版过《苏联文学的基本特征》一书,吉林大学俄语系讲师李树森翻译出版过《两兄弟》等两本苏联小说。(马家俊:"前言",陈惇、刘洪涛主编:《窗砚华年——北京师范大学苏联文学进修班、研究班纪念文集》,北京:中国社会科学出版社,2012年,第2页。)

从东北师范大学转来的 42 位应届本科毕业生,组成"苏联文学研究班"(简称"苏研班")①。两班学员此后有所调整,最后大约共有 94 名学员同堂上课,并同时于 1958 年 7 月毕业。实际上,柯尔尊授课的对象不仅是苏进研两班的同学,同时还有其他专业的学生,以至于有的学生回校后改教"苏联文学"和"外国文学"课程。苏进研班由北京师范大学研究部与中文系联合领导,由专家工作室统一管理日常的教学、翻译以及其他工作,由彭慧任班主任。由张维训、匡兴、把铁梅、潘桂珍、孙世缪等老师组成专家翻译团队,不仅课前翻译专家的讲稿,还在课中翻译专家的发言,这些都对中文系出身的学员帮助极大,另外他们还负责及时地向彭慧教授反映班上的情况和讲课中出现的问题,使得班主任能及时而又有的放矢地与专家进行沟通,予以解决。

苏联专家格拉西莫娃、柯尔尊分别讲授俄苏文学史与作家作品、文艺学概论、文艺学研究方法、文学教学法等课程。第一学期由格拉西莫娃讲授俄罗斯民间文学及古代至 18 世纪文学。第二、三学期,格拉西莫娃讲授十二月党人文学、普希金以及革命民主主义文学。第二学期起柯尔尊重点讲授 19 世纪俄罗斯文学和苏维埃文学,另外,为补充文学史课程之不足,他还开设"20 世纪俄罗斯文学"和"马雅可夫斯基研究",为学员拓展知识结构。同时,他还开设了"苏联文学理论基础"(这一课程讲义后改名《文艺学概论》,1959 年由高等教育出版社出版)、"文艺学研究方法论""高等学校文学教学法"三门课。柯尔尊师承季莫菲耶夫(其《文学原理》《苏联文学史》在中国影响很大)、安德列耶夫的学术与教学,无论是教学还是学术研究,都体现出逻辑缜密、严谨而又有深度的特点。此外,作为班主任的彭慧教授时刻注意向两位专家介绍俄苏文学在中国的发展现状,要求他们的教学尽量符合中国实际、符合中国高校教学和科研的要求,她甚至还要求两位专家针对每堂课的内容写出讲稿。两位专家也积极配合,为每一堂课写出了完整而详细的俄文讲稿,讲稿经过翻译成中文,课前就发给这两个班的学员。这就使这两个班一开始不仅有一个正确的学术定位和较高的起点②,还有了注重实效的教学方法:"1. 先发下讲义,要求我们自学(有些是俄文的和汉语的两种);2. 让我们书面提出问题交班干部,再整理上交;3. 简

---

① 这个研究班是吉林长春东北师范大学招考的,由柯尔尊教授任教。但是,长春市解决不了柯尔尊儿女的上学问题,而且研究班的班主任李江正在北京师范大学进修。柯尔尊也很愿意来北京工作。最终研究生和工作人员进入北京师范大学。

② 穆立立:《不曾忘却的记忆——彭慧教授与北师大苏联文学进修班、研究班》,陈惇、刘洪涛主编:《窗砚华年——北京师范大学苏联文学进修班、研究班纪念文集》,北京:中国社会科学出版社,2012 年,第 147 页。

易的问题请讲过苏联文学课的进修教师解答,而专家讲课,主要是答疑"[①],所有课程周而复始。在教学过程中柯尔尊还特别注重理论联系实践,强调上"实践课",即课上由教师启发引导,学生发表见解,最后由教师做出全面总结。苏进班的实践课由柯尔尊亲自管理,苏研班的实践课由专家从苏进班挑选出8位进修教师主持。通过自由讨论、论文答辩、以墙报形式发表学员论文和创作成果,锻炼了学员解决专业问题的能力。

苏进研班学员之所以能够取得很大的进步,还与北京师范大学中文系当时优渥的学术环境有关。中文系经常组织安排其他课程和讲座,强化学生的基础或扩展他们的知识面。一是请校外专家作专场报告,如邀请文学研究所的戈宝权先生讲"俄罗斯文学在中国";二是邀请俄语系老师给苏进研班开设俄语课,既有从字母学起的初级课程,也有选讲俄文原文作品的较高级课程;三是邀请两班学生参加北京师范大学中文系举办的一些学术活动,如系主任黄药眠主持的美学讲座。黄药眠先生不但自己讲,还邀请朱光潜、蔡仪、李泽厚、王朝闻等先生来讲。另外,中文系还组织学员去"中苏友好协会"聆听中国作家张铁弦和苏联作家索科洛夫等人的讲座,组织学员到北京大学俄语系、中文系参加学术活动,听取李毓珍、魏荒弩、张秋华、彭克巽、杨晦以及吴组缃等专家的学术报告。除此之外,北京师范大学常常举办其他学术性、文化性活动,如延请周扬、林默涵、曲波等名人名家来校讲演,以及由许广平陪同的苏联文化代表团的元旦会见活动等。得以亲睹苏联教育家凯洛夫、创作《勇敢》的女作家凯瑟琳斯卡娅、《钢铁是怎样炼成的》的作者奥斯特洛夫斯基的夫人等著名人物,学员深受鼓舞。[②] 至于自愿去听中文系外国文学课的学员也不少,很多学员认为穆木天讲授的"西方文学"以及名著选读、写作课,对他们文学欣赏能力和写作水平的提高有很大帮助。[③] 1957年穆木天、彭慧教授被错划为右派,不能再为学生讲课。但他们在艰难的环境中,翻译了一百多万字的外文材料,为中文系外国文学学科提供了教学与研究的宝贵资料。在后继年轻老师讲课效果不佳的情况下,教研室聘请各外校专家给本科生以讲座的形式上了很多外国文学课,如杜

---

① 马家俊:"前言",陈惇、刘洪涛主编:《窗砚华年——北京师范大学苏联文学进修班、研究班纪念文集》,北京:中国社会科学出版社,2012年,第3页。
② 同上书,第4页。
③ 穆木天教授教的名著选读和写作课特色在于将鲁迅、郭沫若、茅盾的经典作品,与巴尔扎克、雨果、莫泊桑、契诃夫等作家作品(有的名篇是他亲自译成)广泛联系与比较,给学生留下了鲜明的印象。(康林:《往事与回忆(外一篇)》,陈惇、刘洪涛主编:《窗砚华年——北京师范大学苏联文学进修班、研究班纪念文集》,北京:中国社会科学出版社,2012年,第63页。)

秉正讲拜伦、赵萝蕤讲惠特曼、冯至讲歌德、李健吾讲莫里哀、陈占元讲巴尔扎克等,所有这一切,为学员的学术成长提供了良好环境。

除了柯尔尊在教学实践中所编著的三部教材《二十世纪(十月革命以前时期)的俄罗斯文学》《文学教学法》《文艺学概论》之外,苏进研班学员刻苦学习、团结奋进,在学习期间陆续编写了一些教材和参考资料。1957年年底,由雷成德、谭绍凯、马家骏担任主编,北京师范大学中文系外国文学教研组、苏联文学进修班、研究班开始集体编写《十九世纪俄罗斯及苏维埃文学参考资料》(以下简称"《资料》")(北京师范大学出版社,1957)。在资料编辑过程中,参编者受到柯尔尊的鼓励,专家工作室的李江副教授(时在东北师范大学任教)曾审阅原稿。《资料》收集了17位19世纪俄国作家和26位苏联作家的年表或小传,同时收集了有关评介俄苏文学的论文、著作和作品中译本的目录,后面还附录了俄苏文学大事年表(1682—1956)和荣获斯大林文学奖的著作目录。这本书属于当时语境下关于俄苏文学的最详尽,也最实用的参考资料。1958年8月至9月,苏进研班学员及中文系教研组成员共同编订的《北京师范大学中文系十九世纪俄罗斯文学和苏联文学教学大纲》(初稿)、《北京师范大学外国文学教学大纲》(初稿)由北京师范大学出版社印行,同时编辑的还有一套七卷本的《外国文学参考资料》(高等教育出版社,1958—1959)。结业前,苏进研班还与中文系教研组共同编写并在全国发行了《十九世纪俄罗斯及苏联文学讲义》(以下简称"《讲义》")(北京师范大学出版社,1958)。《讲义》是第一部由国人自己编写的体例较为完整、内容较为丰富的俄苏文学教材,全书约70万字。尽管《资料》与《讲义》"都是当时反右斗争后,发动群众集体编书,蔑视资产阶级专家教授的产物,深深地打上了时代的烙印"[①],并且因时间仓促不可避免地存在一些错误与疏漏。但是就当时语境而言,其所掌握的材料已经是比较新颖而翔实的,内容也比较丰富,有着重要的实用价值与历史意义。1958年7月7日《光明日报》发表署名"北京师大外国文学教研组"的文章《外国文学大革命》(马家骏执笔),全面报道了上述三卷本《十九世纪俄罗斯及苏联文学讲义》以及七卷本《外国文学参考资料》的成就,随后不少高等院校的苏联文学课都采用它们作教材。

[①] 谭绍凯:《我这几十年(外一篇)》,陈惇、刘洪涛主编:《窗觇华年——北京师范大学苏联文学进修班、研究班纪念文集》,北京:中国社会科学出版社,2012年,第200页。

二、苏进研班学员在中国外国文学学科建设中的历史业绩

1958年,苏进研班结业,进修者回到原单位,研究生毕业分配到各高校,这些学生基本都从事了俄苏文学或外国文学的教学工作,但也有因各种原因未能从事外国文学教学与研究,甚至改行的。20世纪60年代初,在周扬挂帅组织编写全国高校文科教材之时,苏进研班的周乐群参加了《欧洲文学史》的编写,金留春被任命为《外国文学作品选》的编委,万平近参加了《中国现代文学史》的撰写工作。不久以后,在批判"封资修"运动中现当代的苏联文学成了批判对象,中苏关系决裂后俄苏文学更是不再单独设课,苏进研班学员中不少人改教欧美文学或东方文学,甚至被调离。在接下来的十多年的光阴里,原苏进研班的许多人没能发挥其专长,在非文学、非专业的活动中耗费生命。老师彭慧、穆木天、李江等在"文化大革命"中含冤死去。然而苏进研班是一支训练有素的教师队伍,是一支庞大的储备力量,等待时机绽放他们的光彩。

在经历过那些动荡困惑、迷茫压抑的年代之后,苏进研班的那一代知识分子迎来了奋发图强、锐意进取的改革开放新时代。谭绍凯先生在《文学评析选集》(1998)的自序中写道:"我们这一辈人经常被逼迫着把自己一生中最宝贵的时间用来去应付各项政治运动,在一些时候还要胆战心惊去作反面教员,青春年华就这样白白地流淌过去了。好不容易才等来改革开放的大好时机,但我们又逐渐地老了。算起来也只有十几年的时间写点东西……提起这个话题就令人心酸。"[①]实际上,当新时期的中国吹起改革开放的号角之后,他们犹如千帆竞发,百舸争流,"对外国文学教育事业的发展作出了举足轻重的贡献,特别是在新时期高校外国文学学科发展上起到了拓荒的作用,为开放的中国培养大批急需、有用的人才作出了自己的努力"[②]。在20世纪70年代末至90年代中期十几年的宝贵时间里,他们在教学、科研与学科建设领域都留下了不可磨灭的印迹。

苏进研班的不少学员其实是外语专业出身,但他们之中很多人却在中文系

---

① 谭绍凯:《我这几十年(外一篇)》,陈惇、刘洪涛主编:《窗砚华年——北京师范大学苏联文学进修班、研究班纪念文集》,北京:中国社会科学出版社,2012年,第193—194页。
② 冉东平:《回忆我的父亲冉国选》,陈惇、刘洪涛主编:《窗砚华年——北京师范大学苏联文学进修班、研究班纪念文集》,北京:中国社会科学出版社,2012年,第168页。

工作,教与学的经历使得他们学兼中西,成为各单位外国文学教学与研究的骨干力量。① 而俄苏文学自然成为他们最有成绩的研究领域。在相关领域的研究被解禁之后,他们如饥似渴地投入了这一有血缘脐带关系的研究中去,一批个人专著如雨后春笋般面世:马莹伯的《别、车、杜文艺思想论稿》、胡日佳的《俄国文学与西方——审美叙事模式比较研究》、李树森的《肖洛霍夫的思想与艺术》、韩长经的《鲁迅与俄罗斯古典文学》、陈元恺的《二十世纪中国文学与世界》、冉国选的《俄国戏剧简史》、刘国屏的《岁月留痕》、谭绍凯的《欣慰集》、马家骏的《诗歌探艺》《金留春文集——俄罗斯文学论及其他》与《十九世纪俄罗斯文学》、周乐群的《俄苏文学史话》、谢挺飞的《外国文学题解》、康林的《〈普希金诗选〉导读》与《〈复活〉导读》、金留春的《冈察洛夫》、张宪周的《屠格涅夫和他的小说》、温祖荫的《世界名家创作论》等。长期以来极"左"思潮的干扰、新时期急剧增加的教学任务等一系列因素,使得苏进研班学员个人独立撰写的专著数量不多,谭绍凯先生谦虚地感慨:"放眼望去,我们这些成长在反右斗争到'文化大革命'这阶段的文科学人,在学术上有独到见解而又有突出成就的学者几乎是凤毛麟角。可以说,这是我们这一代人的时代悲剧。"②事实上他们的研究还是取得了比较重要的成就。例如,马莹伯的《别、车、杜文艺思想论稿》扭转了苏进研班学员忽视理论研究的倾向,陈元恺的《二十世纪中国文学与世界》转而关注俄罗斯文学在中国的影响以及两国文化的差异。无论在开拓的研究领域,还是在研究方法上,他们都不遗余力,"在俄罗斯文学的传统课题,如多余人系列、新人系列、妇女系列形象、心灵辩证法、忏悔的贵族、讽刺艺术、与民族解放运动的联系、与大自然的联系、人民性等等方面"作了出色论述,不少著述还填补了俄罗斯文学研究的空白。③ 除了雷成德翻译了《托尔斯泰日记》和苏联学者研究托尔斯泰三大名著创作过程的著作,金留春还翻译了《茹科夫斯基诗选》《屠格涅夫诗选》和莱蒙托夫的剧本,唐其慈翻译了《马尔林斯基小说选》,马家骏、易漱泉、杜宗义在西方古典文学方面以及陶德臻在东方文学研究领域也取得了显著成绩。

---

① 苏进研班学员中很多人成为全国学术团体的牵头人,如中国外国文学学会理事谢挺飞、马家骏、陶德臻、易漱泉,中国比较文学学会常务理事谢挺飞,中国俄罗斯文学研究会理事马家骏、李树森,中国东方文学教学研究会会长陶德臻等,还有多人担任各省外国文学学会会长、比较文学学会会长、全国师范院校教学研究会副会长。

② 谭绍凯:《我这几十年(外一篇)》,陈惇、刘洪涛主编:《窗砚华年——北京师范大学苏联文学进修班、研究班纪念文集》,北京:中国社会科学出版社,2012年,第193—194页。

③ 刘洪涛:《世界文学学科史中的苏联文学进修班与研究班》,陈惇、刘洪涛主编:《窗砚华年——北京师范大学苏联文学进修班、研究班纪念文集》,北京:中国社会科学出版社,2012年,第96页。

第五个问题:如何看待1956—1958年北京师范大学苏进研班对中国外国文学学科建设的贡献

在教学方面,他们则在"文化大革命"后担起了全国大部分外国文学的教学任务。"文化大革命"开始前至"文化大革命"后期外国文学教学与研究工作陷入了停顿,这使得规模本来就不大的外国文学教师队伍不断萎缩。在教学秩序恢复正常后,全国各地高校都急需开设外国文学课程,有幸留守在教学岗位上的苏进研班学员纷纷登上讲坛,凭借扎实丰厚的学术功底,取得了优秀的教学效果,赢得了学生们的好评,也令同行们刮目相看。苏进研班学员在教学领域影响深远,是因为他们保持着高度的凝聚力,协作频繁,主编和参编了大量被各兄弟院校广泛使用的外国文学教科书。在各种有关的外国文学学术会议上总有"北师大学者群"出现。这个团队没有建立什么学术组织,但大家紧密合作,相互支持,互通信息和约稿写书,并努力把外国文学研究推上一个新的台阶。早在1974年,内蒙古大学杜宗义等人就发动华北各大学合编外国文学教材,后定名为《外国文学简编》,几经改版后成为全国性外国文学推荐教材之一。1980年在西安召开托尔斯泰、高尔基学术讨论会,苏进研班学员经由这次联络,由易漱泉、雷成德发起编写了《俄国文学史》(1986),该书是国内第一部俄国文学通史类教材,全书长达51万字,是一部厚重之作,是他们精诚合作的结晶。该书材料新颖、论证有力,可谓过去近20年蛰伏时期研究的总结。另外,全部由苏进研班学员编写的作品有雷成德、金留春、胡日佳主编的《托尔斯泰作品研究》,马家骏主编的《高尔基创作研究》;由苏进研班学员主编而有其他人参加的教材有:陶德臻等主编的《外国文学简编(亚非部分)》《东方文学简史》《东方文学名著鉴赏大词典》,陶德臻、马家骏、傅希春主编的《世界文学史》(三卷)和《世界文学名著选读》(五卷),刘国屏主编的《世界文学名著导读》(两卷),雷成德、陈奇祥主编的《苏联文学史》,马家骏、冉国选、谭绍凯主编的《当代苏联文学》(两卷),冉国选主编的《二十世纪国外戏剧概观》,徐祖武主编的《契诃夫研究》,谭绍凯主编的《外国文学新编》,陈应祥、马家骏主编的《外国文学》,杜宗义主编的《外国文学通用教程》,赵永贻主编的《外国文学》,缪文华、李永庄主编的《外国文学简论》(两卷)以及谭绍凯、胡日佳等主编的1100万字的巨著《托尔斯泰览要》,张鸿榛主编、中央电大组织20所地方电大教师合编的《外国文学教学参考资料》,张鸿榛主编、天津师专组织十所师专合编的《新编外国文学》等,其他有苏进研班学员参编合著的教材更是举不胜举。

苏进研班学员多数在高校工作,教学是首要任务,科研是教学的补充和延伸,所以,以教学为中心成为他们所编写教材的特色。文学史、作家专题、作品选讲都是教材或教材的延伸。服务教学,课堂上讲什么,论文中就研究什么,从教学实际来思考问题、提出问题,这就是为什么苏进研班学员编写的教材或教辅书远比个人论著多的原因。因为教学课时、教学计划的限制,教学内容主要以重点作家、重点作品为主,加上繁重的教学任务与资料局限,他们的研究"较少对教学之外文学现象作系统考察"。加之缺乏国外第一手资料,"如果说,中国社会科学院外文所及各大学俄语系的学者看重对原始资料的译介,那么,苏进研班学员的功绩则在于对资料的归纳、整理、阐发和传播。受教学对象影响,他们所持见解一般较慎重、周到,论述全面、细致,语言朴实、条理清晰"①,或者如谭绍凯先生所言"多从具体作品出发全面地剖析其思想性与艺术性,深入浅出,颇具功力;较少受苏联及欧美时尚思潮的影响,写的东西具体,实在。"②苏进研班学员在外国文学教学和科研的第一线默默耕耘,或通过自己的登堂讲授,或通过招收研究生,或通过编写教材,培养了不少外国文学学科骨干,在国内外国文学界产生着持续的重要影响。进入20世纪90年代以后,他们脱离了激荡的时代风潮,加上出版业的调整,苏进研班学员作为一个整体的功能有所削弱,大规模的协作有所减少,但少数学者个人创造力仍不断高涨。他们所培养的硕士生、进修生、国内访问学者③,不少人已是著名学者、有国务院突出贡献的专家,在外国文学、比较文学领域做出了显著的成绩,有的还成为中国外国文学学会、中国比较文学学会、中国俄罗斯文学研究会及一些省份外国文学学会的重要成员。

在学科建设方面,苏进研班中"有很多人理论素养好,视野开阔,思想敏锐,在外国文学界常领风气之先,发挥着一种独特的作用"④。尤其是他们随着思想解放运动一同前进,推动外国文学事业的拨乱反正,正确评价外国文学,推动其研究走向深入,以外国文学的译介参与指导思想解放运动。⑤ 一段特定的时

---

① 刘洪涛:《世界文学学科史中的苏联文学进修班与研究班》,陈惇、刘洪涛主编:《窗砚华年——北京师范大学苏联文学进修班、研究班纪念文集》,北京:中国社会科学出版社,2012年,第100页。
② 谭绍凯:《我这几十年(外一篇)》,陈惇、刘洪涛主编:《窗砚华年——北京师范大学苏联文学进修班、研究班纪念文集》,北京:中国社会科学出版社,2012年,第201页。
③ 例如李树森充分利用北师大苏进研班的同学资源用来培养自己的学生,安排学生至陕西师范大学拜访马家骏先生,到杭州大学拜访陈元恺先生,到华东师范大学也联系老师接待。(刘亚丁:《覃思空谷足音闻——已故导师李树森先生侧记》,陈惇、刘洪涛主编:《窗砚华年——北京师范大学苏联文学进修班、研究班纪念文集》,北京:中国社会科学出版社,2012年,第103页。)
④ 程正民:《学弟眼中的苏进研班》,陈惇、刘洪涛主编:《窗砚华年——北京师范大学苏联文学进修班、研究班纪念文集》,北京:中国社会科学出版社,2012年,第15页。
⑤ 刘洪涛:《世界文学学科史中的苏联文学进修班与研究班》,陈惇、刘洪涛主编:《窗砚华年——北京师范大学苏联文学进修班、研究班纪念文集》,北京:中国社会科学出版社,2012年,第94页。

期内,他们发表了一批文章和笔谈反击对俄罗斯文学的种种歪曲、误解的观点,体现了他们的良知和钻研精神。如汪靖洋、何权的《社会主义文艺的根本任务不容篡改》,杜宗义的《要历史地全面地看问题——关于安娜的"爱情至上主义"局限和外国文学评论中的不良倾向》,易漱泉的《聂赫留朵夫的形象不真实和被美化了吗?》,徐祖武的《关于〈复活〉的再探讨——与白晓朗、黄林妹商榷》,汪靖洋的《〈死魂灵〉作者的立场问题及其它——对张晓岩同志文章的答辩》,马家骏的《〈浅注〉的一点浅说——就教于倪蕊琴同志》等。他们也推动了外国文学研究的重点从古典文学向现代主义转移。其中标志性的事件是周乐群发起创办《外国文学研究》杂志并推动现代主义文学的争论。中共十一届三中全会召开之前,思想文化界"左"的思想影响还很严重,加上过去杂志多是由党政机关和准党政机关主办,以高校一校一系之力办杂志,困难可想而知。即便后来中共十一届三中全会过后的一段时间里,人们的思想也并没有完全解放,这份杂志在 20 世纪 70 年代末 80 年代初排除重重阻力,致力于推动思想解放运动的发展。如 1979 年组织的人道主义讨论,1981 年开始发起的现代主义文学讨论[①],使其成为文艺新思潮的策源地之一。杂志还团结了大批著名作家、学者,培养了大批后起之秀。周乐群也撰写了《人道主义断想》《我看现代主义文学……》等论文,表现了一个思想家的敏锐和学者的胆识。在批评杂志缺乏正确的评价和引导,鼓吹现代主义的声浪中,除了寻求前辈的支持,周乐群也获得了苏进研班学员的支持。当时一批苏进研班的学员也参与并推进了国内对现代主义文学的研究,《欧美现代派文学三十讲》就是这个探索的结晶。刘洪涛教授指出,苏进研班的成员对现代主义文学的理解、认识是稳重和实事求是的,在肯定它的成就的同时,也看到了它的狭隘性和局限性,而非一般"少壮派",在狂热的吹捧中失去自己,"但因为相应的理论和技术准备不足,他们往往停留在浮泛的介绍上。当研究需要走向深入,要求研究者具备相应的文学观念和方法论进而使之转化为一种思维定式和心理结构时,不少人不同程度地退缩了,在一分为二的行文模式背后,流露出对现代派的困惑和陌生感"[②]。

[①] 1980 年年初在成都召开的第一次中国外国文学学会年会上,会议以《外国文学研究》主编徐迟为一方,以中国社会科学院外国文学研究所的陈燊为另一方,就"现代主义文学"展开争论。(缪文华、马家骏:《回忆周乐群》,陈惇、刘洪涛主编:《窗觇华年——北京师范大学苏联文学进修班、研究班纪念文集》,北京:中国社会科学出版社,2012 年,第 143 页。)

[②] 刘洪涛:《世界文学学科史中的苏联文学进修班与研究班》,陈惇、刘洪涛主编:《窗觇华年——北京师范大学苏联文学进修班、研究班纪念文集》,北京:中国社会科学出版社,2012 年,第 95 页。

三、苏进研班学员对"苏联模式"的重新审视与历史反思

苏进研班学员的学术功底都是比较扎实的,他们是当时国家调动尽可能的资源,用苏联学术经验严格、系统培养出来的外国文学(尤其是俄苏文学)教学研究方面的第一支新生力量。他们的知识结构既有局限性,又有开放性。苏进研班的训练加上近20年的经验积累与沉淀,以及身体力行的研究、翻译,使他们丰富和发展了"苏联模式",逐步形成了中国学者的认知视野,"在备课中常发现西方文学史家的论著中的阶级偏见和局限性。例如,他们不承认革命浪漫主义和反动浪漫主义的区别……故意贬低拜伦和雪莱的地位,对他们的一些名作略而不提。我在牛津大学版拜伦诗集中就找不到他《压制破坏机器者的颂歌》,由于讲课需要,我只能采用该颂歌的俄语,再转译成中文。……为了使学生能正确地了解雪莱,我特意把此诗译出(当时还未有中译)刊在华师学生课外必读丛书的《外国文学作品选读》一书上,以便学生参考"[①]。

所谓知识结构的开放性,是指他们有较多自由的时间去吸取专业以外的各种知识,无论是文艺学、美学,还是欧洲古典文学,都有讲座和课程可供学习。所谓局限性,是指他们所接受的教学内容与方法论方面有着历史所限定的保守性,"对作品只注重其人民性、典型性和现实主义,其更精微、更复杂、更深层的方面则无涉及。对于作家的取舍也只是以其是否直接为无产阶级事业服务为转移。"[②]苏进研班学员的研究方法,和他们师从柯尔尊,并从苏联教科书那里所接受的文学研究方法有着密切关系。柯尔尊为苏进研班授课的讲稿《文艺学概论》,是苏进研班学员当时学习、日后研究的重要指南。而柯尔尊师承季莫菲耶夫,季氏的《文学原理》对我国几十年来文学理论教材的框架体系和观点,都有深刻的影响。《文艺学概论》分三部分十四章,第一部分包括文学的内容和形式,与季氏的《文学原理》一样,力图建立马列主义的文艺学,坚持将文学看作意识形态,并认为文学是反映生活的一种特殊形式,强调社会主义文学教育的作用,在"本质论"基础上依次发展出"作品论""创作论""发展论"和"欣赏论"。第二部分包括文

---

① 郭应阳:《旧学商量加邃密,新知培养转深沉》,陈惇、刘洪涛主编:《窗砚华年——北京师范大学苏联文学进修班、研究班纪念文集》,北京:中国社会科学出版社,2012年,第42页。
② 陈复兴:《我的回忆与感受》,陈惇、刘洪涛主编:《窗砚华年——北京师范大学苏联文学进修班、研究班纪念文集》,北京:中国社会科学出版社,2012年,第2页。

学作品的主题、思想、情节结构、语言,以及文学作品的艺术标准和分析原则,第三部分包括文学发展的规律性、文学的种类和体裁、艺术方法及风格流派,强调批判现实主义、社会主义现实主义。从今天的眼光看,这一苏联模式当然会有种种的不足之处,但是苏进研班学员的文学研究就是从这一学术架构起步的。

应该说文学理论的"苏联模式"具有明显的科学性特征:一是它有自身完整的自治性质,完整地涵盖了从文学本质到文学的功能、文学的主体、文学的横向体裁与纵向流变的全方位描述;二是它有鲜明的价值论取向,文学理论的"苏联模式"强调从文学反映现实出发,强调文学党性和阶级性,强调教育功能等都有着积极的社会建设意义;三是即使今天的学术研究的阐释也不能完全脱离社会学的阐释方法、脱离社会的发展实际。从最一般的层次来说,不考虑作家个人的生活经历,作家所处的政治、经济、宗教与道德文化背景,恐怕也很难有令人信服的解释。从较高的层次来说,"苏联文学进修班、研究班学员的兴趣中心,始终在农奴制逐步消亡、资本主义迅速兴起的历史背景下展示的社会、道德、历史、人生主题,关心作家的政治立场,对上层社会批判和对下层人民同情的程度,热衷于谈论人民性、典型性和现实主义"①,他们承担了当时社会主义建设中外国文学学科建设应有的使命。然而,也要看到当时中国文学理论与外国文学界"全盘苏化"的结果,也不自觉地割断了其与西方文论及中国传统文论之关联,形成了苏联文论对"左"的东西的某种嗜好,使得相当多合理的部分尚未来得及消化就被庸俗化、机械化,从而导致理论的僵化、分辨力的退化和批评的棍子化。反过来说,"苏联模式"以及马克思主义文论的诸多特征在当代如何延续、重新发扬也是急需被解决的难题,出身于苏进研班的学者也敏锐地意识到这一历史重任,"要挖掘人民性、典型性、现实主义层次下更精微、更深邃的东西。不仅要注意文学作品所描写的小人物的疾苦和反抗,对统治阶级的批判、暴露,还要注意作家心灵通过作品诉说的对人生的感悟,注意作家心灵的震颤和对人性的揭示","不仅要注意作品折射的社会历史进程,更要注意这种折射能够达到一流艺术水准的内在机制"②,这些都对我国外国文学学科建设有很大的指导意义。

苏进研班学员所接受的"苏联模式"不仅包括文艺理论,还包括俄苏文学的苦难意识和社会责任感。在对民族苦难的深切关怀中,让文学自觉地为民族、

---

① 刘洪涛:《世界文学学科史中的苏联文学进修班与研究班》,陈惇、刘洪涛主编:《窗砚华年——北京师范大学苏联文学进修班、研究班纪念文集》,北京:中国社会科学出版社,2012年,第99页。

② 同上。

为人民服务,这是俄罗斯文学区别于西欧文学的本质属性特征。俄罗斯文学精神在不同程度地受到左倾路线压抑与摧残的苏进研班学员心灵中产生了共鸣,从而成为其信念与性格构成的一种元素。陈复兴说:"支持我们走过这一段苦难历程的精神力量,当然有多种因素,而俄罗斯文学给予我们的思想熏陶也是其中之一……俄罗斯的文学巨匠们……以他们社会理想的崇高,以他们个人信仰的坚贞,以他们对邪恶的抗争和对良善的寻求。在暴政下面,许多人都经受过监禁、流放、苦役,有的甚至被送上绞刑架。他们刚毅地面对折磨与凌辱,信守道义,珍惜名节,不违初衷……他们的人格与艺术实践始终保持了对邪恶的超然独立。在人类文明史上,这确然是罕见的、令人心灵为之震颤的现象。在我们国家和人民遭遇灾难的那些年月,我常常想起这些俄罗斯人民精神的象征,从他们身上汲取忍耐苦难的精神力量"①;马莹伯也说,俄罗斯文学把"文学的社会作用发挥到极致,每一部作品,都如车尔尼雪夫斯基所说,是'生活的教科书'","对我人生观、世界观的形成起过重要作用";雷成德引用鲁迅的话"俄国文学是我们的导师和朋友",认为它是"进行品德教育、培养正确的文艺观点的良好教材"。从某种程度上讲,苏进研班学员从俄苏"为人生的文学"中汲取了力量,并在新的历史环境中,将其转化为新时期的人道主义关怀。正如刘洪涛所言:"苏进研班成员强烈的社会责任感、正义感,高尚的道德意识,莫不来源于俄罗斯文学的滋润。""文化大革命"结束后他们为恢复俄罗斯文学研究的地位而努力,在现代主义文学的冲击下坚持耕耘有些寂寥的俄苏文学,在许多人追求为艺术而艺术的批评时,谴责这种脱离中国实际、背弃文学神圣使命的思潮。苏进研班学员的这些做法"贯穿于他们治学活动始终,并不因政治变迁大起大落。这基于他们对文学这样的认识:文学是社会生活的反映,是严肃的社会事业,是培养人们思想、道德、情操的工具。而这一切,又与俄罗斯文学精神一脉相承"②。正因如此,诚如程正民所讲,"在世界文学的大格局中,俄苏文学和俄苏文论以其深厚的人道主义精神和历史主义精神,以其对社会历史的担当,以其别具一格的动人的艺术魅力,具有独特的价值、独特的地位和独特的影响,这是其他国别的文学和文论所不能替代的。"③

---

① 陈复兴:《我的回忆与感受》,陈惇、刘洪涛主编:《窗砚华年——北京师范大学苏联文学进修班、研究班纪念文集》,北京:中国社会科学出版社,2012年,第2—3页。
② 刘洪涛:《世界文学学科史中的苏联文学进修班与研究班》,陈惇、刘洪涛主编:《窗砚华年——北京师范大学苏联文学进修班、研究班纪念文集》,北京:中国社会科学出版社,2012年,第98页。
③ 程正民:《学弟眼中的苏进研班》,陈惇、刘洪涛主编:《窗砚华年——北京师范大学苏联文学进修班、研究班纪念文集》,北京:中国社会科学出版社,2012年,第16页。

苏进研班学员早在求学期间就参与编写了《十九世纪俄罗斯及苏联文学讲义》和《十九世纪俄罗斯及苏维埃文学参考资料》，两本匆匆草就的书虽然有着鲜明的时代印记，但在他们后来的治学生涯中占据了一个特殊的地位，并创立了其治学模式。刘洪涛总结了其基本特点[①]：一是"对作家的选择"具有明显的时代特点与局限，19世纪文学不包括陀思妥耶夫斯基，20世纪的文学将高尔基、绥拉菲莫维奇、法捷耶夫、马雅可夫斯基、肖洛霍夫为代表的社会主义现实主义文学摆在突出正统位置，而叶赛宁、帕斯捷尔纳克以及整个20世纪20年代未来主义、表现主义、象征主义等对苏联文学做出过巨大贡献的作家、团体、流派则没有涉及。二是"第一次集体协作的尝试"，为20世纪80年代团体合作建立了协作的机制。大型课题选题、观点、体例、文字的统一涉及一系列复杂的技术问题，而苏进研班学员专业相近，师出同门，又有着亲密的友谊，这使得分工协作变成最有效、最便利的学术研究方式，"50年代提供的协作经验，在80年代发扬光大。拟定选题，确定人选，发约稿通知，开定稿会议，编委审稿……是一套驾轻就熟的程序，使用起来十分顺手。绝大多数大部头著作，都是通过协作短期内问世的。"三是"为以后著述采用的框架模式奠定了基础"。《讲义》的体例是绪论、分期概述与作家论，加上《资料》类型编著里常见的研究状况介绍、国内研究资料索引、作家年表等，成为日后苏进研班学员编著作品的基本结构。这种框架模式的优势在于，"单篇各具独立性，自给自足，便于个人就一个或几个问题，进行深入开掘。个人成果，在统一综合，按年代顺序、国别排列后又显出整体的风貌和纵向的线索"，由于各自的兴趣、专长以及群体内部形成的习惯，许多人都有了大致的分工：李树森专门研究肖洛霍夫，谭绍凯、康林专门研究普希金，雷成德专门研究托尔斯泰，马莹伯致力于别林斯基、车尔尼雪夫斯基、杜勃罗留波夫的文艺思想研究，陈复兴致力于普列汉诺夫研究，张鸿榛专攻屠格涅夫等。这些做法对于当今外国文学学科的建设也不无启迪。

当然，过去的研究与做法总是有方方面面的不足。1988年陈复兴撰文提出的三点反思，对今天学界来讲仍值得借鉴。他认为，第一，"以学术为学术，而不以学术为政治的侍婢。"中华人民共和国成立以来的俄苏文学研究，历经20世纪50年代的唯俄苏马首是瞻、尊其为圭臬，到60年代至70年代中期视其为批判对象、弃如敝屣，到80年代俄苏文学研究虽渐趋复苏、但荣光不再，俄苏文学成了政治运动的牺牲品，不能独善其身。陈先生强调"以学术为学术，才能得

---

① 刘洪涛：《世界文学学科史中的苏联文学进修班与研究班》，陈惇、刘洪涛主编：《窗觇华年——北京师范大学苏联文学进修班、研究班纪念文集》，北京：中国社会科学出版社，2012年，第96页。

到真正的发展"实际上是强调文学研究应该回到学术应有的轨道上来。第二，"信守所学，汲取新知，而不唯时是趋。"苏进研班学员熟悉的是辩证唯物主义与历史唯物主义的方法论，这种方法论能够从宏观上把握文学的发生、发展和变化的规律性，能够帮助研究者比较正确地认识一部作品的思想世界和艺术世界，及其风格形成的基本因素，"如果不研究、不重视一位作家所处的时代背景，他个人的生活经历以及他所受的哲学、宗教、道德与政治等多方面的影响，不深知他个人的思想、性格、嗜好、信仰等主观方面的东西，不能将这两方面加以综合考察，我很难想象能够对他的创作做出真正切合实际的令人信服的解释"。过去把文学作品的复杂性和深邃性按照阶级斗争、社会更迭等庸俗社会学认识方式予以公式化、概念化，断然否定作家个人心理、品格以及格调的研究弊病，是过于简单粗暴，强调政治与学术研究关系的结果，这并不意味着马克思主义批评方法"过时"或"老化"，而是需要发展、充实和丰富。第三，"我们研究外国文学要有中国人的眼光与角度，就是说要以中国文学与文化所赋予我们的嗅觉，去感悟它、评价它"，"另一方面，所谓中国人的观点，并不一定与外国人的研究所得截然不同，而是要汲取他们的精髓，化入我们的认识之中"，拿来而不是照搬，汲取而不是转述。[①]

重新反思苏进研班的历史，从学术史角度看，它对国内俄苏文学乃至外国文学的教学、科研与学科建设是极有价值和意义的。中国大学中文系的世界文学学科史，从 1917 年周作人被聘为北京大学文科教授，用中文讲授"欧洲文学史"课程算起，止于 1998 年与比较文学学科合并，产生比较文学与世界文学这个新学科，其间独立发展的历史有整整 80 年，正如《窗砚华年——北京师范大学苏联文学进修班、研究班纪念论文集》编者所言，从这个历史中看苏进研班的开设意义在于，"它是中文系世界文学学科建设第一次被系统化、体制化，铺设全国网络的开始；它也是世界文学观念在 20 世纪 50 年代中国的具体实践中，以苏联文学为中心和走向东方文学这两个维度在学科层面被落实的起始点"[②]。

[①] 陈复兴的观点均见于陈惇、刘洪涛主编的《窗砚年华——北京师范大学苏联文学进修班、研究班纪念纪念文集》，北京：中国社会科学出版社，2012 年，第 309—312 页。

[②] 陈惇、刘洪涛："编后记"，陈惇、刘洪涛主编：《窗砚华年——北京师范大学苏联文学进修班、研究班纪念文集》，北京：中国社会科学出版社，2012 年，第 313 页。

第六个问题：

如何理解新中国成立初期十七年欧美文学的引进、认知与其"中国化"的特殊进展

新中国成立后，各项政治经济建设逐步起航，文化建设紧随其后，开始了新的历史征程。外国文学翻译、介绍和研究作为一个重要领域得到了国内文学界的高度重视。尤其是在党的文艺"双百"方针提出后，欧美文学的译介和研究迎来了新中国成立以来的首个高峰，其数量和质量都有了巨大的飞跃，并一直持续到1966年"文化大革命"前才急剧衰退。

一、新中国成立初期十七年欧美文学在中国总体发展历程

对于一个刚刚从列强的欺压和连年战火中走出的社会主义国家来说，加紧对他者文化的了解，既是迫切的，也是必要的。对世界各国文学的翻译与研究本身应当是一视同仁的，但是新中国成立初期欧美文学"中国化"的历程因政治因素的影响发展并不平衡，这不仅体现在翻译方面，也体现在研究方面。

（一）文学翻译工作会议精神与欧美文学翻译高潮的铺垫

新中国成立前夕，曾经召开过一次重要的文化界会议，这就是"中华全国文学艺术工作者第一次代表大会"，这次大会确定了新中国成立后文艺工作的大致方向以及文艺工作者应该具备的素质和思想。董必武在大会上表示，过去我们许多文艺工作者认为自己是一个超社会超阶级的人，或者他的工作是超社会超阶级的，我们不这样看这个问题，社会发展到了有阶级以后人不属于这个阶级，就属于那个阶级，人的思想情感必然受到阶级的熏陶和制约，文艺是表现人类的思想情感的，它所表现的思想情感必然烙上或浓或淡的阶级印记。① 做大

---

① 参见董必武：《董必武同志讲话》，《中华全国文学艺术工作者代表大会纪念文集》，北京：新华书店，1950年，第7页。

会总报告的郭沫若也表示,要批判地接受一切文学艺术遗产,发展一切优良进步的传统,并充分地吸收社会主义国家苏联的宝贵经验,务必使爱国主义和国际主义发生有机的联系。①

中华人民共和国成立后,外国文学译介事业面临种种困难,尤其是欧美文学译介更是道路坎坷。但是在各方积极努力和筹备下,翻译事业渐渐走上正轨,尤其是欧美文学翻译迎来新中国成立后的第一次高峰。其标志就是1954年8月中国作家协会与人民文学出版社联合召开的第一届全国文学翻译工作会议。会上茅盾做了题为《为发展文学翻译事业和提高翻译质量而奋斗》的报告,该报告成为翻译工作的纲领性文件。茅盾提出,外国文学的翻译介绍,对于新文学的发展,是起了极大的鼓舞和借鉴作用的。"五四"新文学创作中的很大部分,是由于吸取近代世界文学中现实主义精神和民主主义、社会主义思想的丰厚养料而成长起来的。② 同时,他还强调,我们深切关心、热爱各资本主义国家,殖民地、半殖民地国家革命、进步的文学作品。通过这些作品,我们深刻地认识到这些国家的人民,在反动统治下,在帝国主义的侵略和奴役下,为争取自己的解放,创造明天的幸福生活而怎样地进行着艰苦、不屈的斗争。③ 这里茅盾肯定了欧美文学对中国文学发展的积极作用。相对于中华人民共和国成立后至1954年那段时期对苏联文学的大力追捧和对欧美文学的贬低,茅盾没有否定欧美文学的积极意义,而是探讨了对欧美文学进行翻译和研究的可能性,这就给欧美文学译介高潮的到来埋下了伏笔。

对于当时文学翻译工作所面临的问题,茅盾也进行了详细的总结。首先,茅盾认为文学翻译工作必须有组织有计划地进行。他指出,"过去出版事业掌握在私营出版商手里,翻译作品的能否出版,主要是由出版商人来决定的。这些出版商人及其雇用的编辑工作者,不可能对文学艺术有较高的理解"④。为了避免这一状况的继续,文学翻译必须在党和政府的领导下由主管机关和各有关方面,统一拟订计划,组织力量,有方法、有步骤地开展工作。必须使每一个文学翻译工作者的每一滴力量,都能充分发挥其应有的效果。老舍在谈到翻译

---

① 参见郭沫若:《为建设新中国的人民文艺而奋斗》,《中华全国文学艺术工作者代表大会纪念文集》,北京:新华书店,1950年,第35页。
② 茅盾:《为发展文学翻译事业和提高翻译质量而奋斗——1954年8月19日在全国文学翻译工作会议上的报告》,中国翻译工作者协会《翻译通讯》编辑部编:《翻译研究论文集(1949—1983)》,北京:外语教学与研究出版社,1984年,第5页。
③ 同上。
④ 同上。

时也表示,翻译工作者似乎也需要加强组织,作出规划,包括集体的规划与个人的规划。科学的与哲学的名著,应当进行集体翻译,个人不便独立工作。只有集思广益,才能够保证精确。集体工作对于规定译名也有好处,即便事前已讨论,定名之后还可以用集体的名义公布,征求大家的意见。① 其次,茅盾认为,必须把文学翻译工作提高到艺术创造的水平。"自然不是单纯技术性的语言外形的变易,而是要求译者通过原作的语言外形,深刻地体会了原作者的艺术创造的过程,把握住原作的精神,在自己的思想、感情、生活体验中找到最适合的印证,然后运用适合于原作风格的文学语言,把原作的内容与形式正确无遗地再现出来。这样的翻译的过程,是把译者和原作者合而为一,好像原作者用另外一国文字写自己的作品。"② 这段话扼要地指出优秀的翻译应当达到什么样的境界。对此,曹靖华有相当深刻的认识。他认为,第一要有广泛的知识,要尽可能地积累有关本国的和原作者国家的历史、地理、风土人情、自然风貌、文化传统等方面的知识。知识愈广泛,对翻译愈有好处;第二要对原作有足够的了解。一方面了解原作的内容,另一方面了解原作的语言;第三要有足够的汉语表达能力。做到这三点才能说是对翻译工作做了万全的准备。③ 针对新中国成立初期大量粗糙的文学翻译作品,茅盾的报告明确了翻译工作应当努力的方向,对日后文学翻译工作有着极为重要的指导意义。再次,他强调指出,要加强文学翻译工作中的批评与自我批评及集体互助精神,培养新的翻译力量。其中集体互助是新中国翻译的一个重要方式,有许多文学作品的翻译工作无法由一个翻译工作者独立完成,必须要有团队合作才能取得成果。"假如有几个译者共同来研究和讨论原作,取得比较一致的全面的认识,然后由一个译者执笔翻译,经其他译者在翻译的过程中进行帮助,这样的集体翻译却是可能而且有益的。"④ 如果翻译工作者能力相差不远,又能理解彼此的文风,同时对作品有着足够深刻的认识,这样就可以产生较好的翻译作品。

---

① 老舍:《谈翻译》,中国翻译工作者协会《翻译通讯》编辑部编:《翻译研究论文集(1949—1983)》,北京:外语教学与研究出版社,1984年,第130页。
② 茅盾:《为发展文学翻译事业和提高翻译质量而奋斗——1954年8月19日在全国文学翻译工作会议上的报告》,中国翻译工作者协会《翻译通讯》编辑部编:《翻译研究论文集(1949—1983)》,北京:外语教学与研究出版社,1984年,第10页。
③ 曹靖华:《有关文学翻译的几个问题》,中国翻译工作者协会《翻译通讯》编辑部编:《翻译研究论文集(1949—1983)》,北京:外语教学与研究出版社,1984年,第173页。
④ 茅盾:《为发展文学翻译事业和提高翻译质量而奋斗——1954年8月19日在全国文学翻译工作会议上的报告》,中国翻译工作者协会《翻译通讯》编辑部编:《翻译研究论文集(1949—1983)》,北京:外语教学与研究出版社,1984年,第14页。

应该指出,在这十七年间,我国翻译界有不少"最佳拍档"。单就英文翻译界的译者来说,万紫和雨宁合译的《瑞普·凡·温克尔》被公认为文学翻译中的经典之作,译文对原作的思想内容以及语言风格的传达都达到了传神的地步;曾合译过7种美国小说的徐汝椿与陈良廷、合译过3种英美小说的余牧与诸葛霖,以及合译狄更斯《艰难时世》的全增嘏和胡文淑夫妇,他们的翻译作品都是此时期欧美文学翻译的经典之作。展开相互批评是翻译界逐渐完善的一个相当重要的方面,董秋斯表示,对于批评与自我批评这一现代精神,我们翻译界没有置身事外的理由。① 在新中国成立初期,《翻译通报》主要批评的对象是粗制滥造的翻译作品,即便是名家译作也绝不姑息。1951年12月《翻译通报》刊登的《评莎剧〈哈姆雷特〉的三种译本》一文,通过对许多译例的分析,指出梁实秋、朱生豪、曹未风的三种译本"毛病相当的多",并且表示三种译本中的种种问题,都是源于对莎士比亚英文的研究不够深入,对基本莎学知识修养还不足。这个时期对翻译的批评大多集中在字句问题上,对于译文的整体质量和其他方面的批评尚且不足。因此,茅盾就表示,指摘字句的误译,当然是需要的,但这是不够的。批评工作还必须比这更进一步。我们希望今后的批评更注意从译文本质问题上,从译者对原作的理解上,从译本传达原作的精神、风格的正确性上,从译本的语言运用上,以及从译者劳动态度与修养水平上,来做全面的深入的批评。这样,才可以逐渐养成严肃、认真、刻苦钻研的作风,达到提高翻译质量的目的。要不容情地批评那些把翻译当作最方便的名利双收事业的资产阶级思想。同时也要赞扬那些态度严肃、对读者负责的译者反复修改自己的译稿,或把已出版的译本收回停印,重新加以修订或改译这样的自我批评的精神。② 茅盾在1954年全国文学翻译工作会议上所做的报告有着与以往大不相同的高度,不仅对过去的翻译工作所犯下的错误进行了准确的总结,同时也对未来的发展方向提出了非常具体的要求和建议,这些建议都有着不可忽视的意义。此次会议以茅盾的报告为代表,对欧美文学翻译高潮的到来做了充分的准备。

(二)"双百"方针与20世纪50年代欧美文学译介热潮

新中国成立初期的十七年,我国在意识形态等方面和欧美国家的对立使得

---

① 董秋斯:《翻译批评的标准和重点》,中国翻译工作者协会《翻译通讯》编辑部编:《翻译研究论文集(1949—1983)》,北京:外语教学与研究出版社,1984年,第27页。

② 茅盾:《为发展文学翻译事业和提高翻译质量而奋斗——1954年8月19日在全国文学翻译工作会议上的报告》,中国翻译工作者协会《翻译通讯》编辑部编:《翻译研究论文集》(1949—1983),北京:外语教学与研究出版社,1984年,第10页。

欧美文化和中国文化也始终保持着一种对立的状态。虽然茅盾在第一届全国文学翻译工作会议上所做的报告中强调翻译欧美文学作品有着不可忽视的意义和地位,但也无力改变当时政治形势左右欧美文学翻译的状况。

首先,国内的政治风气一改先前紧张的局面,思想逐步解放,文化领域的氛围也活跃起来。从1953年开始,欧美文学翻译的数量逐年上升,全国各地的翻译家们陆续参与到这场声势浩大的欧美文学翻译活动中来。真正的思想解放要到1956年,但"百家争鸣"和"百花齐放"不是1956年才提出的。早在1951年毛泽东应梅兰芳之请,为中国戏曲研究院成立题词,就写了"百花齐放,推陈出新"八个字。这是向戏剧界提出的,还没有推向整个文艺界。毛泽东主张对待京剧艺术要取其精华,去其糟粕,加以继承。1953年中国历史研究委员会成立时,因为在中国历史分期问题上出现分歧,郭沫若和范文澜发生了争论,陈伯达向毛泽东请示工作,毛泽东提出了"百家争鸣"的方针。

在1956年4月28日的中共中央政治局扩大会议上,毛泽东正式提出要在科学文化工作中实行"百花齐放,百家争鸣"的方针,即艺术问题上"百花齐放",学术问题上"百家争鸣"。同年5月2日,毛泽东又在最高国务会议第七次会议上正式提出实行"双百"方针。同年6月13日,《人民日报》发表了陆定一的文章《百花齐放,百家争鸣》。文章强调:"中国共产党对文艺工作主张百花齐放,对科学工作主张百家争鸣,这已经由毛主席在最高国务会议上宣布过了。""我们所主张的'百花齐放,百家争鸣',是提倡在文学艺术工作和科学研究工作中有独立思考的自由,有辩论的自由,有创作和批评的自由,有发表自己的意见、坚持自己的意见和保留自己的意见的自由"①。同年9月15日,中共八大再次确认了"双百"方针,并将其写进了政治报告的决议。会上刘少奇强调,为了繁荣我国的科学和艺术,党中央提出了"百花齐放,百家争鸣"的方针。科学真理愈辩愈明,艺术风格必须兼容并包。由此,"双百"方针成为国家基本的文化政策。

文化领域的"百花齐放"使得曾经被俄国和苏联文学完全压制的欧美文学翻译见到了曙光。"双百"方针得到了文艺工作者的广泛响应。在"双百"方针提出的1956年,全国就出版了英美文学译作42种。虽然相比苏联文学数量仍不算多,但是已经是一个不小的飞跃。

其次,从国际政治的角度来看,中苏交恶也是这个时期欧美文学地位上升

---

① 陆定一:《百花齐放,百家争鸣》,《人民日报》1956年6月13日。

的一大原因。由于苏联对于马列主义的背离以及国内日渐凸显的各类问题,中共中央开始反思和质疑过去采取的对苏联一边倒的政策模式,开始尝试寻找真正适合中国的社会主义发展道路。毛泽东在谈到如何对待外来文化与民族传统时指出:"什么都学习俄国,当成教条,结果是大失败。""应该越搞越中国化,而不是越搞越洋化。"要"将社会主义的内容和民族的形式"结合起来,以创造"中国自己的、有独特的民族风格的东西。这样道理才能讲通,也才不会丧失民族信心。"①鉴于苏联文化发展的死板僵化以及专制主义、教条主义的盛行,在1956年中国作家协会会议上,周扬表示:"苏联的东西决不是我们所要学习的全部,这只是要学习的一部分;我们要向自己民族的优秀传统学习,要向我们的老作家学习,要向世界的文学学习"②。在次年5月《文艺报》举办的座谈会上,朱光潜等翻译家也表示,只重视苏联文学会使我们自己吃亏的,使得我们目光狭窄,对西方文学的忽视,正是新文学达不到应有水平的原因。

再次,革命导师对于欧美文学的喜爱也是某些特定作家的特定作品被大量翻译的原因。由于此时我们开始大量翻译出版马克思、恩格斯、列宁、斯大林的著作,革命导师对西方文学作品的喜爱和他们对一些作家作品的评价逐渐被人们所熟知。例如,英国18世纪作家菲尔丁是马克思所喜爱的长篇小说作家之一。高尔基也在《俄国文学史》中称菲尔丁为现实主义小说的开创者,评价他非常熟悉本国的生活并且是个极其俏皮的作家。人们还知道了《弃儿汤姆·琼斯的历史》的第一个俄译本是高尔基在儿童时代爱读的一本书;高尔基对英国现实主义小说的开创者永远保持着热爱。③ 人们发现,在马克思、恩格斯评论文学艺术的时候,曾表示过对狄更斯、萨克雷、盖斯凯尔夫人、勃朗特姊妹等英国作家的喜爱并给予了高度评价:"现代英国的一批出色的小说家,以他们那明白晓畅和令人感动的描写,向世界揭示了政治和社会的真理,比起政治家、政论家和道德家合起来所作的还多。"④人们也看到,恩格斯在评论但丁时用了非常经典的一句话:"这就是意大利人但丁,他是中世纪的最后一个诗人,同时又是近

---

① 中共中央文献研究室编:《毛泽东文艺论集》,北京:中央文献出版社,2002年,第154—155页。
② 周扬:《关于当前文艺创作上的几个问题——在中国作协文学讲习所的讲话》,冯牧主编:《中国新文学大系1949—1976 第一集 文学理论卷一》,上海:上海文艺出版社,1997年,第261页。
③ 阿尔泰莫诺夫、格腊日丹斯卡雅等:《十八世纪外国文学史》(下卷),上海:上海文艺出版社,1959年,第118页。
④ 陆贵山、周忠厚主编:《马克思主义文艺学概论》,石家庄:花山文艺出版社,1999年,第362页。

代的最初一个诗人。"①对于雪莱,马克思曾表示:"这些人惋惜雪莱在二十九岁就死了,因为他是一个真正的革命家,而且永远是社会主义的急先锋。"②对于海涅的《织工歌》,马克思更是盛赞这首诗歌"意识到无产阶级的本质"③。由于革命导师及马克思主义经典作家的喜爱,这些欧美文学的作品也越来越受到新中国翻译家的青睐。

此外,通过对比来批判欧美国家资本主义社会的弊端,从而加强人民对于社会主义中国的热爱也是此时欧美文学译介得以发展的一个重要原因。国内有学者指出,由于长期的封闭状态以及连年的战乱,国内绝大部分群众都无法了解真正的资产阶级和资本主义社会的样貌,文学作品成为既能普遍为人们所接触,又能真实地展现对立阶级样貌的载体。因此,能够表现资本主义社会繁荣的光鲜外表背后各种黑暗堕落的文学作品大多被接受,其翻译和出版也没有受到过多的阻碍。在这中间,欧美批判现实主义文学作品,以其对资本主义无情的批判,得到了极大的重视,狄更斯、巴尔扎克、易卜生等揭露资产阶级丑恶面的作家作品纷纷得到翻译和出版。许多具有"人民性"的现实主义或积极浪漫主义的欧美古典作品,因为能够有效地阐释社会主义意识形态合法性建构的外来资源而被接纳,成为反资本主义的有效武器,是它们得以翻译、出版的主要原因。④

翻译体系的逐渐完善和翻译人才的大量涌现也是这个阶段欧美文学翻译高潮迭起的原因之一。翻译体系和翻译计划的逐步确立让一度混乱的翻译局面得到了控制,人民文学出版社、外文出版社等国家级出版社纷纷成立,弱小的出版社被整合兼并,大批翻译人才被集中起来共同工作,新中国的翻译出版工作开始逐步走上正轨。关于翻译人才,茅盾同志在第一届全国文学翻译工作会议上说:"精通本国语文和被翻译的语文,这是从事翻译工作的起码条件,文学作品的翻译者,则除了精通语言而外,还须具有一般的文学修养,而要做到艺术创造性的翻译,则除了上述种种而外,还必须具有广博丰富的生活经验,对于被翻译的作者及其作品之全面的研究和深刻的理解。"⑤这里所说的三个条件简

---

① 吉林师范大学、哈尔滨师范学院、辽宁师范学院外国文学教师编写:《外国文学(第欧洲美洲部分)》第一卷,长春:吉林师范大学出版社,1963年,第117页。
② 马克思、恩格斯:《马克思恩格斯论浪漫主义》,北京:人民文学出版社,1958年,第36页。
③ 陈晓丹编著:《世界历史博览2》,北京:中国戏剧出版社,2009年,第144页。
④ 方长安:《新中国"17年"欧美文学翻译、解读论》,《长江学术》2006(3),第1页。
⑤ 张威廉:《怎样提高我们文学翻译的质量?》,中国翻译工作者协会《翻译通讯》编辑部编:《翻译研究论文集(1949—1983)》,北京:外语教学与研究出版社,1984年,第467页。

要归纳后可以理解为掌握本国及所翻译文本所属国家的语言、具备一定的文学修养、具有足够的生活体验这三个方面。其中,掌握他国语言是一个很重要的条件,在新中国成立之前我国的外语人才大多不属于翻译行业,即便参与相关著作的翻译也经常会造成漏译、错译等问题。新中国成立后随着大学外语学院和外语系的建立,新中国得以在短时间内培养出一大批优秀的外语人才。英语、俄语等方面的人才尤其多,其中许多人才后来进入了翻译领域。自从有了这些新鲜血液的加入,新中国欧美文学的翻译工作得以走得更远。但是只有新人才是不够的,许多老一辈翻译工作者这个时候终于能够在和平的环境下安心工作,那些从战乱年代就开始坚持翻译工作的名家们成为这个时期各种翻译任务的领头人。新老结合的班子使得这个时期的翻译工作队伍既有老一辈特有的严谨,又有新一代翻译工作者独到的眼光和大胆的尝试,很多经典作品的经典译作都在这个时期问世。如周作人、罗念生和缪朗山合作翻译的古希腊戏剧,虽过程多有分歧,但最终呈现出来的作品既严谨又不失新鲜感,可以说是一种特殊时期的特殊产物。

"双百"方针在推行的过程中并不是一帆风顺的。开始的时候,知识分子的创造性被充分调动起来,形成了一波文艺创作和欧美文学翻译的高潮,但是这中间也不乏反对的声音。1957年1月7日《人民日报》发表了一篇文章《我们对目前文艺工作的几点意见》。该文针对"双百"方针提出多项质疑。作者认为,在过去一年中文学艺术的战斗性减弱了,时代的面貌模糊了,时代的声音低沉了,社会主义建设的光辉在文学艺术这面镜子里的光彩暗淡了。"为工农兵服务的文艺方向和社会主义现实主义的创作方法,越来越少有人提倡了。"[①]这种声音代表了相当一部分人的观点,即便是在党内,这种声音也并不罕见。"双百"方针在这些人看来转向过快。文章认为,这个时期文艺创作的主旋律依然应该服务于工农兵,而不是搞什么"家务事、儿女情、惊险故事"。

这个时期,中央对于"双百"方针依然持支持的态度。1957年3月8日召开的全国宣传工作会议上,毛泽东对陈其通等人的文章进行了严厉批评,认为他们的言论是在阻碍"双百"方针的推进。"现在刚刚批评一下,陈其通等就发表文章,无非是来阻止百花齐放、百家争鸣。"[②]"现在还没有造成放的环境,还是放得不够,是百花想放而不敢放,是百家想鸣而不敢鸣。陈其通他们四人的文

[①] 陈其通、陈亚丁、马寒冰、鲁勒:《我们对目前文艺工作的几点意见》,《人民日报》1957年1月7日。
[②] 中共中央文献研究室编:《毛泽东文艺论集》,北京:中央文献出版社,2002年,第167页。

章,我就读了两遍,他们无非是'忧心如焚',惟恐天下大乱。"①应该说,此时毛泽东对于"双百"方针提出后出现的各种意见是欢迎的。毛泽东甚至明确说:"那时的文学团体'拉普'曾经对作家采取命令主义,强迫别人必须怎样写作。但听说那个时期还有一些言论自由,还有'同路人','同路人'还有刊物。我们可不可以让人家办个唱反调的刊物?不妨公开唱反调。"②

(三)反右运动与欧美文学译介的波动

1957年开始状况出现了偏差。4月27日,中共中央发出《关于整风运动的指示》。文章指出,为了克服近年来党内新滋长的脱离群众和脱离实际的官僚主义、宗派主义和主观主义,有必要在全党进行一次普遍深入的整风运动,以提高全党的马克思主义思想水平,改进作风,适应社会主义改造与建设的需要。整风运动本身的意图是号召全国各界对党的工作提出意见和建议,这些建议"对于党政所犯错误缺点的批评,对于党与人民政府改正错误,提高威信,极为有益,应当继续展开,深入批判,不要停顿或间断"③。但是,随着活动的深入展开,很多翻译家先后被划为右派或者右倾机会主义分子,孙大雨、张友松、傅雷、穆木天、王科一等人,都在这场运动中受到了冲击。在这段动荡时期,欧美文学翻译首当其冲,本来处于蓬勃发展阶段的翻译活动开始走向衰退。这个衰退的阶段并不像人们想象的那样激烈,它经历了一个相当漫长的阶段,从1957至1959年的三年中,英美文学译作出版了135种左右,平均每年依然有超过40部英美文学翻译作品出版,这和1956年的水平几乎相当。为什么欧美文学翻译的衰退没有立即发生,而是延宕了整整三年的时间?

首先,从翻译工作者的角度来说,翻译工作者自身的意志力加上兴趣是驱使他们坚持这项艰巨工作的最大动力。试图获取其他民族的知识,了解其文化是一种无法被限制的跨民族的求知欲望,是从人类社会出现就被融入人的基因中的自主行为。因此,这个时期的翻译工作者们带着这样的信念去工作,使得相当数量的欧美文学作品得以翻译出版。比如,1958年,查良铮在被剥夺了翻译出版权利、下放到南开大学图书馆的逆境中,仍一刻不停地工作,利用八年中

---

① 中共中央文献研究室编:《毛泽东文艺论集》,北京:中央文献出版社,2002年,第171页。
② 同上。
③ 毛泽东:《组织党外人士继续对党的缺点错误展开批评》,《毛泽东文集》第七卷,北京:人民出版社,1996年,第296页。

全部的节假日,翻译了拜伦的巨著《唐璜》①;1957年的反右斗争中,张友松被错打成"右派",但他没有就此消沉,而是继续奋斗,从翻译《密西西比河上》起,改用"常健"的笔名发表译作,终于成为我国翻译出版马克·吐温作品最多的翻译家。② 同样经历的还有古希腊戏剧翻译大家周作人和罗念生等人,在《罗念生全集》中,超过半数都是古希腊戏剧译作,可见罗念生将古希腊戏剧翻译当成了他一生的事业。可以说,这种将翻译工作当作终身事业的行为使得他们得以完成那些艰巨的任务。

其次,轰轰烈烈的"大跃进"运动,也给当时的欧美文学翻译活动提供了助力。1957年9月,周扬在中国作家协会党组扩大会议上发言道:"我们要争取在文学艺术事业上也来一个大跃进。我国人民正以排山倒海的气势从事改造世界、改变历史面貌的伟大工作,他们的高度劳动热情和革命干劲在一切方面不可遏止地表现出来,也必然要在文学艺术这种特殊的意识形态上得到它应有的反映。劳动人民在创造物质财富的同时也在不断地创造精神财富。"③文化"大跃进"在一定程度上确实维持了欧美文学翻译现状,但是数量不能弥补质量上的缺陷,赶制的译作中存在相当数量的粗制滥造的作品,使欧美文学翻译质量的下滑雪上加霜。

欧美文学翻译的衰退最终还是不可避免地来临了。《译文》杂志在1957年第8期停止了之前的"稿约",即"世界各国优秀的现代文学作品以及富有代表性的古典文学作品的译稿"。这显示出对欧美文学作品的态度已经开始转变,本来蓬勃发展的欧美文学翻译开始步入低谷。此前《译文》杂志曾经刊登过波特莱尔的《恶之花》专辑,1958年,茅盾发表《夜读偶记》一文,对欧美现代主义作品进行全面批判,尤其是现代主义作品。自此,对欧美文学的引进开始消退,数量呈直线下降趋势。英国文学译作数量1960年为2部,1961年为6部,1962年为9部,1963年为6部,1964年为2部,1965年为1部;美国文学译作数量1960年为5部,1961年为4部,1962年为1部,1963年为2部,1964年、1965年均为1部,1966年为0部。和1960年之前相比,数量上呈现暴跌的趋势。1966年之后,欧美文学的翻译步入寒冬,由于中苏关系的破裂,苏联文学的译介也大幅度减少,外国文学译介陷入停滞。

---

① 孙致礼主编:《中国的英美文学翻译:1949—2008》,南京:译林出版社,2009年,第375页。
② 孙致礼:《1949—1966:中国英美文学翻译概论》,南京:译林出版社,1996年,第125页。
③ 张炯主编:《中国新文艺大系(1949—1966)理论·史料集》,北京:中国文联出版公司,1994年,第226页。

欧美文学的译介在 1956 年"双百"方针的影响下很快步入高潮,又在"反右"等政治运动的影响下跌入谷底,虽然新中国成立初期十七年的特殊性不可忽视,但这个时期的翻译活动仍然给今天带来诸多启示。

二、新中国成立初期十七年欧美文学译介和研究的基本成就

新中国成立后,虽然一段时期内,苏联文学的翻译、研究和教学占有突出的地位,但并非欧美文学没有发展。只是相比俄苏文学,欧美文学有些沉寂。卞之琳在回忆新中国成立初期的翻译工作时表示,过去我们翻译了许多俄苏和东欧国家的文学作品,也翻译了不少英、法、德、日、美几个主要资本主义国家的作品。但是这个粗略的轮廓实际上已经将新中国成立前翻译过来的外国文学包括在内了。即使就这个轮廓而言,也是既谈不上"面","点"同样寥若晨星,只有俄苏作品翻译的情况略有不同。① 卞之琳的看法基本概括了新中国成立初期除苏联文学以外世界各国文学的翻译状况:作为翻译对象的国家很少,且每个国家选取作品的数量也很少,难以形成规模。据粗略统计,以 1950 年为例,这一年俄苏文学作品出版了 1662 种,占当年翻译作品总量的 77.5%,而欧美诸国文学的翻译总量仅占俄苏文学的三分之一,差距不可谓不明显。一边倒的政治立场最终导致新中国成立初期三十年俄苏文学翻译的高度发达和欧美文学翻译的相对疲弱的状况。

1950 年至 1953 年,是欧美文学翻译和介绍新的起步期。1950 年,英美文学译作共出版了 60 种,其他欧美国家的作品也有所涉及,虽然这其中有相当数量的作品是之前旧译本的再版或重译,但是对于一个刚刚步入正轨的社会主义国家来说,这不能不说是一个好的开端。

1954 年至 1965 年,国内形势稳定,社会主义改造基本完成,1954 年后,欧美文学的翻译、介绍和研究开始逐渐进入稳步前进发展的态势。虽然没有像俄苏文学那样大红大紫,但一些主要国家的经典作品还是逐渐被介绍到中国来了。

(一) 古希腊、罗马文学作品受到关注

希腊神话是西方文化的源头,受到了马克思、恩格斯等革命导师及马克思

---

① 卞之琳、叶水夫、袁可嘉、陈燊:《十年来的外国文学翻译和研究工作》,《文学评论》1959(5),第 36 页。

主义经典作家的喜爱。中国人翻译和介绍古希腊神话较早。截至20世纪50年代,翻译希腊神话功绩最大的当属周作人。周作人生前共翻译了两种希腊神话,第一种是英国人劳斯所著的《古希腊的神、英雄与人》,此书的英文版出版于1934年,周作人1935年2月3日在《大公报》上撰文予以介绍。不过,在很长时间内,周作人并没有翻译它的心思,因为嫌它是用英文写的儿童读物,并非希腊神话专门之书。直到1947年,周作人花了两个月时间,将它译成了中文,经友人介绍交给了一家出版社,可是不久却不幸遇火被焚。1949年他开始重译,1950年由文化生活出版社印行,名为《希腊的神与英雄》。1958年,改名《希腊神话故事》,由天津人民出版社出版。第二种是阿波罗托洛斯的《书库》(*Bioliotheke*)。据周作人写于1944年的《〈希腊神话〉引言》介绍,1937—1938年间,他为文化基金编译委员会翻译此书,"除本文外,又译出弗来若博士《希腊神话比较研究》,哈利孙女士《希腊神话论》,各五万余言,作本文注释,成一二两章,共约三万言。"①后因该编译委员会迁至香港,故译事中辍,已经译好的稿子也被编译委员会带走而下落不明。1944年,周作人有心重续旧译,所以先将已译的原文及部分注释以《希腊神话》为题连载于《艺文杂志》,并为之作上述"引言"。可是仅连载三期(第十至十二期)即告终止,周氏的续译计划也并未展开。中华人民共和国成立后,叶圣陶等人希望周氏能翻译一些希腊作品,于是在1950—1951年间,周作人在译完《伊索寓言》后,又重新翻译了这部《希腊神话》,原文与注释均已译毕。然而,由于种种原因,此书在周作人生前并未获得出版机会。1965年4月26日,周作人曾写过一份遗嘱,后来又专门补上了这样几句话:"阿波罗托洛斯的神话译本,高阁十余年尚未能出版,则亦是幻想罢了。"②

楚图南在中华人民共和国成立前就关注欧美文学翻译工作。20世纪三四十年代就曾经将古希腊神话译成中文。最初出版时的书名为《神祇和英雄》,原著者是德国人斯威布。楚图南是"根据奥·马克思和恩·莫维兹1946年的英译本翻译的"③。1958年人民文学出版社出版此书时,改书名为《希腊神话和传说》。这本译著出版后,影响很大。1978年版是在1958年版的基础上修订再版。

荷马是中国人熟知的古希腊诗人(或诗人群体)之一,最早被提及的时间可以追溯到17世纪。20世纪初期,荷马史诗就以选译、史评结合等方式被茅盾、

---

① 转引自止庵:《〈希腊神话〉琐谈》,《中华读书报》2000年8月23日。
② 止庵:《〈希腊神话〉琐谈》,《中华读书报》2006年8月23日。
③ 楚图南:"后记",《希腊神话和传说》(下),北京:人民文学出版社,2002年,第844页。

戈宝权、郑振铎、王希和、高歌、谢六逸、徐迟等人翻译或介绍,但是他们的选译或评注都是以英文版为基础进行的,与希腊文诗体结构相差甚远。新中国成立后,最早和广大读者见面的荷马史诗译本是傅东华1958年翻译的《伊利亚特》。傅东华是译界著名学人,他中文功力深厚,译作跨度也广。傅译本"是散文译本,文笔简练、朴素"①,译自企鹅丛书英文版《伊利亚特》。有学者认为,这个版本的出现本身在这个时代就是一件大事,傅东华先生"功不可没"。②但傅版的《伊利亚特》是英文转译,属于二次译介,与希腊文原本存在着一些差异。此译本没有任何前言,注释和相关文献解读也过于简单。其实荷马史诗难以翻译的情况并不只存在于汉语当中,在西方语言中也是如此。有学者指出:"库波(Cowper)未能表达荷马原诗的轻快,蒲伯(Pope)未能译出荷马原诗的简洁,贾蒲曼(Chapman)未能译出荷马原诗的直捷,牛漫(Newman)未能表达荷马原诗的崇高,尽管这些著名诗人的英译本各有许多优点。自从阿诺德去世后到现在的一百年间,又有了不少的荷马史诗译本问世。但还没有一种是合乎理想的,是非常接近荷马原诗的风格的。"③可见,荷马史诗年代久远,语言古朴稚拙,荷马式选词用字又自成一体,即使以其他西方语言翻译也很难接近原诗的风格。杨宪益知难而进,翻译了《奥德修纪》。杨宪益先生的《奥德修纪》虽然在1979年才获得出版,但主要翻译工作都是在20世纪五六十年代进行的。他在1964年4月写下的译文序中,明言该版本是以"洛埃伯丛书"的希腊原文翻译的。这个译本"非常流畅,比较忠实于原文"。由于杨宪益译文的高超,使得罗念生先生"盼望能早日读到杨译《伊利昂纪》(即《伊利亚特》)"。杨宪益还对荷马史诗的诗体进行了分析,认为荷马史诗的诗体是一种六音节的格律诗,每行约有十二个轻重音,不用尾韵,但是节奏感很强,适于说唱。④ 杨宪益版的《奥德修纪》文本流畅,原因之一就是以希腊原文为翻译文本,相较于转译自英文本的傅东华本《伊利亚特》有更大优势。另外,杨宪益版对原诗中一些难以处理的部分进行了准确的翻译,对迈锡尼文明和克里特岛文化也有相当深入的介绍。

在古希腊戏剧翻译方面最成功的案例当属周作人和罗念生合作翻译的作品,周作人在年龄和资历上高出罗念生许多,二人在翻译的诸多问题上存在分

---

① 罗念生:《荷马史诗〈伊利亚特〉》,《外国文学研究》1981(3),第33页。
② 王焕生:《〈荷马史诗·伊利亚特〉原前言》,《罗念生全集》第五卷,上海:上海人民出版社,2004年,第637页。
③ 王秋荣、翁长浩编:《西方诗苑揽胜》,北京:语文出版社,1986年,第114页。
④ 荷马著,杨宪益译:《奥德修纪》,《世界文学》1964(5),第59页。

歧。如罗念生更多采用规范的处理方式,而周作人则倾向于在形式与意义上保持原著的味道;可贵的是二人能通力合作,虽然这其中不乏政治因素的作用,但这种新老结合的翻译方式取得了很好的成果。这时期受到关注的古希腊三大戏剧名著分别是埃斯库罗斯的《被缚的普罗米修斯》、索福克勒斯的《俄狄浦斯王》和欧里庇得斯的《美狄亚》。

这个时期有关希腊文学研究的文章数量不多,且观点基本都是从阶级斗争或意识形态斗争出发,但研究质量上乘,基本能够抓住古希腊文化的特征和早期人类的局限性。主要评论文章有:牛庸懋的《略论荷马及其"伊利亚德"与"奥德赛"》(1957)、杨宪益的《荷马史诗——〈伊利亚特〉和〈奥德赛〉》(1959)、桂诗春的《〈奥德赛〉主题初探》(1961)、日知的《荷马史诗若干问题》(1962)、杨宪益的《〈奥德修纪〉译者序》(1964)。通过他们的介绍,读者知道马克思对荷马史诗的评价极高,认为荷马史诗"仍然能够给我们以艺术享受,而且就某方面说还是一种规范和高不可及的范本"[1]。也知道了高尔基曾评价道:"荷马时代的文学经过世世代代人的千锤百炼,是古希腊人民集体的创造天才的结晶,后世的个人著作很难和它媲美。"[2]这样的高度评价显然让国内的研究者和翻译者无法忽视这样的鸿篇巨制。

在古罗马文学方面则有杨周翰翻译的奥维德的《变形记》、杨宪益所译维吉尔的《牧歌》,相比古希腊文学的翻译,古罗马文学作品的翻译数量要少许多,但质量很高。杨周翰的《变形记》参考的是"勒布古典丛书"的拉丁—英文对照版本,文本流畅且忠实原文。在正文之前,杨周翰对奥维德的创作手法和技巧等做了分析,并引用马克思的话说神话"是通过人民的幻想用一种不自觉的艺术方式加工过的自然和社会形式本身","任何神话都是用想象和借助想象以征服自然力,支配自然力,把自然力加以形象化;因而,随着这些自然力实际上被支配,神话也就消失了"。马克思还认为古代希腊社会是发展得最完美的人类童年社会,只有在生产落后、知识不足的人类童年,才能产生希腊人这样天真美丽的幻想,它因此具有永久的魅力。[3]

(二)欧洲中世纪文学译介和评论的新发展

这一时期对欧洲中世纪文学的翻译和介绍凤毛麟角。最受关注的作品当

---

[1] 马克思:《〈(1857—1858年经济学手稿摘选)导言〉》,中共中央马克思恩格斯列宁斯大林著作编译局编译:《马克思恩格斯文集》第八卷,北京:人民出版社,2009年,第35页。

[2] 高尔基:《俄国文学史》,缪灵珠译,上海:新文艺出版社,1956年,第508页。

[3] 杨周翰、吴达元、赵萝蕤主编:《欧洲文学史》上卷,北京:人民文学出版社,1964年,第26页。

属但丁的《神曲》,其他如《罗兰之歌》《十日谈》等也有译本,但相关研究数量很少。新中国成立后,分别出版了王维克和朱维基翻译的《神曲》。朱维基译《神曲》由英文版转译,但是这个时期他只完成了一部分,整部作品的翻译一直到20世纪90年代才全部完成。王维克对《神曲》的翻译从20世纪30年代就已经开始,1939年和1948年各出版过一个版本的译本。中华人民共和国成立后,作家出版社曾用商务印书馆的原纸型于1954年和1956年重印过两次。但丁的《神曲》之所以在20世纪50年代受到国内学界的重视,除原作本身的巨大成就之外,一个很重要的原因是因为马克思、恩格斯在《共产党宣言》中对但丁的历史地位的评价。另外就是受到苏联学界的深刻影响。

《苏联大百科全书》对《神曲》的评价大部分以阶级斗争为出发点,对但丁的历史地位和阶级局限进行了分析批判。恩格斯对但丁的评价极高,认为他是旧时代的最后一位诗人,同时又是新时代的最初一位诗人。《苏联大百科全书》一方面对他进行了肯定,同时也指出但丁新旧思想杂糅的历史局限性。这一观点对中国的影响,主要是通过杨周翰、吴达元、赵萝蕤主编的《欧洲文学史》传播开来的。当时处于主流地位的《欧洲文学史》对《神曲》的评价基本是从历史概括和政治需要的角度进行的,认为但丁写作《神曲》的时代正是新旧交替的时代,其写作动机主要在于政治上的挫折和个人的不幸遭遇。正是这种个人的不幸使得但丁在生活中迷失了方向,尤其在他被放逐期间看到意大利和整个欧洲纷争混乱的状态,激起他对祖国和人类命运的深切忧虑。但他并不悲观,坚信在不久的将来会有实现和平与统一的人物出现。他意识到自己担负着揭露现实,唤醒人心,给意大利人民指出政治、道德上的复兴之路的历史使命。《神曲》通过人物塑造揭露当世或历史上的所谓"名人",如用圣彼得揭露罗马教廷的腐败,用法国加佩王朝的始祖揭发法国王室的罪行,用教皇尼古拉三世揭发他自己和他的后继者博尼法齐乌斯八世及克力门五世的罪行。因为但丁相信,只有借助著名的人物和事件,才能够震撼人心,促使改革早日实现。对《神曲》的评价出发点多侧重政治因素,未触及对作品的深层艺术分析。编者认为,《神曲》的细节描写固然巧妙,但它的主要成就还在于高度的概括和综合。作品把诗人的内心生活经验、宗教热情、爱国思想和政治文化方面的重大问题,把历史的和现实的、古典的和基督教的因素融为一个和谐的整体。在当时的历史条件下,尤其是当时的文化氛围下,能有这样的认识高度,是十分难能可贵的。①

---

① 杨周翰、吴达元、赵萝蕤主编:《欧洲文学史》上卷,北京:人民文学出版社,1964年,第118页。

另有少量欧洲中世纪英雄史诗和市民文学翻译作品，尤以杨宪益先生翻译的法兰克英雄史诗《罗兰之歌》为代表。该译稿在1963年就已经完成，这从其1981年春付印时所写的"译本序"中可以得到证实。在这篇序言的最后一段，译者写道："这篇序言是一九六四年春写成的，后来这部稿子被弃置了十几年，粉碎'四人帮'后才决定出版。"①此译作虽然未在新中国成立初期十七年间出版，但这个时期中世纪其他类型文学译介工作已提上了日程。

（三）对主要欧美国家文学的系统翻译和评论

就国别文学而言，英国文学在这个时期的欧美文学翻译领域中占有相当的比重。文艺复兴时期莎士比亚戏剧受到了相当程度的重视，1954年作家出版社将朱生豪翻译的31个剧本，以《莎士比亚戏剧集》命名，分为12卷出版。从1954年到1958年共印行三次，发行22万多册。1958年至1962年间，人民文学出版社又印行了两次，发行8万多册。后来，又经过诸多专家学者校订，其他翻译家补译了尚缺的5个历史剧和全部诗歌，才在1978年出版了较完整的朱译版《莎士比亚全集》。"曹未风从1935年到1944年分译的11部莎剧于50年代初至60年代初修订出版了6部。……此外，这个时期曹未风还翻译出版了四部新作。……这10个剧本均由上海新文艺出版社出版。这几部莎剧共印行73300册。"②同时，在1953年至1961年间，方平、卞之琳、方重、萧乾等翻译家，又分别译出不同的莎士比亚剧本和莎士比亚故事集，发行数量都很大。十四行诗，是莎士比亚创作的又一个伟大成就。从20世纪30年代起，莎氏十四行诗就陆续被译介到中国。早期译者有丘瑞曲、朱湘、李岳南、梁宗岱、方平、梁遇春、袁水拍等。可惜一直没有一部完整的莎氏十四行诗集问世。1950年，由屠岸翻译的《莎士比亚十四行诗集》中文全译本正式出版，填补了这个空白。"总之，50年代初到60年代初不到十年的时间，中国共印行各种版本的莎士比亚的作品译本50多万册。"③除莎士比亚戏剧外，英国其他文学样式也被翻译过来。如方重翻译的乔叟的《坎特伯雷故事集》、戴镏龄翻译的马洛的《浮士德博士的悲剧》、朱维之翻译的弥尔顿的《复乐园》、王佐良翻译的《彭斯诗选》以及雪莱和拜伦的诗歌、袁可嘉翻译的各类诗歌等都是相当有分量的译作。小说领域则有董秋斯翻译的《大卫·科波菲尔》、周煦良翻译的《福尔赛世家》、杨必翻译

---

① 杨宪益：《罗兰之歌》"译本序"，上海：上海译文出版社，1981年，第9页。
② 孟宪强：《中国莎学简史》，长春：东北师范大学出版社，1994年，第104页。
③ 同上书，第105页。

的《名利场》等作品。

此时出现的法国文学翻译大家有傅雷、罗大冈、罗玉君、李健吾等。傅雷翻译了数量巨大的巴尔扎克小说,《欧也妮·葛朗台》《高老头》《贝姨》《邦斯舅舅》等 11 部作品出自傅雷之手,发行总量超过 16 万册。傅雷还翻译了罗曼·罗兰的名作《约翰·克利斯朵夫》等作品。巴尔扎克的译者还有高名凯,他的译作主要集中在 1950 年至 1954 年间出版,发行量也非常大。高名凯是一位长期从事语言研究和法国名著翻译的学者,先后翻译了《驴皮记》《古物陈列室》《幻灭》等作品。穆木天也对《欧也妮·葛朗台》进行过翻译。李健吾翻译的《包法利夫人》即便是今天仍然是该作品翻译的典范。罗玉君翻译的《红与黑》同样有着不可忽视的地位。《红与黑》是我国复译本最多的一部法国小说。德国文学作品的翻译数量虽不及英、法两国,却有一些重量级的经典翻译文本问世。郭沫若翻译的歌德的《少年维特之烦恼》《浮士德》《赫尔曼与窦绿苔》、罗贤翻译的《野蔷薇》等作品最为著名,其中一部分是新中国成立前译本的再版。席勒的作品受到翻译工作者相当程度的重视。1955 年是席勒逝世 150 周年,民主德国将这一年命名为"席勒年"。国内的翻译工作者响应国际上的声音,对席勒的作品进行了翻译,郭沫若翻译的《华伦斯坦》、钱春绮和张威廉翻译的《威廉·退尔》、叶逢植和韩世钟翻译的《斐哀斯柯》等作品都广为人知。海涅在中国的名气超过了许多诗人,学界对海涅也是赞誉不断,历代的反动统治者像害怕灾祸一样害怕他的诗篇,全德以及全世界正直的人们却热爱这些作品。许多报告和讨论,证明诗人海涅为世界各国人民所喜爱。在海涅学术会议上,很多中国学者甚至认为"海涅在我们中间"[①]。

美国文学的译介主要侧重对小说的翻译,其中最受重视的作家当属马克·吐温,从 1954 年到 1960 年间共出版马克·吐温作品 24 种。苏联学者奥尔洛娃在《马克·吐温论》中认为马克·吐温经历了一条艰难曲折的创作道路:从早期作品的轻松诙谐转向认识资本主义世界的矛盾,最后发展到敌视和否定帝国主义的美国。马克·吐温虽然与无产阶级革命斗争还有很大距离,却是严厉批判帝国主义的作家之一。因为对苏联评论的推崇,国内学者对马克·吐温作品的翻译和研究也开始进入高潮。老舍在《马克·吐温——"金元帝国"的揭露者》中表示:"我们尊重吐温留下的文学遗产,因为它里面鲜明地反映出美国人民的一个优良传统:热爱和平和民主、反对帝国主义侵略战争、反对殖民

---

① 吴伯箫:《记海涅学术会议》,《诗刊》1957(1),第 87 页。

主义。"①老舍提到的这些优良传统也是刚刚从反帝反封建斗争中走出来的中国人民所迫切需要的。对马克·吐温作品翻译贡献最大的翻译家是张友松,他是我国为数不多的专职翻译家之一。1954年加入人民文学出版社后,他陆续翻译出版了《马克·吐温小说集》《汤姆·索亚历险记》《哈克贝利·费恩历险记》《镀金时代》《密西西比河上》《傻瓜威尔逊》等名作。值得一提的是,即便是在1957年被打成右派之后,张友松依然继续自己的翻译工作,《傻瓜威尔逊》就是在这种情况下译出的。除了张友松,曹庸翻译的《白鲸》、王仲年翻译的欧·亨利系列小说都是这一时期美国文学翻译的瑰宝。

（四）对欧洲和美洲一些小国家文学的关注

《译文》在1955年第1期曾经刊出"稿约",欢迎"苏联、人民民主国家及其它国家古今文学作品译稿",到了1956年这则"稿约"变成了"苏联、人民民主国家和其它国家反映人民的现实生活、思想和斗争的现代优秀文学作品以及富有代表性的古典文学的译稿",1957年第1期进而变为欢迎"世界各国优秀的现代文学作品以及富有代表性的古典文学作品的译稿",可以看出,《译文》对外国文学翻译作品的选择已经逐步跳出了唯苏联文学独尊的圈子,开始大量接受欧美文学以及世界各个国家的文学作品。

由于一切为政治服务的缘故,东欧的许多文学作品也被翻译过来,这些东欧作家大多来自民主主义国家,例如捷克作家尤里乌斯·伏契克、匈牙利作家裴多菲等,这些作家的作品在中国广为人知。

这一时期,左翼文学或曰无产阶级文学,包括英国宪章派文学、巴黎公社文学、德国工人诗歌等,也被译介到中国来。

通过上述简略描述可以看到,这一时期对欧美文学的翻译和引进,取得了巨大的成就。这些作品的翻译,进一步打开了中国读者和研究者的视野。

三、新中国成立初期十七年欧美文学引进和研究的基本特点与价值

总的来说,此时期欧美文学译介和研究,与俄苏文学一样,都受到"革命"和

---

① 老舍:《马克·吐温——"金元帝国"的揭露者——在世界文化名人马克·吐温逝世50周年纪念会上的报告》,《世界文学》1960(10),第131页。

"建设"双重任务的制约,这是当时特定的文化氛围决定的。但对欧美文学而言,又有其特殊性。

特殊性之一,是与对苏联文学全面肯定、完全接受、高度赞扬的态度完全不同,对欧美文学的引进、介绍始终持怀疑、批判的态度。这一方面源于西方世界资本主义阵营与社会主义阵营的尖锐对峙,另一方面,也源于我们思维上的僵化和认识上的幼稚,将资本主义和帝国主义国家的文化乃至文学(无产阶级文学之外)视作是反人民的、与无产阶级和社会主义思想文化格格不入的。因此,要对这样的文学进行批判和否定,认为虽然有些作品表现了资本主义社会的弊端,暴露了资本主义制度的罪恶,但其最终目的不过是想用资产阶级人道主义或改良主义来完善这一制度。这样的认识,左右了此一时期欧美文学译介和研究的价值导向。

这样态度的形成可以从《高尔基论资产阶级文学遗产》开篇的第一句话找到思想来源。高尔基认为:"我们有充分理由可以希望:在马克思主义者将来写成文化史的时候,我们就会深信资产阶级在文化创造过程中的作用曾经是大大地被夸大了的,在文学部门中特别是如此,而在绘画部门中更加是如此,在这里资产阶级始终就是雇主,因而就是立法者。"[1]这种说法否定了资产阶级在文化创造,包括文学创作中所起的作用,和《共产党宣言》中马克思对资产阶级在历史上的评价背道而驰。但在当时,却忽略了高尔基讲这些话的具体条件和特定所指,把它看成是普遍的真理,是绝对正确的。高尔基类似的评论还有:"资本主义的文化无非是资产阶级在物质上扩大和巩固他们对世界、人们、地下宝藏、自然力量的统治的方法的体系。资产阶级从不曾把文化发展过程的意义理解为整个人类群众发展的必要。"[2]高尔基原本讨论的是资产阶级对文学,乃至文化的统治作用,但在人们的理解中却转向从意识形态角度对资产阶级文化进行全面否定。从 20 世纪 30 年代开始,苏联文坛对资产阶级文化采取的这种态度一直持续到了五六十年代,并且愈演愈烈。我们将这些思想观念接收过来并进行绝对化理解,才形成这样绝对的看法。

从中华人民共和国成立一直到"文化大革命"结束,我们对欧美文学始终保持着这样一种警惕。不论是翻译文本的选择,还是编撰的有关教科书以至各种介绍、评论,都是如此。译本的选择,首选是揭露和批判性作品,特别是对欧美

---

[1] 北京大学俄语系文学教研室:《高尔基论资产阶级文学遗产》,《北京大学学报》(人文科学)1960(4),第 107 页。

[2] 同上。

资本主义时代产生的作品,在肯定其积极价值的同时,不忘指出其局限性乃至反动性,或作品中所蕴含的资产阶级人道主义、改良主义、个人主义、虚无主义以及悲观绝望情绪等弊端。类似的作品如司汤达的《红与黑》、罗曼·罗兰的《约翰·克利斯朵夫》等。在这些作品中,由于主人公的个人主义倾向过于强烈而遭到了国内评论界的猛烈批判,认为他们的反抗精神不是正统的革命精神。他们虽然和人人为己的资本主义社会统治势力进行斗争,却始终着眼于维护个人权利、个人幸福,不可能认识到以阶级作为斗争对象而和它彻底决裂。因此他们可能"犯上",却不会"作乱",不会要求根本推翻不合理的社会制度。[①] 同样的作品还有勃朗特姐妹的《简·爱》和《呼啸山庄》。在书中本来是作为主要元素存在的各类爱情、憎恨和宽恕等被视作阶级斗争的方式,对简·爱本人以及罗切斯特的否定成为主要的批评方向,简·爱夫妇也被贴上了压迫阶级的标签。评论还认为希斯克利夫本人一开始是被压迫者,后来的报复使得他又转变成为压迫者,这种复仇纯属个人主义,凯瑟琳也由资产阶级的反抗者变成了资产阶级的认同者。类似的观点主要集中在《论夏绿蒂·勃朗特〈简·爱〉》和《论艾米莉·勃朗特〈呼啸山庄〉》两部书中。

受到类似批评的还有英国诗人拜伦。虽然拜伦的革命热情在很多论文中得到了相当的肯定,但是他仍然被定义为一个虚无主义者。评论者认为,《恰尔德·哈罗德游记》(又译《恰尔德·哈洛尔德游记》)虽然表现了拜伦对资产阶级民主革命和民族解放运动的热情,但自始至终贯穿着悲观和虚无主义思想。拜伦在诗中不止一次表示对生活的厌倦,表示自己已经尝够生活的真味,把世上的一切都看得无所谓了:"尘世上的荣誉、野心、悲哀、斗争、爱情","都再也不能用那尖刀刺痛他的心"[②]。拜伦蔑视群众,认为"自己最不适合与人们为伍";他赞美旷野和人迹罕至的地方,认为和禽兽为邻不会寂寞。拜伦虽然一再将希腊、罗马等国家的"光荣"历史和这些国家在19世纪初期所处的屈辱地位进行对照,但他对历史的解释却是十分错误的。他认为历史上一切丰功伟绩、兴亡盛衰,"无非是旧事的轮回和循环",这充分说明了他的虚无主义思想。拜伦的民主革命性表现为对封建主和大资产阶级的厌弃和对民族独立与民主的同情,但他的政治理想则是建立美国式的资产阶级共和国。他对历史上的共和体城邦怀有敬意,具有强烈的向后看意识。他的民主理想始终是对个人自由和个人发展的强烈要求。他对人民同情,但又缺乏信任,这是他悲观怀疑情绪的主要

---

① 朱于敏:《欧洲十九世纪资产阶级文学中的个人反抗问题》,《文学评论》1960(5),第81页。
② 拜伦:《恰尔德·哈洛尔德游记》,杨熙龄译,上海:上海译文出版社,1990年,第129页。

根源。关于"拜伦式英雄"的问题,在当时甚至引起了一场笔战。《光明日报》连续发表数篇关于这一论题的文章,如《拜伦和拜伦式英雄》《究竟怎样看待"拜伦式英雄"——对〈拜伦和拜伦式英雄〉一文的质疑》《对〈究竟怎样看待"拜伦式英雄"〉的答复》《西方文学遗产与资产阶级个人主义——兼评〈拜伦和拜伦式英雄〉》。这次论战最初的发起者是袁可嘉,他试图对拜伦诗歌中所反映的个人反抗和自由表达赞赏。但是之后的几篇辩驳文章完全从阶级斗争出发,彻底否定了拜伦式个人主义的合理性,甚至搬出马克思对拜伦的评论来证明自己观点的正确性,这自然得到了更多人的支持。

在如何对待 18 世纪末 19 世纪初的浪漫派问题上,也基本继承了苏联学术界的观点,把浪漫派分为消极浪漫派和积极浪漫派两类。消极浪漫派的作品始终处于被批判的状态,代表人物是夏多布里昂。评论者认为夏多布里昂的作品思想内容虚伪、文字矫揉造作,炫耀辞藻,令人讨厌。夏多布里昂的作品的确存在一些问题,甚至马克思也曾对他的作品提出过批评:"这个作家,我一向是讨厌的。如果说这个人在法国这样有名,那只是因为他在各方面是法国式虚荣的最典型的化身,这种虚荣不是穿着 18 世纪轻佻的服装,而是换上了浪漫主义的外衣,用新创的词藻来加以炫耀;虚伪的深奥,拜占庭(廷)式的夸张,感情的卖弄,色彩的变幻,文字的雕琢,矫揉造作,妄自尊大,总之,无论在形式上或内容上,都是前所未有的谎言的大杂烩。"①消极浪漫派被批判、被革命导师抨击并非毫无缘由,夏多布里昂等人对革命的逃避和恐惧使得他们远遁山水,试图从革命的恐怖中保全自己,这与革命的需求水火不容。但是,这种一棍子打死的态度,并不是科学的态度。如果说在马克思那里,这种认识来自他对作品的熟悉和对时代氛围、历史趋势的深刻洞察,而在我们这里,则来自批判的执拗和僵化否定的思维定式。

特殊性之二在于对欧美一些文学现象、作家和作品的评价,基本来自马克思主义经典作家的论述,是通过学习马克思、恩格斯和列宁、斯大林等革命导师的著作得到的。由于这些作品出现在革命导师的著作中,因此被理解为是一种认可甚至是一种权威评判。比如希腊神话的产生、但丁的历史地位、莎士比亚的创作成就、歌德思想的复杂性、列夫·托尔斯泰世界观的矛盾、苏联当代文学的成就和弊端等,均以革命导师的评价为定评,直至在高尔基等人的著作中寻找只言片语作为评判文学现象、作家地位、理解欣赏作品的唯一根据。恩格斯

---

① 褚凤桐编著:《文学理论纲要》,沈阳:辽宁教育出版社,1989 年,第 139 页。

曾表示，在他生病的时候，"除了巴尔扎克的作品外，别的我几乎什么也没有读，我从这个卓越的老头子那里得到了极大的满足。这里有 1815 年到 1848 年的法国历史，比所有沃拉贝耳、卡普菲格、路易·勃朗之流的作品中所包含的多得多。多么了不起的勇气！在他的富有诗意的裁判中有多么了不起的革命辩证法！"①恩格斯认为："巴尔扎克在政治上是一个正统派，他的伟大的作品是对上流社会必然崩溃的一曲无尽的挽歌；他的全部同情都在注定要灭亡的那个阶级方面。尽管如此，当他让他所深切同情的那些贵族男女行动的时候，他的嘲笑是空前尖刻的，他的讽刺是空前辛辣的。而他经常毫不掩饰地加以赞赏的人物，却正是他政治上的死对头，圣玛丽修道院的共和党英雄们，这些人在那时（1830—1836 年）的确是代表人民群众。这样，巴尔扎克就不得不违反自己的阶级同情和政治偏见；他看到了他心爱的贵族们灭亡的必然性，从而把他们描写成不配有更好命运的人；他在当时唯一能找到未来的真正的人的地方看到了这样的人，——这一切我认为是现实主义的最伟大胜利之一，是老巴尔扎克最重大的特点之一。"②当时出版的教科书，基本上围绕这一观点展开对巴尔扎克和他的作品的阐发或细化论证。关于英国的批判现实主义小说家狄更斯等人，马克思、恩格斯也给予了高度评价，认为："现代英国的一批出色的小说家，以他们那明白晓畅和令人感动的描写，向世界揭示了政治和社会的真理，比起政治家、政论家和道德家合起来所作的还多。"③我们的教科书照搬这些论述，并将其当作分析这一文学现象的唯一依据。高尔基童年时期对菲尔丁的《弃儿汤姆·琼斯的历史》产生了浓厚的兴趣，加之菲尔丁也是马克思喜爱的作家。所以，菲尔丁的名字，像狄更斯一样，成为人民争取现实主义艺术、与颓废派文学做斗争的旗帜。这样的例子不胜枚举。

　　典型的例子还包括对海涅诗歌的译介。海涅作品本身符合革命的政治需要，马克思和恩格斯也对他赞赏有加："亨利·海涅，德国尚活在人间的诗人中间最伟大的一位诗人，参加了我们的队伍，出版过一本政治诗，其中有几首宣传着社会主义。海涅就是著名的锡里西亚织工之歌的作者，我给你们一份散文翻译，然而这翻译在英国将被看作一种凌辱，我为之惊恐……这首织工之歌，就我

---

① 马克思、恩格斯：《马克思恩格斯全集》第三十六卷，北京：人民文学出版社，1983 年，第 77 页。
② 张建业主编：《〈文学概论新编〉参考资料》，北京：中国书籍出版社，1990 年，第 164 页。
③ 陆贵山，周忠厚主编：《马克思主义文艺学概论》，石家庄：花山文艺出版社，1999 年，第 362 页。

所知,是德文原作中最有力的诗作之一。"①马克思和恩格斯对海涅的评价使海涅成功进入中国并引起读者和研究者的关注。"加入我们的队伍""宣传社会主义"这些评价在同类作品中相当少见,大部分都会被贴上"个人主义""不能认识到社会主义进步性"等标签。对海涅作品的肯定一方面是因为他加入革命,并有意识地宣传社会主义;另一方面,海涅作品本身的进步性、战斗性正是新生的共和国所需要的:

> 忧郁的眼睛里没有眼泪,
> 他们坐在织机旁,咬牙切齿:
> "德意志,我们在织你的尸布,
> 我们织进去三重的咒诅——
> 我们织,我们织!"

这种充满力量的语言不仅得到了革命导师们的认可,也激起了国内读者和研究者的热情。在海涅逝世一百周年之际,众多主流媒体都发表了关于海涅的文章,如《革命的诗人、战士 纪念亨利希·海涅逝世一百周年》(《人民日报》1956年2月17日)。受到类似待遇的还有惠特曼等人。

诚然,马克思、恩格斯等革命导师对许多文学现象、作家作品的评论,的确有着不可比拟的深刻性和独特性,其论述蕴含着丰富的真知灼见,我们接受他们的观点,是完全合理的,这也是少走弯路的较好方式。问题在于,这些革命导师,毕竟不是文学家或单纯的文学批评家,他们对作品的价值判断,大多是站在社会革命的立场,侧重解决现实社会的问题。他们开启了一种从社会主义政治学、唯物主义历史学角度分析作家作品的新范式。而审美现象的复杂性、审美过程的多样性,是他们没有顾及的(即使顾及,也是体悟式或感发式的)。当时出现的问题是,我们本来应该学习的是马克思主义的立场、观点和方法,而不是把马克思主义经典作家的某些论述当成亘古不变的教条,更不能用马克思等人对一部作品的具体理解代替对一切作家或作品的理解。换言之,我们犯了对马克思主义文艺思想理解的机械化和教条化的错误,把他们的具体论述当成了永恒的真理,并在此基础上形成了所谓的社会学批评模式。在这种模式下,马克思主义的文艺思想,不再是指导,而成了文艺评论和文学研究的具体内容。

---

① J. 弗莱维勒编选、王道乾译:《马克思、恩格斯论文学与艺术》,上海:平明出版社,1951年,第267—268页。

特殊性之三,是在阶级斗争的基础上建立起对欧美文学现象和作家、作品分析的所谓"二分法"原则。由于前两个特殊性的前提化规定,我们在具体文学现象和作品文本的分析中,凸显了奴隶主与奴隶、地主与农民、无产阶级与资产阶级之间"二元对立"的简单化的批评方式。这一"二元对立"模式影响到对作品的艺术分析,将古典主义与启蒙主义、现实主义与浪漫主义对立起来。与之相关的是在具体作品分析中,进步的要素或反动的要素被截然分开,形成简单化理解的"一分为二"原则。

纵观这一时期的欧美文学批评论著,可以看到,翻译家和批评者,面临一个两难的境地:一方面是大量的欧美文学经典,这些经典都经过时间和历史的淘洗,是人类文学中的精华,其中包含着大量不同时期人类审美的经验和智慧。凡是接触过这些经典的人,都不能对其中的精华要素和有益成分视而不见;另一方面则是预设的必须对其进行批判的前提(因为它们是封建主义或资本主义世界的产物)又使得我们对这些作品不能像对待苏联文学那样全盘接受、完全肯定(这在20世纪50年代非常明显)。于是必须要在它们之间寻找一个平衡点。这样,所谓的"一分为二"就成了对欧美文学,尤其是欧美经典文学文本分析批评的主要策略、基本原则。如果我们把这一时期写作的大量分析评论文章浏览一遍的话,就可以看到,"革命或不革命""反抗与不反抗"或"进步或不进步"乃至"歌颂了什么,反对了什么""肯定了什么,否定了什么""积极的,消极的"等二元对立法则几乎成为每篇评论文章都必须遵循的法则。加之当时的政治氛围,这种二分法成为思想内容和人物形象分析的不二之选。

为了进一步说明这个问题,我们举两个例子。一个是理论上的。当时(1959年前后)有一篇很有影响的文章《批判地对待资产阶级文学遗产》,论文作者力图表明自己是以唯物主义、无产阶级的历史态度去评判资产阶级文学遗产的,并且批判了某些对资产阶级文学遗产采取全盘否定态度的人。今天看来,这篇文章所表达的基本观点值得赞扬,作者表示,我们主张批判地对待欧洲资产阶级的文学遗产,正是为了根据马克思主义的原理,运用历史唯物主义的观点,对资产阶级文学遗产做出正确评价,以便剔除糟粕,吸收精华,为我们创造社会主义新文学所用。作者还指出,批判地对待资产阶级文学遗产,绝不是全盘否定它,而是经过科学的分析和鉴别之后吸收它的最宝贵的东西。[①] 这种辩证看待资产阶级文学遗产的态度是整篇文章最重要的观点,此观点不仅肯定了资产阶级

---

① 以群:《批判地对待资产阶级文学遗产》,《文学问题漫论》,北京:作家出版社,1959年,第138页。

文学遗产中存在值得学习和借鉴的部分,还在一定程度上冲破了对欧美文学全盘否定的极"左"坚冰。作者在点明自己的观点之后,运用马克思、恩格斯以及列宁的观点证明自己,认为革命导师们从不忽视人类创造的文化,列宁还提出要无产阶级知识分子确切地了解人类全部发展过程所创造的文化,只有对这种文化加以改造,才能建设无产阶级的文化。

但是这篇文章在强调辩证地对待资产阶级文化遗产的同时,隐含了思维中"对与错""好与坏"的僵化模式的因子。例如,作者否认人类拥有共同的优秀价值观和共同的人性,认为在当时的条件下,已经没有人公然提出资产阶级的个人主义值得继承,只是还有一些人认为资产阶级文学中所表现的"人类爱""人类共同的美德"等是人类社会共同的宝贵的品质。作者认为,这实际上是变相的资产阶级人性论,没有看到阶级社会里是没有共同人性的。[①] 问题就出在这里了:我们认为,抽象的共同的人性是没有的,作者的这个前提是正确的;但是若说人类只有属于不同阶级的人性,阶级性不同,人性也不同,就会得出只有无产阶级或社会主义制度下的人性才是合理的,是好的人性的结论。而资产阶级及一切剥削阶级,是没有真正人性的,即使有人性,也是坏的,是必须否定的。这样的前提和逻辑暗含着一个潜在的结论:社会主义或资本主义意识形态下的人性是分裂、对立的。我们的文学艺术作品要弘扬社会主义人性,反对资本主义及一切剥削阶级的人性。我们知道,欧美文学作品中,表现资产阶级人性的东西,比比皆是。若全盘否定这类作品,也就否定了资本主义文学的全部价值。这样,作者在批评他人全盘否定资产阶级文学的同时,就又重新回到了"二分法"的窠臼,并据此否定了自己前面所肯定的东西。当然,我们今天并不是苛责文章作者理论的不完善,也不是苛责其观点的错误,因为在当时的情况下,能提出这样的观点已经难能可贵。我们举这个例子的目的是要说明:僵化的"二分法"认知模式,如何不自觉地左右着当时人们看待并评判文学的方式。

再一个例子是当时对欧美文学的态度,尤其是对现代主义文学的态度。人们既然习惯用"二分法"看问题,那么在欧美文学中,就有相对好的文学和坏的文学,因此,在很长时间内,我们总是把那些被认为是坏的文学,或者落后的反动的文学,弃如敝屣。如对欧美基督教文学就是如此。我们之所以长期以来把基督教文学排斥在评论视野之外,就是因为我们认为基督教文学一无是处,是"精神鸦片",必须全面否定。甚至对欧美文学中那些艺术水平很高,但思想不

[①] 以群:《批判地对待资产阶级文学遗产》,《文学问题漫论》,北京:作家出版社,1959年,第140页。

甚"积极"或"革命"的文学,如英国的"湖畔派"诗歌,也是如此。这是受高尔基影响的结果。高尔基认为,欧洲资产阶级作家分为两派,一派赞扬和娱乐自己的阶级,是"善良的有产者",没有多大才能,然而如他们的读者一样灵巧和庸俗;另一派为数不多,只有几十个,是批判现实主义和革命浪漫主义的伟大创造者。他们都是自己阶级的叛逆者,自己阶级的"浪子"。高尔基认为这一派欧洲文学家的著作对于我们有着双重的无可争辩的价值。第一,它们是技术上的模范的文学作品;第二,它们是记录资产阶级发展和瓦解过程的文献,是这个阶级的叛逆者创造又批判地阐明它的生活、传统和行为的文献。① 尽管高尔基的观点有其特殊的含义和具体的言说语境,但很多人把它理解成欧美文学有好与坏之分。例如,由于思想颓废、有悲观绝望和虚无主义倾向等原因,现代主义作品没能同步出现在新中国成立初期三十年公众的视野当中。这是因为我们把欧美现代主义文学视作腐朽没落的资产阶级文学。因此,学界对现代主义作家众口一词地加以诋毁或批判。对波特莱尔的看法就是一例。

　　在具体的作品分析中,这种二分法就更加明显了。例如很多经典作品分析文章中的表述,如作品"批判了什么,赞美了什么";肯定之后"但是也有很多局限"的二分结构。这个时期出版的外国文学或欧美文学教科书中,先指出批判了什么,歌颂了什么,然后指出一些不足,成了标准模式。这种做法,把活生生的作品分析变成了教条式的分解。

　　对上述三个特殊性,也要辩证地看。第一个特殊性所说翻译家和研究者对欧美文学的批判态度,固然有其先入为主的偏见。但毫无疑问,这种批判意识使得我们对外来的文化(尤其是欧美文化)始终保持清醒。与新中国成立前的全盘西化相比,无疑是一个巨大的进步。不仅如此,批判中我们还注意到了继承的关系。因为,没有批判,就没有真正的继承。当时主要领导人和部分学者意识到批判和继承的关系。毛泽东就曾多次指示,我们必须继承一切优秀的文学艺术遗产,批判地吸收其中一切有益的东西,作为我们从此时此地的人民生活中的文学艺术原料创作作品时候的借鉴。有这个借鉴和没有这个借鉴是不同的,这里有文野之分,粗细之分,高低之分,快慢之分。所以我们绝不可拒绝继承和借鉴古人和外国人,哪怕是封建阶级和资产阶级的东西。② 请注意,毛泽东同志所说的继承,前提是要批判,要在批判中识别和吸收一切有用的东西。

---

① 北京大学俄语系文学教研室:《高尔基论资产阶级文学遗产》,《北京大学学报》(人文科学)1960(4),第107—108页。
② 中共中央文献研究室编:《毛泽东文艺论集》,北京:中央文献出版社,2002年,第63页。

第二个特殊性所说的以革命导师和马克思主义经典作家的论述为最高评价标准,虽然有僵化的弊端,但也要看到,革命导师和马克思主义经典作家毕竟是站在历史唯物主义立场谈论文学的。因此,在当时的历史条件下,通过文学分析来普及和确立从旧时代过来的翻译家和研究家们的马克思主义世界观、人生观和价值观,还是起到了非常重要的作用。例如,在关于荷马史诗的研究中,桂诗春就指出,虽然荷马史诗至今仍给予我们以美的感受和艺术的满足,对荷马史诗的研究至今仍是欧洲文学史家关心注目的课题,但是我们很多研究者本身不能突破固有的局限,无法取得更大的进展是"由于世界观的缺陷,未能掌握先进马列主义的历史观和文艺观"[1]。杨宪益在从艺术角度评价荷马史诗后表示:"我们必须认识到它是与当时社会发展的形态相关联的","《伊利亚特》歌颂战争,歌颂攻城夺子的勇敢行为,但是我们决不可用反历史主义的眼光,用后日的道德标准来衡量;它既不是歌颂不义的侵略战争,反过来也不是宣扬爱国主义。"[2]甚至《欧洲文学史》中对古希腊、古罗马文学的评价基本上也都是从类似的方面进行的。在关于《奥德修纪》的评价中,编者强调个人财产的重要性,原著中也多次强调求婚者在奥德修家中大吃大喝,挥霍他的财产;编者敏锐地注意到了这一点:"史诗一再提到最使人痛恨的事是求婚者霸占奥德修的财产。这场斗争主要是一场维护私有权的斗争。作者认为,侵夺别人的财产是可耻的,求婚者受到的惩罚是罪有应得的,奥德修代表了正义的力量。"[3]这说明,人们在寻找马克思主义经典作家论述时,自觉或不自觉地领会和接受了辩证唯物主义和历史唯物主义的看问题方式。

至于第三个特殊性,即阶级斗争基础上的"二分法"同样蕴含着积极性的成分。诚然,我们当时对"二分法"的理解存在僵化和简单化的错误认识。但是,人们能够看到"事物总是两方面的",矛盾的双方总是相互依存和相互存在、辩证统一的,并且把这种认识运用在文学作品的批评中,也是一种了不起的进步——尤其是在20世纪50年代的社会历史和文化条件下,更难能可贵。当然,也有很多学者抓住了"二分法"的精髓。还以荷马史诗研究为例:由于时代关系和认识局限,许多研究者都是从阶级斗争或社会关系的角度评价荷马史诗,但其中也不乏艺术视角。有学者就指出,《伊利亚特》和《奥德赛》永远是青春不老的诗篇,永远是生气活泼的艺术作品。这些作品对于我们,除了其巨大

---

[1] 桂诗春:《〈奥德赛〉主题初探》,《中山大学学报》(社会科学版)1961(4),第23页。
[2] 杨宪益:《去日苦多》,哈尔滨:北方文艺出版社,2015年,第146页。
[3] 杨周翰、吴达元、赵萝蕤主编:《欧洲文学史》上卷,北京:人民文学出版社,1964年,第26页。

的历史认识价值之外,更有历久弥新的艺术魅力,好似为我们提供了两幅包罗万象的人类童年时代社会生活的叙事油画。一方面使我们有可能了解古代希腊人的政治、经济、宗教、哲学、科学和文学艺术等各方面的情况,另一方面又能使我们感受到一种艺术的喜悦和美的满足,并且得到很多关于生活的真知灼见,培养勇敢、坚毅的品质和为创造美好生活而奋斗的精神。因此,对于这两大史诗的研究和介绍是不无意义的。① 杨周翰等人主编的《欧洲文学史》对荷马史诗创作方法的分析,也突破了二元对立的模式:"史诗中已出现现实主义和浪漫主义这两种最基本的创作方法的因素"——尽管撰写者随后补了一句:"在《奥德修纪》中,现实主义方法有所加强。"② 这种认识也为"现实主义和浪漫主义相结合的创作方法"的提出,贡献了智慧。

---

① 牛庸懋:《略论荷马及其"伊利亚德"与"奥德赛"》,《开封师范学院学报》1957(2),第21页。
② 杨周翰、吴达元、赵萝蕤主编:《欧洲文学史》上卷,北京:人民文学出版社,1964年,第26页。

第七个问题：

新中国成立初期三十年欧美"现代主义文学"在中国的介绍、接受情况

欧美现代主义文学诞生于19世纪中期到20世纪初，它是西方现代工业社会的产物。这一时期，西方科学技术迅猛发展，深刻改变了人们的思维方式、生活方式和价值理念。在新的经济结构下，人犹如机器上的零件被牢牢地固定在工作岗位上，做着单一且重复的工作，异化程度大大加深，尤其是第一次世界大战的爆发，西方人面临着前所未有的精神危机，这使得他们进一步怀疑传统理性主义文化的合理性。在这种条件下，西方一些敏锐的思想家、艺术家开始反思问题的症结所在，并将这些思考以或思辨，或审美的方式反映在他们的作品之中。西方思想家、艺术家们的思考以全面质疑和反拨理性主义为起点，这使得他们的作品涂上了一层深深的消极和病态色彩。在他们看来，"人从本性上看是孤独的，非社会的，不能和他人产生联系"①，任何朝着某一目的的运动都注定是软弱无力的，他们认为人只能安分守己，这恰恰与马克思、恩格斯理论的价值取向南辕北辙，而这也构成了新中国文化界对其加以拒斥的理由。不过，这种"拒斥"并非是视而不见地全盘将其悬置、隐藏起来，而是有选择性、有导向性地翻译介绍过来，并且根据不同时期的不同情况，翻译引进的策略也是有所不同的。

一、新中国成立初期三十年欧美"现代主义文学"的译介概况

有些人以为新中国文化界对欧美现代主义文学作品的引进是从20世纪80年代开始的，在此之前全部都是空白期。但事实上这种认识是错误的，新中国成立初期十七年中对于现代主义文学的介绍虽然在数量上无法和欧美其他文

---

① 卢卡契作，李广成译：《现代主义的意识形态》，中国社会科学院外国文学研究所《文学理论译丛》编辑委员会编：《文艺理论译丛》(3)，北京：中国文艺联合出版公司，1985年，第70页。

学相提并论,更无法和俄苏文学的引进相比较,但是总的来说也是小有成就的。在某种程度上,当时出现的一些评论观点和看法不仅在当时是非常具有前瞻性的,即便是在今天,这些声音也仍有巨大的启迪作用。

大致上说,百年以来,中国对欧美现代主义文学的引进可以分为这样几个阶段:第一个阶段是新中国成立以前。此时已经有些西方现代主义作品被周作人等名家译介到国内,并深刻影响了当时中国本土的文学创作,如在鲁迅、郭沫若、李金发、冯至等人的作品中都可以看出现代主义的影响;第二阶段是从1949年到1957年的空白期。这一阶段,西方现代主义文学作品因其立场和理念与新中国确立的文化指导思想存在差异,一直被我国文化界视为"毒草"而拒绝接受;第三阶段是从1957年到"文化大革命"结束。这一阶段我国对西方现代主义作品的基本定位没有发生变化,但在引进策略上却出现松动,一批此类作品以"黄皮书"等特殊形式被译介过来;第四阶段从"文化大革命"结束至改革开放开始。那时我国逐步放松了对西方现代主义文学作品译介的控制,西方现代主义文学作品译介迎来了高度繁荣期。本节我们主要介绍第二、三两个阶段的大致情况。

新中国成立后,出于意识形态方面的考虑,在很长时间里,我国翻译界都将欧美现代主义文学作品视为"毒草"而排斥在引进范围之外。茅盾在《在反动派压迫下斗争和发展的革命文艺》中就曾表达过对于现代主义作家的反对意见。茅盾认为欧洲资产阶级的古典作品,其中也有一些包含着比较健全的现实主义的创作方法和若干进步的思想因素,值得介绍,也值得学习。但对于现代主义的作品,则是应该拒绝的。对此,茅盾在《夜读偶记》中的一段话很好地说明了问题:"正因为对现实的态度是不可知论,否认人类社会发展是有规律的,所以现代派的文艺家或者逃避现实,或者把现实描写成为疯狂混乱的漆黑一团,把人写成只有本能冲动的生物。正因为他们是唯我主义者,所以他们强调什么'精神自由',否定历史传统,鄙视群众,反对集体主义。正因为他们是不可知论的悲观主义和唯我主义者,所以他们的创作方法是'非理性的'形式主义。因此,我们有理由说现代派的文艺是反动的,不利于劳动人民的解放运动,实际上是为资产阶级服务的。"[①]正是在这种认知下,新中国成立初期欧美现代主义文学没有进入我们的视野。

当然,那时我们国家对欧美现代主义文学的无视与拒绝,也和我国20世纪

---

① 转引自贺桂梅:《"新启蒙"知识档案——80年代中国文化研究》,北京:北京大学出版社,2010年,第122页。

50年代初期现实状况有着密切的关系。我们知道,新中国是在封建和半封建、殖民地和半殖民地的基础上,并在一片战争的废墟上建立起来的。这导致了无论是当时中国的物质发展水平,还是文化发展水平,都处在较低的发展阶段。甚至当时中国的文盲比例也是比较高的,这从新中国成立初期大量地开办"扫盲班""识字班""速成小学""速成中学"的情况中可以得到证明。我们可以设想,在如此低的社会物质水平和文化水平的情况下,让中国的读者去理解和体会西方发达资本主义的现实,去理解现代主义文学中所表现出的"异化""荒诞"和"下意识与潜意识的流动",去与他们笔下的"弱的英雄""局外人"等人物的处境产生心理上的共鸣,无异于天方夜谭。同样,当时欧美现代主义文学的作家们,只不过是西方国家中的一小部分敏感的知识分子。他们在其作品中所表达的思想情怀,代表的是一些西方文化精英们对现代资本主义社会发展新阶段的独特感受和认识。而我国的知识分子,此刻正怀着建设新中国的热情,投身于轰轰烈烈的社会主义改造和新中国文化建设的运动中,关注点也不完全一致。更何况,当时的中国人民刚刚站起来,进行社会主义改造和发展生产力,提高人民的生活水平是其主要任务和当务之急。所以,欧美现代主义文学被无视或忽视,有其时代的必然性。可能有人会说,那么为什么在20世纪三四十年代,冯至、李金发等人能够翻译和创作出一些现代主义文学作品,此时为什么就不可以呢?对此,我们只想回答:他们当时是进行翻译或者创作了一些现代主义文学作品,可是又有多少人能去阅读呢?更不消说得到广大读者的理解和形成思想上的共鸣了。

在任何时代,将某种外来的文学引入他国,必须要符合引入国的根本要求。因此,我们不赞成这样的观点:认为20世纪五六十年代中国不重视欧美现代主义文学,甚至拒绝其进入中国,是"左倾"思想作怪,或者说是某些文化领导者好恶使然。试想,像茅盾这样精通欧美文化的大作家、大学问家,也否定欧美现代主义文学,绝不仅仅是因为他个人水平的原因,最好的解释只能是时代的特殊性要求,是他做出如此判断的唯一依据。但是,随着社会主义改造任务的基本完成,我国进入了社会主义革命和建设的新阶段。加之此时国际上两大阵营的尖锐矛盾和冲突,使得更深入地认识帝国主义和资本主义世界的固有矛盾,研究资本主义制度必然没落的历史发展趋势的要求,被提到日程上来了。尤其是在1956年4月28日的中共中央政治局扩大会议上,毛泽东做了讨论"十大关系"的总结报告。在这个报告中,第一次以书面形式提出艺术、学术工作要贯彻"双百"方针,即艺术方面要"百花齐放";探讨学术问题时要"百家争鸣"。时任宣传部部长的陆定一将毛泽东的"双百"方针总结为《百花齐放,百家争鸣》的讲话稿,在毛泽东的同意下发表后,引发知识界和艺术界的强烈反响。1957年5月,为了打开中国通向世界文学的大门,《文艺报》与中国社会科学院文学研究所联合组织了外国文学专家座谈会,专家们探讨了中国如何与世界文学接轨的问题。与会专家一致认为,中华人民共和国成立以来欧美文学的译介与研究并没有得到足够的重视,呼吁多多开办专门介绍欧美文学的期刊与栏目,以防欧美文学研究断代的危险。同时也有人主张,要注意对欧美现代主义文学的研究。

因此,20世纪50年代前期中国对欧美现代主义文学完全拒绝的情况在1957年发生了细微的转变。主要标志是当年的《译文》第7期就以"专辑"形式对欧美现代主义文学代表波特莱尔作了近乎全方位的译介。在编者按中可以看到,介绍波特莱尔诗作的理由是,只要从《恶之花》中随便拿几首诗看看,就可以发现波特莱尔对当时资产阶级社会所产生的一切东西是多么厌恶。换言之,介绍波特莱尔,目的是要从中发现他所暴露的现代资本主义的种种弊端,从而揭示资本主义腐朽没落的本质特征。由此可见,对其译介和解读的内在理路与价值取向是与我国当时反对资本主义、帝国主义的主流意识形态完全一致的,译者和出版者所着重强调的还是波特莱尔作品中隐含的暴露现代资本主义弊端的功能。随之,"迷惘的一代"的作家作品也悄然成为中国翻译界和外国文学评论界的介绍对象。到了20世纪50年代后期至60年代初,《译文》(《世界文学》)以及《文学评论》相继转载译文或刊发评介文章,对很多现代欧美作家及其作品进行了译介。如多丽丝·莱辛、科林·威尔生、约翰·奥斯本、约翰·威恩、坎纳斯·泰南、比尔·霍普金斯、林赛·安德生、斯图亚特·霍尔洛德、金斯莱·艾米斯、约翰·布兰恩、乔治·司各脱,以及福克纳、海明威等。他们的作品成为中国读者可以公开阅读的对象。当时出版的作品有《局外人》(亚尔培·加缪著,孟安译,上海文艺出版社,1961)、《愤怒的回顾》(奥斯本著,黄雨石译,中国戏剧出版社,1962)、《在路上》(节译本,杰克·克茹亚克著,石荣、文慧如译,作家出版社,1962)、《麦田里的守望者》(塞林格著,施咸荣译,作家出版社,1963)、《厌恶及其他》(让-保尔·萨特著,郑永慧译,上海文艺出版社,1965)、《等待戈多》(萨缪尔·贝克特著,施咸荣译,中国戏剧出版社,1965)、《审判及其他》(佛朗兹·卡夫卡著,李文俊、曹庸译,作家出版社,1966)以及文论集《托·史·艾略特论文选》(周煦良等译,上海文艺出版社,1962)等。可以说,现代欧美作家和作品的译介在此时形成了一个小小的高潮。这种局面一直持续到"文化大革命"前夕。

二、新中国成立初期三十年欧美"现代主义文学"的研究成就与不足

  大体说来。新中国成立后到"文化大革命"前夕,我国学术界对欧美现代主义文学的认知,基本上经历了一个全面否定、作为反映现代资本主义腐朽没落的反面教材,再到具有一定正面价值的些许肯定,以及全盘否定的发展过程。只有改革开放之后,较为全面、科学、均衡的评价时代才真正到来。
  如前所述,1957年第7期的《译文》杂志曾经对现代主义文学进行了一次全面而系统的介绍。在这期杂志的介绍中,不仅有《恶之花》的第一版的封面和波特莱尔本人的画像,更有出自苏联评论家列维克之手的《波特莱尔和他的"恶之花"》、法国作家阿拉贡的《比冰和铁更刺人心肠的快乐》等评论文章,并且刊发了由写作编者按语的陈敬容所翻译的波特莱尔的《恶之花》中的九首诗作。此举在苏联文学和欧美现实主义文学翻译和研究正处于高潮的新中国实属罕见。《译文》杂志在当时是新中国介绍外国文学的最大窗口之一,对现代主义代表作家波特莱尔的详细而深入的介绍在一定程度上代表了当时的中国文学界对于现代主义文学的态度。这使得新中国成立后国内的文学工作者和广大读者开始有机会接触这批最具有时代特征的欧美文学作品。
  对于20世纪50年代对苏联采取一边倒政策的新中国来说,苏联文学界的态度始终对国内文学界有着深刻影响。一般而言,在当时,只要是苏联人赞成的,国内通常也会采取赞成的态度。列维克的《波特莱尔和他的"恶之花"》成为新中国介绍现代主义作家的风向标。在谈到为什么苏联文学界会对波特莱尔感兴趣的问题时,列维克表示,波特莱尔的诗是古典式的,"他的古典表现在句法的严谨和用字的精确上,也表现在整个结构的明晰稳健。"同时在波特莱尔的诗歌中,"有一些完全新颖的东西","除了抽象的美的、理想的事物的幻影之外,在我们面前还揭露了从未被打开过的人的内心深处,展开了充满矛盾的城市和它的生活画面"。这种城市的生活事实上"表面上绚丽灿烂",内部却"丑陋不堪,甚至令人厌恶"。列维克通过列举波特莱尔的诗作,表示只要在书中随便拿几首看看,就可以发现波特莱尔对当时资产阶级社会所产生的一切东西是多么厌恶。为了证明这一点,他举出了波特莱尔信件中的语句:"你们的院士是可怕

的,你们的自由党人是可怕的,美德是可怕的,邪恶是可怕的,你的轻率的风格是可怕的,进步是可怕的。"而这篇文章最重要的地方当属列维克针对当时学界对波特莱尔作品中存在"颓废主义"倾向的反击。在列维克看来,真正的批评家应该从两个方面来看待作家,而不是像颓废主义者那样大肆宣扬所谓的波特莱尔的"魔鬼主义",仅仅关注一切矫揉造作的和阴暗病态的方面,一些波特莱尔之后的诗人"堂而皇之称自己为颓废主义者,把这种风格的极端之处加以培养,并且以颓废主义作为某种美学的体系,其中包括这种体系所特有的矫揉造作、远离生活的文学客套"。列维克认为,在波特莱尔的理解中,"'颓废'首先是'精美'、'精炼'、'精致'的同义词",这是一种"达到极度纯熟的艺术,一种在衰老文明的夕阳下产生的艺术",是一种"琢磨的、复杂的、充满织巧的和精细的层次的风格"。他评价波特莱尔的作品"难道不是卓越的现实主义的写照吗?这里的每一行诗难道不是直接出自生活,不是从对现实的敏锐感觉下产生出来的吗"。对于波特莱尔的生平,列维克特地举出了高尔基对于波特莱尔的高度评价,称波特莱尔"生活在邪恶中,而热爱着善良"。① 这样一个能够揭示资本主义弊端和黑暗一面的、不惧强权的文学家自然会得到苏联文学界的高度评价,这样的高度评价也就成了波特莱尔的作品得以被介绍到中国的一个缘由。

《译文》刊登这期波特莱尔专辑,除了要让读者认识资本主义的弊端之外,还蕴含着一个批评思想的变化——其实这也是人们对欧美现代主义认识方式的转化。在这期《译文》杂志中,还有一个相当重要的部分是陈敬容写作的按语。按语中,陈敬容对于国内关于波特莱尔的各类负面评论进行了质疑。他写道:"'恶之花',按照波特莱尔的本意,是指'病态的花'。在原著中有一句题辞:'将这些病态的花献给……。'""我国始终将原文翻译成'恶之花',在字面的理解上就出现了偏差。"陈敬容表示:"这'恶'字本应当包含丑恶和罪恶两个方面,然而却往往被理解为罪恶或恶毒,引申下去,恶之花就被当成了毒花、毒草甚至毒药了。"这是对于国内的理解偏差进行的一次强有力的纠正,这种从正面出发去探讨现代主义文学问题的态度显然和新中国成立初期那种一概否定的态度大相径庭。在按语接下来的部分中,陈敬容对于波特莱尔的生平以及艺术创作的经历进行了简要介绍,尤其介绍了波特莱尔在作品出版后立即遭到诽谤和迫害的经历。在按语的结尾,陈敬容将波特莱尔称为"大诗人"。从这些正面的介绍和评价可以看出他在试图纠正新中国成立以来学界对于现代主义作家的错

---

① 本段关于列维克对波特莱尔的评价引文均引自列维克:《波特莱尔和他的"恶之花"》,何如译,《译文》1957(7),第162—165页。

误看法,努力准确地向读者介绍这些极具代表意义的作家作品。虽然对于波特莱尔等现代主义作家的基本看法并没有得到很快扭转,现代主义作品也没能在当时的情况下在中国得以广泛流传,但是这种辩证的观点为后来的现代主义文学在中国的发展埋下了一个重要的伏笔。

陈敬容翻译的九首选自波特莱尔《恶之花》的诗作可谓开现代主义作家作品引入之先河。陈敬容的翻译相当得波特莱尔之神韵,既能用汉语准确表达作者的语意,又能做到不失汉语的流畅通顺。如《秋》:

> 它不愿向你袒示它阴暗的秘密,
> 一手招我沉睡的摇篮人
> 也不愿给你看它的火焰写成的经历,
> 我恨热情,智慧又令我疲病不振
> 我们默默地相爱吧。暗淡的、潜伏的
> 爱情,在它的岗位上张着命运的弓,
> 我知道它古老的兵库里那些武器。

波特莱尔作品中从来不缺少神秘,即便是在描写爱情。在作者看来爱情令他痛苦,因为他无法了解爱情的秘密,又不能看清爱人的真相,他的热情遭遇阻碍,而理性的智慧又令他痛苦。再如《不灭的火炬》:

> 它们在我面前行进,
> 这些充满光辉的眼睛,
> 一定有一位智慧的天使把它们吸引
> 它们行进,这些神圣的弟兄,我的弟兄,
> 一路把宝光摇进我的眼中。
> 它们引导我走向"美"的大路,
> 从一切迫害与严重的罪过中把我救起
> 它们是我的仆人,我也是它们的奴隶
> 我整个身心服从这不灭的火炬。

译者不仅能够准确还原作者的原意,同时还做到了押韵,使得这首充满了力量和光明的诗作朗朗上口。还有《黄昏的和歌》:

> 每朵花吐出芬芳像香炉一样,
> 小提琴幽咽如一颗受创的心
> 忧郁无力的圆舞曲令人昏眩,

> 天空又愁惨又美好像一个大祭坛!
> 小提琴幽咽如一颗受创的心,
> 一颗温柔的心,它憎恶大而黑的空虚!
> 天空又愁惨又美好像一个大祭坛,
> 太阳沉没在自己浓厚的血液里。

这段关于黄昏的诗作可谓匠心独运,看似美丽的环境衬托的却是作者的痛苦,这种痛苦和美相互转换的手法在现代主义作家和诗人的笔下经常可以见到。作者连续两次使用"小提琴幽咽如一颗受创的心"和"天空又愁惨又美好像一个大祭坛"来强调自己的痛苦,夕阳西下也被作者描写为"沉没在自己浓厚的血液里",但又不否定这种环境的美丽。又如《穷人的死》:

> 死亡给人安慰唉!又使人生活
> 它就是生命的目的,唯一的希望
> 像一服仙丹,它使我们振奋、沉湎,
> 使我们决心一直行走到晚上;
> 穿过暴风雨和大雪寒霜,
> 我们漆黑的天涯颤动着一道亮光;
> 它就是写在亡灵书上的著名旅店,
> 你可以吃吃,坐坐,大睡一场。①

波特莱尔没有将死亡描写为恐怖的存在,相反,他笔下的死亡更像是一次新生,在那个时代,这种有别于过去对于死亡的描写手法显然是令人震惊的,同时也是不符合当时社会的要求的。不过陈敬容在翻译中也尝试使用了一些比较符合当时政治环境的表达方式,比如《朦胧的黎明》中关于女性的诗句"在寒冷与穷困当中/劳动妇女的苦难更加深重",波特莱尔显然不会用"劳动妇女"这种词汇,但是这毕竟是当时社会大环境的必然要求,同时在作品的选择方面,译者也依据当时的实际情况选择了一些能够被大环境所接受的诗作,那些体现对资本主义的反抗以及揭露资本主义社会黑暗面的词汇自然得到了青睐,如"劳动妇女""穷人""火炬""暴风雨"等意象和词汇在新中国成立初期十七年的语境之下显然更能被读者和社会所接受。

专辑中还有一篇文章是法国作家阿拉贡的《比冰和铁更刺人心肠的快乐》,

---

① 波特莱尔:《恶之花(选译)》,陈敬荣译,《译文》1957(7),第133页。

虽然和列维克的文章以及陈敬容的译诗相比，它的现实意义较弱，但是，在阿拉贡看来，波特莱尔的诗作地位极高，并且在反思资本主义社会的阴暗面上有着不可替代的作用，他的诗歌中不仅仅有各种各样的反思和描写，更有即便是百年后都没能被发掘出的珍贵内涵，所以阿拉贡评价说"我们还没有弄清楚波特莱尔带来的无可比拟的珍宝"①，同时阿拉贡对波特莱尔的诗作进行了大量的举例和论证，这种方法和列维克的文章有很大的区别，列维克更注重从话语环境和接受美学的角度对波特莱尔诗作的意义进行剖析，同时为波特莱尔树立了一个更正面的形象，而阿拉贡则是立足于波特莱尔作品本身来进行思考和研究，这一点显然是要胜过列维克的。

20世纪60年代，在酝酿了许久之后，一大批关于现代主义文学的介绍和研究文章陆续出现。其中较为著名的论文或著作有袁可嘉的《托·史·艾略特——美英帝国主义的御用文阀》《"新批评派"述评》《略论美英"现代派"诗歌》《美英"意识流"小说述评》，以及内部发行的由中国科学院文学研究所西方文学组编选、袁可嘉编辑的《现代美英资产阶级文艺理论文选》，戈哈（李文俊）的《垂死的阶级，腐朽的文学——美国的"垮掉的一代"》，王佐良的《艾略特何许人？》《稻草人的黄昏——再谈艾略特与英美现代派》，董衡巽的《海明威浅论》《文学艺术的堕落——评美国"垮掉的一代"》《"愤怒的青年"和"垮掉的一代"——介绍当代资本主义世界的两个文学流派》，卞之琳的《布莱希特戏剧印象记》，柳鸣九、朱虹的《法国"新小说派"剖视》。周煦良等人翻译的《托·史·艾略特论文选》则是新中国出现的第一部和现代主义相关的文艺理论专著。

这些文章和著作对于现代主义作家及其作品进行了较为详尽的评述，包含了欧美主要的现代主义作家，波特莱尔、艾略特、卡夫卡、庞德、乔伊斯、伍尔夫、叶芝、贝克特等作家都有涉及，其中一些作家，如艾略特、塞林格等人更是得到了全面系统的介绍和评价。荒诞派戏剧、法国新小说、意识流小说、超现实主义、象征主义等各个流派在这些文章及著作当中均有所涉及。一些重要的作品也被提及，例如《尤利西斯》《等待戈多》《波浪》《喧哗与骚动》《中锋在黎明前死去》《变形记》等。不仅是具体的作品，与现代主义相关的文艺理论也得以讨论和评述。如艾略特的"非人格化""客观对应物"、瑞恰慈的字义分析论，以及从他的理论基础上发展出来的结构主义相关理论、燕卜荪的《朦胧的七种类型》等。

---

① 阿拉贡：《比冰和铁更刺人心肠的快乐》，沈宝基译，《译文》1957(7)，第152页。

毫无疑问,此时出现的这些关于欧美现代主义文学的评论文章,深深地受到了极"左"思想的影响。从某种角度讲,当时我国文化主管部门对西方发达资本主义国家的现代主义文学作品的引进和译介策略是值得商榷的,原因之一在于其引进的出发点和立足点并不是作品本身的审美价值,而是以意识形态作为导向,这就不可避免地将一些较为优秀的,甚至已经在世界文学范围内经典化了的作品曲解化、妖魔化。这样的政策导向,必然会影响对欧美现代主义文学的评论。比如法国著名哲学家、作家亚尔培·加缪的《局外人》本是西方存在主义文学的重要代表作之一,作品通过塑造"局外人"莫尔索这个惊世骇俗、离经叛道的西方青年形象,深入刻画了第二次世界大战后西方人的精神世界。有学者认为,加缪的小说《局外人》通过特殊的小说叙事、人物言语,凸显了一个从人类主体精神角度充分意识到自己与世界的荒诞关系,并对其持蔑视态度的人物形象,实现了小说叙事、人物言语与存在主义观念的审美统一,从而使存在主义哲学意蕴获得了完满的诗性彰显。① 但是在最初引进这部作品的上海文艺出版社的1961年的版本上编者是这样评价的:"加缪虽然参加过抵抗运动,但他在他的作品中所反映的只是战争时期以及战后法国一些惊慌失措的知识分子眼睛所看到的东西。他的作品可以用三个概念来包括:即'人生的偶然性'、'虚无主义'和'对一切的无能为力'。写于一九四二年的《局外人》是一部能够充分体现加缪的反动哲学思想的中篇小说。……就是这样一部小说,西欧资产阶级却说它'深刻而严肃的阐明了人类良心上今天所遇到的问题';书出版之后,销行数很大。我们这次介绍所根据的原书一九五八年第二百五十三版。这些都充分说明了西欧文化反动腐朽贫乏已到了怎样的程度。为了使我国文学工作者能够具体认识存在主义小说的真貌,为了配合反对资产阶级反动文艺思潮的斗争,我们特将本书译出出版。……可帮助读者进一步了解加缪究竟是怎样一个作家。"② 可见,当时我们看待《局外人》这部作品的视角与出发点,不但与西方文学界不一致,与我们今天学界也尚存很大的距离。

然而,透过这些武断的批评话语,我们也可以看到很多研究者的独立思考的痕迹。袁可嘉发表的现代主义相关文章数量较多,研究也相当深入。文章内容不仅涉及现代主义的小说、诗作,同时对于现代主义的文艺理论也进行了深入探讨。虽然他的一些文章言辞较为激烈,阶级斗争的时代气息浓重。这一点就连袁可嘉后来自己都表示:在当时是为了"配合反帝反修的政治需要,我们展

---

① 马小朝:《〈局外人〉:存在主义哲学意蕴的诗性彰显》,《山东师大学报》(社会科学版)2000(5),第36页。
② 亚尔培·加缪:《局外人》,孟安译,上海:上海文艺出版社,1961年,"出版说明"第Ⅳ—Ⅴ页。

开了对英美资产阶级学术思想的介绍工作",结果"随着局势的恶性发展,我头脑中的极左思潮也日益膨胀起来","我已完全忘却历史地、唯物地、辩证地对待文艺现象的准则,忘却一分为二、实事求是的原则,而染上了不分是非,一律骂倒的粗暴作风。这是我生平一大失误,事实证明,这种恶劣做法,既无益学术,也不利政治,这要到70年代后期才得到改正。这个惨痛教训是我一生难忘的。"①但这并不能否定袁可嘉在现代主义文学研究领域的成就。在当时,由于现代主义文学在中国的传播不够广泛,在接受和理解的问题上存在相当的难度,而袁可嘉善于化繁为简,使读者能够较为容易地理解现代主义文学的相关内容。例如,在关于新批评派支派的问题上,欧美学界本来认为这些分支原本共有四个,狭义上说都是"美国南方学派",广义上说则是以艾略特为代表的"新古典派"、以瑞恰慈为代表的"心理学—字义学派",以李维斯为代表的"细察学派"和以兰色姆为代表的"南方学派"。袁可嘉则认为"按其理论实质说,它们构成一个统一的、以艾略特和瑞恰慈为总代表的形式主义理论流派。"②这种归纳方式不仅简化了欧美现代主义的分支构成,同时也有利于读者将关注点集中在艾略特和瑞恰慈上。对于理解起来同样困难的现代主义诗歌,袁可嘉对其特点的总结是:"思想知觉化、联想自由化、象征隐秘化、意义晦涩化,这是'现代派'诗歌艺术的突出特点。"③王佐良的文章相比于袁可嘉的,则更注重政治语境下的批判。"垮掉的一代"是王佐良主要批判的对象,但是相比于袁可嘉对现代派诗歌和小说的全面分析,王佐良的文章则更侧重政治角度的批评与总结,而对作品的文本分析关注较少。

  这些出现在20世纪60年代的现代主义文学研究文章各有特点,同样也具有很多共性。

  第一,当时欧美现代主义文学勉强挤进了新中国外国文学界的大门,但在阶级斗争依然是主旋律的社会大环境下,研究者们在将这些现代主义作家介绍给国内读者的时候仍然小心翼翼,极力避免触碰到当时的政治高压线。为此他们在题目上颇下了一些功夫,如《托·史·艾略特——美英帝国主义的御用文阀》《垂死的阶级,腐朽的文学——美国的"垮掉的一代"》《稻草人的黄昏——再谈艾略特与英美现代派》《文学艺术的堕落——评美国"垮掉的一代"》,这些题目中的充满反帝反资本主义的词汇显然符合当时反对资本主义和帝国主义的

---

① 袁可嘉:《我与现代派》,《诗探索》2001(Z2),第198页。
② 袁可嘉:《"新批评派"述评》,《文学评论》1962(2),第65页。
③ 陈建华:《陈建华诗选》,广州:花城出版社,2006年,第127页。

大方向。在评价具体作家的时候,也会用到类似的方法,他们认为,以艾略特为代表的那一路反动文人表现出这样的共同特点:反科学、反民主、反社会主义。① (艾略特)一路人的文化思想中最突出的一点是他们先用"神道"反"人道",再用"人道"反社会主义。② 在《托·史·艾略特——美英帝国主义的御用文阀》中,艾略特成了宣扬中古封建主义,借此抵制社会主义的反动者,文章认为他鼓吹宗教意识,借以麻醉人民,诱使人民听任帝国主义宰割;他散布悲观失望情绪,诱使人民意志瘫痪,放弃争取和平、民主和社会主义的伟大斗争③,这样一个人,介绍他的作品的目的是为了保卫古典文化遗产,恢复古典作家的真面目④;而关于美国"垮掉的一代",董衡巽表示"垮掉的一代"是"美国资产阶级道德沦亡、腐化堕落的最集中、最无耻的表现。在他们身上,几千年来人类创造的高尚的道德、优美的情操,都糟踢殆尽,荡然无存,只剩下了卑劣、污秽、淫乱、颓废和堕落"⑤。也有的文章观点相对来说较为温和,如1959年第11期《世界文学》上刊登了署名曹庸的题为《英国的"愤怒的青年"》的文章,文中就提到了美国的"垮掉的一代",对它的评价可以说相对于其后的评论而言较为公正,其言语也并不过于激烈。例如,还有评论者指出,"垮掉的一代"作家们虽然也对美国的现状不满,但是又沉迷在吸毒、色情、酗酒之中。这样,他们作品中的颓废主义色彩就大大地压倒了对资本主义社会的仅有的一些抗议。这些是目前所见最早关于"垮掉的一代"的较为公允的评论。⑥ 还有的文章仅仅是以传播知识为目的对现代主义作家进行了介绍,如在《略论美英"现代派"诗歌》一文开篇,作者首先摆明了自己的政治立场,表示现代派不过是"歪曲现实的哈哈镜",反映了五十年来西方资本主义社会所经历的深刻的精神危机和艺术危机。对于文章的写作目的,作者则表示这只是一种知识的介绍和传播,因此,"现代派"诗歌发展的主要线索、思想的主导倾向、艺术的基本特点和根本的社会意义是这篇文章所想加以阐明的四个方面,目的在于使平素没有机会接触"现代派"诗歌的读者获得一个概括的印象。⑦ 总的来说,虽然欧美现代主义作家们被扣

---

① 袁可嘉:《"新批评派"述评》,《文学评论》1962(2),第65页。
② 同上。
③ 袁可嘉:《托·史·艾略特——美英帝国主义的御用文阀》,《文学评论》1960(6),第15页。
④ 王佐良:《艾略特何许人?》,《文艺报》1962(2),第42页。
⑤ 董衡巽:《文学艺术的堕落——评美国"垮掉的一代"》,文学研究集刊编辑委员会编:《文学研究集刊》(第一册),北京:人民文学出版社,1964年,第220页。
⑥ 张国庆:《"垮掉的一代"与中国当代文学》,《长江学术》2006(2),第60页。
⑦ 袁可嘉:《略论美英"现代派"诗歌》,《文学评论》1963(3),第70页。

上了各种各样的帽子,但是袁可嘉、卞之琳、王佐良等研究者对于现代主义文学作品及文艺理论的研究却是相当深入的,如果抛去具有极强政治色彩的部分,这些文章对现代主义的相关研究都极有见地,即便放在今天,这些研究成果仍然焕发着无穷的生命力。

第二,虽然处在阶级斗争的语境下,但当时的评论家关于现代主义作品的总结和评价往往一针见血,具有真知灼见。这些评论和总结不仅精炼准确而且眼光独到。从王佐良对《荒原》的评论,我们可以看出,《荒原》中有一个不断重复出现的主题,那就是:经过第一次世界大战的剧烈变化,西欧已经成为一片精神上的废墟。一切高雅的东西都毁灭了。过去西方文明的高塔倒塌了,人们变成行尸走肉,昔日泰晤士河上牧歌情调的爱情变成了今天伦敦酒吧里苦涩的、庸俗的性欲。① 柳鸣九评论"垮掉的一代"时就说过,"垮掉的一代"的作家们把资本主义的末日说成是全世界的末日,把资产阶级的濒临死亡说成是全人类的濒临死亡。由于资本主义"往昔的美好时光"已然一去而不复返,未来更不属于他们,因此他们便否定过去与未来。在他们看来,只有眼前存在的事物才把握得住,而眼前的事物中,唯一确实存在的就是"自我"。于是,他们又以自我为认识中心,一切从自我出发。资产阶级的个人主义便这样发展到了最顶点,变成了自我扩张式的唯我主义。而他们的自我态度和拒绝承认历史发展规律,使他们终于拜倒在这种或那种神的面前。就这样,他们又回归到宗教的主观唯心主义。袁可嘉评论现代派诗歌说,他们大大扩展了本来是舶来品的象征派的暗示和联想,加进去了土产品玄学派的种种手法:"卖弄机巧"、"自我嘲弄"、"突然转变"、"强烈对照"、"思想知觉化"、"旁征博引"等等,使本来以明朗的意象自炫的诗歌越来越走向晦涩难解的迷宫。从此,以隐晦曲折的手法掩饰颓废的内容就被确立为"现代派"诗歌的典型特征。② 而对于"象征主义流派",他的总结也很精练:象征主义诗人认为文学作品是一种客观的、有机的象征物,它是与外界事物绝缘的自足体,因此他们势必否定文学的认识意义和思想价值;象征主义诗人认为文学是一种特殊的语言形式,因此特别发展了一套关于诗歌语言的理论,力图以语言代替思想,把作家的社会功能说成仅仅是促进语言的发展,并以此排斥作家的其他社会义务;他们认为批评的基本任务是文字分析,因此特别着重具体作品的文本剖解,以此代替思想分析和真正的艺术分析;他们主张以形式统治内容、代替内容,宣扬形式唯一主义,这些就是象征主义流

---

① 王佐良:《艾略特何许人?》,《文艺报》1962(2),第 40 页。
② 同上书,第 91 页。

派的实质。① 董衡巽在《海明威浅论》中评价海明威:"海明威所以未能深入发掘战争的本质,'迷惘的一代'很多作家所以具有上述特色,根本原因还在于:只从个人的角度、个人的立场反对战争,从而陷入悲观绝望的情绪。作为一个已经形成资产阶级人生观的知识分子,海明威只看到个人的幸福、个人的作用。"②

第三,由于当时的时代环境和政治语境,只有小部分现代主义作品进入了部分读者的视野,仍有相当大一部分的作家的作品没有直接引进中国,或者没有被翻译。如果读者对于这些作品没有直接的印象,相关的分析和评论也就失去了意义,成了"镜中花,水中月",因此很多分析文章中加入了大段的具有代表性的作品片段以供读者阅读。在《垂死的阶级,腐朽的文学——美国的"垮掉的一代"》中,文章作者引用了《狗》的一段:

> 他怕柯特塔
> 可是他不怕众议员杜尔
> 虽然他所听到的消息非常泄气
> 非常不痛快
> 非常荒唐
> 特别是对他这样一条悲哀的年轻的狗
> 他这样一条严肃的狗
> 可是他有自己自由自在的世界要生活
> 有他自己的跳蚤要吃
> 他不愿人家给他戴上口套
> 众议员杜尔
> 在他看来
> 只不过又是一个救火龙头

为了体现"垮掉的一代"的颓废的特点,这首诗的选择可谓恰到好处。而且,《狗》这一首诗与其说是写狗,还不如说就是写"垮掉的一代"。③ 为了突出有些作品披着现实主义的外衣,实际上却是现代主义作品,袁可嘉特意选择了劳伦斯的《布尔乔亚,真他妈的!》中的一段:

---

① 袁可嘉:《"新批评派"述评》,《文学评论》1962(2),第70页。
② 董衡巽:《海明威浅论》,《文学评论》1962(6),第51页。
③ 戈哈:《垂死的阶级,腐朽的文学——美国的"垮掉的一代"》,《世界文学》1960(2),第150页。

> 布尔乔亚，真他妈的，
> 特别是那些男人——
>
> 拿得出去，完全拿得出去——
> 我送你一个布尔乔亚男人吧？
>
> 他不美吗？他不健康吗？他不是好样品吗？
> 外表看来，他不象个干净利落的英国佬吗？
> ……

在袁可嘉看来，这种看起来是在对资产阶级进行抨击的诗歌也不过是表面文章罢了，对于这种文章不但不能鼓掌，还要嗤之以鼻。因为你读下去就会明白劳伦斯攻击英国资产阶级男子，完全不是因为他们对内剥削了劳动人民，对外进行了殖民压迫，而是据说因为他们受了绅士教养的束缚，在情欲面前还有点"扭扭捏捏"！①

而关于现代人堕落的原因，袁可嘉认为从艾略特的观点来看，是原罪：

> 受了伤的外科医生拿起钢刀，
> 探索那染了病的躯体；
> 血淋淋的手下我们感到
> 治疗者的艺术以尖锐的同情
> 解开那发烧的图册的谜。
>
> 我们唯一的健康是疾病。
> 要是听从那垂死的看护，
> 她经常不来讨我们的欢喜，
> 而是叫人想起亚当的罪孽，
> 为了康复，我们的病还得加深。
> 整个地球是我们的病房，
> 那是破了产的百万富翁捐献的；
> 在那里，我们如果发了财，
> 就会死于祖上留下的产业，

---

① 董衡巽：《海明威浅论》，《文学评论》1962(6)，第55页。

> 它缠住我们，到处成障碍。
>
> 寒冷从脚底上升到膝头，
> 神经网里热火在歌唱。
> 要暖和，我还得再挨点冻
> 在赎罪的净火里发抖，
> 那火焰是玫瑰，那烟子是荆棘。
> ……

随后袁可嘉加了一段自己的分析。他指出，不了解艾略特底细的人，读了这些诗，总以为他一生不知受了多少罪，吃了多少苦。在艾略特的作品中，除了作品原文的引用外，现代主义文艺理论的引用也并不少见。在关于艾略特客观对应物理论的部分，袁可嘉引用了艾略特在关于《哈姆雷特》论文中的话——在艺术形式中唯一表现情绪的途径是寻找"客观对应物"。即是说，一套事物，一种形势，一串事件，它们是你想表现的那种特殊情绪的公式；这样，只要这类东西一出现，那种情绪也就引发了。

还有一个值得注意的地方是，在这些文章中作者始终是带着一种否定和肯定并存的态度来进行评述的。如果作者的目的是彻底否定现代主义的存在意义和文学作品或者文艺理论，他们只需要从政治倾向的角度出发就可以完全否定掉现代主义，但很多作家还是采取了从两个方面来看的态度。在对希尔达·杜里特的现代诗进行评价时就有这种倾向，作者首先引用了原文：

> 卷腾吧，大海——
> 把你的松针卷腾起来吧。
> 把你那巨大的松针
> 倾泻在我们的岩石上吧。
> 把你的绿色倾泻在我们身上——
> 用松针似的水掩盖住我们吧。
>
> 希尔达·杜里特

对于这种把松针比喻为绿色的海浪的方法，袁可嘉表示，比喻不能说不奇特，刹那间的感觉不能说不敏锐，但这首诗所给予我们的视觉印象是这样的孤立，这样的短暂，这样的单薄，以致不能引起任何感情和思想的波动，不足以构成哪怕是持续几分钟的意境。可以看出，对于现代主义的诗歌，虽然在意境和遣词造句上袁可嘉并不十分认可,但是从"敏锐"和"奇特"这样的词汇可以发现他对这类诗歌仍然是抱有部分肯定的态度的。同样地,还有《窗前晨景》一诗:

地下室餐厅里早餐盘子咯咯响,
顺着人们走过的街道两旁,
我感觉到女佣们潮湿的灵魂
在大门口绝望地发芽。

一阵黄色的雾向我掷来
街后面人们的歪脸,
从穿着溅满污泥的裙子的过路人那里,
撕下来一个空洞的微笑,它在空中飘荡,
朝屋顶那条水平线消失了。

这首诗翻译得可谓相当精妙,而这种到位的翻译本身也是对于现代主义诗作的一种变相肯定。在分析这首诗时袁可嘉表示作者对现代城市生活的卑微猥亵的不胜轻蔑的思想是完全依靠"早餐盘子咯咯响""潮湿的灵魂……发芽""歪脸""空洞的微笑""溅满污泥的裙子"等字句来暗示的。他看不起城市里丧失宗教信仰的人们心灵空虚,但并未直说,却借女佣开刀,来哀叹她们"潮湿的灵魂……绝望地发芽"。① "用知觉来感知思想"这种到位而又独特的分析恰恰肯定了这首诗的巨大价值。同样的还有袁可嘉在《美英"意识流"小说述评》中,对福克纳的《喧哗与骚动》和《我弥留之际》进行的分析。虽然他对作品中极度扭曲的心理表现和匪夷所思的写作内容进行了严厉的批判,但是在关于奎恩顿因为自身极度僵死的时间概念而打碎手表以至于投水自杀的部分,以及朋德伦一家子的繁杂如迷宫的心理表现的部分,袁可嘉并没有进行过多批判,同时也暗示了意识流的写作方式在这些段落中的应用是最佳的表现方式。②

虽然王佐良对庞德等人进行了激烈的批判,但是同时又表示,我们不能因此就将他们忽略掉,因为另外一个事实是:他们盘踞英美文坛至少三十年,他们的影响甚至超出英美两国。第二次世界大战之后艾略特等人的作品还在欧洲

---

① 袁可嘉:《略论美英"现代派"诗歌》,《文学评论》1963(3),第 82 页。
② 袁可嘉:《美英"意识流"小说述评》,文学研究集刊编辑委员会编:《文学研究集刊》(第一册),北京:人民文学出版社,1964 年,第 164 页。

的许多地区——包括现代修正主义者所统治的南斯拉夫——风行起来。① 虽然王佐良使用的"盘踞"等词语带有强烈的批判性质,但他还是关注到了风靡欧美的现代主义文学的真实状况,同时也肯定了现代主义作家对于欧美文坛乃至世界文坛的影响。他表示艾略特等人曾受到美、英、法、意、德以及南斯拉夫等国的反动文人以及一般资产阶级人士的注意,艾略特也不止一次被称为"二十世纪最有影响的文化人"。② 这种评论显然不是空穴来风,只有对现代主义作品有着足够的研究的研究者才能得出这些结论。

从以上的分析中我们可以看出,在 20 世纪 60 年代,我国的文学翻译者和评论家,非常出色地完成了许多欧美现代主义文学作品的译介工作,尽管其中有受到极"左"思想的影响痕迹,同时也存在"以阶级斗争为纲"观念束缚的局限,但这恰恰是新中国成立初期十七年欧美现代主义文学在"中国化"进程中的真实写照。

在经历了一个小小的高潮后,随着"文化大革命"的到来,现代主义作品的译介、评论再一次走向沉寂,并且这一次沉寂竟然持续了十多年。直到改革开放之后,欧美现代主义文学的翻译研究终于再度兴起,大批的中国现代主义评论家和研究者涌现,从而打开了全新的局面。

---

① 王佐良:《稻草人的黄昏——再谈艾略特与英美现代派》,《文艺报》1962(12),第 37 页。
② 同上书,第 38 页。

第八个问题：

20世纪五六十年代的媒体与出版机构在欧美文学"中国化"进程中的作用

报纸杂志和图书出版是欧美文学乃至外国文学"中国化"的重要组成部分。若没有报纸杂志和图书的出版，欧美文学或外国文学"中国化"就是一句空话。新中国成立后，由政府行政部门主管的报纸杂志纷纷创刊，国家性质的出版机构纷纷建立。党坚持用社会主义思想和共产主义思想教育人民，要求新闻出版机构围绕革命和建设的任务宣传群众、武装群众。

欧美文学进入中国后，如何适应这一趋势，完成这样的使命，应该说，报纸杂志、出版机构所起的作用是非常巨大的。总体而言，这一时期的新闻出版机构为欧美文学"中国化"进程，做出了突出的贡献。这一章，我们主要以与文学密切相关的"一刊"（《世界文学》）和"一社"（人民文学出版社）为例，探讨20世纪五六十年代中国媒体与出版机构在欧美文学"中国化"进程中的作用与不足。

一、20世纪五六十年代外国文学出版情况的总体特征

（一）苏联对世界文学版图的划分，成为我国世界文学出版的导向

1954年，苏联的吉洪诺夫在第二次全苏作家代表大会上做报告，再次重申了早在1934年就已经提出的"世界进步文学"概念。"'世界进步文学'观念的核心是对世界文学进行阶级分析，以甄别出代表先进的无产阶级利益、反映人类发展方向的所谓'进步文学'。"[1]吉洪诺夫在报告中指出，太阳是苏联文学占有核心领导地位的象征，并以苏联文学为核心，勾画了五层分级的世界文学新图景。第一层是直接在苏联治下的保加利亚、罗马尼亚等东欧各国的文学。第

---

[1] 刘洪涛：《世界文学观念在20世纪50—60年代中国的两次实践》，《中国比较文学》2010（3），第11页。

二层是中国、越南、朝鲜等亚洲社会主义国家文学。第三层是尚未实现民族独立但有希望建立社会主义国家的东南亚和西亚各国,例如印度、伊朗和土耳其等。第四层由欧美各个国家的进步作家与文学组成,尤其是有反抗官方迫害倾向的作家。第五层将拉丁美洲各国文学涵盖在内,是因为苏联同情拉美各国所受到的殖民统治。吉洪诺夫认为苏联文学以"社会主义现实主义创作方法"居于世界文学的领导地位。"这一观念彻底颠覆了由约定俗成的经典作品为支撑、以民族国家作为基本单元的世界文学体系,转而以文学的阶级属性作为划分世界文学等级的标准。"[①]

这一观念为刚刚成立的新中国欣然接受,外来文学的翻译和出版呈现出唯苏联马首是瞻的情况。作为当时文艺界领导人的周扬就表达了分享苏联文学光与热的愿望,同时期望向苏联文学取经。著名批评家、翻译家辛未艾发表了学术论文《苏联文学——世界文学的主潮》,不仅将苏联的"世界进步文学"观念,当作看待世界文学的基本依据,而且当成出版工作的指导方针。那个时候,苏联的影响强势且深远,即使是西欧或其他国家的文学作品,介绍与否,一要看苏联有没有译本,二要看苏联怎么说。"长远规划和选题计划也都是参照苏联的。掌握的准绳,除了马、恩、列、斯提到过的作家和作品外,那就不敢越日丹诺夫所设定的'雷池'一步了;宽一点的,无非是参考一下苏联评论家时常引证的别、车、杜的论点和论据,结果也难免以俄国的美学趣味来衡量欧美的作品。这样,不仅某些西窗是长时期装上了窗帘,而且西方的古典作家也是有幸有不幸的了:巴尔扎克是受到推崇的,小仲马的《茶花女》虽经周总理肯定,也还是至今没有出版,拜伦、雪莱被作为积极浪漫主义者陆续介绍了,济慈却受到冷淡,华滋(兹)华斯则无人问津,据说他是消极浪漫主义者。"[②]1962年中苏关系恶化后,苏联出版界的影响有所减弱,但是,其思维方式仍有很大影响,直到"文化大革命"爆发。

与之密切相关的是出版类别的确立:第一类是苏联等社会主义国家的文学,尤其是苏联文学。在20世纪50年代上半期,欧美文学"中国化"实际成了苏联文学"中国化","介绍得最多的自然是苏联文学和俄罗斯古典文学,有的出版社甚至规定苏联和俄国文学的数量应占全部外国文学的百分之六十。"[③]当然,在俄苏文学中也有层次:处在顶层的是1917年十月革命之后的苏联文学,

---

① 刘洪涛:《世界文学观念在20世纪50—60年代中国的两次实践》,《中国比较文学》2010(3),第13页。
② 吴岩:《放出眼光来拿》,《读书》1979(7),第6—7页。
③ 同上书,第6页。

是出版选题的重中之重;第二个层次是俄罗斯具有革命民主主义思想的古典文学。第二类是东欧、朝鲜、越南等社会主义国家文学和带有无产阶级文学性质的欧美文学,如德国的工人诗歌、英国的宪章派文学和法国的巴黎公社文学等。第三类是亚非拉表现反对封建主义、帝国主义和殖民主义的文学。第四类是欧美古典文学,主要是被称为经典并被马克思、恩格斯等革命导师或经典作家评论、喜爱的文学。第五类是欧美一些颓废落后乃至反动的文学(主要以内部刊行的方式出版)。这五个类别,体现了当时出版轻重缓急的顺序。虽然在20世纪五六十年代的不同时期,这些类别和出版顺序有所调整,但总体来说,这五个类别一直规定或影响着征稿或出版的方向。

(二) 文学的阶级性与政治性是出版的主要标准

强调文学的阶级性与政治性,是新中国成立以来逐步形成的文学观念的核心,这种文学观念既体现了马克思主义的世界观、方法论,也体现了苏联文学模式的影响,又是当时中国国情在文学上的折射。

中国从一个半殖民地、半封建社会转变为一个独立的社会主义国家,其走过的漫漫长路正是马克思主义"中国化"的过程。新中国成立以后,中国高举马克思主义"中国化"的旗帜,将马克思主义思想运用到文学创作、批评与译介领域。马克思认为,人类社会的基础是物质活动,物质的生产和交换改变了人类的观念与思维方式。"思想、观念、意识的生产最初是直接与人们的物质活动,与人们的物质交往,与现实生活的语言交织在一起。观念、思维、人们的精神交往在这里还是人们物质关系的直接产物。表现在某一民族的政治、法律、道德、宗教、形而上学等的语言中的精神生产也是这样……那些发展着自己的物质生产和物质交往的人们,在改变自己的这个现实的同时也改变着自己的思维和思维的产物。"[1]在马克思看来,"人们在自己生活的生产关系中发生一定的、必然的、不以他们的意志为转移的关系,即同他们的物质生产力的一定发展阶段相适合的生产关系。这些生产关系的总和构成社会的经济结构,即有法律的和政治的上层建筑竖立其上并有一定的社会意识形式与之相适应的现实基础。"[2]

正如上文所提到的,苏联的文学观念对中国文学的影响是主导性的。在文学本质与意识形态关系方面,苏联模式的马克思主义文艺学肯定文学是一种社会意识形态形式,而不是审美意识形态形式,突出文学的社会性质,强调文学与

---

[1] 大卫·麦克里兰:《意识形态》(第二版),孔兆政、蒋龙翔译,长春:吉林人民出版社,2005年,第16页。
[2] 马克思:《马克思恩格斯选集》第二卷,北京:人民出版社,1972年,第82页。

社会尤其是政治的关系。众所周知,阶级斗争是阶级社会发展的直接动力,苏联与中国进行革命斗争的目的主要是为了推翻剥削阶级的统治与压迫,建立无产阶级政权。从这个意义上讲,将文学的本质认定为社会意识形态具有合理性。

在中国,最早论述文学的社会意识形态性质——文学的阶级性是毛泽东1942年的《在延安文艺座谈会上的讲话》。毛泽东指出:"在现在世界上,一切文化或文学艺术都是属于一定的阶级,属于一定的政治路线的。为艺术的艺术,超阶级的艺术,和政治并行或互相独立的艺术,实际上是不存在的。无产阶级的文学艺术是无产阶级整个革命事业的一部分,如同列宁所说,是整个革命机器中的'齿轮和螺丝钉'。因此,党的文艺工作,在党的整个革命工作中的位置,是确定了的,摆好了的;是服从党在一定革命时期内所规定的革命任务的。"[①]毛泽东明确提出:文学从属于政治与阶级,是为广大无产阶级及工农兵服务的。随着抗日战争与解放战争的胜利,民族矛盾虽然在国内消失了,但是,在国际上依然存在社会主义与资本主义意识形态的对立。在社会主义建设与改造过程中,阶级斗争依然存在。在强调政治、强调阶级的社会语境中,贯彻"文艺要为政治服务,为无产阶级服务"的阶级论观点,作家、翻译家、出版部门都形成了强调阶级与政治倾向的文学观念。

强调阶级与政治倾向的文学观念决定了外国文学引进的方向,20世纪60年代,苏联与东欧等社会主义国家阶级斗争题材的文学作品,受到文学期刊和出版社的欢迎。而集中译介具有强烈政治意识形态的作品,使得观察与接受欧美文学的视野更为狭窄,对欧美文学的真实面貌更难看清,文学译介与接受的判断标准被歪曲。这种文学观念,最终导致"文化大革命"中《世界文学》被停刊,许多经典的欧美文学名著出版社不敢触碰,只能以"黄皮书"或"灰皮书"等形式非公开出版。

二、《世界文学》(《译文》)的贡献

20世纪纸质媒体占据传媒的主导地位,是外国文学进入中国的重要形式与载体。20世纪60年代刊载翻译文学的期刊主要是《外国文学现状》与《世界文学》,其中最具权威性与影响力的首推《世界文学》。在译著方面,贡献最大的

---

① 毛泽东:《在延安文艺座谈会上的讲话》,《毛泽东选集》(第三卷),北京:人民出版社,1991年,第865—866页。

当属人民文学出版社。这两个出版机构最大的不同在于,《世界文学》的时效性强,能够做到与国外基本同步,呈现出共时性特征;人民文学出版社则把重点放在经典名著上,呈现出历时性特征。

《世界文学》最初名为《译文》,1953年创刊,1959年更名为《世界文学》。1964年《世界文学》的主管单位由中国作家协会变更为中国科学院哲学社会科学部外国文学研究所。1965年,由于文艺整风运动的影响,《世界文学》停刊一年。从1966年起,《世界文学》改为双月刊,但是因为"文化大革命"爆发,刊物仅仅出了一期便再次停刊。从1953年到1966年,《世界文学》共发行了139期。

创刊之初,"冷战"大幕已经拉开,世界被划分为资本主义和社会主义两大阵营,中国的社会主义建设方兴未艾,与外部世界的文学交流只能局限于苏联和东欧等社会主义国家。在计划经济和浓厚的意识形态氛围下,外国文学译介工作显示出强烈的阶级性、政治性与计划性。1953年创刊时,《译文》主管机构是中国作家协会,茅盾在"发刊词"中强调:"我们不仅迫切需要加强引进苏联及人民民主国家的社会主义现实主义的优秀文学作品,更需要熟悉外国古典文学及今天各资本主义国家、殖民地半殖民地的革命的进步的文学,看到(外国)人民如何勇敢坚定地为和平为民主而斗争。"[1]由此可见,这个刊物创刊伊始,就倾向于传播苏联文学,为社会主义服务;对资本主义进步文学则是有选择地译介,注重发掘与发挥其进步性。

20世纪60年代,中苏关系恶化,《世界文学》的选材标准发生了一些变化,重点由推介苏联当代文学有限度地转向欧美文学,并向世界各国文学尤其是亚非拉文学开放。"破除清规戒律、跳出狭小圈子,深入世界优秀文学的海洋之中,让古今、各国、各流派以及各种题材的优美文学花朵在《译文》的园地里开放,多刊登现代资本主义的名著,不必非社会主义现实主义作品即不得入选"[2]。根据这一出刊原则,20世纪60年代上半叶的《世界文学》在引进外国文学作品时,呈现出以下三点变化:

其一,在时空上,打破社会主义与资本主义的壁垒,向世界各国文学敞开热情的双臂。

除了苏联文学,英、法、德、美等国家的文学作品也逐渐成为选材的热点,甚至一些很边缘的国家和地区,例如亚洲的北加里曼丹、尼泊尔、锡兰,欧洲的马提尼克,非洲的佛得角,美洲的萨尔瓦多等国家或地区的文学也被纳入其中。

---

[1] 茅盾:《发刊词》,《译文》1963(1),第1页。
[2] 编者:《稿约》,《译文》1957(5),第201页。

据统计,从1960年至1964年《世界文学》译介的作品总计570篇,其中欧洲文学228篇,亚洲文学172篇,美洲文学113篇,非洲文学49篇,大洋洲文学8篇。(见表一)

表一

分布地区	欧洲	亚洲	美洲	非洲	大洋洲	合计
数量	228	172	113	49	8	570
比例	40.00%	30.18%	19.82%	8.60%	1.40%	100%

在文学体裁上,《世界文学》译介的文学作品也逐渐趋于多样化,诗歌、小说、散文和民间文学都有涉及。其中译介的外国诗歌多达259篇,占45.4%;小说241篇,占42.3%;散文38篇,占6.7%;民间文学20篇,占3.5%;节选剧本12部,占2.1%。(见表二)

表二

体裁	诗歌	小说	散文	民间文学	剧本	合计
数量	259	241	38	20	12	570
比例	45.4%	42.3%	6.7%	3.5%	2.1%	100%

如果再将体裁细化,我们更会看到译介作品类型的多样性,其中民间文学涉及的更具体的体裁有7种,分别是民间故事、笑话、童话、寓言、传说、民歌和民谣。(见表三)

表三

体裁	民间故事	笑话	童话	寓言	传说	民歌	民谣	合计
数量	6	6	3	2	1	1	1	20
比例	30%	30%	15%	10%	5%	5%	5%	100%

散文类体裁还包括散文、特写、通讯、讽刺小品、报告文学、政论和游记。(见表四)

表四

体裁	散文	特写	通讯	讽刺小品	报告文学	政论	游记	合计
数量	21	7	2	2	2	2	2	38
比例	55.30%	18.40%	5.26%	5.26%	5.26%	5.26%	5.26%	100%

其二，以冷战思维译介和刊发欧美资本主义国家的文学作品。

彼时的《世界文学》尚无法超越意识形态的禁锢，因此译介对象受意识局限，强调高举"社会主义"的大旗，紧紧抓住"人民性"，强调鞭挞"黑暗"与"罪恶"的资本主义制度。在这一方针的指导下，从 1960 年到 1964 年，《世界文学》译介的欧美文学作品可大体分为三类：

第一类为欧美的无产阶级文学作品。例如 1960 年第 3 期刊载的英国艾·琼斯的《英国宪章派诗选》；1960 年第 6 期的"欧美无产阶级文学"专辑，其中包括英国汤姆·马尔柯姆的《同志，朝阳升起了》，法国路·米雪尔的《首都凡尔赛（外四首）》、鲍狄埃的《让·米才尔》；1961 年第 6 期法国曷·沙德伦的《巴黎公社诗文钞》；1962 年第 11 期鲍狄埃的诗歌《富饶（外一首）》；1964 年第 5 期鲍狄埃的诗歌《铁匠的梦（外二首）》等作品。

第二类为欧美文学中带有强烈批判性与进步倾向的作品。从 1960 年到 1964 年《世界文学》刊载了很多美国文学作品，尤其是 1960 年，分别开设了"美国黑人文学作品"和"坚决粉碎日美反动派的军事同盟"两大专栏，并将 6 月出版的刊号设为"反美斗争特刊"。1960 年第 2 期开设的"美国黑人文学作品"专栏，刊发了一组反种族歧视的作品并配发评论，其中包括黑人民歌《站在大街旁》、康·库伦的诗歌《生动的一幕（外三首）》、基伦斯的小说《奥斯卡·杰弗逊》。基伦斯是美国杰出的社会活动家和黑人文学家，《奥斯卡·杰弗逊》是他长篇小说《杨布拉德》的节选。这部作品以主人公黑人杨布拉德家族两代人的生活为主线，描述了 1900—1930 年间美国南方黑人遭受种族歧视的血泪史。对此，黄星圻、戈哈还分别撰写了《在斗争中成长的美国黑人文学》和《垂死的阶级，腐朽的文学——美国的"垮掉的一代"》等评论予以解读。刊载的其他美国当代文学作品还包括：1961 年第 6 期艾·马尔兹的《两幅画》，1962 年第 1 期维·杰·季洛姆的短篇小说《卒子动了》，1962 年第 12 期艾·马尔兹的短篇小说《农民的狗》，1963 年第 9 期詹·依·塔贝尔的小说《选举》、菲·阿·鲁斯的诗歌《献给马克·巴克尔》、玛·瓦尔克的诗歌《悲伤的故乡》，1963 年第 11 期阿瑟·密勒的《不合时宜的人》等。除了美国当代文学作品，《世界文学》还刊载了其他欧美国家的文学作品，例如 1963 年第 2 期刊载的英国格·格林的小说《强盗遇贼》、1963 年第 6 期的葡萄牙埃加亚的诗歌《被奴役的伊比利亚》《人民的法庭》《哑巴》以及法国罗·布西诺的《经理的鼻子》等作品。

第三类为 19—20 世纪欧美批判现实主义经典作品，尤其是 19 世纪欧美的文学名著。英国经典文学作品包括：1961 年第 1 期狄更斯的短篇小说《美国杂记》、1962年第7期狄更斯的《董贝父子》、1964年第1期司各特的小说《两个赶牛人》等。法国古典名著包括:1961年第2期福楼拜的《一颗纯粹的心》、1961年第4期莫泊桑的短篇小说《忏悔》、1961年第8期司汤达的短篇小说《伐妮娜·伐尼尼》、1962年第4期都德的《短篇小说三篇》和巴尔扎克的中篇小说《都尔的本堂神甫》等作品。美国的经典作品包括:1962年第4期欧·亨利的短篇小说《失败的假设》和麦尔维尔的短篇小说《第一个圣堂》《闺女的地狱》、海明威的《打不败的人》等。

从上面的引述可以看出,这个时期《世界文学》刊登作品主要以政治性和阶级性为导向,即使是19世纪的经典作品,也都倾向于批判现实主义文学。该刊自觉地将各个时代的其他文学思潮、文学流派的作品排除在外,使得欧美文学"中国化"的面相非常单一,丧失了欧美文学的丰富性、多样性。配发的评论也都是以阶级斗争为文学批评的主旨,例如主编李文俊解读美国小说《乌呼噜》的文章就认为这篇小说如一支"毒箭"进行着"恶毒的诋毁",批判其"宣传奴才哲学"和"鼓吹血腥镇压",并大声疾呼"美国佬,滚回去"。因此,虽然当时《世界文学》的译介范围看似没有限制,但其实是受"冷战思维"左右的。当然,在那样的时代氛围下,出现这种状况我们也不应苛责。

其三,大力宣传亚非拉国家的文学作品。

在中苏关系恶化和文艺界整风运动之后,对外政策由"一边倒"变成了"两个拳头打人"。"两个拳头"分别指社会主义阵营和亚非拉第三世界国家,"打"的是"苏修"和"美帝"等一切帝国主义反动派。在这种政治氛围之下,从1960年开始,《世界文学》把重点放到了亚非拉文学上,其意识形态色彩也因此更加浓烈。除了开设"美国黑人文学作品""坚决粉碎日美反动派的军事同盟"专栏并出版"反美斗争特刊"外,这一年《世界文学》还出版了"亚非文学""少年儿童文学作品""庆祝朝鲜解放十五周年""战斗中的日本人民""庆祝越南民主共和国成立十五周年"和"觉醒的非洲人民"6个专辑,由此,开启了将亚非拉文学引入中国的热潮。

1962年《世界文学》刊登了第二届亚非作家会议通过的《关于翻译在加强亚非人民的团结精神和促进他们之间的文化交流方面的作用的决议》(以下简称《决议》),还刊登了六个国家代表的发言。这项《决议》旨在加强亚非人民的文学交流,促进这些国家之间的进一步团结。《决议》中有关翻译的表述是这样的:

一、应当选择反映亚非人民争取民族解放、彻底独立与和平的真正愿望的作品进行翻译。

……

五、为了动员亚非人民参加斗争,应当优先翻译易为群众接受的作品。不符合这种要求的作品应当加以改写,使其通俗易懂,但是必须忠实于原作。

六、应当特别注意翻译拉丁美洲进步作家与革命作家的作品。①

这三条决议指明了《世界文学》译介、刊发亚非文学的方向。这不是纯粹的学术活动或者国际非官方联谊,而是具有强烈的政治目的的。"民族解放""彻底独立""斗争"这些政治术语出现的频率非常高,文学成为斗争的武器。

就译介的对象国家而言,1960—1964年《世界文学》刊载的作品(见表五《世界文学》杂志1960—1964年所载外国文学作品国家/地区统计表),排名前八位的分别是越南55篇、日本42篇、苏联42篇、阿尔巴尼亚35篇、古巴34篇、朝鲜30篇、美国28篇和法国22篇。就越南文学本身的数量、质量和影响力而言,都难以达到高居榜首的资质和条件,但因其国体与政体的社会主义性质以及作为中国友好邻邦的地缘政治特点,使其进入中国的视野。同样原因使得阿尔巴尼亚、古巴和朝鲜也都轻松跻身前八名的位次。

表五 《世界文学》杂志1960—1964年所载外国文学作品国家/地区统计表

序号	国家/地区	作品数量
1	越南	55
2	日本	42
2	苏联	42
3	阿尔巴尼亚	35
4	古巴	34
5	朝鲜	30
6	美国	28
7	法国	22
8	英国	14
9	西班牙	13

---

① 《第二届亚非作家会议》,《世界文学》1962(3),第3页。

续表

序号	国家/地区	作品数量
10	意大利	12
11	智利	11
12	德国	10
13	罗马尼亚	9
14	希腊	8
14	苏丹	8
14	捷克斯洛伐克	8
15	塞内加尔	7
16	澳大利亚	6
16	波兰	6
16	印度	6
16	印度尼西亚	6
17	巴基斯坦	5
17	巴拿马	5
17	加纳	5
17	挪威	5
17	葡萄牙	5
17	委内瑞拉	5
17	莫桑比克	5
18	巴西	4
18	缅甸	4
18	尼泊尔	4
18	瑞典	4
19	安哥拉	3
19	奥地利	3
19	巴拉圭	3
19	保加利亚	3

续表

序号	国家/地区	作品数量
19	比利时	3
19	沙皇俄国①	3
19	老挝	3
19	黎巴嫩	3
19	瑞士	3
19	突尼斯	3
19	伊朗	3
20	冰岛	2
20	芬兰	2
20	佛得角	2
20	刚果	2
20	古罗马	2
20	海地	2
20	洪都拉斯	2
20	加拿大	2
20	马里	2
20	秘鲁	2
20	摩洛哥	2
20	尼加拉瓜	2
20	乌克兰	2
20	乌拉圭	2
20	锡兰(今斯里兰卡)	2
20	新西兰	2
20	匈牙利	2
20	以色列	2
21	阿富汗	1

① 为区分对比"苏联"和"沙皇俄国"时期文学作品的数量,此表将两者分开表示。

续表

序号	国家/地区	作品数量
21	北加里曼丹	1
21	丹麦	1
21	多米尼加	1
21	厄瓜多尔	1
21	格鲁吉亚	1
21	英属圭亚那	1
21	荷兰	1
21	津巴布韦	1
21	喀麦隆	1
21	柬埔寨	1
21	法属马提尼克	1
21	蒙古	1
21	墨西哥	1
21	南非	1
21	萨尔瓦多	1
21	土耳其	1
21	危地马拉	1
21	乌干达	1
21	叙利亚	1
21	伊拉克	1

1960年9月古巴与中国建交,《世界文学》当年刊登了2篇古巴小说、11首诗歌和1篇战地日记,后来又刊登了几篇"政论",如《在古巴为古巴人民服务》《政论选译》《一种爆炸性力量》等。

即使对古巴这样的社会主义国家的作品,也要进行严格的政治考察。《世界文学》编辑部至今仍保存着一份当时关于"古巴通讯稿"的"选材意见"。其中谈道:

这是一篇通讯,报导(道)了古巴的近况,着重描写了世界建筑师会议前夕的哈瓦那的节日气氛,会议的情形,以及飓风袭击时古巴人的抗灾的情形——文中给人印象最深刻的就是卡斯特罗亲自深入灾区奋不顾身地救灾的感人事迹。文章总的倾向是好的,热烈地歌颂了古巴人民。但有些个别地方显得观点模糊,如:

....

三、说古巴过去经济上依赖美国,甚至说是靠美国的"施舍"的。文中虽然歌颂古巴人民自力更生的英勇行为,但是给人的印象是:这种做法是为了弥补与美国的关系的中断。对于美国过去经济上对古巴的剥削,文中却根本没有提。

基于以上原因……我认为这篇通讯最好不用。

文俊 11. 23.[①]

由此可见,该类通讯稿是否能刊发,还要考虑作品是否歌颂了人民,是否控诉了帝国主义的历史,是否真正理解了社会主义的优越性。此后,随着极"左"思潮的盛行,《世界文学》选材突出政治性、忽视"文学性"的倾向愈加突出。

1960年第4期的《世界文学》刊登了对智利诗人聂鲁达的专访。专访重点介绍了聂鲁达关于保卫民族文化的思想;1963年第8期则重点介绍了越南反抗美帝的文学运动;1964年第4期又记述了印度尼西亚文协开展反抗美帝的活动。

在以政治标准代替文学标准选择作品的同时,《世界文学》也刊载了一些外国文学评论。这些评论紧扣当时反帝、保卫民族文化的主题。可以说,20世纪60年代的《世界文学》,成为中国民众认识亚非拉文学的一个窗口,通过对亚非拉文学的译介,表达了中国人民反抗殖民主义、努力建设社会主义国家的美好心愿,以及为争取世界和平而奋斗的决心。

三、20世纪五六十年代人民文学出版社出版
世界文学经典的状况

在世界文学,尤其是欧美文学"中国化"进程中,除期刊出版之外,另一个重要阵地就是图书出版。创建于1951年3月的人民文学出版社,是新中国成立

[①] 崔峰:《建国初政治文化语境下的〈译文〉(〈世界文学〉)创刊》,《中国比较文学》2013(1),第45页。

之初设立的国家级图书出版机构。人民文学出版社的第一任社长兼总编是著名文学家冯雪峰。1952年7月,国家出版总署《关于中央一级各出版社的专业分工及其领导关系的规定(草案)》,为人民文学出版社制定的任务是:(1)编辑出版现代中国的文学作品;(2)编辑出版文艺理论和文学史;(3)编选出版"五四"以来的重要文学作品;(4)编选出版优秀的通俗文学读物和民间文学作品;(5)校勘整理、翻印古典的文学名著;(6)翻译出版苏联、新民主主义国家的重要文学作品;(7)介绍资本主义国家的进步文学作品;(8)译校出版外国的古典文学名著;(9)出版文学期刊。[①] 根据国家出版总署的草案,社长冯雪峰将人民文学出版社出版方针定位为"应以提高为主,实行提高指导下的普及"。他提出:"要出版中外文学名著,不仅要有延安以来的工农兵优秀文艺,还要整理出版'五四'以来的新文学;不仅要有现代的文学,还要着手古代文学遗产的整理;不仅要有苏联文学,还要有欧美等国家的古典名著和现代名著的系统介绍。"[②]这个"古今中外,提高为主"的出版方针,使人民文学出版社有了一个兼顾文学与政治、传统与当代、中国与外国的良好开端。经过最初十年的努力,它们推出了一批又一批优秀的文学作品。"在翻译外国文学作品方面,这十年和从五四运动到全国解放前三十年的成绩相比,在数量上提高了两三倍,在质量上也有了普遍的提高,翻译的范围更是扩大了,除了苏联和其他社会主义国家以及欧美各国的文学外,还有计划地大量介绍了亚洲、非洲、拉丁美洲国家的文学,世界各国古典文学也介绍得更有计划了。"[③]

与《世界文学》以"当代为主"的译介策略不同,人民文学出版社更着力于欧美传统经典文学作品的出版,相对排斥西方现当代文学。"相当长时期以来,现当代资产阶级文学对我们来说,似乎是一个陌生的可怕的领域,在一般人看来,它在政治上是反动的,思想内容上是颓废的,表现方法上是违反艺术创造规律的,甚至根本谈不上有什么艺术性。"[④]应该说,在当时的政治环境意识下,人民文学出版社坚持了自己的出版特色。

纵观新中国成立以来十七年间人民文学出版社出版的外国文学作品,大致体现出如下特点:

[①] 中国出版科学研究所、中央档案馆编:《出版总署关于中央一级各出版社的专业分工及其领导关系的规定(草案)》(1952年7月15日),中国出版科学研究所、中央档案馆编:《中华人民共和国出版史料(一九五二年)》(4),北京:中国书籍出版社,1998年,第96—97页。
[②] 陈伟军:《冯雪峰与人民文学出版社》,《文艺理论与批评》2007(5),第64页。
[③] 冯至:《学习毛泽东思想,进一步明确外国文学研究工作的方向!》,《世界文学》1960(2),第2—3页。
[④] 柳鸣九:《现当代资产阶级文学评价的几个问题》,《外国文学研究》1979(1),第11页。

(一) 俄苏文学"经典"占主导地位

1949—1956年中国全面接受俄苏文学,据统计,在此期间,人民文学出版社出版了196种翻译文学作品,其中俄苏文学占全部译作的90%。从1960年1月到1965年7月人民文学出版社共出版了75部俄苏文学作品。(参见"表六 20世纪60年代人民文学出版社出版的欧美各国作品统计表")

表六 20世纪60年代人民文学出版社出版的欧美各国作品统计表

国别	俄苏	英国	法国	匈牙利	捷克	德国	美国	阿尔巴尼亚	西班牙	挪威	保加利亚	希腊	加拿大	罗马尼亚	丹麦	芬兰	瑞士	古巴
数量	75	22	12	6	6	6	6	5	5	3	2	2	2	2	1	1	1	1

今天,我们大可以质疑俄苏文学出版的比重过大,也可以质疑这些俄苏文学作品是否够得上"经典"的标准。我们必须正视,20世纪60年代对俄苏文学的译介主要基于思想意识层面的考量,而不是以其表现的文学性为标准。这是一个政治挂帅的时代,文艺政策受大的政治环境的掣肘,将作品的译介价值等同于现实政治的需求。这恰恰说明:"经典,一如所有的文化产物,从不是一种对被认为或据称是最好的作品的单纯选择;更确切地说,它是那些看上去能最好地传达与维系占主导地位的社会秩序的特定的语言产品的体制化。"①不可否认,以现实政治为标杆的译介文学,会损害文学的独立性。但是,我们要充分考虑翻译家的现实处境,对其工作有更深入且多层面的理解。在现实政治语境下,如果寄望作家超越时代,对时代需求视而不见,那确实是不切实际的。因为即使翻译家只选择文学性强的作品翻译,也不可能有出版社愿意为其出版。

对苏联当代文学的"全盘接受",随着中苏蜜月期结束而有所改变。1960年7月,苏联政府突然宣布立即撤回在华工作的全部苏联专家,撕毁了中苏两国经济技术合作的所有协议,中苏关系恶化。1960年7月之后,中国出版俄苏作品的数量开始急剧下降,1961年6部,1962年23部,1963年12部,1964年6部,1965年6部,1962年是出版俄苏作品最多的年份,但这一年出版的23部作品,除了加里宁的《加里宁论文学和艺术》和高尔基的《文学书简》,其余都是19

---

① 余宝琳:《诗歌的定位——早期中国文学的选集与经典》,乐黛云、陈珏编选:《北美中国古典文学研究名家十年文选》,南京:江苏人民出版社,1996年,第276页。

世纪俄国批判现实主义文学作品、文学理论及作家传记,其中包括列夫·托尔斯泰的《安娜·卡列尼娜》《复活》、屠格涅夫的《猎人笔记》《前夜》《父与子》《屠格涅夫回忆录》、车尔尼雪夫斯基的《怎么办?——新人的故事》《生活与美学》等经典名著。这是人民文学出版社在政治与文学之间寻找平衡点的结果。

(二)对欧美古典文学经典的再重视

"冷战"是20世纪五六十年代图书出版无法逃脱的时代语境。当时任何欧美文学作品被引入中国,都要经过这个语境的文化过滤。"文化过滤指文学交流中,接受者的不同的文化背景和文化传统对交流信息的选择、改造、移植、渗透的作用,也是一种文化对另一种文化发生影响时,因接受方的创造性接受而形成对影响的反作用。"[①] 当时,社会主义和资本主义势同水火,社会主义价值观作为当时的文化追求,要求出版者自觉地将与社会主义思想相对立的观念、艺术风格排除出去。这种情况下,应该如何面对欧美资本主义文学呢?

以人民文学出版社为例,20世纪60年代该社出版欧美和俄苏文学作品157部(参见"表七 20世纪60年代人民文学出版社出版的外国文学作品时期统计表"),其中20世纪的作品76部,占全部作品的48.41%;19世纪的作品55部,占全部作品的35.03%;文艺复兴时期的作品20部,占12.74%;18世纪的作品4部,占2.55%;古希腊作品2部,占1.27%。这157部作品中,西方古典文学作品占51.59%,与当代文学的比重看似不相上下,实则这76部当代作品中,苏联的当代文学作品就有41部,占53.95%。如果将这41部社会主义作品排除在外,欧美当代文学只有35部,而古典文学多达81部,是当代文学的2.3倍。

表七 20世纪60年代人民文学出版社出版的外国文学作品时期统计表

时代	20世纪	19世纪	文艺复兴	18世纪	古希腊时期	合计
数量	76	55	20	4	2	157
比例	48.41%	35.03%	12.74%	2.55%	1.27%	100%

新中国成立以来,出版工作一直被政治和社会因素所制约,审美因素处在边缘位置,出版社对于译介作品的选择标准随着社会政治语境的变化而变化,政治对文学的巨大规范作用持续强化,译介与出版工作会因此出现转向。如前

---

① 曹顺庆、王富:《中西文论杂语共生态与中国文论的更新过程》,《思想战线》2004(4),第76页。

所言,1960年7月之前,人民文学出版社主推苏联社会主义现实主义文学;之后,随着中苏关系恶化后,出版重点开始转向俄国和欧美古典文学,尤其是欧美的古典文学开始受到青睐。政治与社会语境作为文学的外在因素,本来是文学性的障碍,但在60年代初,却成为推动出版社重视文学性的力量。艺术性较高的欧美文学作品出版因此获得了生机,成为文学的审美功能与政教功能博弈的暂时赢家。但是,政治方面的要求,又是出版者不能逾越的,因此,那些能够体现当时中国政治话语要求的欧美文学作品就成为当时唯一的选择了。我们知道,在当时的政治环境下,欧美古典文学作品最被称道的就是批判资本主义制度和暴露资产阶级罪恶的19世纪批判现实主义文学。据统计,这一时期总共出版19世纪文学作品55部,占出版的全部外国文学作品的35.03%,其中大部分作品来自批判现实主义文学。以法国、美国和英国为例,20世纪60年代前期人民文学出版社出版了12部法国文学作品,其中有10部来自19世纪文学,例如拉法格的《拉法格文学论文选》、巴尔扎克的《搅水女人》等4部《人间喜剧》中的作品、都德的《柏林之围》、梅里美的《嘉尔曼》、缪塞的《缪塞诗选》等。美国文学作品有6部,全部来自19世纪文学,包括马克·吐温的《马克·吐温中短篇小说选》等3部、欧·亨利的小说选2部和杰克·伦敦的《热爱生命》等。与重视法国和美国的19世纪文学有所不同,对于英国文学,人民文学出版社更倾向于文艺复兴时期的莎士比亚作品,出版的莎士比亚作品包括十一卷本的《莎士比亚戏剧集》和《罗密欧与朱丽叶》,占当时出版的22部英国文学作品的54.5%。

无论出于何种原因,结果都促成了对欧美古典文学译介选本方式的转换,使人民文学出版社明显开始重视引进作品的文学性。出版社在选材时,更注意回到文学自身,以文学性作为评判的重要标准。对"经典"的认定不是来自出版社的评判,而是来自这些作品自身,即内涵的丰富性,实质上的创造性,时空的跨越性,无限的可读性。[①] 由此我们可以说,进入20世纪60年代,人民文学出版社对欧美文学的选择与出版,更自觉地兼顾了文学与政治的双重标准,从而演奏出文学与政治时而冲突、时而和谐的乐章。今天看来,这些做法虽仍有很多不尽如人意的地方,但已经是当时最好的选择了。同时,这样的过程也让今天的我们有机会对那个年代欧美文学经典的出版产生更为深刻的认知与理解。

[①] 刘象愚:《经典、经典性与关于"经典"的论争》,《中国比较文学》2006(2),第51—53页。

(三) 多样性欧美文学出版结构的实验

20世纪60年代上半期短短的五六年时间里,人民文学出版社除了出版大量的俄苏文学作品,还开始进入其他欧洲、美洲国家和民族的文学翻译出版领域。从前文我们可以看到,英国、法国、美国、匈牙利、捷克斯洛伐克、阿尔巴尼亚、西班牙、挪威、保加利亚、希腊、罗马尼亚、丹麦、芬兰、瑞士、加拿大、古巴、智利等国家都有文学作品被翻译出版。据统计,在出版的157部作品中,俄苏75部、东欧各国20部、古巴1部,这些社会主义国家文学作品共计96部,占全部作品的61.1%;其他欧美资本主义国家61部,占全部作品的38.9%。(参见"表八 20世纪60年代人民文学出版社出版的外国文学作品区域统计表")

表八 20世纪60年代人民文学出版社出版的外国文学作品区域统计表

区域	俄苏	东欧各国	古巴	欧洲其他国家	美洲其他国家	总量
数量	75	20	1	53	8	157
比例	47.8%	12.7%	0.6%	33.8%	5.1%	100%

除此之外,人民文学出版社对当时西方世界已经出现的现代主义作品,包括现代主义文学理论,也有涉及,只不过是以"内部刊行"的方式出版的。

总之,在文化产品相对贫乏的20世纪60年代,如同人民文学出版社这样的出版单位对外国文学译介与出版工作做出了很大的贡献。但是,同样不能回避的是思想意识层面还无法摆脱"左"的限制,出版作品的范围相对狭窄。

本章虽然我们主要剖析的是《世界文学》和人民文学出版社在世界文学,尤其是欧美文学出版方面的成就和不足,但这两个例子大体代表了当时全国的媒体和出版业所走过的曲折道路及其成败得失和经验教训。

第九个问题：

新中国成立初期三十年外国文学教材编写历程的主要贡献与经验教训

欧美文学或外国文学的教材建设，是外国文学"中国化"的主要环节之一，也是其"中国化"的重要领域。可以毫不夸张地说，新中国培养出来的欧美文学研究者和从事外国文学教学与研究的教师，其文学史观的确立，大多都来自于新中国成立后不同时期所编撰教材的实践。为此，在这里我们主要回答一下新中国成立初期三十年我国所编写的外国文学教材的主要贡献与经验教训。

华中师范大学的王忠祥教授在《建构文学史新范式与外国文学名作重读——王忠祥自选集》中谈到了"构建中国特色外国文学史新范式"的问题，在谈这个问题之前他首先肯定了新中国成立以来我们在高校的外国文学教学和教材建设上所取得的成就，尤其是"冯至、季羡林、叶水夫、杨周翰、王佐良等著名学者所编辑的各类文学史著作以及关于这方面的译作（引进外国的各类文学史著作）均可作为构建中国特色外国文学史新范式的参照系"[①]。

一、新中国成立初期三十年外国文学史编撰情况概述

新中国成立以后，各地高校最初的外国文学教学，使用的基本上都是翻译自苏联的或根据苏联的文学史思想编写的讲义。1953年教育部着手制定政策，鼓励各高校组织编写自己的教材；1956年《高等学校教材编写暂行办法》颁布，随后又发布了《关于高校自编教材出版分工的暂行规定》；1957年教育部下发通知，允许各学校根据专业教学计划自行编订教学大纲，随后开展全国性的教学大纲交流活动。这一时期出现的教材有东北师范大学吕元明编写的《外国文学：作品选读》（1955）、作为吉林大学前身的东北人民大学的朱陈编写的《外

---

① 王忠祥：《建构文学史新范式与外国文学名作重读——王忠祥自选集》，武汉：华中师范大学出版社，2009年，第30页。

国文学讲义》(1956)、安徽师范学院郑启愚编写的《外国文学》(上、下册)(1956)、北京师范大学穆木天编写的《外国文学参考资料》(1956)、冯至等人编著的《德国文学简史》(1958)等。1958年"大跃进"运动也一度引发青年教师与学生自编教材的热情,其中值得关注的是北京大学西语系法文专业57级全体学生编著的《中国翻译文学简史(初稿)》。这些讲义或者教材都有着鲜明的时代语境的烙印,如1956年郑启愚主编的《外国文学》就认为,19世纪末英国资产阶级文学是没落和颓废的(下册193页),并将其视为"资产阶级文学的破产"的证明(下册202页)。作者还认为德莱赛是"美国走向社会主义现实主义的作家"(下册350页),美国则是"走向死亡道路美帝国主义"(下册350页);作者按照阶级斗争的观点,将雪莱和拜伦称为"革命浪漫主义诗人"等。可以说,这部教材整体上是以阶级论的文学史观进行书写的。后来,谢天振在评价《中国翻译文学简史(初稿)》时,也指出:"基本上是以阶级斗争的观点来分析20世纪中国的外国文学翻译现象,认为20世纪中国文学翻译史自始至终存在着两条路线的斗争,存在着尖锐的阶级斗争。"①

1962年周煦良主编的《外国文学作品选·第二卷 近代部分(上)》对彭斯的评价是:"彭斯的创作具有民主进步的思想。他热烈同情法国革命,号召苏格兰人民为祖国独立解放而斗争……诗人也热情地歌颂了故乡的美、劳动人民的纯朴优美的感情,书写了农民的珍贵友谊和爱情……彭斯具有劳动者的傲骨,他极端蔑视剥削阶级的富贵,认为人的尊严并不决定于地位和财产,而决定于他本身的智慧和品德。"②相比较而言,冯至等人编著的《德国文学简史》在这个时代明显意识到文学的社会属性与艺术品格之间的关系。在"序"中,编者交代了编写背景:"这部德国文学简史是在党中央提出了鼓足干劲、力争上游、多快好省地建设社会主义的总路线以后,北京大学西方语言文学系德语专业一部分师生组成的'德国文学史研究小组'在学校党委领导的科学研究大跃进运动中在短期间内集体编写的。"③随后编者补充说明了几个编写原则:"首先要充分认识到德国人民各个时代里的阶级斗争在文学里的反映;每个国家历史发展的特殊性,这些特殊性主要由于阶级斗争和阶级组成的差异决定,对文学发展构成

---

① 谢天振:《译介学》,上海:上海外语教育出版社,1999年,第262页。
② 周煦良主编:《外国文学作品选·第二卷 近代部分(上)》,上海:上海文艺出版社,1962年,第358—359页。
③ 冯至、田德望、张玉书、孙凤城、李淑、杜文堂编著:《德国文学简史》(上卷),北京:人民文学出版社,1958年,"序"第1页。

特殊的制约。"①在具体的章节设置上也充分体现了社会历史发展更迭的特征:具体章节有"封建社会时期的文学"(到15世纪为止)、"从封建社会到资本主义社会过渡时期的文学"(16和17世纪)、"资本主义上升和发展时期的文学"(18世纪到19世纪晚期)、"帝国主义时期的文学"(1890年到第二次世界大战结束)和"社会主义建设时期的文学"(民主德国时期)等。公允地说,强调"阶级斗争"也是历史语境的大背景使然,但是在文本的表述中也充分表现了编者对德国民间文学发展轨迹的开掘。除了强调文学与社会发展的关联之外,编者还提出关注艺术形式的独立品格,并特意强调"我们要防止一个可能发生的偏差","社会发展的历史对文学的演变起决定性的作用,我们根据历史和时代背景来解释、分析文学,这是正确的,但不能喧宾夺主,使文学成为历史的注解。我们同样应该注意的是作者的创造性、作品的艺术性,也就是作者用怎样的艺术技巧表达了他的世界观,尤其是关于进步作家,他用什么样感人的语言和生动的形象使他的创作对于人类的进步起了促进作用,同时也推动了文学的发展。"②这一编写态度使得该书在浓重的阶级斗争观念的影响下,仍旧在具体的文学史叙事中保留了大量史实叙述、文学思潮介绍和作品分析,比新中国成立前出版的张传普的《德国文学大纲》(1926)、刘大杰的《德国文学概论》(1928)与余祥森的《德意志文学史》(1933)"翔实、准确得多"③。

按照《外国文学史编纂史与时代变迁》一文的统计,《德国文学简史》"从中世纪到17世纪结束的两编共有15条注释,除第一条引用斯大林的《马克思主义与语言学问题》、第二条为对德国语言发展的介绍,其余13条皆引用马克思和恩格斯的权威论述",说明"用马克思主义来解释或总结文学发展史及其重要作家或作品是当时文学史研究的一大特色"。④ 吴元迈也赞之为"新中国诞生后我国学者根据原文材料和马克思主义唯物史观撰写的第一部德国文学史,也是第一部外国国别文学史"⑤。也正如编者在编写原则的第三、第五点里所提出的,注意德国与他国文学关系的互动,"在注意社会发展中的特殊情况时,也应该认识到,德国文学在欧洲并不是孤立的,它经受到国际上的文学潮流和其

---

① 冯至、田德望、张玉书、孙凤城、李淑、杜文堂编著:《德国文学简史》(上卷),北京:人民文学出版社,1958年,"绪言"第1页。
② 同上书,"绪言"第2—3页。
③ 吴元迈:《回顾与思考——新中国外国文学研究50年》,《外国文学研究》2000(1),第7页。
④ 韩加明:《外国文学史编纂史与时代变迁》,《外国文学评论》2011(2),第216页。
⑤ 吴元迈:《回顾与思考——新中国外国文学研究50年》,《外国文学研究》2000(1),第7页。

它国家的影响,同时也影响着其它的国家"①;该书还强调中国学者研究的主体立场:"这部文学简史是为中国的读者写的。在我们写作过程中要贯彻厚今薄古、古为今用、外为中用的精神。"②从某种程度上讲,德国在与法西斯斗争的过程中建立了德国民主主义国家,德国文学正好也是深刻反映社会主义、民主主义文学与法西斯文学斗争的历程。即便如此,编者仍然主张研究者既要有本土意识和民族关怀,也应充分重视外国文学作为研究对象的自身主体性因素。

20世纪50年代末中苏两国分歧日益严重,20世纪60年代初两国彻底决裂。此时,虽然中苏交恶,但是新中国已经成立十余年,国内外国文学界已经有了独立进行研究的良好基础。1961年中共中央宣传部会同高等教育部、文化部在京召开全国高等学校文科和艺术院校教材编选计划会议。会议拟订了中文、历史、哲学、政治经济学、政治、教育、外语7种专业和艺术院校7类专业的教学方案,以及224门课程的297种教材编选计划,其中文科126种,艺术171种。中共中央批转了中央宣传部关于这次会议的报告,并做出批示:教材建设工作是促使高等学校教学秩序稳定和教学质量提高的重要环节之一。③ 1962年5月23日,中共中央宣传部转发周扬《关于高等学校文科教材编选情况和今后工作意见的报告》(以下简称"《报告》")。《报告》对教材质量提出了以下要求:"要以马克思列宁主义、毛泽东思想为指导。……注重中外古今。不可偏废。……教科书的叙述方法要力求简明生动,要有科学的论证,要有分析和比较,既能使学生发生兴趣,又让教师有补充发挥的余地。……总之,我们对教材的要求,是既要注意政治性和革命性,又要注意知识性和科学性,并使两方面较好地结合起来。"④《报告》中,周扬回顾了以往的高校教材情况,认为新中国成立前的"搬用或抄袭欧美资本主义国家"、新中国成立初采用苏联的教材和1958年之后的自编教材,都无法适应当时的教学要求。他认识到:"文科教材建设同整个学术建设是密切联系着的。教材的水平正反映出整个学术界的水平,同时通过教材的编选和讨论,又有助于活跃学术空气,推动学术研究,培养

---

① 冯至、田德望、张玉书、孙凤城、李淑、杜文堂编著:《德国文学简史》(上卷),北京:人民文学出版社,1958年,"绪言"第2页。
② 同上书,"绪言"第3页。
③ 金铁宽主编:《中华人民共和国教育大事记》第2卷,济南:山东教育出版社,1995年,第589—590页。
④ 周扬:《关于高等学校文科教材编选情况和今后工作意见的报告》,中国社会科学院科研局编选:《周扬集》,北京:中国社会科学出版社,2000年,第113页。

人才,促进学术水平的提高。"①在周扬挂帅组织编写高校文科教材之后,《欧洲文学史》《西方美学史》等影响了几代人的自编教材陆续出现。

二、新中国成立初期三十年外国文学史编撰思想的曲折探索

　　1951年《高等学校教材编审委员会暂行组织条例》下达以后,除了新中国成立前部分翻译作品被重印之外,对苏联学者编写的苏联文学史以及外国文学史的翻译迅速形成规模,而我们也开始筹备自己编写外国文学史。

　　根据现实情况的不同,我们又可以将新中国成立初期三十年外国文学史研究工作划分为四个时期:第一个时期是新中国成立初期的20世纪50年代(1949—1959)。这一时期的特点是在我国文学理论和文学史建设方面对苏联的外国文学史模式模仿痕迹较重,主要作品有《俄罗斯和苏维埃文学史教学大纲》(1957)、《西欧经典作家与作品》(1957)、《外国文学参考资料》(1958—1959)、《外国文学教学大纲》(1958)等;第二个时期是20世纪50年代末60年代初到"文化大革命"前夕。这一时期我国开始尝试相对独立地进行文学史研究,力图编写出有中国特色的外国文学史,虽然其中仍然存有苏联模式的痕迹。这段时期内的主要作品有《外国文学(修订本)》第一分册(1960)、《外国文学(修订本)》第二分册(1960)、《外国文学作品选》(四卷)(1961—1964)、《文艺理论专业外国文学学习参考资料》(一)(1963)等;第三个时期是"文化大革命"的十年。虽然这一时期我国外国文学史的研究几乎陷入停滞的状态,但还是留下了一些颇具时代特色的作品,其中包括《外国文学简编(试用教材)》(1974)、《外国文学简论(试用教材)》(1975);第四个时期是"文化大革命"结束以后的最初几年,这是一个走向思想解放的过渡阶段。此时编撰的外国文学史虽然仍旧延续了上一个时期的言说传统,但却出现"解冻"复苏的趋势。其主要著作包括苏皖鲁九院校合编的《外国文学》(1977)、辽宁五院校合编的《外国文学》(1979)、中山大学中文系文艺理论教研室合编的《外国文学》(1979)、复旦大学外语系外国文学教研组编写的《现代外国文学》(1976)、杭州大学中文系外国文学教研室合编的《外国文学作品选讲》(1979),此外还有反映这一时期外国文学史书写特点的《外国文学作品选》(1978)、《外国文学评论》(第一辑)(1979)等。

---

　　① 周扬:《关于高等学校文科教材编选情况和今后工作意见的报告》,中国社会科学院科研局编选:《周扬集》,北京:中国社会科学出版社,2000年,第115页。

为了细致和科学地把握新中国成立初期三十年外国文学的编写历程,下面我们将进行较为详细的论证:

第一个时期(1949—1959)是一个以学习、借鉴苏联经验为主的时期,是一个带有模仿性质的中国外国文学史编撰的起始阶段。这一时期我国在外国文学史编写方面出版了一些著作,取得了一定的成绩。同时,这一时期我们也译介了大量的俄苏文学史著作。由于此时政治上向苏联一边倒,在我们独立撰写的有限的几部教学大纲和参考资料中常常看到这些俄苏著作的影子,主要表现在这些著述在编撰体例和言说方式上基本使用的是俄苏文学史的模式和框架。如《俄罗斯和苏维埃文学史教学大纲》是专门为中国高等俄语学校和综合大学四年制俄罗斯语言专业的教学计划编写的。在其引言部分,编者说道:"在讲授这一课程前,当讲授分量不重的理论性引言,在这个引言中给学生以有关课程的总体概念,以及理论和方法方面的一些基本概念,因为如果没有上述概念,课程便无法进行。"而引言则夹杂了很多列宁及日丹诺夫的论述,很多地方基本就是苏联式表述的照搬。例如引言的第一段是这样的:

  1. 列宁底反映学说及其对学习文学底意义,文艺是现实底形象的反映底概念。

    人类生活是文艺底主要对象。

    文艺作品中主题和思想底概念。

  2. 从个别中显示一般,从特殊中表现典型底艺术形象底概念。

    语言是文学描写底手段,文学是语言的艺术底概念。

    文学描写底各种方式:叙述、抒情、戏剧。

    文学作品中内容与形式统一底问题。

  3. 列宁关于阶级对抗的社会里一国文化中两种文化的学说。

  4. 文学过程及其社会、历史的制约性底概念,文学中阶级斗争底反映及其参加阶级斗争、文学中的人民性问题。①

在引言中,我们可以看到编者突出强调"阶级性""历史性""反映论""人民性"等颇具苏联思维模式的关键词,并且体现了苏联"社会主义现实主义"的艺术原则。对此,我们不应苛责,因为这样的文学史编写模式是符合这一时期巩固政权的任务需要的。"在文学艺术工作上学习苏联,学习社会主义现实主义

---

① 《俄罗斯和苏维埃文学史教学大纲(四年制俄罗斯语言专业适用)》,北京:时代人民出版社,1957年,第8页。

的创作方法是坚定不移的,是不能动摇的。"①这样的文艺发展政策不仅适用于当时的译介出版业,也适用于外国文学史的编撰。例如在书中介绍冈察洛夫的一节,编者便采用典型艺术形象的理论分析了"奥勃洛莫夫性格",除了探究这种"性格"的阶级性和社会历史根源,还引用了列宁和杜勃罗留波夫对人物性格的看法。编者在选取俄罗斯和苏维埃作家的时候也尽量选取了"阶级性"上争议较小的作家。对于有争议的作家一般则采取一分为二的态度,例如对于陀思妥耶夫斯基,编者一方面肯定他对社会现实主义的描绘,对资产阶级的个人主义、现实资产阶级和贵族阶级矛盾的揭露,另一方面又坚决地、彻底地否定陀氏在创作中的反动观点。编者还按照历史反映论的方式勾勒出整部文学史的发展脉络,将俄罗斯和苏维埃文学史分成七个时期,即"解放运动第一时期(1800—1855)""解放运动第二时期(1856—1890)""解放运动第三时期(1891—1916)""伟大的十月社会主义革命和内战时期(1917—1920)""国民经济恢复和社会主义工业化时期(1921—1929)""农业集体化和为完成社会主义建设而斗争的时期(1930—1940)""伟大的卫国战争时期(1941—1945)"②。

20世纪50年代编撰的《外国文学教学大纲》也是一部典型的带有苏联思维模式浓厚影响的文学史作品。它以列宁的两种文化的学说为红线,根据师范大学培养又红又专人民教师的目标,向学生介绍了世界文学史上的优秀作品和重要的文学事件。在内容方面则遵循党的"厚今薄古"方针和重视东方的指示,着重讲解现代无产阶级文学和东方各国的现代进步文学。其编写模式亦与《俄罗斯和苏维埃文学史教学大纲》如出一辙。带有理论性质的"绪论"部分,对学习外国文学的目的、方法、内容作了相关说明:"学习外国文学应以马列主义经典作家的著作及他们有关各国文学的评价为指导。学习外国文学必须与资产阶级、帝国主义的反动文学观点展开斗争,与资产阶级右派的反动观点展开斗争。与修正主义文艺思想展开斗争是现实的迫切需求。"③这样的理论和编写宗旨决定了这部文学史是在吸纳和摄取苏联对马列主义文论的理解的基础上形成的,而这部教学大纲所注明的参考资料也证明了这一点。其书目大都为马克思、恩格斯、列宁、斯大林、毛泽东相关论文集。如《列宁文选》《在延安文艺座谈会上的讲话》《毛泽东选集》《马克思主义与文艺》等。而在分析具体的文学现

---

① 汪介之:《回望与沉思:俄国文论在20世纪中国文坛》,北京:北京大学出版社,2005年,171页。
② 《俄罗斯和苏维埃文学史教学大纲(四年制俄罗斯语言专业适用)》,北京:时代人民出版社,1957年,第5—7页。
③ 《外国文学教学大纲(初稿)(中国语言文学系用)》,北京:北京师范大学出版社,1958年,第3页。

象时,该书则大量引用上述资料。例如在分析希腊文学时,便大量引用了马克思对这一问题的看法。如马克思说希腊神话不仅是希腊艺术的宝库,而且是希腊艺术的土壤,马克思论述了人类童年期的希腊艺术在我们面前所显示的魅力,是与其所产生的未发展的社会阶段不相矛盾的。恩格斯论证了使古代世界的灿烂花朵——希腊文化得以孕育的就是奴隶制度。① 而在谈及中世纪西方文学时也是如此。例如,书中提到:"'封建制度的革命的反对派活跃于整个中世纪'(恩格斯语)。恩格斯论中世纪基督教对精神文化的统治及'一切从粗野的原始时期发展而来'。基督教是封建制度的卫护者。教会文学及封建主骑士文学的反人民实质。教会和封建主对人民的文化的迫害。"② 从以上例子中我们也可以看到,如此简单地照搬并且机械地运用马恩列斯理论来分析文艺发展现象,常常会产生以偏概全的结果。如恩格斯对中世纪文学的论述就常常被僵化理解并深深地影响我国的欧美文学观。甚至到了新时期,这种观点仍然出现在外国文学史教材中,将中世纪视为"黑暗的一千年"。这样的负面影响不能不说是与苏联思维模式的长期灌输有关。

《外国文学参考资料》的编写宗旨和前两部大同小异。以"现代部分"这一卷为例,在介绍各国现代作家作品之前,编者用两章的篇幅做理论概说。在第一章"现代外国文学发展概况"中,编者首先通过"第二次全苏作家代表大会上所做的副报告"来说明何为现代世界的先进文学,随后论述了资本主义国家的进步文学和社会主义现实主义,最后用苏联文艺理论家日丹诺夫的观点说明了现代资产阶级文学的实质:"资产阶级文学的现状就是这样,它已经不能再创造出伟大的作品了。资产阶级文学的衰颓与腐朽,是由于资本主义制度的衰颓与腐朽而产生的,这就是现在资产阶级文化与资产阶级文学状况的底色和特点。"③ 第二章延续上一章的传统,以批判修正主义的文艺路线为主。两章的理论概述几乎都是围绕俄苏的文艺理论展开的,而该书其他国家的现代文学史亦是在这样的理论指导下编写的。即便是处理法国现代文学史也是带有浓重的苏联色彩:该部分以"战斗中的法国文学"作为论述重心,在作家选取上大多以"阶级属性"作为标准,甚至很多艺术价值平庸的作家也被奉为大师予以专章书写。"当时代表资产阶级的作家们不是降敌、逃亡到美国,就是默不作声,只有

---

① 《外国文学教学大纲(初稿)(中国语言文学系用)》,北京:北京师范大学出版社,1958年,第4页。
② 同上书,第5页。
③ 北京师范大学中文系外国文学教研组编:《外国文学参考资料(现代部分)》,北京:高等教育出版社,1958年,第68页。

进步的作家阿拉贡、艾吕雅、德古尔、莫尔根等等即在纳粹和维琪政府的双重折磨下,以笔尖代替枪剑,冒着各种酷刑和死亡的威胁,鼓舞人民的反法西斯斗争。"①而编者在叙述法国文学史时,对于法国在此时出现的各种非现实主义文学,诸如象征主义、达达主义、超自然主义等都含贬低之义。对于具有无产阶级倾向的作家则大加赞赏,例如对法国作家阿拉贡进行大篇幅论述,认为"阿拉贡的抗敌诗歌是他最优美的,最富于抒情意味的诗篇。这些诗篇简直像宣言和秘密集会一样直接发生组织作用,每一个人都明白,他那一卷写热爱法国的诗歌'伤心集'就是对那些出卖了法兰西的作家和将军们,那些缺乏对祖国的热爱的人的回答。"②从这段文字中我们可以对这一时期外国文学史的"言说方式"窥见一斑。可以说,它也是在苏联模式深刻影响下的产物。

《西欧经典作家与作品》可能是这一时期最不落窠臼的一部文学史。它是由武汉大学的张月超先生撰写的。相对于前三部文学史作品来说,这部教材中苏联模式的影响相对小一些。例如,他在作家的选取标准上更多考虑了文学价值和美学意义的维度,荷马、但丁、拉伯雷、斯威夫特、菲尔丁、歌德、拜伦、歌德等具有世界影响力的作家都被囊括在这部文学史中。这体现了文学史研究者的独立思考精神——除了对苏联模式有限度的吸收外,更多的是借鉴他者来说明自己的观点,并非机械地照搬照抄。通观整部文学史,我们注意到,该书还运用了大量实证和考据的方法,例如在撰写拉伯雷的生平时,对于其出生时间这个问题,编者并非确知,所以列举了一些权威学者的看法供读者思考:"他的出生年代至今还是一个疑团,17、18世纪的学者大多认为他出生于1483年,晚近的考证认为是在1494年或1495年,法国'拉伯雷研究学会'所编订的拉伯雷全集集注本,其总编辑勒弗朗教授主张1494年一说;苏联科学院1946年出版的'法国文学史'有关拉伯雷一章也这样说,但加上'大概'一词,法郎士则倾向1495年一说。由此可见有关拉伯雷生平事迹的许多方面有待于进一步挖掘研究,而不仅只是生卒年月考这一类枝节问题。"③在编者看来,苏联科学院的观点仅仅是对这个问题的看法之一,所以必须要从更多的角度去考察、理解这个问题,这样做才更具价值——这样的探究让我们看到了编者严谨的治学态度。而该书的另一个应该引起我们重视的方面则是,它提出了很多有新意、有价值

---

① 北京师范大学中文系外国文学教研组编:《外国文学参考资料(现代部分)》,北京:高等教育出版社,1958年,第158页。
② 同上书,第161页。
③ 张月超:《西欧经典作家与作品》,武汉:长江文艺出版社,1957年,第69—70页。

的观点,这些观点在今天还产生着影响。例如对于史诗实质的理解,作者就指出:"史诗基本上是一种社会叙事的诗歌,它的主题是某一个民族的光荣的历史事件,其中主要人物则是在这一事件中所出现的为人民所热烈爱戴的英雄;它的内容范围很广泛,常常包括整个时代和主要的社会生活现象,除真实的历史事件外,又夹杂着这个民族所特有的神话和传说,而这种神话和传说看来虽然好像完全是虚构的,但是反映了当时人们对于自然和社会现象的理解,所以在它们产生的基础上也是同样真实的。"[1]这样的看法在今天看来仍然是颇有见地的,体现了编者认识的深刻性和眼光的前瞻性。但即便是这样一部不落窠臼的文学史书写,仍然难以摆脱苏联模式的影响,例如其理论依据仍然是以苏联文论观点为核心,叙述方式仍然受到苏联所谓的"唯物论"思维的深刻影响,而在具体论述中第二次全苏作家代表大会的观点不时插入。凡此种种,俯拾皆是。

第二个时期(1960—1965)是有相对独立意识的过渡时期。这一时期的外国文学史编撰虽然仍带有模仿苏联的痕迹,但相比于上个时期来说,有了更多属于自己的看法和观点。这一方面得益于此时我国外国文学史书写已经建立了良好的编写基础,另一方面,从20世纪60年代初期开始,我国与苏联的关系开始走向冰封期,这些都影响了整个外国文学史书写体系的发展,成就了一种新的文学史建构模式的建立;虽然整个体系还是参照苏联的模式构建的,但却可以看到文学史研究者自觉书写的努力。《外国文学(修订本)》是华东师范大学的外国文学教师合作编写的一部教材,共分为四册。第一册是古代至19世纪末20世纪初的欧美文学;第二册是俄罗斯19世纪的文学;第三册是苏联文学;第四册是现代欧美文学和东方文学。从这样的编排来看,俄苏文学在整部外国文学教材中所占的比重还是非常大的,几乎占据了半壁江山。在前言中,我们又看到编者对建立一个具有中国特色并且体系完善的外国文学史教材的渴望。例如对第一章"古希腊文学"的书写,与前一个时期相比体系更加完整,并且突出了作品的艺术价值分析。编者先是根据文学体裁的发展演变,将文学分为三个时期:史诗时期、散文时期、混杂时期,其后又对各个不同时期文学发展的基本特色进行了归纳总结。接下来便是分节来分析古希腊时期的文学生态,第一节是古希腊神话,对于神话的实质、产生过程、特征、内容、形式、价值等各个方面的阐释清晰全面。第二节是荷马史诗,除了详细书写其产生过程和思

---

[1] 张月超:《西欧经典作家与作品》,武汉:长江文艺出版社,1957年,第2页。

想内容外，编者还夹杂了大量的文本分析，经常引入一些《伊利亚特》和《奥德赛》中的片段以供读者赏析，体现了编者既重视理论又重视文本的前瞻性。第三节是希腊戏剧，其中囊括了几乎所有重要的古希腊戏剧家和戏剧作品，包括《乞援人》《波斯人》《被缚的普罗米修斯》《俄狄浦斯王》《安提戈涅》《美狄亚》等至今仍被高度关注的古典悲剧。根据文学体裁划分各阶段、各国文学是具有进步意义的，这表明我国文学史研究者开始摆脱苏联模式，进入相对自觉书写的尝试，这亦是尊重文学艺术自身发展规律的努力结果。

  周煦良主编的《外国文学作品选》是一部服务于综合性大学、师范大学、师范学院"外国文学史"课程的辅助教材。全书共分为古代部分、近代部分（上）、近代部分（下）、现代部分四卷。古代部分从希腊、罗马时期到中世纪，近代从文艺复兴时期到20世纪初叶，现代则从十月革命起。这部《外国文学作品选》所选取的作品也不再如上一时期以"阶级属性"和"思想倾向"为标准，在作品选择上大多选取了美学价值较高且经得起时代检验的经典之作。例如在古希腊部分，选取了《伊利亚特》中"赫克托耳之死"的片段、《奥德赛》第八卷片段、萨福的抒情诗选、埃斯库罗斯的《被缚的普罗米修斯》片段、索福克勒斯的《俄狄浦斯王》片段、欧里庇得斯的《美狄亚》片段以及阿里斯托芬的《阿卡奈人》片段；在古代的印度部分，选取了《摩诃婆罗多》和《沙恭达罗》两部经典之作的片段；犹太文学则是选取了《圣经》文学性最强的"创世记""出埃及记""雅歌"等章节；在法国文学部分选取了《列那狐传奇》和《罗兰之歌》的一些精彩章节。虽然这是一部文选，但它并非是毫无独立思想性的文本堆叠，而是体现了独立的文学史思想。尤其是在每一篇选文之前，编者都会增添作家和作品的简要介绍以及针对作品的评论，例如在《十日谈》之前，有关于作者薄伽丘的生平、创作经历、主要作品简介，以及《十日谈》的成书过程、结构分析、艺术价值的精要论述。更为可贵的是，编者进行作品分析时，开始逐渐注重对作品的艺术价值的阐释。

  《文艺理论专业外国文学学习参考资料》（一）是中共中央高级党校语言文学教研室编辑的一部参考资料集，亦是一部颇有特色的外国文学史学习辅助教材。该书既带有苏联文艺理论的影响痕迹，也有我国研究者的自觉思考成果。例如，这部教材以"莎士比亚及其戏剧"作为研究对象，先是翻译了苏联两位研究者的文章《莎士比亚论》和《论莎士比亚的戏剧〈哈姆雷特〉》，然后引入我国文艺评论家兼诗人卞之琳对莎士比亚的研究文章。卞之琳先生运用辩证和历史唯物主义的观点、立场、方法所做的研究，也与之前撰写的文学史中对哈姆雷特的分析形成了对比。比较而言，他的辨析更具立体化。他从英国文艺复兴时代社会本质及莎士比亚创作思想的概观出发,辨析了围绕这个人物的诸多命题,包括延宕问题、软弱问题、悲观问题、装疯问题、残酷问题、命运问题、忧郁问题等,提出了很多颇具启发性的观点,从卞之琳的文章中我们亦可看到此时我国学者为建立具有中国特色外国文学史话语体系所做的努力。

第三个时期(1966—1976)是具有时代特色的相对沉寂和停滞的时期。1966年开始的"文化大革命"给我国外国文学史的研究事业带来了巨大的冲击。这一时期的外国文学史研究和编写水平相对薄弱,但也留下了一些颇具时代特色的作品。如《外国文学简编(试用教材)》在1974年首版时,就与前两个时期的外国文学史教材有着很大的区别。从形式上看,文学史正文之前,有三页的革命导师语录——"马克思恩格斯语录""列宁语录""毛主席语录"。语录之后是一篇"前言"。这个前言并不是理论概说,而是一篇批判文章。在具体选目上,第三世界具有无产阶级性质的作品比重明显加大:"阿尔巴尼亚无产阶级文学和皮塔尔卡""朝鲜无产阶级文学和赵基天""战斗的越南文学和素友"都被以专章的形式论述——这在前两个时期都是不曾出现的情况。《外国文学简编(试用教材)》采取"厚今薄古"的方针,古希腊、古罗马及中世纪的文学发展情况都被省略,文学史的第一章便是"文艺复兴时期和莎士比亚",最后一章是颇具时代特色的"苏修文学及其鼻祖肖洛霍夫批判"。整部文学史充满了意识形态的批判色彩。这种以"阶级斗争为纲"的文学史书写得出了很多在今天看来令人啼笑皆非的结论:"葛利高里就是这样一个双手沾满革命人民鲜血的刽子手,一个疯狂地反对苏维埃政权的凶恶敌人,对这样一个罪大恶极的反革命分子,肖洛霍夫却寄以无限深情,对他百般美化歌颂,为其树碑立传。肖洛霍夫企图用资产阶级人性论、人道主义的薄纱,掩盖葛利高里的残忍、凶恶的反动本性。"[1]这种对"苏修"作品的极尽批判,虽显示了我国学者试图摆脱苏联模式的努力,但极端的做法反而使以往的苏联模式更极致化。

《外国文学简论(试用教材)》是陕西师范大学中文系外国文学研究小组在1975年编写的教材,这同样是一部充满时代烙印的作品。正文前论述了对待外国文化遗产应有的态度:"我们必须继承一切优秀的文学艺术遗产,批判地吸收其中一切有益的东西,作为我们从此时此地的人民生活中的文学艺术原料创造作品时候的借鉴。"[2]与《外国文学简编(试用教材)》一样的是,这部文学史亦将古典和中世纪文学排除在外,将文艺复兴时期的文学作为外国文学史的开

---

[1] 《外国文学简编》编写组:《外国文学简编(试用教材)》,1974年,第422—423页。
[2] 陕西师范大学中文系:《外国文学简论(试用教材)》,1975年,第1页。

端,并且将整个外国文学史简单地划分为"外国资产阶级文学"和"外国无产阶级革命文学"。教材加大了对无产阶级文学的论述比重,对欧美资产阶级文学主要采取批判继承的态度。例如在讲到托尔斯泰的时候,专节书写了"批判资产阶级和修正主义在对待托尔斯泰遗产上的反动思想"。其中对托尔斯泰的评价大多是荒唐空洞的:"托尔斯泰的艺术就象反对派说的那样是什么人类艺术的'顶峰',是不可企及和不可超越的吗?纯是一派胡言乱语。托尔斯泰的艺术,只是资产阶级文学达到极限的表现。从无产阶级艺术发展的成就和前景返回头看旧的资产阶级文学,它不过是小丘而已。"①可以说,这样的文学史叙述是特殊时代的畸形产物。

第四个时期(1977年至20世纪80年代初期)是从停滞向"解冻"的过渡时期。新时期的开端,使我国的外国文学史的编写开始走向相对宽松的发展阶段。各高校的外国文学教师成为这一时期编写教材的主力军。越来越多的外国文学史教材开始问世。苏皖鲁九院校合编的《外国文学》、辽宁五院校合编的《外国文学》、复旦大学外语系外国文学教研组编写的《现代外国文学》、杭州大学中文系外国文学教研室合编的《外国文学作品选讲》以及经过重大修改后出版的《外国文学简编》等,皆是这一时期具有代表性的外国文学史著作。但这一时期编写的外国文学史教材,在很大程度上还是延续了上一个时期的思维方式和话语模式。例如,在苏皖鲁九院校合编的《外国文学》中,虽然编者在文学史编写前言中愤怒批判了"四人帮"对外国文化事业的破坏,指出"'四人帮'时而宣扬'空白'论、'彻底扫荡'论,全面地否定和抹煞外国的无产阶级文艺,否认和排斥外国进步的文化遗产"②。纵观全书,编者仍然以"阶级斗争"作为文学史发展的主线,在很大程度上仍然以对无产阶级革命的态度作为评判外国作家和作品的标准。但无论如何,对"四人帮"极"左"做法的批判和控诉,已经标志着思想解放的春天的来临。辽宁五院校合编的《外国文学》甚至直接在文学史正文中插入了对"四人帮"的控诉:"'四人帮'歪曲历史真相,篡改历史事实,抹杀'资产阶级在历史上曾经起到过非常革命的作用',这是'四人帮'在文化上背叛马克思主义的铁证。"③但总体思想倾向,甚至基本内容仍然与前者相差不多。复旦大学外语系外国文学教研组编写的《现代外国文学》也延续了上一个时期的做法,仍是以加强对苏联文学的批判和研究为目的,在作家作品选取上,仍然

---

① 陕西师范大学中文系:《外国文学简论(试用教材)》,1975年,第116页。
② 苏皖鲁九院校《外国文学》编写组:《外国文学》,1977年,"前言"第2页。
③ 辽宁五院校《外国文学》编写组:《外国文学》,1979年,第76页。

有一些艺术价值平庸的苏联作品成为重心，如格奥尔基·古利亚、瓦西里·舒克申、雅可夫·马卡连科、维·李巴托夫等人的短篇小说，这显然是长期受意识形态影响的结果，但令人欣慰的是编者们已经开始对一些过去的见解和做法进行了有价值的反思。更值得肯定的是，这一时期还存在着一些反映"解冻"趋势的文学史作品，例如中山大学中文系文艺理论教研室合编的《外国文学》就是一部非常有价值的外国文学史教材，编者在前言中阐述了自己的外国文学史理念：一方面是要摒除外国文学史的"欧洲中心主义观念"，要将五大洲各国的文学发展情况都纳入自己的研究视野；另一方面强调对外文资料的重视，写作中参考了英、俄两种语言的一些外文资料。这不得不说是编者在思想解放方面的一种可贵努力。

三、《欧洲文学史》的学术整合表述与历史功绩

20世纪60年代初期，按照教育部的统一部署，北京大学杨周翰、吴达元和赵萝蕤先生开始主持编写《欧洲文学史》。《欧洲文学史》上卷于1964年初出版，下卷因种种原因直至1979年才首次问世。该文学史也是北京大学、北京师范大学、北京外国语学院、华中师范学院和中国社会科学院文学研究所等集体编纂的成果。除了三位主编之外，参编者还有北京大学西语系的闻家驷、田德望、殷葆瑹、罗经国、李淑、孙凤城、孙坤荣、沈石岩，俄语系的张秋华、彭克巽、李明滨；中国社会科学院的冯至、罗念生、戈宝权、陈焜、吕同六、杨耀民；华中师范学院的周乐群；北京师范大学的陈惇；北京外国语学院的王燎，以及吉林大学外语系的宋昌中、福建师大的李万钧等。可以说，参与这部教材编写的学者绝大多数有国外学习与研究的经历，是某一语种或国别的专门研究学者。[①] 尽管其中存在既往苏联模式以及当时社会运动的影响，但毕竟是中国学者按照自己的需要，在自己的研究基础上编写的一部教材。该教材对欧洲文学发展的历史背景、发展脉络、作家作品的透彻分析，充分显示了这一代外国文学研究者的学术水平。尽管杨周翰在书出版后不久，就在《光明日报》上发表《〈欧洲文学史〉编写中的一些问题》，总结了编写文学史所面临的材料不足、分期、范围、发展线索等问题[②]，但这部文学史——也是新中国成立后国人自己编写的第一本欧洲文

[①] 关于《欧洲文学史》的编写状况，详见龚翰熊：《西方文学研究》，福州：福建人民出版社，2005，第382—383页。

[②] 杨周翰：《〈欧洲文学史〉编写中的一些问题》，《光明日报》1964年2月10日。

学史的正式教科书——充分体现了在当时社会主义建设复杂历史环境中,外国文学研究者的学术整合与表述的最高水准。具体而言至少有三个方面的成就。

第一,用比较辩证的观点和方法,充分反映欧洲文学发展过程中生产力和生产关系,阶级斗争与不同时代、不同国家或民族的精神面貌对欧洲文学所起的作用,回答了一些文学史上的重大问题,并努力向社会主义思想形态建设靠拢。《欧洲文学史》的编者这样规定该书的写作目的和要求:"以马克思列宁主义、毛泽东思想为指导,提供有关欧洲文学发展的基本知识"。一方面,从编写思想和具体成果来看,整部文学史虽然认同苏联学者关于历史结构和阶级在历史结构中的功能判断,但又有新的认识。编者在1962年先行印出的《外国文学史欧洲部分提纲》中强调:"我们力图从三方面叙述欧洲文学发展的线索:历史(包括经济发展、政治情况)、思潮(包括哲学思潮、社会学说等)和文学发展(流派的演变、前后关系和相互影响等)。"进一步而言,在《欧洲文学史》"绪言"中思想方法一节,编者还强调:"在学习时,有必要在思想上划清和资产阶级的界限,特别需要树立起批判的学习态度","具体说来,要用阶级观点和历史主义观点分析历史上的欧洲文学现象,例如,要分析它们是属于哪个阶级、哪个时代的;是人民的文学,还是统治阶级的文学;是阶级上升时期的,还是没落时期的"。①正如当时的评论者所说的,这部欧洲文学史,"在叙述中总是把欧洲各时期、各民族、各流派放在和它们相应的社会现实生活的背景上,具体的阶级斗争情势和阶级关系中加以考察"②。编者不仅紧扣文学是社会生活的反映这一基本前提,而且注重其他社会思潮对文学的影响,如唯理主义对古典主义的影响,黑格尔辩证法和费尔巴哈唯物主义对批判现实主义文学的影响,实证主义对自然主义文学的影响等。当然,我们也必须承认,在具体的内容撰写上,该教材仍然在社会背景与文学现象的关系的处理上存在着一些生硬、僵化或割裂性的现象——这很大程度上也与当时的社会环境有关——但无论如何,这在当时是处理得最好的作品。1978年杨周翰在"全国外国文学研究工作规划会议"上作了《关于提高外国文学史编写质量的几个问题》的报告,回顾当时撰写文学史所面临的核心问题:"我们写文学史当然要站在无产阶级立场,把政治放在首位,但对于突出政治有不同的理解。"③编者认为,对于"突出政治"理解过于僵化可能

---

① 杨周翰、吴达元、赵萝蕤主编:《欧洲文学史》上卷,北京:人民文学出版社,1979年,第7页。
② 孙遵斯:《〈欧洲文学史〉(上册)》,《文学评论》1964(2),第82页。
③ 杨周翰:《关于提高外国文学史编写质量的几个问题》,中国社会科学院外国文学研究所编:《外国文学研究集刊》第二辑,北京:中国社会科学出版社,1980年,第1页。

会导致不能从文学的客观实际出发。

第二,大大推进了国人对欧洲文学史体系的认识和建构。《欧洲文学史》因为对欧洲文学有着总体的把握和精当的描述,使其"带有深深的中国学者研究的烙印",这也正是杨先生日后受到西方同行尊敬的一个重要原因。[①] 就框架和体例而言,整部作品具有很强的"史"的意识和架构。撰写一部文学史要解决一些基本的问题,如历史分期问题,重要文学运动、文学流派和作家的抉择问题,文学发展进程中各种思潮、流派、运动的来龙去脉问题,以及它们自身与既往及此后思潮、流派、运动的关系问题,各个国家的文学风貌问题,与毗邻国家和地区相互联系与影响的问题,甚至是史论与作家作品的分量占比的问题,其中难免会因负担过重而舍弃许多不应舍弃的内容。在历史分期的分歧与矛盾方面,杨周翰在《欧洲文学史研究工作中的一些问题》一文中交代得比较清楚,要么遵循类似《德国文学简史》把文学发展与历史发展并行的做法,按照欧洲文明发展的各个历史阶段来分期,亦即奴隶社会、封建社会、资本主义社会等阶段。各个阶段可进一步细分,尤其是资本主义阶段又可分为发生、发展、确立、巩固、开始衰落到变为帝国主义等阶段。这样处理的优点是"文学的历史、社会性质鲜明",但缺点"在于它似乎把文学仅仅看作是说明历史的材料,减低了文学在各阶段社会中的积极作用"。尤其是19世纪,"欧洲各国发展不平衡,很难用同一阶段概括所有国家";第二种分期法,不标明社会发展阶段的性质,一般只用"第几世纪",如古希腊、罗马、中古时期、文艺复兴、17世纪、18世纪、19世纪、20世纪,其中19世纪又可以分为前期、中期、后期,这一划分方法的优点在于符合欧洲文学的发展潮流,但缺点在于"看不出文学和社会的关系"。至于把17世纪称为古典主义时期,18世纪称为启蒙运动时期,19世纪分为浪漫主义时期、批评现实主义时期的做法,对于整个欧洲文学来说,也有以偏概全之嫌。[②] 可以说,欧洲文学史的分期是一个复杂的问题,即便对于今天撰写欧美文学史也是很难妥善解决的问题,就当时的大环境而言,《欧洲文学史》还是采取了一般通行的历史和文学潮流综合的分期法,分为古代文学、中古文学、文艺复兴时期文学、17世纪文学和18世纪文学,这也奠定了今天欧美文学史撰写的基本框架。

在确立历史分期的基础上,还要确立各个历史时期叙述的基本结构。《欧洲文学史》采用每章先言简意赅地描述这一时期欧洲各国政治、经济、社会思潮

[①] 王宁:《再论杨周翰的比较文学和世界文学研究》,《中国比较文学》2016(2),第68页。
[②] 杨周翰:《欧洲文学史研究工作中的一些问题》,《文学评论》1963(1),第99页。

等状况及由此而决定的文学发展状况,以及阶级斗争形势、经济发展情况、一般政治情况、与文学发展有关的社会思潮,使读者对当时的社会现实概貌有一定的了解;同时也很注意文学本身发展规律和线索的探讨,比如第二章分为英雄史诗和骑士文学、城市文学、从中古到文艺复兴的过渡和意大利诗人但丁三节,在各节中再按民族分别介绍;从第三章开始以国家分节,配以文体按时间顺序叙述,或以地域按时间顺序叙述,突出成就与影响更好的重点文学现象。诚如《外国文学史欧洲部分提纲》所言,这些抉择是依照"反映了一个时代的精神面貌和当时的重大社会问题;是重要文学运动或文学流派的最突出代表;在世界或欧洲文学发展中有突出贡献或起了划时代的作用","广泛地反映了自己国家的社会情况;重要流派的代表人物和对本国文学发展有重要贡献"等标准筛选出来的;[①]同时还注意欧洲文学之间的相互影响。"如希腊哲学家柏拉图和新柏拉图主义(Neoplatonism)对欧洲文艺复兴和浪漫主义的影响;法国古典主义对英国、德国、意大利和俄罗斯等国的民族文学的影响;法国的莫里哀和十八世纪英国的喜剧作家谢立丹对意大利喜剧作家哥尔多尼的影响;以及因十八世纪英国作家斯泰恩的小说《感伤旅行》而得名的感伤主义文学流派,对法国、德国和俄国文学和十九世纪浪漫主义的产生和发展的影响等。"[②]这种建立在文学与外部因素、文学内部因素相互影响基础上,重点突出主要国家文学发展脉络和有代表性的作家及其作品,并尽量予以归纳总结,提高到理论高度的做法,成为该文学史的鲜明特色之一。[③] 与既往的文学史撰写相比,它的明显突破在于,强化了政治、经济、文化联系十分紧密的欧洲各国之间文学的关联与影响,突出史的问题,避免收录过多作家、作品。

第三,推动了欧洲文学研究的艺术性分析。从以上两点可以看出,编者力图调和两个方面的内容,既要有意识地以主流意识形态去把握欧洲文学发展的脉络,又力图呈现欧洲文学作为艺术发展的客观规律和史实。杨周翰先生在《〈欧洲文学史〉编写中的一些问题》一文中,曾检讨了《欧洲文学史》编写所存在的问题,即虽说对"欧洲文学发展和欧洲经济、政治发展之间的关系","文学和社会思潮之间的关系"予以重点关注,但艺术分析还是偏弱。当然,杨先生认

[①] 杨周翰、吴达元、赵罗蕤主编:《欧洲文学史》上卷,北京:人民文学出版社,1979年,第2页。
[②] 王治国:《〈欧洲文学史〉上卷》,《读书》1980(4),第37页。
[③] 参见韩加明:《外国文学史编纂史与时代变迁》,《外国文学评论》2011(2)。正如韩加明指出的,1963年石璞教授的《外国文学史讲义 欧美部分》与杨周翰等主编的《欧洲文学史》的最大区别是后者更适于教学,"前者重综合史论,作品介绍较简略,具有研究专著的特点;后者则以作家作品评析为主,教科书色彩更浓。"(第221页)

为,"文学是阶级斗争的武器",注重"阶级斗争的关系,是完全必要的,这是马克思主义的文学史观和资产阶级文学史观根本区别所在"。虽然这些认识的得出与《欧洲文学史》上卷编写所处的时代有着密切的关系。但艺术分析也应该继续强化。其实,在这部文学史中,我们可以看到,对作品及一些流派的艺术分析,已经占有了一定的篇幅,这不能不说是一个巨大的进步。然而,即使这样,在这部文学史出版后,仍有评论者批评编者不重视阶级斗争、思想性分析倾向于文学艺术自身分析的做法。例如,指责对高乃依的《熙德》中的"毒素,如忠君思想,宣揭宗教、宿命论观点,污辱人民群众等,有的只是轻写淡描,一笔带过",却使用"理性""感情"这类抽掉阶级内容的抽象的概念,如"无可非哉的感情""理性克制感情""理性重占上风"这些没有阶级色彩的观念来分析人物。在评价施曼娜时,教材写道:"施曼娜对堂·罗德利克的爱情不是不可解释的神秘的爱,而是建筑在理性之上、建筑在封建道德标准之上的爱情。"这一观点在今天的教材中是被普遍接受的,但是批评文章却指出,施曼娜并非以理性来衡量爱情,而是以封建道德、封建名誉观来对待爱情,宣扬的也是封建道德与封建荣誉。①杨周翰先生在《欧洲文学史研究工作中的一些问题》中,对过去的这些认识做出了回应:在确定作家的文学地位时,不能只看是否批判揭露,简单地以"反映现实为尺度",也要看到一些优秀作品"不直接反映现实,而是抒发个人情感",或者是进步阶级"歌颂某些理想,在历史上有进步作用"。②

杨先生也不无遗憾地坦言,这部文学史的撰写在艺术分析方面是有欠缺的。"在评价问题上,欧洲文学史研究对总结过去欧洲进步的艺术成就方面还做得很不够。……对艺术性的分析则远远没有达到社会主义文化建设的要求。欧洲文学史在……艺术成就方面有更多值得参考的地方。由于过去在这方面注意得不够,因此也没有摸索出一套总结艺术成就的方法。"③然而事实上,《欧洲文学史》上卷已经具备了那个时代的前沿意识。"文化大革命"末期一篇文章曾举例说明了该文学史在艺术性把握上的一些成就:不是乱贴"人民性""现实主义"和"反现实主义"的标签,而是从艺术角度来考察思想成就:如对脍炙人口的歌颂青春、友谊和爱情的莎士比亚的十四行诗,该文作者就认为,它"比彼特

---

① 超烽:《怎样评价高乃依及拉辛的作品——对〈欧洲文学史〉(上)的几点意见》,《文学评论》1966(1),第69—70页。
② 杨周翰:《欧洲文学史研究工作中的一些问题》,《文学评论》1963(1),第103页。
③ 杨周翰:《〈欧洲文学史〉编写中的一些问题》,《光明日报》1964年2月10日。

拉克更向前发展一步,主题更加丰富,对待爱情已没有宗教情绪或封建等级观念";①至于莎士比亚的九部批判封建君主、谴责封建集团间的血腥战争、表达人文主义者的理想的历史剧,也都就事论事,不以一种抽象的绝对不变的政治标准和艺术标准来衡量。文章还认为,该教材对文艺复兴时期英国的新文学的分析,比意、法两国评论家的分析更深刻。原因是教材编写者看到了英国文学发生在意、法两国之后,吸取了意、法两国文学的创作经验,因此在艺术上成就最大。尤其是其戏剧最为繁荣,因此有可能成为文艺复兴时期欧洲文学中的高峰。龚翰熊认为,《欧洲文学史》是"文化大革命"前"中国西方文学研究的最重要成果",主要特点是"全局性的文学史观","对各种思潮、作家与作品作了很有深度的分析","侧重深入发掘各种文学现象之间的内在联系,注意清理由'此'通向'彼'的线索"。②

正如有评论指出的,"杨周翰主编的《欧洲文学史》(人民文学出版社,1964—1979)标志着外国文学史编写范式的正式形成。首次以较为科学的文学史观从宏观上较为清晰地展示了欧洲文学的整体发展演进和流变的历程,利用文艺社会学方法对欧洲两千多年来的主要文学现象、文学潮流和重要的作家作品进行了综合性研究……基本奠定了后世文学史对外国文学总体面貌的描绘框架。"③

然而不幸的是,随着"文化大革命"的临近,对其的批判和否定的声音也开始出现。1965年2月就有文章开始把《欧洲文学史》中的很多问题直接与修正主义挂钩,认为文学史研究"必须为无产阶级革命政治服务,为当前的阶级斗争服务",并要"彻底批判和清算其中的形形色色的资产阶级思想"。④ 而随后"文化大革命"的到来,更是完全否定了这本《欧洲文学史》,把它当成"修正主义"的典型进行批判。《欧洲文学史》下卷的修订受"文化大革命"的影响更大,1965年编写完成却没能得以出版。曾参与1979版《欧洲文学史》修订的孙凤城教授写道:"因为下册的主要内容是19世纪的欧洲文学,因而涉及的所谓资本主义思想意识形态,修正主义观点更是俯拾即是。因而,在那时期,要出版这样一本书,在观点上必须要大力修改,否则不能适应潮流,因而下册就要打破上册的客

---

① 王治国:《〈欧洲文学史〉上卷》,《读书》1980(4),第37页。
② 转引自韩加明:《外国文学史编纂史与时代变迁》,《外国文学评论》2011(2),第219页。
③ 陈婧、陈建华:《外国文学史的范式转型及反思》,《山东社会科学》2013(4),第108页。
④ 周凡英:《也谈欧洲文学史研究工作中的问题——与杨周翰同志商榷》,《新建设》1965(2),第53—56页。

观、平稳性。像唯美主义、印象主义、象征主义等这类流派，只能尽量一笔带过，由于既不能否认它们的存在，而一提到它们就应该批判，因而只能含糊其事，最多加几个批判词，而因为言不由衷常常显得有气无力。"①

综上所述，在这一时期的教材编写过程中，欧美文学研究界从经济基础与上层建筑等基本原理来考察文学，对后来我国外国文学教材的编写，有着以下三个重要贡献。第一，对文学史与文学理论的认识，有着深刻的学科建设意义，直至今日仍有举足轻重的影响。《欧洲文学史》上卷可以说是我国以马克思主义文艺思想为指导的外国文学史编写的一块基石；第二，虽然存在庸俗社会学的片面解读，但是强调了文学的社会批判作用和教育意义，尤其是无产阶级与社会主义文学的引入、介绍与研究，对思想文化建设有着积极的时代意义；第三，虽然没有出现囊括亚非拉在内的综合性文学史，但是从当时亚非拉文学的翻译热潮来看，当时的外国文学研究界有着东西方文学的全局意识。

然而，也要看到，由于时代和人们认识水平的限制，当时编撰的外国文学乃至欧美文学的教材最主要的弊端在于对马克思主义一些基本原理理解的机械化和庸俗化倾向。很多教材的编撰者没有处理好经济、政治与文学演变之间的复杂的辩证性关系，没有意识到文学发展与社会经济、政治发展往往并不同步，更没有注意到文学审美的特质使得评价社会历史的标准并不一定适合评价作家、作品的历史地位，从而导致了对文学与政治、经济关系的简单化、机械化、教条化理解，并坠入庸俗的社会学泥潭。在作家作品的选择上，进步与反动成了衡量作家作品的主要标准，并进一步发展为独尊现实主义，尤其是无产阶级文学和社会主义文学。还把浪漫主义不恰当地分为反动和进步的两种，将现代主义说成是颓废的和腐朽的而全盘否定，这也在某种程度上搅乱了文学价值与文学经典评判的标准。

---

① 韩加明：《外国文学史编纂史与时代变迁》，《外国文学评论》2011(2)，第 221 页。

第十个问题：

如何看待20世纪60年代初到70年代中叶内部发行的"黄(灰)皮书"的作用

1949年以后,尤其是"双百"方针提出后,外国文学译介达到了一个高潮,仅新中国成立初期十年,翻译并推出的外国文学作品就达5356种,是新中国成立前三十年出版的2200余种的两倍多。"建国初期,中国文坛和中国读者对苏联文学表现出了巨大的热情。新译出的苏联文学作品似潮水般地涌入中国,短短十年译出了上千位苏联作家的几千种作品。同时还有大批的旧译重版的作品。苏联文学译作占全部俄苏文学译作的九成以上。这些以新时代为主要描写对象,以爱国主义和革命英雄主义为主旋律的苏联文学作品,在中国读者尤其是在青年中激起强烈反响,广为流传。"[①]60年代初,随着苏联日益走向"修正主义"和"霸权主义",以苏联文学为主的译介局面被打破,欧美及亚非拉等国家的文学翻译和介绍有了较大增加。但对欧美现代主义作品和一些有较大争议的作品、苏联带有"修正主义"和"霸权主义"倾向的作品如何处理,就成为一个难题。公开出版和介绍这些作品,会导致人们思想意识的混乱;不翻译、不介绍又会使我们难以把握其意识形态的发展走向。正是在这种情况下,"黄皮书"和"灰皮书"(我们将其统称为"黄(灰)皮书")应运而生,成为这一特定历史时期的独特现象。

一、"黄(灰)皮书"的产生发展过程和译介情况

"黄(灰)皮书"指1960年至1976年前后出版、被标注为"内部发行"的文学类图书。这类书因封皮大多采用黄色胶版纸(有时是用灰色、灰蓝或白色的胶版纸)而被民间俗称为"黄皮书"或"灰皮书"。"黄(灰)皮书"是特定时代外国文

---

① 陈建华:《二十世纪中俄文学关系》,北京:高等教育出版社,2002年,第180页。

学领域的一个特殊现象。

(一) "黄(灰)皮书"的产生与发展

"黄(灰)皮书"肇始于中苏关系的冷却与恶化。中苏关系的变化,尤其是中共"九评"发表后的国际形势,使得中国文学界对俄苏文学表现出了慎之又慎的态度。1957年8月,白祖芸翻译杜金采夫抨击斯大林时期的苏联社会的长篇小说《不是单靠面包》由作家出版社出版。这部小说1956年最初在苏联《新世界》杂志上发表,年底在苏联文艺界"不健康倾向"的批判中受到抨击。1959年开始,随着中苏关系逐步恶化,中国开始反对苏共修正主义的斗争。作家出版社敏锐地捕获到这个信息,便以"供内部参考"的方式出版。关于第一本"黄皮书"有两种说法,一说是人民文学出版社出版的诗集《山外青山天外天》(1961)一说是作家出版社出版的《苦果》(1962)。从时间上看,《山外青山天外天》更早一些,但很多学者更认同第二种说法。

有意识地启动"内部发行"机制是1959年12月—1960年初北京新桥饭店召开的文化工作会议上的事。据陈冰夷先生回忆:"这个会议很重要,我事先知道,所以我在1959年底,以《世界文学》编辑部的名义,出版了'世界文学参考资料专辑',书名叫《苏联文学界最近时期重大争论》。"后来,"出版了专辑的第二本,它收了39篇争论文章,共278页。封面上印着'内刊部物·专供领导参考'。这里颠倒了一个字,应为'内部刊物'。封底没有定价,只印有'1959年11月19日编'的字样。"[①]作为国家级文学专业出版社的人民文学出版社,也针对当时有关苏联文学的一些有争议问题,如描写战争、人性论、爱伦堡文艺思想等确定了一批选题,以"内部发行"的方式出版,主要为党的中高级干部和专业研究人员提供参考。在这期间,以"黄(灰)皮书"形式翻译出版的俄苏小说作品有《伊凡·杰尼索维奇的一天》(1963)、《解冻》(第一、二部)(1963)、《索尔仁尼津短篇小说集》(1964)和《艾特玛托夫小说集》(1965)等,剧本有《德聂伯河上》(1962)、《保护活着的儿子》(1963)和《暴风雪》(1963)等以及诗歌集《人》(1964)等。此外,还包括一些苏联文艺理论著作,如《苏联文学与人道主义》(1963)、《苏联一些批评家、作家论艺术革新与"自我表现"问题》(1964)和《戏剧冲突与英雄人物》(1965)等。虽然这些理论书不被过多关注,却也是"内部资料"有意义的构成。

---

① 参见张福生:《我了解的"黄皮书"出版始末》,《中华读书报》2006年8月23日。

"黄(灰)皮书"之所以用黄色刊印并标明"内部参考",是因为它象征着社会的禁忌。"60年代初'黄(灰)皮书'问世时,每种只印大约900册。它的读者很有针对性:司局级以上干部和著名作家。这就给它增添了一种'神秘'色彩。据当年负责'黄皮书'具体编辑工作的秦顺新先生讲,他曾在总编室见过一个小本子,书出版后,会按上面的单位名称和人名通知购买。曾在中宣部工作,后调入人民文学出版社任副总编辑的李曙光先生也讲,这个名单是经过严格审查的,他参与了拟定过程,这个名单同时经过了周扬、林默涵等领导的过目。俄苏文学的老编辑程文先生回忆说,他在国务院直属的对外文化联络委员会工作时,具体负责对苏调研,所以他们那里也有一套'黄皮书',阅后都要锁进机密柜里。"①虽然是引进图书,却将之隔离到一个很小的范围内,让它远离主流社会并警惕大众接近它。从中国文学话语的建构来看,译介的"黄皮书"具有反向塑造的作用,即让大家参考这些书的目的是提高警惕,避免同样的"错误"在中国出现。"黄皮书"一枝独秀,也成为那个年代欧美文学进入中国最重要的方式。正如翻译家吴岩所说,"大跃进"运动之后,上海作协就曾大张旗鼓地开了49天的会,大批18、19世纪文学,被认为都是资产阶级的东西,毫无用处。不久后的"反修"高潮兴起,开始查检创作中的"修正主义",凡描写战争残酷,宣传人性论味道的字句、段落,都被认为是修正主义。这种做法发展到后来,外国文学的翻译出版似乎只剩下亚非拉文学和内部发行的"黄皮书"了。

中苏交恶促使文学界将注意力转向了欧美其他国家的文学。据孙绳武回忆,1960年前后,原作家协会的领导就"西方文学的新现象"召开了两三次研讨会。会上,一些专家注意到当时英、法、美等国家出现了一批反映资本主义社会新特征的文学作品,例如"愤怒的一代"的作家作品。但是考虑到种种因素,最后还是决定以"内部参考"的方式出版发行。② 这类作品包括"垮掉的一代"中凯鲁亚克的代表作《在路上》、约翰·勃莱恩的《往上爬》、奥斯本的《愤怒的回顾》《星期天晚上和星期日白天》和塞林格的《麦田里的守望者》等小说,剧本有英国作家贝克特的《等待戈多》、法国作家布勒东的《娜嘉》等西方现代主义的代表作。

到了"文化大革命"前夕,"黄(灰)皮书"的刊行情况发生了一些变化,开始把欧美现代主义作品以及一些苏联当代作品,看作"毒草"。"毒草"的说法最早由中宣部部长陆定一提出。他认为:"美国的文学艺术堕落到让黄色小说、阿飞

---

① 参见张福生:《我了解的"黄皮书"出版始末》,《中华读书报》2006年8月23日。
② 孙绳武:《关于"内部书":杂忆与随感》,《中华读书报》2006年9月6日。

舞、黑猩猩的'绘画'在那里称王称霸。资产阶级的哲学、社会科学、文学、艺术，已经完全破产。它对我们只有一个用处，就是当作毒草来加以研究，以便使我们有个反面的教员，使我们学会认识毒草，并把毒草锄掉变为肥料。"[①]这表明到"文化大革命"前夕，对"黄（灰）皮书"的认识发生了根本性的变化，由"有问题"变成了毒草，由"供参考用"变成了"供批判用"。

"文化大革命"开始后，所有外国文学都被归入"封资修"作品和"大毒草"之列，成了批判的对象，外国文学的正常译介进程几乎彻底中断。有学者将"文化大革命"期间的文学翻译活动划分为几种形式：公开出版、内部发行、尚未问世。根据现有材料来看，"文化大革命"期间的翻译可划分为两个时期：第一个时期（1966年5月—1971年11月）没有任何翻译作品出版。欧美现代主义文学姑且不论，就连欧洲19世纪批判现实主义小说也受到了批判，被认为是"以个人主义为中心的形形色色资产阶级思想的总会"[②]；在"文化大革命"期间，苏联、东欧文学的译介也因"为修正主义招魂"遭到排斥。第二个时期（1971年12月至1976年10月）的外国文学翻译和出版分为两种情况：一种仅有数十种公开出版的作品，多为"文化大革命"前已经翻译出版过的，且得到权威人士（如马克思、恩格斯、列宁、斯大林、毛泽东等）肯定的图书，主要是苏联与日本的无产阶级革命文学，如高尔基的《在人间》《母亲》《一月九日》、法捷耶夫的《青年近卫军》、奥斯特洛夫斯基的《钢铁是怎样炼成的》，绥拉菲莫维奇的《铁流》等。[③] 在重印巴黎公社诗人欧仁·鲍狄埃的《鲍狄埃诗选》时，挑选了诗人最革命、最能体现时代精神的20首诗，如《国际歌》《自卫吧，巴黎》，书前还附有列宁在诗人逝世25周年时所写的纪念文章——《欧仁·鲍狄埃》。此时出版的还有日本小林多喜二的作品《沼尾村》《蟹工船》《在外地主》等。再有就是一些"文化大革命"期间仍和中国保持友好关系的国家，如阿尔巴尼亚、朝鲜、老挝、柬埔寨、越南等国反映革命、战斗、胜利内容的各种短篇小说集。另一种属于内部发行的"黄（灰）皮书"。一般而言，"黄皮书"收录的是"帝国主义"和"修正主义"国家的文学作品；"灰皮书"则收录社会科学论著，包括赫鲁晓夫、托洛茨基、布哈林、考茨基等人的著作。除了"黄（灰）皮书"的封面或封底印有"内部发行"字样，一般还印有"本书为内部资料，供文艺界同志参考，请注意保存，不要外传"的提示话

---

① 周发祥、程玉梅、李艳霞、孙红、张卫晴：《二十世纪中国翻译文学史·十七年及"文革"卷》，天津：百花文艺出版社，2009年，第230页。
② 冯至：《外国文学工作者在毛泽东思想的旗帜下前进》，《世界文学》1966（1），第193页。
③ 谢天振：《比较文学与翻译研究》，上海：复旦大学出版社，2011年，第280页。

语。开本一般都是 32 开。在当时,这些书被称为"内部书",到了"文化大革命"后期,"黄(灰)皮书"的叫法在民间流传并普及开来。据一直参与此项工作的秦顺新回忆,在最初阶段,"黄皮书"由人民文学出版社负责,上海方面有时也会受邀参与,具体出版者是人民文学出版社的附属单位"作家出版社"和"中国戏剧出版社";后期上海方面参与工作的积极性越来越高,开始与人民文学出版社共同负责。

"文化大革命"后期作为"内部发行"的作品,延续了"黄皮书""供批判用""为文学研究者提供信息或参考"以及了解美、日、德等国国情的需要。人民文学出版社又陆续出版了《人世间》(1972)、《多雪的冬天》(1972)、《阿穆尔河的里程》(1975)、《蓝色的闪电》(1976)和《滨河街公寓》(1978)等。还有反映日本军国主义复活的日本左翼作家三岛由纪夫的《丰饶之海》四部曲《春雪》《奔马》《晓寺》和《天人五衰》,小松左京的科幻小说《日本沉没》以及美国黑人作家詹姆斯·鲍德温的电影剧本《迷路前后》、尤多拉·韦尔蒂的《乐观者的女儿》等。

(二)"黄(灰)皮书"的国家分布

根据《1949—1986 全国内部发行图书总目录》,从 1960 年到 1978 年,我国共计出版外国文学作品 150 部,其中苏联 98 部,包括文学史 1 部、评论和研究专著 14 部、诗歌 3 部、戏剧 18 部、小说 62 部,占 65.3%;其他还包括英国 5 部,占 3.3%;法国 7 部,占 4.7%;欧洲其他国家 15 部,占 10%;美国 21 部,占 14%;美洲其他国家 3 部,占 2%;澳洲 1 部,占 0.7%。[1]

"黄皮书"的出版结构与新中国成立初期引入的外国文学作品相比有了很大的变化,苏联文学所占比重不断下降,欧美文学呈现上升趋势。苏联文学虽然仍占引进外国文学作品的绝对优势,但是,这一时期与新中国成立初期的 90% 相比,下降了 24.7 个百分点;欧美文学占引进外来文学的 34.7%。

20 世纪以来,欧美文学由传统向现代转型。这一阶段,西方社会经历了两次世界大战、十月革命等影响深远的大事件,社会急剧变化,人们的精神意识也随之发生震荡。这种局面下,欧美文学形成了流派众多、思潮迭变的多元化局面。面对多元复杂的外国文学流派,"黄皮书"更倾向于选择现实主义文学。从 1960—1978 年,"黄皮书"中引入的现实主义文学作品有 117 部,占总数的 78%,其中苏联现实主义作品 81 部,占引入苏联作品总数的 82.7%;美国现实

---

[1] 中国版本图书馆编:《1949—1986 全国内部发行图书总目》,北京:中华书局,1988 年,第 352—365 页。

主义作品18部,占引入美国作品总数的85.7%;欧洲其他国家现实主义文学8部,占引入欧洲其他国家文学作品总数的53.3%;法国现实主义文学3部,占引入法国文学作品总数的42.9%;英国现实主义文学3部,占引入英国文学作品总数的60%;美洲其他国家的现实主义文学3部,占引入美洲其他国家文学作品总数的100%;澳洲现实主义文学1部,占引入澳洲文学作品总数的100%。

从以上"黄(灰)皮书"各流派文学引进比例来看,现实主义文学一枝独秀、独占鳌头。现实主义文学倾向于真实地反映现实生活,强调客观、冷静地观察现实生活,按照生活原本的样子来描写生活,反映典型环境中的典型人物。因此,现实主义文学非常符合翻译、出版"黄皮书"的初衷——"通过文艺揭示苏、美、日等国的社会思想、政治和经济状况",更重要的是,现实主义文学具有强烈的批判性。它善于以社会环境的转变为视角,广泛描摹深广而复杂的社会关系网络;在客观性、真实性基础上进行价值判断,涉及社会的法律、公正、制度、国体乃至政体等大的层面,也包括人的操守、品性、言行、情感等日常生活层面。例如,在引进的作品中,从苏联肖洛霍夫的《被开垦的处女地》、瓦西里耶夫的《这里的黎明静悄悄……》到美国塞林格的《麦田里的守望者》,都是20世纪现实主义文学的代表作,这些作品以客观的视角、理性的分析,挑破现实生活的脓包,批判社会生活的不公。现实主义文学的这种批判性正符合"为反帝反修和批判资产阶级提供材料"的要求。因此,从这个意义上说,"黄(灰)皮书"在反帝反修的政治语境中将欧美文学"中国化"了。

(三) 对"黄(灰)皮书"所刊载作品的评论

出版"黄(灰)皮书"并将评论附在作品后面的目的在于通过分析、批判资本主义"毒草",防止社会主义新人中资本主义的毒。这成为"黄皮书"的一个特点:内部发行与公开批评并行不悖。

例如,存在主义的代表作萨特的《厌恶及其他》、加缪的《局外人》、凯鲁亚克的《在路上》等都是内部出版的,但是对它们的评论却是公开发表的。如"垮掉的一代"的代表性评述戈哈的《垂死的阶级,腐朽的文学——美国的"垮掉的一代"》(《世界文学》1960年第2期);袁可嘉介绍艾略特的论文《托·史·艾略特——美英帝国主义的御用文阀》(《文学评论》1960年第6期),王佐良的《艾略特何许人?》(《文艺报》1962年第2期)和《稻草人的黄昏——再谈艾略特与英美现代派》(《文艺报》1962年第12期)。1962年,上海文艺出版社出版了周煦良等译的《托·史·艾略特论文选》,这是新中国成立后出版的第一部西方现代主义作家论文集。同年,《文学评论》发表了介绍新批评的文章——袁可嘉的《"新批评派"述评》,董衡巽译"迷惘的一代"的《海明威浅论》等。文学期刊还发表了一系列介绍欧美其他现代主义的文章,如1963年《世界文学》第6期就发表了柳鸣九、朱虹的《法国"新小说派"剖视》、1963年《文学评论》发表袁可嘉《略论美英"现代派"诗歌》、1964年《文学研究集刊》发表袁可嘉的《美英"意识流"小说述评》,等等。这些评论几乎涵盖了当时欧美现代主义文学所有的流派。

当然,这些文章对现代主义作品的解读,是将政治、历史和文本分析结合在一起、带有鲜明而强烈的政治立场的。例如,给艾略特贴上了"御用文阀"和"稻草人的黄昏"的标签,将"垂死"和"腐朽"扣在"垮掉的一代"的作家头上。具有鲜明感情色彩的标签显示出对欧美文学强烈的谴责和批判意味。

"黄皮(灰)书"的身份已然表明批评的指向,成熟的阶级话语被简化为粗暴的批判。于是,文学评论沦为政治批判的,对文学作品的情节、人物形象、环境、写作观念和写作技巧等方面的评价失语,文学话语全然被政治话语取代。20世纪50年代,以阶级话语为主体的社会历史批评是欧美文学"中国化"的重要形式,对"黄(灰)皮书"出版的作品简单、粗暴的解读,充斥着政治激情与斗争火药味。欧美文学丧失了原有的品格与价值,"黄皮书"中的批判性文章成为阶级斗争的见证,却失却了文学批评的价值。许多读者透过程式化的批评,逐渐学会反向领会其中的文学真谛,通过对"黄(灰)皮书"的研究与解读,培养了文学鉴赏的能力。本来,公开发表评论性文章,意在引领读者正确认识"黄(灰)书",但因其无法平衡政治意识形态和审美价值之间的关系,难以将文章评述与政治立场分割开来,由此导致一部分读者通过这些评论性文章打开了通向现代主义的大门。

二、"黄(灰)皮书"的特定功能与价值

勒菲弗尔说,翻译实践是一定历史现实的产物,是在一定历史语境下站在自己的立场对文本进行重新阐释的实践活动,它本质上是异质文化交流的一个平台,是我们认识他者文化的一个途径,可以通过语言转换实现文化、情感甚至心灵的沟通与交流。从选择标准看,"黄(灰)皮书"的翻译主要是为当时的政治斗争服务,这是由政治立场决定的,有强烈的功利性。

"黄(灰)皮书"的出版,从1957年前后反右扩大化、中苏关系恶化以后开始出现,到"文化大革命"结束后终止,持续了大约20年的时间。这种出版形式的主要功用是服务意识形态建设。起初主要考虑的是欧美帝国主义国家和"苏修"的一些文学作品容易搞乱人们的思想,不宜公开发行。形势又要求我们必须把握当代世界文学发展的基本动向和价值走向,深入认识帝国主义和修正主义的现状,并从思想上防范修正意义意识,有效防止反动、落后意识形态的入侵。"文化大革命"开始后,"黄(灰)皮书"的出版目的发生了一些变化:一方面是想用这些"不宜出版"的文学作品来佐证"文化大革命"道路的合理性。另一方面,可以使我们更清楚地认识现代欧洲各国及美国、日本等资本主义国家的政治动向,通过政治上的引导,揭露这些作品中所鼓吹的殖民主义、扩张主义和军国主义等企图,为国际斗争服务。

对前者而言,当时的苏联正是无产阶级政党"变修"的典型。这一时期翻译的苏联当代文学作品,如长篇小说《人世间》《普隆恰托夫经理的故事》《你到底要什么?》等①,被认为反映了"苏联劳动人民悲惨生活""苏共干部专横跋扈、腐化堕落",以及"苏联青少年一代颓废消沉、追求享乐"的现实。还有一些反映卫国战争等内容的军事题材文学,如《蓝色的闪电》《火箭轰鸣》《他们为祖国而战》,成了批判苏联军事扩张的典型。《他们为祖国而战》被视作"大肆宣扬战争恐怖和活命哲学的毒草小说";"摆在我们面前的这部长篇小说(《蓝色的闪电》),获得了苏修国防部文学奖金。这部拙劣得简直看不下去的毒草,为什么会走鸿运?"剧本《不受审判的哥尔查科夫》则成了揭露假马克思主义、真社会帝国主义反动面目的作品。这种对所谓"封资修"异己文化的蔑视和戒备态度,从当时各种单行本的序跋,以及批评文章的标题中得到鲜明体现,如《阿穆尔河的里程》前言中,译者就指出"《阿穆尔河的里程》是一个很好的反面教材。我们怀着极大的愤怒把它翻译出来,供读者批判"②。

对后者来说,"黄(灰)皮书"的出版,也确实起到了认清国际发展动向,为现实国际政治斗争服务的作用。例如,日本作家三岛由纪夫事件,引发高层关注。人民文学出版社接受任务,翻译出版了他的《丰饶之海》四部曲中的三部,即《春

---

① 譬如,在为两篇苏联短篇小说《费多西娅·伊凡诺芙娜》和《小勺子》所写的"编者的话"中,作者特别强调指出,前者的主人公"为了维持一家八口的生活,当牛做马,承受着极其沉重的体力与精神负担",后者的主人公"也迫于生活,沦为她的叔叔、某木材仓库经理的雇工","劳动群众的这种境遇,在苏联现实生活中触目皆是,而且还要悲惨得多"。谢天振:《比较文学与翻译研究》,上海:复旦大学出版社,2011年,第288页。
② 尼·纳沃洛奇金:《阿穆尔河的里程》,江峨译,北京:人民文学出版社,1975年,第5页。

雪》《奔马》和《晓寺》。孙绳武先生回忆谈到出版"黄(灰)皮书"动因：

在1960—1970年间，日本文艺界和社会上出现了复活军国主义，怀念军事历史的热潮。拍了大型的宣扬胜利和悲剧的影片《山本五十六》和突袭珍珠港的《虎、虎、虎》。接着，作家三岛由纪夫在自卫队的集会上号召为日本帝国主义效忠，并当众剖腹自杀。周总理得知这件事后，即交代有关负责人通知人文社，尽快将三岛由纪夫主要作品译出，让我国社会人士了解这一动向，加强警惕。人文社组织大专院校日本研究专家，先后译出了《忧国》、《丰饶的海》(三部)，以内部发行方式供应有关读者，这是"文革"后期出版界的一件大事。三岛的书中鼓吹了腐朽反动的武士道精神，怀念对东南亚的占领，宣扬色情生活。[①]

十年浩劫期间，内部发行成为中国出版界的一种惯常做法。1973年11月，创刊了专门介绍外国文学的专业内部刊物——《摘译(外国文艺)》。这本刊物自诞生之日起，直到"文化大革命"结束前，共刊发了31期。刊物曾选译了日本著名的左翼剧团——齿轮座剧团演出的一些剧目，该剧团在20世纪60—70年代频繁往来于日本与中国之间，被誉为"高举毛泽东思想伟大红旗，沿着毛主席的革命文艺路线胜利前进的革命文艺战士"。《冲绳的早晨》《河流下游的小镇》《春雷》和《波涛》等也都是中国观众较为熟悉的剧本。除此之外，《摘译(外国文艺)》还译介了日本电影剧本《小林多喜二》、短篇小说《和子死后》《少年和鸽子》等，这些作品表达了对资产阶级人性论的反感，揭示出日本经济繁荣背后令人忧虑的社会问题，例如《恍惚的人》和《望乡》等。当时，这个刊物还译介了反映美国种族隔离与种族歧视的电影剧本《迷路前后》。该刊"编译组"在发刊词中指出，这是"一本只供有关部门和专业单位参考的内部刊物"，并强调出版这本刊物的目的，是"供参考用"。

从上面的分析中，我们可以发现，"黄(灰)皮书"的引进、译介和出版受当时社会政治环境的影响，包含相当的功利目的和政治色彩，并成为外国文学"中国化"的一种特殊方式。在冷战、中苏交恶的国际背景下，自身意识形态发展又处于特定阶段，欧美文学引介如何顺应主流价值观成为译者、出版者必须认真面对的重要问题。在当时的国际国内形势下，也只有以对立的姿态，才能逐渐发现和确立自己国家的文学话语。

译介活动的功利性又左右了具体的操作方法。"黄(灰)皮书"翻译是在高

---

① 孙绳武：《关于"内部书"：杂忆与随感》，《中华读书报》2006年9月6日。

度行政化的组织架构下完成的。翻译书目由组织选定；为了提高翻译速度，大多采用集体的流水作业方式。通常做法是把一本书拆开，由几个人共同翻译。当时，直接署真实姓名的译者极少，大多以集体的名义标注译者，例如"迅行""齐戈""齐干"等，有些甚至不署名。这期间有两个著名的翻译团体，一个是国家直属出版社的"外语人才翻译组"，另一个是上海新闻出版系统的"'五·七'干校翻译组"。难得的是"黄（灰）皮书"翻译团队里有一批卓越的翻译大家，如草婴、萧乾等。他们虽然不能决定翻译哪个文本，但能发挥自己的创造性潜能，使得一些"黄（灰）皮书"成为欧美名著的经典译本。例如，萧乾在翻译菲尔丁的《弃儿汤姆·琼斯的历史》时，一直在研究讽刺风格的翻译问题。菲尔丁将史诗和喜剧的艺术特征交融在一起，萧乾就从词、句、章以及人名的翻译这几个方面来体现对这一风格的传递。Bridget 在英文中是一个女性名字，其英文意为"强壮"，似乎同女性没有什么关系。萧乾将这个"Bridget"译成白丽洁。从小说内容来看，"Bridget"既不漂亮，又不清纯，而且还一直隐瞒自己是汤姆生母的事实。但是白这个姓氏，也可以理解为"徒劳"。很显然，萧乾下了功夫认真揣摩，将翻译与汉语特点结合，进行了自己的创造。从细微处见精神，正是由于有萧乾这样的翻译大师的存在，才能在那么紧急的情况下，在那么严峻的政治氛围下，出版一批高质量的译著。

很多人认为，20世纪60年代以后尤其是"文化大革命"期间，正是"黄（灰）皮书"的出版才延续了欧美文学"中国化"的进程。当然，对"黄（灰）皮书"的翻译、出版、作用不应评价过高。由于"黄（灰）皮书"的翻译出现在冷战期间，正值中国与欧美很多国家处于敌对状态，工具书、参考资料极度缺乏，加之极"左"路线的干扰和译者自身思想僵化等原因，那个时期的译作都不可避免地打下了那个特定时代的烙印。更何况，有些流水作业译成的作品，由于译者的翻译风格、翻译水平、翻译习惯等各不相同，难以保证整个译本的统一。这些缺陷都是我们必须正视的。

三、"黄（灰）皮书"的传播、接受与影响

"黄皮书"和"灰皮书"的发行，只提供给一定级别的干部、专业工作人员和研究人员。十年浩劫之前，"黄皮书"和"灰皮书"的流传只限于中高级干部和高级知识分子，"文化大革命"期间这种限制被打破。"文化大革命并没有烧掉所

有的图书馆,由于抄家,父母被囚禁,红卫兵掌管了图书馆等种种原因,不少'文革'前非正式出版的专供高级干部阅读的'内部读物'也开始流落到他们子女及一般青年学生手里。"①"文化大革命"后期,学校教育停摆,很多中学生无事可做,其中一部分中学生就自发组织在一起,他们传阅"禁书"、探讨问题并互相点评作品,逐渐形成了"地下读书"活动。随着"地下读书"活动的不断兴起和推广,"黄皮书"和"灰皮书"传播开来,并在有意无意中对文学群体产生了积极的影响。

(一) 文学小团体对"黄(灰)皮书"的传播与接受

由于"黄皮书"只限于中高级干部和高级知识分子这个范围,他们的子女有这个便利阅读它们。这些中高级干部和高级知识分子的子女发起成立的文学小团体不仅传阅"黄皮书",而且将所受影响体现在他们的创作中。

(二) 知青群体对"黄(灰)皮书"的接受

1968年,为响应毛泽东的号召,许多知识青年"上山下乡",走向广阔的天地,使得在城市里流行甚广的"地下读书"活动随着知识青年来到了广大农村地区。农村的政治运动开展得不像城市那么剧烈,许多知识青年带着整箱的"禁书"来到农村,它们当中大部分都属于人文社科类,尤其是欧美文学作品。缺乏学校教育的他们把"灰皮书""黄皮书"视为"思想上的反省与启蒙"②的途径,许多青年都津津有味地"大谈封资修小说《麦田里的守望者》(美国)、《往上爬》(英国)"③。阅读这些书籍从某种意义上说,成为农暇时知青们主要的消遣活动之一。

1973年以后,由于党对知青政策的调整,知识青年在农村甘洒汗水的激情逐渐减退,他们开始厌倦艰苦而乏味的农村生活,有些知青聚居的地方管理比较宽松,于是很多人返回城市。志同道合的朋友又聚集在一起,恢复了以往的"地下读书"活动。

"黄(灰)皮书"被偷偷阅读的现象,是特定时代的产物,因为自第二次世界大战以来,美、苏为首的两个阵营对峙的格局,让中国陷入与欧美国家文化与文

---

① 转引自贺桂梅:《"新启蒙"知识档案——80年代中国文化研究》,北京:北京大学出版社,2010年,第127页。
② 张欢:《秦晓 走出乌托邦》,《南方人物周刊》2011(15),第92页。
③ 郑瑞君:《"灰皮书"、"黄皮书"在社会的流传及其影响》,《新闻界》2014(22),第41页。

学交流的瓶颈期。1960—1978年期间,欧美文学"中国化"进入"黄皮书"与"灰皮书"时代。这期间,尤其是"文化大革命"间,以"黄皮书"形式引进的欧美文学作品数量大大超过公开出版作品的数量。

必须承认,总体来说,"黄皮书""灰皮书"在数量和质量方面,都无法与"五四"时期、新中国成立初期和改革开放后相提并论,这是中国翻译史上的低潮时期。因此,这些"黄皮书""灰皮书"成为欧美文学极度匮乏时代的宝贵财富。正是因为它们的刊行,欧美文学乃至外国文学"中国化"的进程得以延续,并将一批优秀的外国文学作品介绍到中国。1978年中国迎来了改革开放的春天,随着冷战的结束,对政治问题的认识发生了变化,对西方文学的态度发生了逆转,由禁止转为敞开怀抱热情拥抱。"文化大革命"倒退、停滞的十年激发出广大读者对西方文学的热情,出现"名著重印"现象。在"名著重印"大潮中,原来内部发行的"黄皮书"被"公开",尤其是欧美文学中比较前沿的技巧的运用,给很多青年作家留下深刻印象,影响了他们日后的创作。

附录：20世纪60—70年代出版的"黄皮书"

书名	作者	译者	出版社	出版时间
苏联文学				
《文学书简》（下卷）	［苏］高尔基	曹葆华、渠建明	人民文学出版社	1965.6
评论和研究				
《关于〈山外青山天外天〉》	［苏］伊萨柯夫斯基等		作家出版社	1961
《关于〈被开垦的处女地〉第二部》	世界文学出版社		世界文学出版社	1961.12
《关于〈感伤的罗曼史〉》	世界文学社		世界文学社	1961
《关于文学和艺术问题（文件汇编）（增订本）》			作家出版社	1962
《苏联文学与人道主义》	现代文艺理论译丛编辑部		作家出版社	1963.8
《苏联文学中的正面人物、写战争问题》	现代文艺理论译丛编辑部		作家出版社	1963.11
《苏联青年作家及其创作问题》	现代文艺理论译丛编辑部		作家出版社	1963.11
《苏联一些批评家、作家论艺术革新与"自我表现"问题》	现代文艺理论译丛编辑部		作家出版社	1964.3
《新生活—新戏剧》	中国戏剧家协会研究室		中国戏剧出版社	1964.10
《苏联文学与党性、时代精神及其他问题》	现代文艺理论译丛编辑部		作家出版社	1964.12
《戏剧冲突与英雄人物》	中国戏剧家协会研究室		中国戏剧出版社	1965.1
《人道主义与现代文学》（上、下册）	现代文艺理论译丛编辑部		作家出版社	1965.3

续表

书名	作者	译者	出版社	出版时间
《作家的创作个性和文学的发展》	[苏]米·赫拉普钦科	上海人民出版社编译室	上海人民出版社	1977.8
《勃列日涅夫集团关于文艺问题的决议和言论选编》	北京师范大学外国问题研究所苏联文学研究室		人民文学出版社	1978.1
诗歌				
《山外青山天外天》	[苏]特瓦尔朵夫斯基	飞白、罗昕	作家出版社	1961.10
《〈娘子谷〉及其它——苏联青年诗人诗选》	[苏]叶夫杜申科 [苏]沃兹涅辛斯基 [苏]阿赫马杜林娜	苏杭等	作家出版社	1963.9
《焦尔金游地府》	[苏]特瓦尔朵夫斯基	丘琴等	作家出版社	1964.2
《人》	[苏]梅热拉伊梯斯	孙玮	作家出版社	1964.10
戏剧				
《第四名》	[苏]西蒙诺夫	张原	中国戏剧出版社	1962.9
《德聂伯河上》	[苏]柯涅楚克	苏虹	中国戏剧出版社	1962.10
《伊尔库茨克故事》	[苏]阿尔布卓夫	裴末如	中国戏剧出版社	1963.8
《厨娘》	[苏]阿·索弗罗诺夫	孙维善	中国戏剧出版社	1963.9
《暴风雪》	[苏]列·列昂诺夫	吴钧燮	中国戏剧出版社	1963.10
《海洋》	[苏]阿·史泰因	孙维善	中国戏剧出版社	1963.11

续表

书名	作者	译者	出版社	出版时间
《白旗》	[苏]K.伊克拉莫夫、[苏]B.田德里亚科夫	沈立中	中国戏剧出版社	1963.11
《保护活着的儿子》	[苏]索弗罗诺夫	徐文	中国戏剧出版社	1963.11
《晚餐之前》	[苏]维·罗佐夫	王金陵	中国戏剧出版社	1964.5
《病房》	[苏]谢·阿辽申	蔡时济	中国戏剧出版社	1964.6
《忠诚》	[苏]包戈廷	群力	中国戏剧出版社	1965.5
《礼节性的访问(苏修的五个话剧、电影剧本)》		齐戈	上海人民出版社	1974.4
《反华电影剧本〈德尔苏·乌扎拉〉》			人民文学出版社	1975.3
《不受审判的哥尔查科夫》	[苏]萨·丹古洛夫等	北京外国语学院俄语系三年级八、九班工农学员等	上海人民出版社	1975.7
《明天的天气》	[苏]米·沙特罗夫		人民文学出版社	1975.10
《四滴水》	[苏]维·罗佐夫	北京师范大学外国问题研究所苏联文学研究室	人民文学出版社	1976.1
《警报(附·平静的深渊)》	[苏]亚力山大·佩特拉什凯维奇	北京外国语学院俄语系研究组	人民文学出版社	1976.3

续表

书名	作者	译者	出版社	出版时间
《泡沫》	[苏]谢尔盖·米哈尔科夫	粟周熊	人民文学出版社	1976.8
小说				
《感伤的罗曼史》	[苏]潘诺娃	苏群	作家出版社	1961.10
《被开垦的处女地》(第二部)	[苏]肖洛霍夫	草婴	作家出版社	1961.10
《护身符》	[苏]X.M.穆古耶夫	朱源宏	群众出版社	1961.12
《人、岁月、生活》(第一部)	[苏]爱伦堡	王金陵、冯南江	作家出版社	1962.12
《生者与死者》	[苏]康·西蒙诺夫	谢素台等	作家出版社	1962.12
《解冻》(第一部)	[苏]爱伦堡	沈江、钱诚	作家出版社	1963.1
《伊凡·杰尼索维奇的一天》	[苏]索尔仁尼津	斯人	作家出版社	1963.2
《人、岁月、生活》(第二部)	[苏]爱伦堡	冯南江、秦顺新	作家出版社	1963.2
《人、岁月、生活》(第三部)	[苏]爱伦堡	秦顺新、冯南江	作家出版社	1963.8
《带星星的火车票》	[苏]瓦·阿克肖诺夫	王平	作家出版社	1963.9
《解冻》(第二部)	[苏]爱伦堡	钱诚	作家出版社	1963.11
《人、岁月,生活》(第四部)	[苏]爱伦堡	冯南江、秦顺新	作家出版社	1964.1

续表

书名	作者	译者	出版社	出版时间
《大量的矿石》	[苏]格奥尔基·符拉基莫夫	孙广英	作家出版社	1964.1
《传说的继续——一个年轻人的笔记》	[苏]安·库兹涅佐夫	白祖芸	作家出版社	1964.2
《战争的回声》	[苏]安·卡里宁	家骧、晓宁	作家出版社	1964.2
《这位是巴鲁耶夫》	[苏]瓦·柯热夫尼科夫	苍松	作家出版社	1964.4
《是这样开始的(战时札记)》	[苏]柯切托夫	斯人	作家出版社	1964.5
《索尔仁尼津短篇小说集》	[苏]索尔仁尼津	孙广英	作家出版社	1964.10
《艾特玛托夫小说集》	[苏]艾特玛托夫	陈韶廉等	作家出版社	1965.1
《苏联青年作家小说集》(上、下)			作家出版社	1965.2
《军人不是天生的》(共二部)	[苏]康·西蒙诺夫	车一吟等	作家出版社上海编辑所	1965.6
《我们生活在这儿》	[苏]弗·沃依诺维奇	程代熙	作家出版社	1965.6
《第三颗信号弹》	[苏]瓦·贝柯夫	李俍民	作家出版社上海编辑所	1965.6
《小铃铛》	[苏]奥·冈察尔	王平	作家出版社	1965.7
《同窗》	[苏]瓦·阿克肖诺夫	周朴之	作家出版社上海编辑所	1965.10

续表

书名	作者	译者	出版社	出版时间
《亲身经历的故事》	[苏]鲍·季亚科夫	南生	作家出版社	1965.10
《蓝笔记本》(附《仇敌》)	[苏]卡扎凯维奇	南生等	作家出版社	1966.3
《人世间》	[苏]谢苗·巴巴耶夫斯基	上海新闻出版系统"五·七"干校翻译组	上海人民出版社	1972.5
《你到底要什么?》	[苏]弗·阿·柯切托夫	上海新闻出版系统"五·七"干校翻译组	上海人民出版社	1972.10
《多雪的冬天》	[苏]伊凡·沙米亚金	上海新闻出版系统"五·七"干校翻译组	上海人民出版社	1972.12
《白轮船》(仿童话)	[苏]钦吉斯·艾特玛托夫	雷延中	上海人民出版社	1973.7
《他们为祖国而战(长篇小说的若干章节)》	[苏]米·肖洛霍夫	史刃	上海人民出版社	1973.7
《落角》	[苏]弗·阿·柯切托夫	上海人民出版社编译室	上海人民出版社	1973.9
《普隆恰托夫经理的故事》	[苏]维·李巴托夫	上海外国语学院俄语系	上海人民出版社	1973.10

续表

书名	作者	译者	出版社	出版时间
《特别分队》	[苏]瓦吉姆·柯热夫尼柯夫	上海师范大学外语系俄语组	上海人民出版社	1974.7
《绝对辨音力》《摘译(外国文艺)》增刊	[苏]谢苗·拉什金	上海外国语学院俄语系三年级师生	上海人民出版社	1975.5
《现代人》	[苏]谢苗·巴巴耶夫斯基	上海人民出版社编译室	上海人民出版社	1975.6
《核潜艇闻警出动》	[苏]阿·约尔金等	上海师范大学外语系俄语组等	上海人民出版社	1975.7
《最后一个夏天》	[苏]康·西蒙诺夫	上海外国语学院俄语系	上海人民出版社	1975.10
《苏修短篇小说集》《摘译(外国文艺)》增刊			上海人民出版社	1975.12
《阿穆尔河的里程》	[苏]尼·纳沃洛奇金	江峨	人民文学出版社	1975.12
《蓝色的闪电》	[苏]阿·库列绍夫	伍桐	人民文学出版社	1976.3
《热的雪》	[苏]尤里·邦达列夫	上海外国语学院《热的雪》翻译组	上海人民出版社	1976.6
《木戈比(附:精力旺盛的人们)》	[苏]谢尔盖·沃罗宁	粟周熊、高昶	人民文学出版社	1976.9

续表

书名	作者	译者	出版社	出版时间
《淘金狂》	［苏］尼·扎多尔诺夫	何立	上海人民出版社	1976.11
《火箭轰鸣》	［苏］尼·卡姆布洛夫	上海人民出版社编译室	上海人民出版社	1977.3
《哥萨克镇》（第一部）	［苏］谢苗·巴巴耶夫斯基	上海人民出版社编译室	上海人民出版社	1977.11
《逆风起飞》	［苏］格纳季·谢苗尼欣	闻学实	上海译文出版社	1978.1
《哥萨克镇》（第二部）	［苏］谢苗·巴巴耶夫斯基	闻学实	上海译文出版社	1978.1
《这里的黎明静悄悄……》	［苏］鲍里斯·瓦西里耶夫	施钟	辽宁人民出版社	1978.1
《围困》（第一——四卷）	［苏］亚·恰科夫斯基	叶雯	上海译文出版社	1978.3
《滨河街公寓》	［苏］尤·特里丰诺夫	联翼、范岩	人民文学出版社	1978.6
《岸》	［苏］尤里·邦达列夫	南京大学外文系欧美文化研究室	人民文学出版社	1978.6
《正午的暮色》（第一部）	［苏］达·克拉米诺夫	吴佑、王蕴	人民文学出版社	1978.7
《正午的暮色》（第二部）	［苏］达·克拉米诺夫		天津外语学院俄语组	1978.7
《白比姆黑耳朵》	［苏］特罗耶波尔斯基	苏玲等	人民文学出版社	1978.8
《绝望》	［苏］伊·叶先别林	潘同珑、曹中德	人民文学出版社	1978.10

续表

书名	作者	译者	出版社	出版时间
《活着,可要记住》	[苏]瓦·拉斯普京	李廉恕、任达荨	中国社会科学出版社	1978.12
英国文学				
《托·史·艾略特论文选》	[英]托·史·艾略特	周煦良等	上海文艺出版社	1962.1
《愤怒的回顾》	[英]奥斯本	黄雨石	中国戏剧出版社	1962.1
《往上爬》	[英]约翰·勃莱恩	贝山	作家出版社	1962.11
《等待戈多》	[英]萨缪尔·贝克特	施成荣	中国戏剧出版社	1965.7
《雪球》	[英]特德·奥尔布里	上海外国语学院英语系翻译组	上海译文出版社	1978.7
法国文学				
《局外人》	[法]亚尔培·加缪	孟安	上海文艺出版社	1961.12
《椅子——一出悲剧性的笑剧》	[法]尤琴·约纳斯戈	黄雨石	中国戏剧出版社	1962.11
《爸爸、妈妈、女仆和我》	[法]让-保罗·勒·夏诺阿	陈琪	中国电影出版社	1963.5
《南方人》	[法]让·雷诺阿	麦叶	中国电影出版社	1963.5
《厌恶及其他》	[法]让-保尔·萨特	郑永慧	作家出版社上海编辑所	1965.4
《勒菲弗尔文艺论文选》	现代文艺理论译丛编辑部编		作家出版社	1965.8

续表

书名	作者	译者	出版社	出版时间
欧洲其他国家文学				
《阿依达》(歌剧脚本)	[意]G.威尔第作曲、[法]C. d.罗科尔原著、[意]A.基斯兰佐尼改编	子琪	音乐出版社	1963.3
《爱与美之岛》	[希]阿·巴尔尼斯	蔡时济	中国戏剧出版社	1963.10
《费鲁米娜·马尔土拉诺》	[意]爱·德·菲力普	木禾	中国戏剧出版社	1964.5
《漂泊的荷兰人》(歌剧剧词)	[德]R.瓦格纳词曲	雨三	音乐出版社	1964.5
《哈尔卡》(歌剧脚本)	[波兰]W.沃尔斯基作词、[波兰]S.莫纽什科作曲	陈镇生	音乐出版社	1964.7
《娜嘉》	[南斯拉夫]姆拉登·奥利亚查	杨元恪等	作家出版社	1964.7
《约斯蒂娜》	[芬兰]赫拉·乌奥丽约基	苏杭	中国戏剧出版社	1964.10
《暴风雨过后的痕迹》	[保加利亚]季米特尔·戈诺夫、[保加利亚]季米特尔·潘戴利耶夫	叶明珍	中国戏剧出版社	1965.7
《奸商》	[挪威]欧文·波尔斯达德	叶逢植、李清华	作家出版社上海编辑所	1965.10
《老妇还乡》	[瑞士]弗里德利希·杜伦马特	黄雨石	中国戏剧出版社	1965.12
《弗兰茨·冯·济金根》(五幕历史悲剧)	[德]斐迪南·拉萨尔	叶逢植	人民文学出版社	1976.1

续表

书名	作者	译者	出版社	出版时间
《先人祭》	[波兰]亚当·密茨凯维支	韩逸	人民文学出版社	1976.8
《呓语》	[罗马尼亚]马林·普列达	罗友	人民文学出版社	1978.1
美国文学				
《不体面的美国人》	[美]莱德勒、[美]伯迪克	黄邦杰、陈少衡	世界知识出版社	1960.2
《接头人》	[美]杰克·格尔柏	石馥	中国戏剧出版社	1962.11
《在路上》(节译本)	[美]杰克·克茹亚克	石荣(黄雨石)、文慧如	作家出版社	1962.12
《卡萨布兰卡》(电影文学剧本)	[美]裘力斯·艾卜斯坦、[美]菲立普·艾卜斯坦、[美]霍华德·柯琪	陈维姜、刘良模泽	中国电影出版社	1963.4
《左拉传》(电影文学剧本)	[美]海茨·赫拉特等	朱曾汶	中国电影出版社	1963.5
《约旦先生来了》(电影文学剧本)	[美]薛德尼·勃区曼等	叶丹	中国电影出版社	1963.5
《麦田里的守望者》	[美]杰罗姆·大卫·塞林格	施咸荣	作家出版社	1963.9
《史密斯先生到华盛顿》(电影文学剧本)	[美]薛德尼·勃区曼	陈国容	中国电影出版社	1964.6
《守望莱茵河》(电影文学剧本)	[美]达希尔·哈美特	孙道临	中国电影出版社	1964.6
《两个打秋千的人》	[美]威廉·基勃森	馥芝	中国戏剧出版社	1964.6

续表

书名	作者	译者	出版社	出版时间
《美国小说两篇——〈海鸥乔纳森·利文斯顿〉和〈爱情故事〉》	《海鸥乔纳森·利文斯顿》[美]理查德·贝奇；《爱情故事》[美]埃里奇·西格尔	晓路、蔡国荣	上海人民出版社	1974.3
《乐观者的女儿》	[美]尤多拉·韦尔蒂	叶亮	上海人民出版社	1974.11
《阿维马事件》	[美]内德·卡尔默	钟卫	上海人民出版社	1975.4
《战争风云》(一至三)	[美]赫尔曼·沃克	石轫	人民文学出版社	1975.11
《百年》《摘译(外国文艺)》增刊	[美]詹姆斯·A.米切纳	庞渤	上海人民出版社	1976.6
《前车之鉴——爱德华·贾森的总统生涯》	[美]艾伦·德鲁里	复旦大学外语系外国文学教研组	人民文学出版社	1977.12
《金融浊流》(《金钱兑换者》的节写本)	[美]阿瑟·海雷	曼罗	江苏人民出版社	1978.4
美洲其他国家文学				
《点燃朝霞的人们》	[玻利维亚]雷纳托·普拉达·奥鲁佩萨	苏龄	人民文学出版社	1974.11
《金鱼》	[秘鲁]伊萨克·费利佩·蒙托罗	上海外国语学院西班牙语专业七六届工农兵学员及部分教员集体翻译	人民文学出版社	1977.4

续表

书名	作者	译者	出版社	出版时间
《车轮》	[加拿大]亚瑟·赫利	上海师范大学中文系《车轮》翻译组	上海人民出版社	1977.10
澳洲文学				
《甜酒与可口可乐》	[澳大利亚]R.波西埃	施咸荣	作家出版社	1964.12

第十一个问题：

1976—1979年外国文学事业出现的新气象及其意义

1976年10月，党中央粉碎了"四人帮"，十年"文化大革命"浩劫结束。1978年中国迎来了十一届三中全会的伟大历史转折。1976—1979年是从"文化大革命"到改革开放的中间时段，文学从"文化大革命"文学过渡到新时期文学，欧美文学从边缘化过渡到新时期译介"井喷"。"黄皮书""灰皮书"（欧美文学）从地下状态的终结迎来欧美文学"中国化"春天的开端。所以，这段时间对于欧美文学"中国化"进程来说非常重要，但学界的研究较少，本章将从党的文艺路线调整、文学界风向的转变、三年里外国文学的发展以及对重大问题的论争几个方面进行探讨，以把握这短短三年对欧美文学乃至外国文学"中国化"的特定意义。

一、文艺路线的调整和外国文学界风向的转变

20世纪60年代中叶到70年代中叶的十年，给中国的人文社会科学研究带来了极大的混乱，"文化大革命"后，全国开展了思想解放的大讨论，为欧美文学的"中国化"找到了新的理论策略。

（一）对"文化大革命"时期文艺领域极"左"路线的批判

"文化大革命"十年中，"四人帮"高喊"打倒资本主义文艺"和"打倒修正主义文艺"，把所有西方文化都贴上资本主义"反动""腐朽""没落"的标签加以彻底否定，并对文化艺术的传承者和践行者——知识分子进行残酷迫害。

其实，"四人帮"等人的所谓文艺理论并不是新货色，他们的理论基本上来自苏联的日丹诺夫的文艺思想。日丹诺夫长期主管苏联文艺界。他的文艺理论学说曾对中国哲学界和文学界产生很大影响。1949年1月，日丹诺夫的《论文学、艺术与哲学诸问题》在上海出版，在这本书中他关于现当代资产阶级的基本观点，日后成为外国文学界的指导思想。

资产阶级文学的衰颓与腐化,是由于资本主义制度的衰颓与腐朽而产生的,这就是目前资产阶级文化与资产阶级文学情况的特色和特点。当反映出资产阶级制度战胜封建主义的资产阶级文学,能创造出资本主义繁荣时期的伟大作品的那些时代呢,如今是一去不复返了。现在,无论题材和才能,无论作者和主人公,都在普遍地在堕落下去了。①

日丹诺夫将资产阶级文学分为进步的资产阶级文学和腐朽的资产阶级文学,分界就是资产阶级革命。在他看来。资产阶级进步文学随着资产阶级革命的结束而消失了。革命之后,资产阶级文学开始走向堕落,表现就是故作神秘、色情等,作家没有独立的人格和自由,成为资产阶级政治的附属品,甚至沦为盗贼、侦探、娼妓和流氓一类的人。因此,他称苏联文学为"最有思想,最进步和最革命的文学"。日丹诺夫以机械的政治标准来评判文学,使文学成为政治批判的工具。他评价苏联文学用了三个带有"最"的形容词,将苏联的优秀文学绝对化和极致化了。对此,学者王彬彬曾指出:"'日丹诺夫主义',意味着一种文化专制。而任何一个时代的文化专制,都必然意味着一种政治专制……所谓'日丹诺夫主义',是从属于、依附于'斯大林主义'的。政治上的'斯大林主义',必然要求文化上的'日丹诺夫主义'。'日丹诺夫主义'不过是'斯大林主义'在文艺和文化上的具体体现。日丹诺夫本人也不过是政治机器上的一颗螺钉。"②

1976年10月之后,随着"四人帮"的垮台,中国社会显露出进入一个新的转折时期的迹象。"文化大革命"期间狂热的革命激情随着"文化大革命"结束逐渐消散,许多人都经历了不同程度的思想震荡,对"文化大革命"的反思成为一股强大的涌流。

文学艺术界同样对"文化大革命"进行了深刻反思。人们看到,林彪、"四人帮"对文化的破坏是毁灭性的。当时就有学者指出:"在文化大革命中,林彪、四人帮大搞文化专制,所有的外国文学作品,都贴上了'毒草'的标签,封存起来。有的付之一炬。那时候,在新华书店能看到的外国人的著作,就是马克思、恩格斯和列宁的书了,外国文学作品是没有的。从事外国文学研究的人,当时也逃脱不了问罪,一夜之间,就给戴上了'崇洋媚外'和'修正主义'的帽子。在林彪、四人帮的淫威下,外国文学的大门,使人望而却步,没有人敢进去。"③著名作家徐迟在"文化大革命"结束后不久在《吸收外国文艺精华总和——为〈外国文学

---

① 日丹诺夫:《论文学、艺术与哲学诸问题》,葆荃、梁香译,上海:时代出版社,1949年,第16页。
② 王彬彬:《也谈"日丹诺夫主义"》,《东方艺术》1996(2),第7页。
③ 张金元:《不应该有禁区——对〈外国文学研究〉的迕议》,《外国文学研究》1979(4),第70页。

研究〉集刊创刊号而作》中总结道:"'四人帮'穷凶极恶,伤天害理。'四人帮'扑杀生机,毁灭文化,妄图毁我长城,灭我中华。'四人帮'横行之日,帽子乱飞,棍子乱打。暗室里密谋以尸骨堆砌女皇宝座,广场上的鲜血要用水龙头冲刷。'四人帮'扬言要'彻底扫荡'历史上一切文化遗产,妄称要与之'彻底决裂',真是最黑暗的文化专制主义,最残暴的愚民政策! 法西斯蒂统治,克格勃式专政! ……想当初古籍图书论斤卖,外国文献用火烧。一场恶(噩)梦,几声长啸!"[1]在"文化大革命"期间,绝大多数外国文学作品都被当成"大毒草""封资修的垃圾"而彻底否定。除少量文学作品以"黄皮书"或者"灰皮书"的形式"供批判用",其余一律被封杀。就连《世界文学》《外国文学现状》等译介欧美文学的重要期刊也被停刊,很多翻译家被迫劳动改造,有些甚至被迫害致死,例如傅雷等。

应该说,此时文艺界对"文化大革命"时期文艺领域极"左"路线的反思与批判,促进了党的文艺方针和政策的调整。

(二) 党的文艺方针和政策的调整与学界新动向

1966年林彪委托江青召开的部队文艺工作座谈会,标志着激进派彻底占领了文艺阵地并取得了主导权,他们彻底否定了新中国成立初期十七年来的文学创作,剥夺了作家相对自由的创作权利和创作空间,结果开创社会主义文艺新纪元的愿望不但没有达成,反而造成了文学艺术创作的萎缩与衰败。到了1975年,由于发现了文学艺术界的实际情况,毛泽东公开批评"四人帮"破坏了文艺界"百花齐放,百家争鸣"的局面。1975年7月初,毛泽东对邓小平说:"(作家们)怕写文章,怕写戏。没有小说,没有诗歌……样板戏太少,而且稍微有点差错就挨批。百花齐放都没有了。别人不能提意见,不好。"[2]邓小平在政治局传达毛主席谈话时说:"除百花齐放外,还有一个百家争鸣的问题。要防止僵化。现在的文章千篇一律,是新八股。'双百'方针没有贯彻执行,文学、艺术不是更活泼、更繁荣。"紧接着,7月14日毛泽东发表关于文艺工作的谈话:"鲁迅那时被攻击,有胡适、创造社、太阳社、新月社、国民党。鲁迅在的话,不会赞成把周扬这些人长期关起来。脱离群众……党的文艺政策应该调整一下,一年、两年、三年,逐步扩大文艺节目。缺少诗歌,缺少小说,缺少散文,缺少文艺评论……已经有了《红楼梦》、《水浒》发行了。不能急,一两年之内逐步活跃起

---

[1] 徐迟:《吸收外国文艺精华总和——为〈外国文学研究〉集刊创刊号而作》,《外国文学研究》1978(1),第1页。

[2] 毛泽东:《建国以来毛泽东文稿》(第十三册),北京:中央文献出版社,1998年,第443页。

来,三年、四年、五年也好嘛。"①针对江青和文化部核心小组批判电影《创业》的"十条意见",毛泽东做出批示:"此片无大错,建议通过发行。不要求全责备。而且罪名有10条之多,太过分了,不利调整党的文艺政策。"毛泽东的谈话与关于文艺政策调整的一系列批示,引导了中国文学艺术界文艺方向的转变。但随着"反击右倾翻案风"的到来和"四人帮"的破坏,1975年的文艺调整不了了之。粉碎"四人帮"后,1977年文学界开始批判《林彪同志委托江青同志召开的部队文艺工作座谈会纪要》提出的"文艺黑线专政论"。在文学领域思想解放运动中,首先进行的是"拨乱反正"工作。1979年10月第四次全国文代会进一步探讨了这一问题:"对文艺工作的领导,不是发号施令,不是要求文学艺术从属于临时的、具体的、直接的政治任务,而是根据文学艺术的特征和发展规律,帮助文艺工作者获得条件来不断繁荣文学艺术事业。"②政府相关部门逐渐为"反右"到"文化大革命"期间受到侮辱和迫害的知识分子恢复名誉,为受到"错误批判"的文学作品平反。文学界思想解放的春风也吹到了外国文学研究领域,让"文化大革命"期间一直处于沉寂和停滞状态的外国文学译介和研究又恢复了生机与活力,从肃杀的严冬开始走向明媚的春天。

1978年11月25日,全国外国文学研究工作规划会议在广州举行,这是新中国成立后最大规模的外国文学研究盛会,全国70多家单位140多名代表参加了这次会议。出席会议的代表批判了"文化大革命"时期外国文学工作的错误路线,"会上阐明了哲学社会科学在新的历史时期的重要作用,明确了哲学社会科学要为实现四个现代化服务的指导思想"③。制订全国外国文学研究工作八年规划、研究成立外国文学学会成为会议的核心议题。在谈到规划草案修改时,梅益认为:"外国文学如何为加快实现四个现代化服务?这是我们外国文学工作者的中心任务,是我们制定规划的主心骨。我们要批判'四人帮'反对研究外国文学的文化排外主义和否定中外文化遗产的历史虚无主义。我们要大量研究、翻译、出版外国文学作品,特别是有影响的外国进步文学作品,还有外国的文艺理论著作,从中吸取有益的营养。"④梅益还指出:"制定规划一定要抓住重点,用重点带动一般。我们的外国文学研究工作规划应该抓两个重点。一个

---

① 毛泽东:《建国以来毛泽东文稿》(第十三册),北京:中央文献出版社,1998年,第443页。
② 洪子诚:《中国当代文学史》,北京:北京大学出版社,1999年,第226—227页。
③ 中国社会科学院外国文学研究所科研处:《全国外国文学研究工作规划会议在广州召开》,《外国文学研究》1979(1),第105页。
④ 同上书,第106页。

是马克思主义文艺理论和无产阶级文学运动史。这项任务意义大、难度高,所以应该作为重点来完成。另一个重点是研究当代外国文学,也就是第二次世界大战以来各主要国家和地区的文学。我们现在对当代外国文学特别缺乏了解,必须迅速补课。只有了解了,才能研究;只有研究了,才能批判地介绍,取其精华、去其糟粕。"①梅益的发言得到了与会代表积极热烈的回应。

周扬也做了大会发言,谈了三个问题。第一个问题,关于研究世界文学的方向。周扬指出:"我们搞外国文学、世界文学的,首先应该对于世界文学这个我们研究的对象有个了解。世界文学是随着资本主义世界市场的出现而出现的。……世界历史的发展必然是由资本主义走向社会主义,世界文化的前途也只有社会主义。文化的发展,不可能跟政治、经济的发展分离开来,不可能跟世界革命斗争形势的发展分离开来。世界文化向哪里发展,得看世界向哪里发展。世界的前途一定是社会主义,世界文学的前途也只能是社会主义文学。……从世界范围来说,我们的文学要与第三世界民族主义革命文学建立联盟。其它资本主义国家具有民主倾向的文学,也应当是我们的盟友。"②第二个问题,如何对待外国文化和文学。他认为:"对外国文化一定要学,而且要好好学,认真学。要批判,首先也要学。批判要解放思想,实事求是。解放思想,既要破除崇洋思想,也要破除排斥外国的思想,彻底肃清'四人帮'的流毒。对于外国作家,只要他在一定程度上批判了资本主义社会,艺术上有可取的,值得借鉴之处,就应该介绍。"③第三个问题,关于外国文学专家队伍的建设问题。周扬指出:"我们现在外国文学队伍人数太少了。加速实现四个现代化,提高整个民族的科学文化水平,加强对外文化交流,都已把外国文学研究、翻译工作提到特别重要的地位。"④

从上述发言可以看出,两个人的讲话虽然沿用了前一个时期意识形态化的话语,仍然有些阶级斗争的火药味,但对外国文学研究的认识已经发生了变化。对于欧美文学,他们在强调批判的同时,更注重加强对欧美文学的了解与借鉴,体现了更加务实、开放的心态,符合改革开放和建设"四个现代化"的时代语境。刚刚进入新时期的欧美文学研究,既延续了文学为政治服务的方向,又以更为

---

① 中国社会科学院外国文学研究所科研处:《全国外国文学研究工作规划会议在广州召开》,《外国文学研究》1979(1),第106页。

② 同上书,第105—106页。

③ 同上书,第106页。

④ 同上。

实事求是的态度尊重文学本质与文学规律,在文学与政治的张力与平衡之间,找到了研究的话语空间。

1979年10月,中国文学艺术工作者第四次代表大会在北京召开,会议再次肯定了新中国成立初期十七年的文艺路线,"双百"方针再次成为文艺工作者的指导原则。会议还重建了文艺管理体制。由此,文艺界实现了拨乱反正,文艺的春天真正到来。随着文艺路线的逐步调整,外国文学界的风向也开始转变。

二、"文化大革命"结束之后三年间的外国文学事业发展状况

"文化大革命"这场浩劫长达十年,给中国的外国文学译介出版事业造成了极大的损失。"文化大革命"期间公开出版发行的外国文学作品很少,并且都有较为明显的无产阶级文学性质且与当时的政治外交活动相关。它们分别是苏联文学作品6部,包括高尔基的《在人间》《母亲》《一月九日》,法捷耶夫的《青年近卫军》,奥斯特洛夫斯基的《钢铁是怎样炼成的》和绥拉菲莫维奇的《铁流》;日本文学相关著作5部,分别是无产阶级作家小林多喜二的《沼尾村》《蟹工船》和《在外地主》,遍照金刚的《文镜秘府论》和吉田精一的《现代日本文学史》;此外还有阿尔巴尼亚等社会主义国家的10部作品。但"文化大革命"结束后,国内文学界对西方文学的态度由批判、压抑、排斥转变为"拿来借鉴",外国文学尤其是欧美等发达国家的文学由边缘慢慢地、试探性地走向文学公开出版的舞台中央。据初步统计,1976年至1979年出版的外国文学作品情况大致如下表:

	苏联文学	英国文学	法国文学	美国文学	美洲其他国家文学	欧洲其他国家文学	合计
数量	50	32	17	16	7	28	150
比例	33.33%	21.33%	11.33%	10.67%	4.67%	18.67%	100%

除此之外,在这三年多的时间里,外国文学领域有两个重大现象具有标志性意义:

第一,欧美文学出版:经典名著的重印与"三套丛书"工作的恢复。

20世纪70年代末期较有影响的大事就是一批欧美文学经典名著重印问世。应该指出,由于思想上的禁锢没有彻底消除,外国文学出版界对各个不同

年代的外国文学理论及文学作品的出版,还都是按照"文化大革命"前既定的方针进行的,即以19世纪的古典文学尤其是批判现实主义文学为主。人民文学出版社、上海人民出版社、商务印书馆、作家出版社等许多知名出版社都努力让内部刊行的"黄皮书""灰皮书"重见天日,重印出版之风盛行。再次出版的经典名著包括奥地利茨威格的《斯蒂芬·茨威格小说四篇》,波兰显克微支的《十字军骑士》,丹麦安徒生的《安徒生童话选》,德国海涅的《德国,一个冬天的童话》《论浪漫派》、爱克曼的《歌德谈话录》、莱辛的《拉奥孔》,法国巴尔扎克的《幻灭》《舒昂党人》《赛查·皮罗多盛衰记》、莫泊桑的《羊脂球》,美国哈利的《根》、马克·吐温的《竞选州长》,苏联契诃夫的《契诃夫小说选》、莱蒙托夫的《当代英雄》、陀思妥耶夫斯基的《罪与罚》、屠格涅夫的《前夜》《父与子》,英国的《莎士比亚全集》十一部、狄更斯的《远大前程》《荒凉山庄》等。

除了各种欧美文学经典名著的重印,外国文学"三套丛书"的出版,更值得一提。"三套丛书"指的是"外国文学名著丛书""外国文艺理论丛书"和"马克思主义文艺理论丛书",简称为"三套丛书",20世纪70年代末期重印的经典名著中有一部分也成为"三套丛书"的书目。

其实,"三套丛书"的编译、出版工作开始于1959年,最后完成是在1999年。1958年,当时担任中宣部部长的陆定一提出:"为了学习借鉴世界文学的优秀遗产,提高我国青年作家的艺术修养和创作水平,满足人民的文化需求,提高人民的文化素质,繁荣社会主义的文学艺术,需要编选一套外国古典文学名著丛书。"①最初丛书的编撰工作交由中国科学院文学研究所负责,1964年又移交给刚刚成立的外国文学研究所;丛书的出版重任最后落实到人民文学出版社及其分支机构——上海译文出版社。当时的编委会成员可谓大师云集,包括钱锺书、卞之琳、朱光潜、冯至、杨周翰、杨宪益、楼适夷、李健吾、蔡仪、叶水夫、季羡林、孙绳武等,后来虽有人员变动,但都乃一流专家。当时的中宣部副部长周扬亲自组织和参加编委会会议,制订选题,直至1961年初步确定了丛书出版计划,包括120种"外国古典文学名著丛书"、39种"外国古典文艺理论丛书"和12种"马克思主义文艺理论丛书"。当时已经出版了几部。但由于"文化大革命",出版工作被迫中断。1978年5月,中宣部再次批准并组织"三套丛书"的编译出版工作。当年10月,编委会在北京召开"文化大革命"后的第一次全国性大会,重新制订工作方案,进一步明确了新的工作要求。这次会议最主要的成果

---

① "三套丛书"编委会工作组:《〈外国文学名著丛书〉〈外国文艺理论丛书〉〈马克思主义文艺理论丛书〉"三套丛书"工作总结》,《出版史料》2004(4),第61页。

之一,就是重新议定选题。除"马克思主义文艺理论丛书"名称不动外,将"外国古典文学名著丛书"和"外国古典文艺理论丛书"分别改成"外国文学名著丛书"和"外国文艺理论丛书",并进一步扩大了选题范围,使得丛书的规模不断扩大,增强了这套丛书的涵盖面与权威性。

"三套丛书"的权威性、经典性与规模,是中国出版史上的一座丰碑,与世界同类丛书相比也毫不逊色。这套丛书有如下三个特点:

其一,规模庞大、体系完善。在1959—1999年的四十年时间里,共出版"外国文学名著丛书"145种,"马克思主义文艺理论丛书"11种,"外国文艺理论丛书"19种。这三种丛书涵盖了外国文学与文论史上各个时代的经典名著,有很强的历史纵深感。这套丛书还以文本、文论互为补充的形式构建了完备的欧美文学研究体系,尤其将马克思主义文艺理论研究文献单独列出,体现了马克思主义文艺理论在中国的重要地位。

其二,选题权威、译文经典。欧美文学史上的经典名著不胜枚举,如何选择,尤其是在政治高压刚刚结束的时代,还真是一个难题。编委会汇聚了各个语种的一流大师,他们大都学贯中西,治学态度极为严谨。经过多次反复论证,制订了选题原则。"《外国文学名著丛书》几乎囊括东西方各民族自古代、中世纪至近现代的、思想艺术俱佳的史诗、诗歌、戏剧、小说等体裁的杰作,基本上集外国文学精华之大成,反映出世界文学发展演变、日趋丰富多彩、多样化的历史过程。"①另外,"外国文艺理论丛书"囊括了各国各个历史时期各个流派的代表性理论论著。"马克思主义文艺理论丛书"则收入了早期马克思主义批评家(几乎是全部)和西方马克思主义的重要文论遗产。"三套丛书"还坚持不重速度而重视质量、不重经济效益而重社会效益,努力打造经典译文的原则。对于翻译家的选择,编委会反复斟酌,从全国翻译界优中选优,确立了一批一流学者与翻译家。他们坚持从名著的原语种出发,既最大限度地保证了译文的原汁原味,又力求合乎中文读者的阅读欣赏习惯;句斟字酌、精益求精,以几年甚至十几年的时间打磨一本译文。由于质量极高,即使后来不断出现同一名著的不同译本,也大都在丛书的译文面前黯然失色。

其三,传播广泛、影响深远。这三套丛书不仅以选题权威、译文经典见长,而且以编辑和审查工作严谨著称。"三套丛书"的编辑队伍堪称专家云集,编辑工作由各个语种的专业研究人员专门负责,在内容审查方面,更是细致严谨。

---

① 陈众议主编:《当代中国外国文学研究(1949—2009)》,北京:中国社会科学出版社,2011年,第159页。

"外国文学名著丛书"中的每一本都包括一流评论家撰写的序言或者后记,记述作品产生的时代背景、作者生平和创作。更重要的是,还包括对作品的专业评论,这些评论代表了当时的最高研究水平。丛书实行严格的三审制度,以避免出现差错。其中"外国文学名著丛书""主要编译世界各国古代、中世纪、近代和现代的重要文学名著,以供外国文学的研究和教学等工作参考用。……丛书的选材以有代表性、有重大影响或有较高学术价值者为主"[1]。对于专业人士,丛书是进行研究的重要参考。直到今天,这一标准也是欧美文学名著选择的原则。

对于普通读者来说,丛书是了解外国文学的窗口,尤其是"外国文学名著丛书"被读者亲切地称为"网格本",因为封面中间最夺人眼球的部分,是双线环饰围起的斜向交叉网格,网格交点上缀以似圆实方的结点。作者名、书名及丛书名均匀而醒目地分布于网格之上。"1978年的5月,经过挑选的外国文学名著《悲惨世界》、《安娜·卡列尼娜》、《高老头》、《红与黑》等,逐步在各地新华书店出售,曾造成抢购局面。久违的外国名著重新进入公众领域,它如同一场新的启蒙运动,顿时在全国范围掀起了阅读外国名著的热潮。"[2]现今距三套丛书最后完成已经20多年了,丛书仍是读者最喜欢的丛书,并被不断再版。

第二,研究的基础性工作建设:研究资料、专业期刊与学术组织的起步。

20世纪70年代末期,随着欧美文学名著的重印,欧美文学研究工作重新得到重视。新的一批研究资料、专业期刊和相关学术团体相继出现,为20世纪80年代外国文学的译介"井喷"奠定了基础。

外国文学研究资料是从事外国文学研究工作必备的基础,中国社科院外国文学研究所先后编纂出版了"现代文艺理论译丛""西方文艺思潮论丛""外国文学研究资料丛刊"和"20世纪欧美文论丛书"等丛书。这些丛书收录了国内外各个历史时期的代表作和最新欧美文学研究成果,是外国文学研究工作最前沿成果;这些成果的出版进一步解放了思想,开拓了研究视野,加深了对学术问题的认识。在这些丛书中,"外国文学研究资料丛刊"影响最为深远。

20世纪70年代末中国社科院外国文学研究所开始组织编辑"外国文学研究资料丛刊",并将这项工作一直延续到20世纪90年代。"外国文学研究资料丛刊"本着以下六点编辑方针:"一是古今并重。二十世纪前的文学以作家为

---

[1] 朱晓剑:《闲言碎语》,北京:金城出版社,2013年,第216页。
[2]《从引进文学到卖设计艺术——访上海译文出版社社长韩卫东》,《深圳特区报》(多媒体数字版)2008年11月5日,第D02版:特别策划。

主,当代文学则一般以流派为主。在理论著作方面,考虑到已有一套《古典文学理论名著丛书》,一般以现当代为主。二是兼收并蓄,以正面为主。在选材上力求选取正面、积极的材料或专著,供我们借鉴。但对于有代表性有影响的消极的东西,也适当选用,必要时作些说明。三是以我为主,兼顾国外。确定《丛刊》选题时,首先应该从我们的观点出发,考虑这种理论或这种文学现象的历史地位及是否对我国的文学和理论的发展有重大意义。对于外国所重视的文学现象也要给以适当的注意,但应有我们自己的取舍标准。四是在文学上的大国与小国的关系上重点在西方。在西方,除古代外,近代和现代又重在英、美、俄(苏)、法、德,因为这些国家文学本身丰富,同时也考虑到它们对我们的意义。同时也要兼顾五洲文学首先是文学比较发达的印度与日本。对第三世界国家也有所考虑。五是按照轻重缓急、从实际出发的原则来安排出版计划。六是各书编选,不拘一格。《丛刊》各书的内容不强求一致,例如有关作家的研究资料,有的只收有关作家的评论,有的则收作家本人的言论,有的兼收二者,视具体情况而定。"[1]丛书选题共 159 个,内容主要包括以下几个方面:"(1)马克思主义经典作家文艺思想研究资料,(2)文艺理论问题研究资料,(3)文学史上重要时期、重要流派或思潮研究资料,(4)现代、当代各国文学及流派研究资料,(5)重要作家和批评家、重要作品研究资料,(6)其他。"[2]在资料编辑过程中,所聘请的编辑人员既有资深的研究大家冯至、季羡林、王佐良、杨周翰等,又给予一大批中青年学者以展示自己才华与价值的机会,邀请了瞿世镜、董衡巽、李文俊、叶廷芳和朱虹等参与此项工作。这样,既保证了这套丛书的学术质量,又体现了学术上的大胆与新锐之气。这套丛书包括杨周翰的《莎士比亚评论汇编》(上、下)、袁可嘉的《现代主义文学研究》、季羡林的《印度两大史诗评论汇编》、陈燊的《欧美作家论列夫·托尔斯泰》和杨静远的《勃朗特姐妹研究》等,截至 1986 年,共出书 27 种共计 30 册。这套丛书"其宗旨在于帮助我们开阔视野、认识世界、更好地贯彻党的对外开放政策,搞好精神文明建设,并有助于我们这个文明古老的大国进一步吸取世界各民族的优秀文化遗产,把我国建成社会主义的经济大国,把我党建设成理论上、思想上的大党"[3]。虽然丛书的宗旨,有意识形态化倾向,但依然不失为国内稀缺的系统译介有代表性的欧美文学流派以及作家作

---

[1] 晓琪:《〈外国文学研究资料丛刊〉已出、即出近四十种》,《外国文学研究》1986(3),第 153 页。
[2] 中国社会科学院外国文学研究所外国文学研究资料丛刊编辑委员会编,杨周翰选编:《莎士比亚评论汇编》(上),北京:中国社会科学出版社,1979 年,第 1 页。
[3] 晓琪:《〈外国文学研究资料丛刊〉已出、即出近四十种》,《外国文学研究》1986(3),第 153 页。

品的重要研究资料,对从事外国文学教学、研究工作的专业人员具有极大的参考价值。

20世纪70年代末期,不仅是名著、研究丛书恢复出版的时期,也是欧美文学期刊旧刊复刊与新刊开始创建的时期。新中国成立后,译介与研究欧美文学的期刊只有《世界文学》和《外国文学现状》。"文化大革命"结束后,《外国文学研究》《外国文艺》《外国文学报道》《外国文学研究集刊》和《译林》纷纷创刊。当时,《世界文学》很受欢迎,其印数最高时突破了30万份。期刊不仅有普及外国文学的任务,还有帮助提高研究者研究水平的任务,《外国文学研究》和《外国文学研究集刊》是这方面的佼佼者。《外国文学研究集刊》是新中国成立后外国文学研究方面的学术性集刊,"以提高外国文学研究水平为目标",属于外国文学专业类期刊,对稿件的要求很高。"文章力求具有一定的学术水平,努力运用马列主义观点,掌握较丰富的资料,有科学的论述和独立的见解。"[1]

"文化大革命"结束后,提高知识分子话语权、构建翻译家主体性成为外国文学期刊一个重要的目标。《外国文艺》在这方面提供了有益的探索。它创刊于1978年7月,是以刊登外国文学译作为主的期刊,时任主编是著名英美文学翻译家汤永宽先生。为了保证翻译的质量,汤主编分别设置了不同语种的编审。各语种的编审有组稿的自由与权力。

除了文学期刊的创办外,各种欧美文学研究团体纷纷涌现。其中规模最大、最权威的是中国外国文学学会,它成立于1978年。这一年11月召开了全国外国文学研究工作规划会议。出席这次会议的70多家单位的140多名代表,集体讨论了关于成立外国文学学会的各项事宜,进行了会长、副会长的选举,并通过了学会章程。学会的挂靠单位是中国社科院外国文学研究所,第一任会长是著名翻译家和学者冯至先生。为了便于组织管理,学会下设苏联、法国、德国、意大利、英国等文学学会分支机构。学会成立之初就吸纳了全国各个层面的专业人员,尤其是知名的外国文学专家。组织的构建和专家的鼎力支持,使得学会具有极强的号召力。外国文学学会和下属各分会的成立,使得欧美文学研究原本无序、无引导、无组织的混乱状态得到彻底改善,学会及各分会定期举办的学术会议与学术活动,形成了畅所欲言、百家争鸣的学术氛围,有力地推动了欧美文学研究的深入发展。

---

[1] 童:《〈外国文学研究集刊〉出版》,《外国文学研究》1979(4),第134页。

三、20世纪70年代末外国文学新观念建立的艰难过程

由于长时期受极"左"思潮的影响,即使"文化大革命"结束了,人们对欧美等外国文学作品也还保持着一种欲迎还拒的谨慎态度。有学者指出:"粉碎四人帮以后,外国文学的大门又打开了,出版的书籍越来越多,从事研究的人也越来越多,但是,林彪和四人帮过去设立的禁区,有些人至今还不敢越雷池一步。我们要使外国文学的研究更好地为我国的四个现代化服务,就要解放思想,不应该有禁区。"①人们看到,一旦给文学翻译和研究设置了禁区,就等于捆住了自己的手脚,待在一个井底看小小一片天空,而错失了广阔星空。因此,在新的形势下,外国文学工作者抛开思想上的束缚,更新观念,就成了当务之急。

在当时特定的历史情况下,人们还不可能像今天这样深刻地认识欧美等外国文学的价值和作用,只能从最基本的问题出发,在论争中试探着去更新观念。

首先,是对待外来文化和文学的态度问题。

在解放思想的过程中,国内文学界对外国文学,尤其是欧美文学的态度发生了一些变化。外国文学作品由被认定是"毒草",开始向"并非毒草"、有些甚至是"鲜花"的向度转变。人们越来越清楚地看到,"外国文学(中国古典文学也一样)里面有许多揭示了客观真理的精华,无论是艺术形式(表现手法)方面的或思想内容方面的,都是人类智慧的结晶,是永远向着未来的,是永远有被借鉴的价值的。中外历史反复证明:文学艺术的发展,同科学文化以及整个社会的发展一样,哪个国家哪个民族哪个时代,大兴拿来之风,就必然随之兴旺发达或更加兴旺发达;大灭拿来之风,也就必然随之衰弊(敝)陵夷或更加衰弊(敝)陵夷。今后,只要我们坚持从古人和外国人那里拿来,又善于拿来,'将来的光明必将证明我们不但是文艺上的遗产的保存者,而且也是开拓者和建设者。'"②本着"拿来－批判－借鉴"的态度,外国文学,尤其是欧美文学翻译与出版事业开始复苏。据统计,仅从1976年到1979年,中国内地公开出版发行的欧美文学作品就达到150部之多。尽管如此,此时人们对外国文学译介和出版的态度,仍然是试探性的,还是把"政治考量"放在第一位。

既然不再把外国文学都看成是"毒草",那么,随之而来的对于外国文学的

---

① 张金元:《不应该有禁区——对〈外国文学研究〉的迻议》,《外国文学研究》1979(4),第70页。
② 周汉林:《也谈拿来借鉴》,《外国文学研究》1979(3),第91页。

认识与研究,就开始秉持一种有条件的开放的态度,并有限度地拓宽了外国文学的引进范围和研究领域。人们逐渐意识到,在探讨外国文学问题时,不能简单地以阶级斗争的单一眼光来看待世界各国不同时期的文学,也不能僵化地以政治和政策为转移,更不能再延续"文化大革命"期间对外国文学研究的一元话语。即使在评判一个作家的作品时,也不能因为作家犯了错误,甚至是很严重的错误,而全然否定作家的所有作品。解放思想一个最重要的表现,就是改变"以阶级斗争为纲"的思维定式,以真正的历史唯物主义科学地处理文学与政治的关系。我们既不能因为与某些国家同属一个阵营、交往密切而译介、研究甚至吹捧它们的文学,也不能因为某些国家在意识形态上与中国不同甚至对立,就否定它们的文学。"越南现在是亚洲的古巴。到处侵略扩张。但是,越南过去也有许多进步的好的作品,不能因为这个国家现在改变了颜色,就不去研究这个国家的文学作品。"[1]

但也要看到,虽然说不再把外国文学,尤其是欧美文学作品看成"毒草",但此时解放思想的潮流毕竟刚刚开始,对外国文学作品译介可能产生的副作用,评论家们还很警惕。新中国成立以来,我们习惯以二元对立的思维方式处理文学作品中的人物形象与主题思想,英雄人物一定要高大全,反派典型通常以假恶丑的面目示人。欧美文学作品,无论思想内容还是艺术形式,远比国内作品丰富、复杂。因此,评论家担心欧美文学作品会带来不良社会影响。1978年《世界文学》刊载的表现主义代表作《变形记》和1979年刊载的日本剧本《人性的证明》,尽管都没有产生什么负面效应,但评论家们还是不忘提醒读者要批判地对待。

其次,评判欧美文学和世界文学的标准发生变化。

随着改革开放和解放思想潮流的冲击,文艺和政治的关系再次成为大家讨论的焦点,也成为欧美文学"中国化"进程中批评标准更新的一个关键节点。

长期以来,"文艺从属于政治"既是指引我们工作、创作文艺作品的根本原则,也是衡量文艺作品的一个重要标准。20世纪五六十年代,外国文学研究有两种不同的研究方法:"一种是紧密联系当前的现实斗争,为阶级斗争服务;一种是脱离实际,为研究而研究,为学术而学术。研究方法不同,效果也就不一样。"[2]但在很多学者看来,"只有有了革命的目的,为着这个目的运用新的观点和方法,我们的外国文学研究工作才能成为社会主义的意识形态的一个组成部

---

[1] 张金元:《不应该有禁区——对〈外国文学研究〉的刍议》,《外国文学研究》1979(4),第70页。
[2] 何映:《外国文学研究工作需要联系现实斗争》,《文学评论》1964(4),第119页。

分,才能为社会主义的经济基础服务,为无产阶级的政治服务,在兴无产阶级思想、灭资产阶级思想的斗争中起它应起的战斗作用。也只有这样,外国文学研究工作有了新的目标,新的要求,新的立脚点,才能在学术上突破资产阶级的旧的框子,在这个方面,和资产阶级区别开来。"①当时,衡量欧美文学当然也会以是否为"无产阶级政治服务"为标准。

在这个标准下,"相当长时期以来,现当代资产阶级文学对我们来说,似乎是一个陌生的可怕的领域,在一般人看来,它在政治上是反动的,思想内容上是颓废的,表现方法上是违反艺术创造规律的,甚至根本谈不上有什么艺术性。对于现当代文学中继承了十九世纪批判现实主义传统的那一部分,虽然我们也给予某种肯定,但总有这样或那样的保留,常要指出它'较十九世纪批判现实主义是一种蜕化'、'在新的历史条件下其进步作用愈来愈小等等'。至于现当代资产阶级文学的其他部分,即我们通常所谓的现代派文学,则完全被否定,不能公开出版,图书馆里也很难找到,大学讲坛上更是从不讲授。"②对于很多读者和作家而言,现当代欧美文学是一个很神秘的存在,因此,现当代欧美文学被引进时,衡量的标准就成了一个问题。

十一届三中全会后,从官方到民间都在批判"文艺从属于政治"这一口号。在胡乔木同志看来:"文学服从于政治这种话是不通的。古往今来的文学都服从于政治,哪有这回事?文学服从于政治的说法,一方面是把文学的地位降低了,好像它一定要服从于某个与它关系不多的东西;另一方面把文学的范围不可避免地缩小了,好像作品不讲政治的作家就是没有政治倾向(这种作家很多),就不觉悟、落后,他的著作就不是文学。这样一来,好些事情就讲不清楚了。"③文艺不能脱离政治并不意味着文艺从属于政治,当然也不能把政治作为衡量欧美文学的唯一标准。

这时期,柳鸣九的观点很有代表性。柳鸣九先生认为:"为了坚持历史唯物主义,掌握正确的批评标准,对现当代资产阶级文学进行科学的评价,还有两个问题需要我们着重加以讨论:一个问题是,应该从当时当地的历史社会条件出发,而不应该从我们的主观愿望出发;另一个问题是,应该把作家当作作家来要

---

① 何映:《外国文学研究工作需要联系现实斗争》,《文学评论》,1964(4),第120页。
② 柳鸣九:《现当代资产阶级文学评价的几个问题》,《外国文学研究》1979(1),第11页。
③ 胡乔木:《回忆毛泽东》,李敏、高风、叶利亚主编:《真实的毛泽东——毛泽东身边工作人员的回忆》,北京:中央文献出版社,2003年,第18页。

求,而不应该越出作家的职责去加以要求。"①柳鸣九先生的观点,代表了当时许多批评家的观点。总结起来,有如下几点:

第一,对文学作品的评价,"只能根据这些作家所处的社会历史条件去判断,而不应该根据我们自己的主观愿望去判断。"②这其实就是以"实事求是"的态度,用发展、辩证的眼光来评论欧美文学。"这本来是历史唯物主义的最基本的态度,是马克思主义科学的分析方法。现当代资产阶级作家是在资本主义社会条件下写作,他们的作品对现实的反映是否正确、是否具有积极的意义,都只能根据这些作家所处的社会历史条件去判断,而不应该根据我们自己的主观愿望去判断,否则,就不可能得出正确的结论。"③对于批判性比较强的作品,不能因为作家个人独特的理解与表达不符合我们既定的意识形态化的期望而否定作品。例如荒诞派戏剧《等待戈多》的格调是灰色的,表达了"人类尴尬的处境"。但习惯于新中国成立后作品叙述模式的人会认为,为何不留下一点希望?为何没有安排主人公戈多被拯救人类的社会主义信仰所召唤?对于状况复杂的颓废派文学,我们既要客观分析产生它的历史背景,认识其存在的必然性、思想方面的反抗性;又要理解其颓废、消极的因素。"我们应该按这些不同情况进行科学的分析批判,但他们那种郁忿的心境和求索的精神毕竟值得我们谅解和同情"④。关于最敏感的两性关系描写问题,我们也不应该刻意回避。就文学是社会生活的反映这一论断,首先要坦承性爱是人类生活的一个重要方面,文学作品中描写性爱很正常。绝不能因为"谈性变色",将《红与黑》等出现爱情的作品视为"黄色"作品,宣扬所谓的禁欲主义。为了博人眼球的商业利益而写的,可划为糟粕。另一方面,"我们应该看到,在一些严肃的资产阶级作家的作品里,两性关系的描写往往服从于一定的主题思想的需要,并不是出于一种低级下流的趣味"⑤。

第二,"应该把作家当作作家要求,不应该要求作家在自己的作品里完成超乎作家职责的任务。"⑥这要求评论家在评价作家和作品时,具有实事求是的精神,体现历史唯物主义精神。"作家就是作家,评判一个作家的主要依据应该是他的创作,要看他的作品对现实生活反映得如何,站在什么立场上提出生活中

---

① 柳鸣九:《西方现当代资产阶级文学评价的几个问题(续篇)》,《外国文学研究》1979(2),第 79 页。
② 同上。
③ 同上。
④ 同上。
⑤ 同上书,第 81 页。
⑥ 同上书,第 82 页。

的问题、达到了怎样的艺术力量以及在现实生活起什么作用的等等。"① 具体来说,其一,评论作家时要还原作家的创作水平。作家最根本的职责是创作出受民众喜爱的作品,评论时也得从创作的角度来看。如果单纯以对个人道德的评判来替代对他本人的创作水平的评判,那么,就没有遵循历史唯物主义科学评价标准。其二,在评价作品时,"实事求是地要求作品最重要的是应该根据文学艺术本身的特点、文学艺术的规律来提出要求,而不应该提出超出文艺本身的特点和规律的要求,也就是说,不应该要求作家在自己的作品里完成超乎作家职责的任务"②。文学作品是通过艺术形象、艺术方法来体现思想内容,而无法如同哲学、政治学一样对事物做出理论分析和概括,无法完成哲学、政治学等社会科学学术论文的任务。

第三,关于"如何看待现当代资产阶级文学的艺术特点"。对待这一问题,也要一分为二地分析。要认识到,"一些作家自以为是一种新的文学体裁的创造者,其实他们所做的是对艺术创作规律的破坏"。与此同时,也要肯定现代主义作品的艺术价值。其价值主要体现在以下三个方面,其一,荒诞派戏剧的表现方法。其二,意识流手法的合理运用。其三,象征主义对形象的强调。要坚持历史唯物主义,掌握正确的批评标准对现当代资产阶级文学进行科学的评价。我们发现,20世纪70年代末期在评判当代欧美文学标准这一问题上,已摈弃了单一的政治话语,更加重视文学自身的艺术规律。

再次,初步具有了不能简单地否定外国文学,尤其是欧美文学作品中的人道主义思想的意识。

20世纪70年代末,随着文学的政治话语一元论僵局被打破,文学自身的规律越来越受到重视,关于人性论的讨论也应运而生。在传统的文学批评话语中,充满着"人民性""阶级性""革命性""无产阶级"等术语,而"人性""普遍人性"等与资产阶级的联系更为密切。因此,一提到"人性""人道主义"这类概念,人们往往把它预设为"人民性""阶级性"等传统文学批评话语的对立面,其结果可想而知。

关于人道主义与人性的讨论,在中国最早始于20世纪20年代末的"革命文学"论争,人道主义和个人主义都成为被嘲讽的对象。后来,梁实秋与左翼文学阵营又展开了"人性与阶级性"的争论,那时左翼文学就十分强调人的阶级性。20世纪40年代《大众文艺丛刊》是倡导"文学阶级性"观点的大本营,猛力

---

① 柳鸣九:《西方现当代资产阶级文学评价的几个问题(续篇)》,《外国文学研究》1979(2),第82页。
② 同上书,第83页。

向人道主义、人性、人情和个人主义等资产阶级文学观念开火。这一做法一直延续到新中国成立后很长一段时间。1957年苏联的"解冻"思潮为国内文艺界吹来了一阵清风,巴人、徐懋庸、钱谷融、王淑明等学者积极倡导向苏联学习,提出文学还是要体现人性、人道主义,阶级论与人性论也并非对立。"其实,无产阶级主张阶级斗争也为解放全人类。所以阶级斗争也是人性解放的斗争。文学史上最伟大的作品,总是具有最充分的人道主义的作品。这种作品大都是鼓励人要从阶级束缚中解放出来,或悲愤大多数人民过着非人的生活,或反对社会的不合理、束缚人的才能智慧的发展,或希望有合理的人的生活,足以发扬人类本性。……因之我想说,我们当前文艺作品中缺乏人情味,那就是说,缺乏人人所能共同感应的东西,即缺乏出于人类本性的人道主义。"① 关于指责人道主义即人性论的说法,巴人先生反驳道:"我以为不是,文艺必须为阶级斗争服务,但其终极目的则为解放全人类,解放人类本性。"② 这样的观点即使在今天看来,也闪耀着真知灼见的光芒。但是,在以阶级斗争为纲的语境下,这一观点很快就受到了批评,甚至20世纪60年代后期,苏联、南斯拉夫等国的"马克思主义人道主义"理论被引入中国,也被认为是"修正主义"的学说并遭到批判。

"文化大革命"结束后,在反思中,这个问题又被重新提起。1978年,朱光潜发表了学术论文《文艺复兴至十九世纪西方资产阶级文学家艺术家有关人道主义·人性论的言论概述》,着重探讨了西方文学中的人道主义和人性论问题。在梳理了从文艺复兴到19世纪西方资产阶级的人道主义与人性论之后,朱先生还是以政治话语为这篇学术论文做了总结:"上面所说的人道主义是一种资产阶级性的意识形态,而且这种人道主义到了十九世纪垄断资本主义由形成而进入帝国主义的时代,已由反封建的武器变成反无产阶级革命的武器了。现代修正主义者在全世界无产阶级革命事业蓬勃发展的形势之下,却大肆宣扬人道主义,甚至把共产主义和人道主义等同起来。……它只能导致资产阶级与资本主义的复辟。"③ 对此,有些学者提出了不同的观点,希望为人道主义恢复名誉。"人道主义,作为资产阶级文艺思想的重要组成内容,在整个十九世纪,在今天帝国主义和无产阶级革命的时代,在一切存在剥削制度的社会里,它以无产阶级、劳动人民的同情者和同路人的面目出现,仍然具有进步的一面,把它一概否

---

① 巴人:《论人情》,《新港》1957(1),第48页。
② 同上。
③ 朱光潜:《文艺复兴至十九世纪西方资产阶级文学家艺术家有关人道主义·人性论的言论概述》,《社会科学战线》1978(3),第274页。

定是违反客观历史的。"①由此,"人道主义"和"人性论"的争论,引发了文学界的关注,并开启了20世纪80年代的人道主义争鸣。在"文化大革命"结束后思想解放的大讨论中,对人性论、人道主义的认识逐渐走向深入。有些人甚至改变了自己原有的观点,开始更加深刻地反思。例如,1979年朱光潜在《文艺研究》第3期发表了《关于人性、人道主义、人情味和共同美问题》,再次探讨人性、人道主义、人情味和共同美的关系,否定了自己先前对人道主义的批判,转而积极评价人道主义,鼓励作家突破人道主义这个创作禁区。他认为,要突破的创作禁区依次包括人性论、人道主义、人情味、共同美感、人物性格等。在他看来:"人道主义在西方是历史的产物,在不同的时代具有不同的具体内容,却有一个总的核心思想,就是尊重人的尊严,把人放在高于一切的地位,因为人虽是一种动物,却具有一般动物所没有的自觉性和精神生活。人道主义可以说是人的'本位主义',这就是古希腊人所说的'人是衡量一切事物的标准',我们中国人所常说的'人为万物之灵'。人的这种'本位主义'显然有它的积极的社会功用,人自觉到自己的尊严地位,就要在言行上争取配得上这种尊严地位。一切真正伟大的文艺作品无不体现出人的伟大和尊严的。"②朱光潜认为,以往对人性、人道主义、人情味的批判束缚了文学,难以实现共同美感,因为前者是后者的前提和基础。只有冲破了人道主义等禁区,才能解放思想、恢复文艺应有的创作自由。从批判人道主义到肯定人道主义,这表明文学界由政治话语论转向人性的探求,由阶级论转向文学独有价值的探求。朱光潜先生迈出的这一小步,却标志着文学界迈出了一大步。与此同时,沈国经的《昨日的人道主义与今日的封建法西斯主义》,周乐群的《人道主义断想》,秦德儒的《人道主义的历史进步意义无容否定》,阮珅的《略谈莎士比亚的人道主义》,陈慧、严金华的《论欧美文学中的人道主义问题》,陈元恺的《鲁迅与资产阶级人道主义》,毛信德的《论雨果小说中的人道主义——兼与朱光潜教授商榷》,陈京璇的《评费尔巴哈的幸福观》和L.阿尔都塞、顾良的《马克思主义和人道主义》积极参与了这场争论。由于"文化大革命"刚结束,人们的思想观念还不够解放,改变文学观念的工作还远未完成,所以20世纪70年代末期的人道主义争鸣只能是星星之火,还未形成燎原之势,但却成了20世纪80年代大规模人道主义争鸣的前奏。

从上面讨论的三大问题可以看出,这些本来都是文学批评领域最一般的问

---

① 毛信德:《论雨果小说中的人道主义——兼与朱光潜教授商榷》,《杭州大学学报》(哲学社会科学版)1979(4),第102页。

② 朱光潜:《关于人性、人道主义、人情味和共同美问题》,《文艺研究》1979(3),第40页。

题。在今天的人们看来,似乎都是些不言自明的问题。但在当时的历史条件下,却是大是大非的问题。这表明当时外国文学"中国化"的鲜明特点。对欧美文学的这些再讨论,使得欧美文学迅速进入中国,而这又间接促使其他艺术创作和社会思潮为中国全面"改革开放"提供更多精神动力。具体而言,20世纪70年代末期欧美文学观念的更新,不仅使欧美文学"中国化"进程大大提速,而且还引领了中国作家的创作,使得中国文学迅速摆脱了伤痕文学和反思文学的"伤痛",催生了"寻根文学""先锋派文学"和"新写实主义"等流派,使中国文学很快与世界文学同步,并逐步融入世界文学大家庭里。

综上所述,1976年"文化大革命"结束后,中国迎来了思维方式、价值观念的艰难转型。1976—1979年是外国文学研究由一元政治话语向多元话语过渡的阶段。尽管其中还有很多"文化大革命"期间的"左"的倾向的影响,但却开创了新的前进方向。可以说,这三年所奠定的认知和研究思路,对20世纪80年代及其之后的欧美文学研究影响深远。

结　语

　　概而言之,新中国成立最初的三十年,是欧美文学(或曰外国文学)"中国化"的特定历史发展阶段。这一时期,中国的外国文学研究开始了国家主导的系统化进程。这不仅仅表现在外国文学的译介上,而且还表现在统一的指导思想的确立,文化制度体系的建设,新型组织机构的形成,发展规划的制定乃至翻译、研究和评论人才的培养,专业报刊的创立,专门性出版机构的出现等多个方面,是欧美文学"中国化"全面探索的时期。

　　这是一项前人未曾做过的伟大事业,没有现成的经验和做法可以借鉴遵循,所以,这段时期欧美文学(或曰外国文学)"中国化"进程,是一个艰难探索、曲折发展的历程。

　　总的来说,新中国成立初期三十年外国文学"中国化"的成绩与教训大体体现在以下几个方面:

　　一、新中国成立初期三十年的外国文学译介与研究工作,虽然存在着种种缺憾与不足,但总的来说基本上适应了当时中国的历史发展要求,并为新中国成立后的"革命"和"建设"双重任务提供了精神与文化方面的有益支撑。

　　中国共产党及其领导的中国人民此时面临着革命与建设的双重历史任务。一方面,新中国刚刚建立,国内外敌对势力虎视眈眈,妄图瓦解、推翻新生政权。加之第二次世界大战结束后美苏争霸的国际环境已经形成,中国不可能独善其身。因此,继续巩固新民主主义革命的成果,也就成为必然选择;另一方面,经历了百年战火和长期蹂躏的中华大地百废待兴,迫切需要进行经济建设和文化建设,以满足人民群众日益增长的物质文化需求。这一时期欧美文学"中国化"的进程正是在这样的历史背景下展开的。此时的外国文学译介工作者肩负着为上述双重任务服务的使命。从本部书稿的论述中,我们可以看到此时期外国文学译介发挥的作用:一是引进苏联和其他社会主义国家的当代文学作品,使人民群众了解这些国家在社会主义建设方面所取得的成就,认识它们在这一过程中所遇到的挫折和教训,从而为我国的经济、文化建设提供可资借鉴的有益经验,并鼓舞、激发广大人民群众建设社会主义的热情。苏联是世界上第一个确立以马克思主义为指导思想并建立社会主义制度的国家,从"十月革命"算起到新中国成立,苏联已经走过了32年的历程,这期间,它经历了第二次世界大战等一系列对世界产生重大影响的历史事件,多次面对国际国内反对势力的严重威胁,但这些都没能阻碍苏联国家建设的脚步,反而使其成为一个在国际上有着巨大影响力的国家。刚刚建立了社会主义制度的新中国,要在一穷二白的土地上建设一个富强民主的国家,急需向苏联学习革命与建设正反两方面的经验,同时以苏联为榜样,为中国人民指出前进的方向,这样,对苏联文学的大力引进与推崇也就成为必然选择;这些作品的确激励、鼓舞了一代中国人,其中一个颇为典型的例子就是苏联作家奥斯特洛夫斯基的长篇小说《钢铁是怎样炼成的》。《钢铁是怎样炼成的》得以成功引进和译介,一个重要的原因,是它符合这一时期我国人民的精神需求,服务了当时革命与建设的双重任务。二是通过引进欧美古典文学作品、其他第三世界国家文学作品、社会主义国家以革命胜利的历史为背景创作的作品,以及资本主义国家以那些受到不公正对待的族群为描写对象的作品,使广大读者了解了他们曾经经历过或正在经历的与我国近似的革命历史和奋斗过程,引起广大人民群众的同情与共鸣,激发对社会主义制度的认同和热情。20世纪是人类历史上一个前所未有的时代,共产主义、资本主义、封建主义以及其他思想和社会制度相互斗争达到了前所未有的程度,殖民与反殖民的较量高潮迭起。在亚洲、非洲、拉丁美洲,甚至欧美,被压迫、被奴役民族(种族、族群)的人民不断掀起反殖民、反压迫、反封建的斗争,一批以此为题材的文学艺术作品应运而生。外国文学界敏锐把握住世界文学的这一动态,译介了一批此类作品,有些产生了深远的影响。三是以"反面教材""批判对象"的形式引进发达资本主义国家的文学作品,使广大读者了解了资本主义社会的"黑暗",教育和引导广大人民群众热爱祖国、热爱社会主义制度。四是新中国成立初期三十年引进的外国文学作品为当时的文艺创作提供了丰富的养料,尤其是"文化大革命"时期以"内部刊行"方式发行的"黄皮书""灰皮书",为20世纪80年代的思想解放提供了文化上的准备。

但这三十年我们在思想和政策上的失误也是巨大的,造成的文化上的损害必须正视。这种巨大失误的根本原因在于我们没有处理好革命和建设双重任务的关系比重。新中国成立初期几年,的确应该将革命的比重加大一些,因为新中国刚刚成立,需要巩固革命的成果。但是,随着社会主义改造任务完成,革命的比重应该逐渐降低,建设的比重应该加大。党的八大看到这个趋势。遗憾的是,随着形势的发展,革命的比重不但没有降低反而越来越大,建设的任务则退居到了第二位。这样的失误,是新中国成立初期三十年一切失误的根本原因。欧美文学"中国化"出现的种种问题,都可以从这里找到原因。

二、新中国成立初期三十年的外国文学译介与研究工作受到极"左"路线的极大干扰。但若辩证地看,这些因素又促使中国人民,尤其是知识分子对外来文化,甚至中国文化应该如何建设进行深入思考,促成现代思维方式的成熟。

当前学界对新中国成立最初三十年外国文学引进和译介的成绩普遍评价不高,认为这一时期对政治意识形态的考虑多了一些,对文学作品审美性和独立性的考虑少了一些,造成极大缺失和遗憾。坦率地讲,这种观点有其内在根据与合理性。新中国成立后的一段时期,对国际国内形势的判断有所失误,在处理革命与建设两大历史任务的关系时较为偏重前者,这直接影响到文学艺术领域,并造成了上述局面。很多研究者认为,"新时期"取得的成绩正是建立在新中国成立初期三十年的工作以及对其深刻反思基础上的,这一时期的思想意识"……是与70—80年代转型同步构造的一种历史意识。如果说中国知识界在80年代的社会与文化变革过程中表现出少有的同一性历史意识与文化姿态,那么这种同一性正建立在'告别革命'的共识之上。'文革'(也包括整个50—70年代的社会主义实践史)被视为'封建主义复辟'或现代化进程的中断,而'新时期'则是重归历史正轨并开启现代化的新阶段。正是这种历史意识,决定了80年代的诸种文化实践如人道主义思潮、文化热、文学的现代主义实践、'寻根'思潮、'重写文学史'与持续的'纯文学'诉求的具体方向与样态。这种历史意识,是在对50—70年代社会主义实践进行批判和反思的前提下形成的,而其据以批判和反省的理论语言,则主要是马克思主义人道主义和新启蒙文化。"①虽然我们不能完全同意这段文字中诸如"'文革'被视为'封建主义复辟'"等个别字句的表述,但是我们赞同其基本逻辑与结论,即在"文化大革命"结束后确立的现代思维方式是在总结新中国成立初期三十年经验教训的基础上建立起来的,这在外国文学译介和研究领域体现得更为充分。"70年代末开始的外国文学翻译,特别是现当代文学的翻译,之所以成为20世纪中国文学翻译史上又一次高潮,正是出于中国文学自身变革的需要,伊塔玛·埃文-佐哈(Itamar Even-Zohar)指出,当一种文学处于转型和感到自身存在危机的时候,文学翻译往往在文学系统中占据中心位置。而70年代末、80年代初,中国文

---

① 贺桂梅:《"新启蒙"知识档案——80年代中国文化研究》,北京:北京大学出版社,2010年,第360页。

学正处于这种危机和转型状态。"①事实正是如此。20世纪80年代以后,中国翻译文学呈现出欣欣向荣的局面,大量外国文学作品被译介过来,其中包括很多在新中国成立初期三十年被忽视或被视为"禁区"的作家作品,如福克纳、川端康成、索尔·贝娄、尤金·奥尼尔、普鲁斯特、伍尔夫、乔伊斯、劳伦斯、托马斯·曼、博尔赫斯等人的作品。一批20世纪60年代以后出现的作家作品,如罗伯-格里耶、加西亚·马尔克斯、巴尔加斯·略萨等人的作品则受到了特别的关注。在查明建和谢天振联合著的《中国20世纪外国文学翻译史》中,二位先生将这一时期的特点归纳为"文学翻译选择的多元化""注重以文学性和审美价值为翻译择取标准""蓬勃的翻译热潮促使众多译家出现"②三点。这些特点正是得益于对社会主要任务已经不再是"阶级斗争"而是经济建设的认识,即社会的主要矛盾是人民日益增长的物质文化需要同落后的生产力之间的矛盾。这样,政治意识形态对文学艺术松绑也就在情理之中了。

上述影响带来中国现代思维方式的建立,可以约略从两个层面理解:在宏观层面,必须建立自主的、符合中国国情的外国文学译介和研究体系。这样一种文学体系一方面要立足于中国现实国情,符合客观现实的需要,既不能因意识形态或其他因素将欧美文学妖魔化,也不能将某些特定国家、特定时代的作品(如20世纪50年代的苏联文学作品)神圣化和崇高化;另一方面,虽然新中国成立后那种有计划、有组织的外国文学译介形式有效地避免了翻译活动的盲目、低效和资源浪费,但是我们也必须反对少数翻译活动决策者、组织者将自己的政治判断和审美好恶强加于人。改革开放以后,中国特色社会主义市场经济体系的建立及其向文学领域,尤其是翻译文学领域的延伸,使社会主义的计划性与市场经济的自我调节相结合,文学译介的组织不但更加规范,而且更加符合读者(市场)需求,从而造就了今天外国文学事业繁荣发展的局面。以上这些认识,无不是吸收了新中国成立最初三十年外国文学译介与研究工作经验与教训的结果。

三、新中国成立初期三十年的外国文学译介与研究工作,初步确立了社会主义制度下欧美文学译介的基本方向、价值取向和评价体系。可以说,今天这个领域所取得的成绩都是在这三十年奠定的基础上发展起来的,也是遵循这三十年确立的基本方向前进的。更为重要的是,上述基础促使今天独立话语言说

---

① 查明建、谢天振:《中国20世纪外国文学翻译史》(下卷),武汉:湖北教育出版社,2007年,第766—767页。

② 同上书,第776—778页。

方式的形成,并使之成为一种自觉。与"五四"至新中国成立前这段时期相比,新中国成立后引进外国文学最为突出的特点有两个:一个是指导思想上以中国化的马克思主义为指导,确立了文学艺术为人民服务、为社会主义服务的基本方向;另一个是组织形式上确立了外国文学译介和研究的计划性、组织性以及与时代需要相结合的原则。但在这些方面,教训也是深刻的。我们要清醒地认识到,外国文学译介和研究要为人民服务、为社会主义服务,但这种"服务"不能只是紧跟政治形势,对革命和建设事业无条件地"歌德",而对世界上其他民族的文学一味否定和批判。我们要用马克思主义的立场、观点、方法,对外国的东西"具体问题具体分析","取其精华,去其糟粕",为我所用。要注重文学的审美特性,不能以思想内容代替艺术成就,不能再把文学单纯地等同于时代精神的"传声筒"。在选题计划和规划方面,不能强求一律,要充分发挥译介者个人的积极性和创造性,做到国家规划与个人兴趣的有机结合。

总之,新中国成立初期三十年,欧美文学(或曰外国文学)"中国化"有较大的成就,也有深刻的教训。我们既不要夸大其积极作用,也不能过分贬低,认为其一无是处。这才是真正科学的分析和认识。

参考文献

一、著作与教材

阿尔泰莫诺夫、格腊日丹斯卡雅等:《十八世纪外国文学史》(下卷),上海:上海文艺出版社,1959年。

拜伦:《恰尔德·哈洛尔德游记》,杨熙龄译,上海:上海译文出版社,1990年。

鲍里斯·瓦西里耶夫:《这里的黎明静悄悄……》,施钟译,范岩校,沈阳:辽宁人民出版社,1978年。

北京师范大学中文系外国文学教研组编:《外国文学参考资料(现代部分)》,北京:高等教育出版社,1958年。

布罗茨基主编,《俄国文学史》(上、中、下卷),蒋路、孙玮译,北京:作家出版社,1957年。

陈惇、刘洪涛主编:《窗砚华年——北京师范大学苏联文学进修班、研究班纪念文集》,北京:中国社会科学出版社,2012年。

陈建华:《二十世纪中俄文学关系》,北京:高等教育出版社,2002年。

陈思和:《中国当代文学史教程》,上海:复旦大学出版社,1999年。

陈众议主编:《当代中国外国文学研究(1949—2009)》,北京:中国社会科学出版社,2011年。

楚图南:《希腊神话和传说》(下),北京:人民文学出版社,1978年。

大卫·麦克里兰:《意识形态》(第二版),孙兆政、蒋龙翔译,长春:吉林人民出版社,2005年。

董必武:《董必武同志讲话》,《中华全国文学艺术工作者代表大会纪念文集》,北京:新华书店,1950年。

杜金采夫:《不是单靠面包》,白祖芸等译,北京:作家出版社,1957年。

《俄罗斯和苏维埃文学史教学大纲(四年制俄罗斯语言专业适用)》,北京:时代出版社,1957年。

冯至、田德望、张玉书、孙凤城、李淑、杜文堂编著:《德国文学简史》(上卷),北京:人民文学出版社,1958年。

弗·伊凡诺夫:《苏联文学思想斗争史:1917—1932》,曹葆华、徐云生译,北京:作家出版社,1957年。

高尔基:《俄国文学史》,缪灵珠译,上海:新文艺出版社,1956年。

高尔基:《苏联的文学》,曹葆华译,上海:上海文艺出版社,1959年。

龚翰熊:《西方文学研究》,福州:福建人民出版社,2005年。

郭沫若:《为建设新中国的人民文艺而奋斗》,《中华全国文学艺术工作者代表大会纪念文集》,北京:新华书店,1950年。

贺桂梅:《"新启蒙"知识档案——80年代中国文化研究》,北京:北京大学出版社,2010年。

洪子诚:《中国当代文学史》,北京:北京大学出版社,1999年。
黄曼君:《〈创业史〉的长篇结构和人物描写》,黄曼君著,黄海晴、陈菊先、黄念南编:《黄曼君文集》第四卷,武汉:华中师范大学出版社,2015年。
季莫菲耶夫:《俄罗斯苏维埃文学简史》,殷涵译,上海:上海文艺出版社,1959年。
季莫菲耶夫:《苏联文学史》(上、下卷),水夫译,北京:作家出版社,1956年。
捷明岂耶夫:《俄罗斯苏维埃文学》,苗小竹译,上海:上海文艺联合出版社,1955年。
金铁宽主编:《中华人民共和国教育大事记》第2卷,济南:山东教育出版社,1995年。
卡普斯金:《十九世纪俄罗斯文学史》(上、下),北京大学俄语系文学教研室译,北京:高等教育出版社,1958年。
卡扎凯维奇:《蓝笔记本》(附《仇敌》),南生等译,北京:作家出版社,1966年。
柯切托夫:《叶尔绍夫兄弟》,龚桐、荣如德译,北京:作家出版社,1962年。
《礼节性的访问(苏修的五个话剧、电影剧本)》,齐戈译,上海:上海人民出版社,1974年。
辽宁五院校《外国文学》编写组:《外国文学》,1979年。
刘建军主编:《20世纪西方文学》,北京:高等教育出版社,2000年。
刘亚丁、荣洁、李志强、罗悌伦、邱晓林、宁虹、刘祥文:《肖洛霍夫学术史研究》,南京:译林出版社,2014年。
卢卡契作,李广成译:《现代主义的意识形态》,中国社会科学院外国文学研究所《文艺理论译丛》编辑委员会编:《文艺理论译丛》(3),北京:中国文艺联会出版公司,1985年。
茅盾:《茅盾全集》第二十四卷,北京:人民文学出版社,1996年。
毛泽东:《建国以来毛泽东文稿》(第十三册),北京:中央文献出版社,1998年。
毛泽东:《同文艺界代表的谈话》,《毛泽东文集》第七卷,北京:人民出版社,1996年。
孟宪强:《中国莎学简史》,长春:东北师范大学出版社,1994年。
尼·纳沃洛奇金:《阿穆尔河的里程》,江峨译,北京:人民文学出版社,1975年。
钦吉斯·艾特玛托夫:《多雪的冬天》,雷延中译,上海:上海人民出版社,1973年。
日丹诺夫:《论文学、艺术与哲学诸问题》,葆荃、梁香译,上海:时代出版社,1949年。
上海人民出版社编:《苏修文艺批判集》,上海:上海人民出版社,1975年。
《苏联文学艺术问题》,曹葆华等译,北京:人民文学出版社,1953年。
苏皖鲁九院校《外国文学》编写组:《外国文学》,1977年。
孙致礼:《1949—1966:中国英美文学翻译概论》,南京:译林出版社,1996年。
特瓦尔朵夫斯基:《焦尔金游地府》,丘琴、刘辽逸、苏杭、张铁弦译,北京:作家出版社,1964年。
童庆炳、陶东风主编:《文学经典的建构、解构和重构》,北京:北京大学出版社,2007年。
童庆炳、许明、顾祖钊主编:《新中国文学理论50年》,合肥:安徽大学出版社,2000年。
瓦·阿克肖诺夫:《带星星的火车票》,王平译,北京:作家出版社,1963年。
瓦·柯热夫尼科夫:《这位是巴鲁耶夫》,苍松译,北京:作家出版社,1964年。
《外国文学教学大纲(初稿)(中国语言文学系用)》,北京:北京师范大学出版社,1958年。
汪介之:《回望与沉思:俄苏文论在20世纪中国文坛》,北京:北京大学出版社,2005年。

王嘉良、颜敏:《中国现当代文学史》(上册),上海:上海教育出版社,2004年。

王蒙:《苏联祭》,北京:作家出版社,2006年。

王友贵:《20世纪下半叶中国翻译文学史:1949—1977》,北京:人民出版社,2015年。

王忠祥:《建构文学史新范式与外国文学名作重读——王忠祥自选集》,武汉:华中师范大学出版社,2009年。

维·李巴托夫:《普隆恰托夫经理的故事》,上海外国语学院俄语系译,上海:上海人民出版社,1973年。

西蒙诺夫:《日日夜夜》,磊然译,上海:时代出版社,1950年。

肖洛霍夫:《他们为祖国而战》,史刃译,上海:上海人民出版社,1973年。

肖洛霍夫:《一个人的遭遇》,草婴译,北京:人民文学出版社,2001年。

谢天振:《比较文学与翻译研究》,上海:复旦大学出版社,2011年。

谢天振:《翻译研究新视野》,青岛:青岛出版社,2003年。

谢天振、许钧主编:《新中国60年外国文学研究(第五卷)外国文学译介研究》,北京:北京大学出版社,2015年。

谢天振:《译介学》,上海:上海外语教育出版社,1999年。

亚尔培·加缪:《局外人》,孟安译,上海:上海文艺出版社,1961年。

杨周翰:《关于提高外国文学史编写质量的几个问题》,中国社会科学院外国文学研究所编:《外国文学研究集刊》第二辑,北京:中国社会科学出版社,1980年。

杨周翰、吴达元、赵萝蕤主编:《欧洲文学史》(上卷),北京:人民文学出版社,1964年。

叶高林:《苏联文学小史》,雪原译,天津:知识书店,1949年。

伊凡·沙米亚金:《多雪的冬天》,上海新闻出版系统"五·七"干校翻译组译,上海:上海人民出版社,1972年。

伊瓦肖娃:《十九世纪外国文学史》第一卷,杨周翰等译,北京:人民文学出版社,1958年。

以群:《文学问题漫论》,北京:作家出版社,1959年。

尤里·邦达耶夫:《热的雪》,上海外国语学院《热的雪》翻译组译,上海:上海人民出版社,1976年。

袁可嘉:《美英"意识流"小说述评》,文学研究集刊编辑委员会编:《文学研究集刊》(第一册),北京:人民文学出版社,1964年。

乐黛云、陈珏编选:《北美中国古典文学研究名家十年文选》,南京:江苏人民出版社,1996年。

张威廉:《怎样提高我们文学翻译的质量?》,中国翻译工作者协会《翻译通讯》编辑部编:《翻译研究论文集》,北京:外语教学与研究出版社,1984年。

张月超:《西欧经典作家与作品》,武汉:长江文艺出版社,1957年。

智量等:《俄国文学与中国》,上海:华东师范大学出版社,1991年。

中共中央马克思恩格斯列宁斯大林著作编译局编译:《马克思恩格斯文集》第八卷,北京:人民出版社,2009年。

中共中央文献研究室编:《建国以来重要文献选编》(第十五册),北京:中央文献出版社,1997年。

中共中央文献研究室编：《毛泽东文艺论集》，北京：中央文献出版社，2002年。
中国版本图书馆编：《1949—1986全国内部发行图书总目》，北京：中华书局，北京，1988年。
中国出版科学研究所、中央档案馆编：《中华人民共和国出版史料（一九五一年）》(3)，北京：中国书籍出版社，1996年。
中国出版科学研究所、中央档案馆编：《中华人民共和国出版史料》（一九五二年）(4)，北京：中国书籍出版社，1998年。
中国翻译工作者协会《翻译通讯》编辑部编：《翻译研究论文集(1949—1983)》，北京：外语教学与研究出版社，1984年。
中国社会科学院外国文学研究所外国文学研究资料丛刊编辑委员会编，杨周翰编选：《莎士比亚评论汇编》（上），北京：中国社会科学出版社，1979年。
中华人民共和国高等教育部审定：《中国文学史教学大纲》，北京：高等教育出版社，1957年。
周发祥、程玉梅、李艳霞、孙红、张卫晴：《二十世纪中国翻译文学史·十七年及"文革"卷》，天津：百花文艺出版社，2009年。
周煦良主编：《外国文学作品选·第二卷 近代部分（上）》，上海：上海文艺出版社，1962年。

二、期刊、学位论文

阿拉贡：《比冰和铁更刺人心肠的快乐》，《译文》1957年第7期。
白烨：《现实主义问题在当代中国的争论 未完》，《当代文学研究资料与信息》1991年第3期。
北京大学俄语系文学研究室：《高尔基论资产阶级文学遗产》，《北京大学学报》（人文科学）1960年第4期。
卞之琳、叶水夫、袁可嘉、陈燊：《十年来的外国文学翻译和研究工作》，《文学评论》1959年第5期。
波特莱尔：《恶之花（选译）》，陈敬荣译，《译文》1957年第7期。
《第二届亚非作家会议》，《世界文学》1962年第3期。
曹顺庆、王富：《中西文论杂语共生态与中国文论的更新过程》，《思想战线》2004年第4期。
超烽：《怎样评价高乃依及拉辛的作品——对〈欧洲文学史〉（上）的几点意见》，《文学评论》1966年第1期。
陈婧、陈建华：《外国文学史的范式转型及反思》，《山东社会科学》2013年第4期。
陈其通、陈亚丁、马寒冰、鲁勒：《我们对目前文艺工作的几点意见》，《人民日报》1957年1月7日。
陈伟军：《冯雪峰与人民文学出版社》，《文艺理论与批评》2007年第5期。
董衡巽：《海明威浅论》，《文学评论》1962年第6期。
方长安：《建国后17年译介外国文学的现代性特征》，《学术研究》2003年第1期。
方长安：《新中国"17年"欧美文学翻译、解读论》，《长江学术》2006年第3期。
冯至：《学习毛泽东思想，进一步明确外国文学研究工作的方向》，《世界文学》1960年第2期。
福建师大外语系大批判组：《肖洛霍夫其人》，《福建师大学报》（哲学社会科学版）1975年第2期。

戈哈:《垂死的阶级,腐朽的文学——美国的"垮掉的一代"》,《世界文学》1960年第2期。
桂诗春:《〈奥德赛〉主题初探》,《中山大学学报》(社会科学版)1961年第4期。
韩加明:《外国文学史编纂史与时代变迁》,《外国文学评论》2011年第2期。
荷马著,杨宪益译:《奥德修纪》,《世界文学》1964年第5期。
何映:《外国文学研究工作需要联系现实斗争》,《文学评论》1964年第4期。
靳彪、赵秀明:《"文革"十年间的中国翻译界》,《天津外国语学院学报》2000年第1期。
寇鹏程:《"十七年"〈文学评论〉中的"外国文学"研究》,《社会科学战线》2015年第4期。
寇鹏程:《寻找政治:"十七年"文学批评中"歪曲"话语的逻辑》,《文学评论》2012年第3期。
兰英年:《〈前夜〉人物批判》,《外语教学与研究》1965年第2期。
黎舟:《"只希望把别人的作品变成我的武器"——论巴金对外国文学的接受和译介》,《福建师范大学学报》(哲学社会科学版)1998年第1期。
李广熙:《漫话荷马史诗》,《四平师院学报》(哲学社会科学版)1979年第4期。
李琴:《"黄皮书"出版的政治文化语境》,《中国现代文学研究丛刊》2010年第1期。
李新梅:《俄、中社会主义现实主义文学流变之比较》,《复旦外国语言文学论丛》2008年第1期。
刘洪涛:《世界文学观念在20世纪50—60年代中国的两次实践》,《中国比较文学》2010年第3期。
刘象愚:《经典、经典性与关于"经典"的论争》,《中国比较文学》2006年第2期。
柳鸣九:《西方现当代资产阶级文学评价的几个问题(续篇)》,《外国文学研究》1979年第2期。
柳鸣九:《现当代资产阶级文学评价的几个问题》,《外国文学研究》1979年第1期。
卢玉玲:《他者缺席的批判——"十七年"英美批判现实主义文学翻译研究(1949~1966)》,《中国翻译》2011年第4期。
陆定一:《百花齐放,百家争鸣》,《人民日报》1956年6月13日。
罗念生:《荷马史诗〈伊利亚特〉》,《外国文学研究》1981年第3期。
马士奎:《"文革"未出版的外国文学译作》,《博览群书》2011年第2期。
马士奎:《文革期间的外国文学翻译》,《中国翻译》2003年第3期。
马小朝:《〈局外人〉:存在主义哲学意蕴的诗性彰显》,《山东师大学报》(社会科学版)2000年第5期。
茅盾:《〈译文〉发刊词》,《译文》1963年第1期。
毛信德:《论雨果小说中的人道主义——兼与朱光潜教授商榷》,《杭州大学学报》(哲学社会科学版)1979年第4期。
牛庸懋:《略论荷马及其"伊利亚德"与"奥德赛"》,《开封师范学院学报》1957年第2期。
任明耀:《以革命态度对待外国文学遗产》,《浙江学刊》1963年第3期。
佘协斌:《法国小说翻译在中国》,《中国翻译》1996年第1期。
沈志远:《发刊词》,《翻译通报》1950年第1期。
宋炳辉、吕灿:《20世纪下半期弱势民族文学在中国的译介及其影响》,《中国比较文学》2007年第3期。
孙绳武:《关于"内部书":杂忆与随感》,《中华读书报》2006年9月6日。

孙遵斯:《〈欧洲文学史〉(上册)》,《文学评论》1964年第2期。
陶东风:《文学经典与文化权力(上)——文化研究视野中的文学经典问题》,《中国比较文学》2004年第3期。
童庆炳:《文学经典建构的内部要素》,《天津社会科学》2005年第3期。
王彬彬:《也谈"日丹诺夫主义"》,《东方艺术》1996年第2期。
王宏印:《不屈的诗魂,不朽的译笔——纪念诗人翻译家查良铮逝世三十周年》,《中国翻译》2007年第4期。
王家新:《穆旦:翻译作为幸存》,《江汉大学学报》(人文科学版)2009年第6期。
王宁:《再论杨周翰的比较文学和世界文学研究》,《中国比较文学》2016年第2期。
王炜:《现代视野下的经典选择——1919—1999年间的汉语外国文学史研究》,四川大学博士论文,2007年。
王治国:《〈欧洲文学史〉上卷》,《读书》1980年第4期。
王佐良:《艾略特何许人?》,《文艺报》1962年第2期。
王佐良:《稻草人的黄昏——再谈艾略特与英美现代派》,《文艺报》1962年第12期。
文彦:《攻击无产阶级专政的大毒草——〈静静的顿河〉批判》,《天津师院学报》1975年第4期。
文颖:《怀念翻译家汝龙》,《中国翻译》1996年第4期。
吴伯箫:《记海涅学术会议》,《诗刊》1957年第1期。
吴岩:《放出眼光来拿》,《读书》1979年第7期。
吴元迈:《回顾与思考——新中国外国文学研究50年》,《外国文学研究》2000年第1期。
萧乾:《读〈金星英雄〉》,《人民文学》1953年第10期。
晓琪:《〈外国文学研究资料丛刊〉已出、即出近四十种》,《外国文学研究》1986年第3期。
谢天振:《创造性叛逆:争论、实质与意义》,《中国比较文学》2012年第2期。
谢天振:《非常时期的非常翻译——关于中国大陆文革时期的文学翻译》,《中国比较文学》2009年第2期。
熊辉:《"十七年"翻译文学的解殖民化》,《文学评论》2015年第4期。
徐迟:《日丹诺夫研究》,《外国文学研究》1981年第1期。
徐迟:《吸收外国文艺精华总和——为〈外国文学研究〉集刊创刊号而作》,《外国文学研究》1978年第1期。
严家炎:《〈创业史〉第一部的突出成就》,《北京大学学报》(人文科学)1961年第3期。
杨周翰:《〈欧洲文学史〉编写中的一些问题》,《光明日报》1964年2月10日。
叶隽:《冯至先生的德国文学史观》,《中华读书报》2005年11月9日。
袁可嘉:《略论美英"现代派"诗歌》,《文学评论》1963年第3期。
袁可嘉:《托·史·艾略特——美英帝国主义的御用文阀》,《文学评论》1960年第6期。
袁可嘉:《我与现代派》,《诗探索》2001年第Z2期。
袁可嘉:《"新批评派"述评》,《文学评论》1962年第2期。
张福生:《我了解的"黄皮书"出版始末》,《中华读书报》2006年8月23日。

张国庆:《"垮掉的一代"与中国当代文学》,《长江学术》2006年第2期。
张欢:《秦晓 走出乌托邦》,《南方人物周刊》2011年第15期。
张金元:《不应该有禁区——对〈外国文学研究〉的刍议》,《外国文学研究》1979年第4期。
张佩芬:《诗人海涅》,《人民文学》1956年第4期。
郑瑞君:《"灰皮书"、"黄皮书"在社会的流传及其影响》,《新闻界》2014年第22期。
郑土生:《杨绛先生的翻译与创作》,《人民政协报》2016年5月30日。
中国社会科学院外国文学研究所科研处:《全国外国文学研究工作规划会议在广州召开》,《外国文学研究》1979年第1期。
周凡英:《也谈欧洲文学史研究工作中的问题——与杨周翰同志商榷》,《新建设》1965年第2期。
周汉林:《也谈拿来借鉴》,《外国文学研究》1979年第3期。
周启超:《一个核心话语的反思——苏联"社会主义现实主义"话语演变记》,《文艺理论研究》2014年第5期。
朱光潜:《关于人性、人道主义、人情味和共同美问题》,《文艺研究》1979年第3期。
朱光潜:《文艺复兴至十九世纪西方资产阶级文学家艺术家有关人道主义·人性论的言论概述》,《社会科学战线》1978年第3期。
朱于敏:《欧洲十九世纪资产阶级文学中的个人反抗问题》,《文学评论》1960年第5期。

外国人名索引

A

阿尔泰莫诺夫 41,84
阿克肖诺夫 24,55,178,179
艾特玛托夫 24,54,55,164,179,180
爱伦堡 6,19,24,27,29,55,164,178
奥斯特洛夫斯基 6,41,42,67,166,193,208
奥维奇金 19

B

巴巴耶夫斯基 18,27,180—182
毕达可夫 35
别林斯基 27,34,42,43,45,77
布罗茨基 41,45,47

C

超烽 160

D

大卫·麦克里兰 127
杜金采夫 21,22,164

F

法捷耶夫 6,25,28—29,61,77,166,193
弗·伊凡诺夫 41,44,45

G

高尔基 6,25,28,29,31,37,39—41,44—48,
71,77,84,92,97,99,100,104,112,139,
166,175,193

高乃依 160
革拉特珂夫 28
格拉西莫娃 65,66
果戈理 17,22,27,42,45

H

海涅 85,95,100,101,194

J

季莫菲耶夫 31,35,41,44,47,66,74
捷明岂耶夫 41,43,44

K

柯尔尊 65—68,74

L

莱蒙托夫 17,28,41,45,70,194
李巴托夫 52,53,156,180
列维克 11,111,112,115
卢卡契 107

M

马雅可夫斯基 28,31,40,41,66,77

P

普希金 17,22,28,41—42,44,45,66,70,77

Q

契诃夫 4,17,22,40—42,67,71,194

R

日丹诺夫 29,37,39,40,47,48,126,148,150,188,189

S

沙米亚金 53,54,180
绥拉菲莫维奇 25,28,77,166,193

T

特瓦尔朵夫斯基 22,24,25,54,55,176

屠格涅夫 17,26,28,41,42,70,77,140,194
陀思妥耶夫斯基 17,22,42,45,77,149,194

W

瓦西里耶夫 27,168,182

X

西蒙诺夫 17,18,22,24,55,176,178,179,181
肖洛霍夫 6,18,22,29-32,54,60,61,70,77,154,168,178,180

中国人名索引

B

巴人 21,136,137,204

卞之琳 4,5,16,89,94,115,119,153,154,194

C

曹葆华 29,40,44,45,175

曹靖华 81

曹未风 82,94

草婴 22,61,172,178

陈复兴 74,76,77,78

陈敬容 111—115

陈其通 86

楚图南 90

D

董衡巽 115,118,120,121,169,197

董秋斯 10,82,94

F

范文澜 83

方长安 4,6,7,11,12,16,85

丰一吟 27

冯至 68,108,109,138,143—146,156,166,194,197,198

傅东华 91

G

郭沫若 67,80,83,95,108

H

胡愈之 2

J

季羡林 143,194,197

L

兰英年 26

老舍 80,81,95,96

梁实秋 82,203

柳青 29,32

楼适夷 194

陆定一 83,110,165,194

罗念生 86,88,91,92,156

M

茅盾 2,3,6,16,67,80—83,85,88,90,108,109,129

穆木天 64,65,67,69,87,95,144

P

潘家洵 4

T

童庆炳 31

W

吴伯箫 95

X

萧乾 19,94,172

徐迟 40,73,91,189,190

Y

杨宪益 91,92,94,105,194

杨周翰 48,92,93,105,106,143,156—161,194,197

姚戠 18

姚文元 23

Z

查明建 210

周立波 18,29,30

周煦良 12,94,110,115,144,153,168,183

周扬 6,16,19,29,30,32,33,67,69,84,88,126,146,147,165,190,192,194

周作人 78,86,88,90—92,108

朱光潜 67,84,194,204,205

朱生豪 4,82,94

朱维之 94

后 记

本卷为国家社会科学基金重大项目成果"百年来欧美文学'中国化'进程研究"系列丛书的第四卷,重点介绍从1949年到1979年三十年间欧美文学"中国化"的进展情况,主要论述了中华人民共和国成立之后的最初三十年,在革命与建设双重任务的规定下,在国际国内政治风云变幻的特定历史进程中,欧美文学"中国化"的艰难曲折的发展过程及其经验教训。

本卷以问题为线索,其中包括"新中国成立初期外国文学引进是如何适应社会主义革命和建设双重任务需要的""新中国成立初期三十年俄苏文学译介的变迁和影响""苏联文学理论与文学思想如何影响新中国成立后中国的外国文学观念""'反修批修'运动如何影响了对苏联当代文学的介绍、引进和评介""如何看待1956—1958年北京师范大学苏进研班对中国外国文学学科建设的贡献""如何理解新中国成立初期十七年欧美文学的引进、认知与其'中国化'的特殊进展""新中国成立初期三十年欧美'现代主义文学'在中国的介绍、接受情况""20世纪五六十年代的媒体与出版机构在欧美文学'中国化'进程中的作用""新中国成立初期三十年外国文学教材编写历程的主要贡献与经验教训""如何看待20世纪60年代初到70年代中叶内部发行的'黄(灰)皮书'的作用"和"1976—1979年外国文学事业出现的新气象及其意义"等,分别从外国文学的引进、译介、评论、人才培养、学科建设和教材编写等方面,回答了这一特定时期欧美文学"中国化"的一些重大问题。

本卷的编写是群体的智慧与力量协作的结果,刘建军和高红梅教授为本卷的执行主编。全书具体分工和执笔情况如下:

刘建军:导论。

高红梅:第八个问题、第十问题、第十一个问题、结语。

袁先来:第一个问题、第五个问题、第九个问题。

刘悦:第二个问题、第三个问题、第四个问题。

刘一羽:第六个问题、第七个问题。

初稿完成后,本卷的两位主编进行了认真的修改和通稿工作。由于编者的水平所限,不当之处在所难免,我们渴望诸君的批评。

2020 年 8 月 30 日